The Dung

The Dung

Der Traum von Orly

Aus dem Vietnamesischen
von Karin Enzanza
und Nguyen Duc Thang

HORLEMANN

Deutsche Originalausgabe

Buch- und Umschlaggestaltung:
Verlag (unter Verwendung eines
Bildes von Tanh Chuong)

Bitte fordern Sie unser Gesamtverzeichnis an

Horlemann Verlag
Postfach 1307
53583 Bad Honnef
Telefax 0 22 24 / 54 29
E-Mail: info@horlemann-verlag.de
www.horlemann.info

Gedruckt in der EU
ISBN 978-3-89502-291-3

Der Traum von Orly

Ein Glossar findet sich ab Seite 278

ANSTELLE EINES VORWORTS

Zu seinem Leben passte ein Buch mit dem Titel „Der Traum von Orly“. Wer hätte vermutet, dass er unmittelbar nach dem Fall der Mauer zwischen Ost- und Westberlin nach Deutschland kommen würde? Sein Schicksal brachte bis dahin viele unermesslich glückliche und unglückliche Geschichten hervor. Ein Schriftsteller, den er zufällig ins Vertrauen gezogen hatte, schlug ihm vor, ein Buch darüber zu schreiben. Großzügig überließ er diesem das Alleinrecht, ihn zum Protagonisten eines Romans zu machen.
Fast ein Jahr später, nach der Wiedervereinigung Deutschlands, hatte der Schriftsteller den Roman beendet. Obwohl man ihn als einen eigenständigen Roman ansehen kann, ist der „Der Traum von Orly“ in Wirklichkeit erst Band 1. Der 2. Band wird infolge der Widrigkeiten des Lebens mit einiger Verspätung erscheinen. Denn er – die Hauptfigur des Romans – ist während der Fertigstellung des Entwurfs auf mysteriöse Weise spurlos verschwunden. Dies ist vielleicht der Grund, weswegen der Autor beabsichtigt, dem Band II des „Traumes von Orly“ den Titel „Der Tod kam in Berlin“ zu geben.

Der Verlag

1

Was blieb ihm anderes übrig als zu trinken heute Nacht? Eigentlich rauchte er nicht und mochte keinen Alkohol. Das Rauchen und Trinken diente ihm nur gelegentlich in Gesellschaft dazu, sich, wenn er in Stimmung war, eine bestimmte Haltung zu geben. Mit ausländischen Zigaretten und ausländischem Alkohol kannte er sich gut aus. Derartiger Geschenke bediente er sich oft, um Beziehungen aufzubauen, in die er seiner Meinung nach unbedingt investieren sollte. Er war stets auf der Hut und wusste genau, was und wer er war.
Dennoch war er offensichtlich in den ganzen letzten Jahren einer Illusion nachgeeilt. Heute Nacht hatte ihm Hung Den eine großzügige Portion Hühnerinnereien serviert – mit Frühlingszwiebeln, frischen Peperoni und einem Teller Salat. Förmlich und gedankenlos nahm er aus Hung Dens Hand eine Flasche Van-Schnaps entgegen und bedankte sich zwar, seine weit geöffneten Augen blickten jedoch ins Leere. Er goss ein und trank in kleinen Schlucken, wobei er mit übergeschlagenen Beinen dasaß. Sein Auftreten war fast immer ernst und etwas affektiert, egal ob er ging oder stand, lag oder saß. Er achtete stets auf seine Haltung, unter welchen Leuten er sich auch befinden mochte.
Seit dem Tag, als er Student an der Fakultät für französische Sprache der Hanoier Hochschule für Fremdsprachen wurde, hatte er seine einstudierte Haltung so vervollkommnet, dass ihn jeder auf den ersten Blick für einen echten Hanoier hielt. Hörte man ihn sprechen, empfand man den warmen Klang seiner Stimme, seine klare Aussprache als angenehm. Darüber hinaus gefiel den Leuten, besonders den empfindsamen Frauen, seine gepflegte, vornehme, ja feine Sprache. Es war ihm durchaus gelungen, aus sich einen Hanoier zu machen. Wenn er seinen waschechten Thanh Chuong-Dialekt sprach, konnten sich alle Studentinnen aus seinem Kurs vor Lachen kaum halten und manchen kamen dabei sogar die Tränen. Er erinnerte sich, wie Huong in solchen Augenblicken nur lächelte und ganz leicht den Kopf schüttelte mit einem Blick, als wollte sie ihm übers Haar streichen und sagen: Du bist wirklich kindisch. Ehrlich

gesagt, schämte er sich ganz und gar nicht, sondern war sogar stolz darauf, aus einem armen Dorf in der Provinz Nghe An zu stammen. Freudig erzählte er oft Leuten, die sich ein wenig für seine Herkunft interessierten: Mein Vater ist Oberst des Ackerlandes, die Gärten und Felder sind sein Schlachtfeld. Schon mit vierzehn, als er noch in der Provinz Nghe Tinh Schüler der Schule für Literatur, die den Namen des Gelehrten Phan Boi Chau trug, gewesen war, träumte er insgeheim davon, in Hanoi leben zu können, wenn er erwachsen wäre. Anfangs war es nur ein Traum, da die Schönheit dieser Stadt im Film „Das Mädchen und der Chauffeur" in ihm als Teenager das Fernweh weckte. Seit er Student in Hanoi war, hatte sich der Traum, dort sesshaft zu werden, in eine ständige Sehnsucht verwandelt, in ein leidenschaftliches Verlangen, das all seine Gedanken beherrschte und sein größtes Ziel darstellte. Er hatte das Dorf hinter sich gelassen, diese armselige Gegend, und musste um jeden Preis in Hanoi Fuß fassen. Denn nur so konnte sein Traum von Paris Wirklichkeit werden… Unglücklicherweise meinte es das Schicksal mit ihm und Huong nicht gut, denn nach dem Abschluss ihres Studiums im Jahre 1981 wurde Huong Angestellte der Zollbehörde direkt in der Hauptstadt. Er selbst zog ständig umher und fiel erst im Jahre 1984 einem Direktor des Gesundheitsamtes der Provinz Quang An ins Auge. Von da an wurde er Französischlehrer dieses Gesundheitsamtes. Es hieß, er gehöre zum Personal des Gesundheitsministeriums, doch nun wurde aus ihm wieder ein Provinzler. Beim Abschied von Huong, entschlossen, sich ins Leben zu stürzen, hatte er teilnahmslos mit ihr vereinbart:

– Wenn ich es nicht schaffe, in den nächsten vier Jahren nach Hanoi zurückzukommen, so heißt das, unsere Liebe ist beendet…

Auch sie blieb gelassen:

– Ich warte von diesem Augenblick des Abschieds an auf deine Rückkehr nach Hanoi… Nun, umarme mich! Ob mir diese Arme wohl eine Stütze in meinem Leben sein können?

Und jetzt war er offensichtlich der Verlierer in diesem sprunghaften Spiel mit dem chaotischen Verwaltungssystem der Gesellschaft. Stumm duldete er sein einsames Dasein. Weder in Quang An noch in Hanoi würde er jemals einen Onkel, eine Tante oder einen Cousin haben, die eine wichtige Position innehatten, um Entscheidungen zu treffen, und sei es auch nur auf Kreis- oder Stadtbezirksebene. Als er eine flüchtige Bekanntschaft zu einem Assistenten des Direktors der Generaldirektion aufbauen wollte, musste er über einen entfernten jüngeren Cousin gehen. Da er zu diesem Zeitpunkt kein Geld hatte, blieb ihm nichts anderes übrig, als sich welches zu leihen, womit er zwei Kilo Erdnüsse, ein Kilo geschälte Garnelen, eine Flasche mit ausländischem Schnaps als Geschenk für den Assistenten aus seiner Heimat kaufte. Er hoffte, eines Tages würde diese weitläufige Beziehung ihre Wirkung dabei zeigen, ihn wieder in irgendein Büro in der Hauptstadt Thang Long zurückzukatapultieren... Er und Huong würden heiraten. Huong war ein Mädchen aus Hanoi und hatte einen festen Arbeitsplatz. Und obwohl der kleine Raum gleich neben der Küche, den Huongs Vater ihnen geben wollte, noch nicht so schön und geräumig war, wie er es sich wünschte, so würde er es ertragen und die Kränkung erdulden, um schrittweise sein Ziel zu erreichen. Er würde üben, um sein Französisch vortrefflich zu machen und außerdem sehr gut Englisch lernen. Und von Hanoi aus würde er ins Flugzeug nach Paris steigen, um dann fünf Jahre später, nachdem er in West- und Osteuropa gelebt hätte und mit mehreren Goldunzen heimgekehrt wäre, sich eine Wohnung in einem Wohnviertel wie Kim Lien oder Trung Tu zu suchen. Er würde nicht mehr bei den Schwiegereltern unterkriechen, sondern durch seine eigenen Fähigkeiten und Kenntnisse selbstsicher ein Hanoier werden. Er glaubte an sein Sprachtalent. An seiner Fakultät konnte man keinen anderen Studenten finden, der nur zweimal ins Wörterbuch zu schauen brauchte und dann 20 bis 25 französische Wörter auswendig wiedergeben konnte. Das Problem bestand jedoch darin, dass er jetzt erklärt hatte, er werde seine Liebe beenden. Das vierte Jahr war bereits angebrochen. Er war müde und fühlte die Schande dieser Liebe ohne festen Wohnsitz. Huong war die Älteste ihrer Familie, nach ihr kam ein jüngerer Bruder. Angesichts der Lebensverhältnisse in Hanoi galt ihre Familie als wohlhabend und gut situiert. Und wie stand es mit ihm? Er lachte vor sich hin... Es war schon Liebe, aber auch eine hervorragende Ausgangsbasis, die er sich für seine Karriere nicht entgehen lassen konnte. Wie dem auch sei, er konnte nicht leugnen, der Traum von der Heirat mit Huong folgte in seinem tiefsten Innern seiner Vernunft und beruhte nicht nur auf Liebe. Er war mit seinem strategischen Kuss zufrieden, denn seine romantische Veranlagung sagte ihm, er habe sich genau wie Julien aus Stendhals „Rot und Schwarz“ verhalten. Er war voller Selbstvertrauen und stolz auf sich, obwohl er nur zu gut wusste, dass ihr Vater seine Herkunft aus Nghe Tinh und seine Teilnahmslosigkeit überhaupt nicht mochte. Andererseits war Huong aufgrund ihrer Bildung der Stolz der Familie, sie war die geliebte Tochter, und obwohl ihr Vater seiner leeren Taschen wegen enttäuscht war, verlor er nie ein Wort darüber, wenn er die beiden auf der Straße Hand in Hand gehen sah oder wenn sie sich beim Abschied nicht voneinander losreißen konnten. Ihr Vater verwöhnte sie, wovon auch er profitierte. Da er dies wusste, legte er ihm gegenüber stets Höflichkeit an den Tag in einer förmlichen Art, sehr bescheiden und angemessen. Er zeigte nicht die geringste Liebedienerei, und doch war es zu diesem unerfreulichen Zwischenfall gekommen. Natürlich war er in dem Moment des Streits nicht dabei und wusste nur das, was Huong erzählte:

– An einem Sonntag waren alle fröhlich beim Essen versammelt. Es gab Reisnudeln mit Ente und Bambussprossen. Als das Gespräch auf das Thema unserer Zukunft kam, war ich ganz unbekümmert. Natürlich würde später das ganze Anwesen (also die drei Räume im Haupthaus – ohne den Raum neben der Küche zu rechnen) dem ältesten Sohn der Familie Hoang gehören. Als sich der Vater an mich wandte und sagte: Und du, da du nun schon einige Jahre arbeiten gehst, solltest daran denken, Geld für die Renovierung des Raumes neben der Küche beiseite zu legen. Hier könnt ihr beide euch einrichten, wenn er es erträgt, hier als Schwiegersohn zu wohnen. Ich rief aus: Nein, ich will einen Raum im Haupthaus haben. Erstaunt riss mein Vater die Augen auf und betonte jedes Wort: Ach, so … ist… das! Einen Raum im Haupthaus? Dann hat dich wohl dieser elende Kerl aus Nghe An dazu überredet, das zu fordern? Er hat vor, dieses Anwesen an sich zu reißen, nicht wahr? Du bist sehr dumm, mein Kind. Schluss damit, hier ist meine Entscheidung: Von jetzt an verbiete ich ihm, ins Haus zu kommen. Ich verbiete diesem Kerl aus Nghe An hierher zu kommen, ihm, der noch in Quang An wohnt und die Absicht hat, nach Hanoi umzuziehen, indem er sich an einen Weiberrock klammert, hast du verstanden, was ich sagen will, Huong? Nein, er hat mich gar nicht überredet, er will überhaupt nichts an sich reißen! Schluss jetzt! Wozu die vielen Worte! Ich habe schon graue Haare. Es ist ganz einfach: Ich verbiete ihm unser Haus, doch ich verbiete dir und ihm nicht, euch zu lieben!

Vater! Was du sagst und denkst, ist deine Sache. Aber was wir tun und wie wir leben, ist unsere Sache. Sei unbesorgt, Vater, dein Anwesen wird überhaupt nicht angetastet.

Huong hatte ihm nicht im Geringsten die Gedanken ihres Vaters verheimlicht. Dies verletzte ihn außerordentlich in seinem Stolz. Er war im Jahr des Büffels (1961) geboren und jetzt hatten wir 1987, also das Jahr der Katze. Er war schon 26 Jahre alt. Doch er fühlte sich gedemütigt, voller Bitterkeit und Hass, als er in ihr reines, eigensinniges, tränenüberströmtes Gesicht blicken musste. Der Zornesausbruch ihres Vaters, die hoffnungslose Ausweglosigkeit seiner Bemühungen, nach Hanoi zu kommen, standen in heftigem Widerstreit zu seinem Stolz als Nghe Aner und entfachten in ihm ein loderndes Feuer. Dieser Brand in seinem Innersten zerstörte gänzlich seinen Traum von einer Hochzeit, den er ständig gehegt hatte. Das Gefühl war natürlich noch nicht erloschen, doch diese Liebe konnte nicht länger andauern. Huong brauchte auch Zeit, ihr eigenes Leben in die Hand zu nehmen. Sie war nur ein Jahr jünger als er und konnte ihre Jugend nicht damit vergeuden, darauf zu warten, bis dieser Kerl aus Nghe An eine Anmeldung in Hanoi hätte, was durchaus fraglich war. Nun, da ihr Vater so dachte, konnte er ihm gegenüber kein Wort mehr über die erträumte Heirat verlieren. Irgendwelche Erklärungen, dass dies alles gar nicht seine Absicht sei und sie beide nur dies oder jenes wollten, fand er sinnlos und erniedrigend. Er hatte ein ziemlich festes Prinzip im Umgang mit den Leuten, wonach ihn diese hassen oder respektieren, nicht aber missachten durften.
Es war gut so! Schon die Ahnen sagten: Beim Aufbau des Lebens ist nichts schwerer, als der Erniedrigung zu entgehen; bei der Verteidigung des Lebens ist nichts schwerer, als der Schande zu entgehen; beim Schutz des Lebens ist nichts schwerer, als Krankheiten zu entgehen.
Insgeheim war er ihr dankbar für diese getreue Wiedergabe, denn der auf einem Irrtum beruhende Zorn des Vaters machte ihm die Sache unerwartet leicht und gab ihm das nötige Gleichgewicht für die vorher vereinbarte Trennung. Nun durfte er im Namen seines männlichen Stolzes von ihr Abschied nehmen und geriet nicht in die Lage, mit erhobenen Händen seine Unfähigkeit bei der Jagd nach der Anmeldung in Hanoi zugeben und den Traum von der Heirat mit ihr

fallen lassen zu müssen. Nun gut, er würde sich für sein Schicksal rächen. Bevor ihr Vater die Augen für immer schließen würde, sollte er wenigstens deutlich sehen, wie er in Thang Long in einer anständigen Wohnung mit einer Frau lebte, deren Aussehen dem seiner lieben Tochter in nichts nachstünde. Er nahm einen großen Schluck Schnaps und grinste vor sich hin. Gut, von jetzt an brauchte er nicht mehr zweimal im Monat nach Hanoi zu kommen, um sie zu treffen. Und Giap, sein Freund aus der Zeit an der Phan Boi Chau-Schule, brauchte nicht mehr jedes Mal den jämmerlichen Blick seiner Frau zu ertragen, wenn er das geliehene sowjetische Rennrad herausschob. Er würde nur noch in Hanoi vorbeikommen, wenn er dort etwas zu erledigen hätte, was ihm seine Chefs anvertrauten oder was mit den Prüfungen zur Auswahl der Gesundheitsspezialisten für Algier zusammenhinge. Vielleicht setzte er sich auch in das kleine Café neben ihrer Gasse. Er würde in einer stillen Ecke ein paar Schalen Tee trinken, einige Erdnusskekse essen und so lange sitzen bleiben, bis er seine Huong herauskommen oder hineingehen sähe. Dann würde er ruhig zur Busstation Nua gehen und auf den Bus nach Quang An warten. Huong nahm schon eine besondere Stellung unter den Frauen ein, die ihm in seinem Leben etwas bedeuteten. Obwohl sie noch nie miteinander geschlafen hatten, wusste er sehr wohl, dass sie genau im Bilde war, wer sein Idol war. Sie meinte, er habe Julien bei weitem übertroffen, was die Beglückung nicht weniger sentimentaler Frauen anbelangte. Jedes Mal, wenn sie jemanden von seinen Affären sprechen hörte, schüttelte sie nur lachend den Kopf. Das Kuriose war, dass dadurch ihre Liebe zu ihm nicht nachließ. Als sie den Eindruck hatte, er protze mit seinen Liebesabenteuern (natürlich nicht vor ihr), sagte sie mit ernster Miene:

– Du bist wirklich etwas zu lange kindisch. In deinem Alter freust du dich noch über jede bedeutungslose Affäre, als ob du danach Bonbons geschenkt bekommst?

Er hörte ihr voller Unbehagen zu. Wie kam es, dass ihr offensichtlich seine heimlichen Liebesgeschichten zu Ohren gekommen waren? Sie sah ihn mit einem genau analysierenden und keineswegs selbstlosen, mitfühlenden Blick an. Ihm war klar, sie kannte das Leben und die Menschen hauptsächlich aus Romanen und dem Hanoier Straßenleben. Sie hatte erstaunlich wache und ausgeglichene Nerven im Vergleich zu ihrem schmalen, zerbrechlich wirkenden Körper. Einmal hatte er im Mondschein auf einer feuchten Parkwiese sanft den ersten Knopf ihrer Bluse geöffnet, dann sprang auch der zweite auf, wobei er sie bedrängte:

– Huong, liebst du mich wirklich? Denn ich … ich möchte mein Vertrauen auch einmal körperlich mit dir erleben. Nur ein einziges Mal!

Sie war überhaupt nicht einverstanden. Sie legte beide Hände auf seine Schultern, schaute ihm direkt in die Augen. Das Mondlicht zerrann auf ihrem Busen. Sie sagte mit voller Stimme:

– Ja, ich liebe dich. Ich würde es nicht bereuen, mich dir hinzugeben. Aber aus Liebe zu dir warte ich auf deine Rückkehr, denn ich denke, du bist nicht so dumm, nur um an etwas glauben zu können, das offensichtlich ist, den Körper deiner Geliebten dafür einzutauschen!

Er wusste, in jenem Moment war außer ihnen niemand auf der vom Tau feuchten Wiese im Mondschein. Hinzu kam: Die Stärke seines 65 kg schweren und 1,70 m großen Körpers zusammen mit seiner hervorbrechenden sexuellen Begierde waren mehr als ausreichende Bedingungen, um sie glücklich machen zu können. Doch er hatte sie still umarmt und ganz sanft, ganz zärtlich geküsst und ihr langsam die Bluse wieder zugeknöpft. Bis zum jetzigen Zeitpunkt, wenn er sich daran erinnerte, dachte er, sie kenne alles nur aus Büchern, sei wirklich im falschen Moment vernünftig, und er bedauerte es schrecklich. Nun würde sie nach und nach einem anderen als ihm ganz gehören! Komm, umarme mich noch ein letztes Mal. Diese Arme können mir keine Stütze in meinem Leben sein. Verflucht! Konnten ihr seine Arme wirklich keine Stütze sein? Er hatte einen halben Liter ausgetrunken und merkte plötzlich, dass er ziemlich trinkfest war. Und ihm wurde jäh bewusst, dass sein sehnlicher Wunsch, eine winzig kleine Hausecke in diesem Herzen des Vaterlandes zu besitzen, zwar wirklich erstrebenswert und liebenswert, doch auch in beängstigender Weise bemitleidenswert war. Wie es die Gäste schon gewöhnt waren, bereitete ihm Hung Den, als er aus den Augenwinkeln sah, dass die Schnapsflasche leer war, die Knabbereien aufgegessen waren, eine Schüssel Nudelsuppe mit Rindfleisch.

– Hallo! Tran Linh, was ist dir denn heute für eine Laus über die Leber gelaufen, dass du so viel trinkst?

– Ach, ich gebe es auf. Gib mir bitte noch ein Stück Zitrone!

– Okay.

Er saß, als ob er im Büro eines Direktors wäre, in der einen Hand den Löffel, in der anderen die Stäbchen. Beide Knie leicht gespreizt, löffelte er langsam die Suppe. Es war bereits spät in der Nacht. Die Gäste, die zum Essen gekommen waren, gingen nach und nach. Hung Den wischte sich die Unterarme ab, auf die ein auf den Mond blickendes Drachenpaar tätowiert war, und fragte sehr freundlich:
– Wie steht's? Hast du es noch nicht geschafft, in Hanoi Fuß zu fassen?
– Ich habe schon an alle möglichen Türen geklopft, weißt du?
– Du musst vielen etwas zustecken. Du musst ununterbrochen „austeilen", beharrlich und zielgerichtet! Verstehst du?
Er verzog die Mundwinkel und lachte müde:
– Versteh doch, mein Geld ist alle!
– Wann fährst du wieder nach Quang An zurück?
– Vielleicht morgen früh, wenn mein Freund genug zusammenbekommt, damit ich mir einen Fahrschein kaufen kann!
– Das heißt, heute lässt du wieder anschreiben?
– Nein, ich zahle dir die 30.000 Dong, die bisher angeschrieben waren. Und die heutige Zeche lass mich dir noch schuldig bleiben, falls mein Freund nicht hierher kommen kann. Ich hoffe, mein Schutzengel heute ist kein blinder und verkrüppelter Greis, sodass ich mit dir restlos abrechnen kann. Denn es wird eine ganze Weile dauern, bis ich wieder die Gelegenheit haben werde, hier an der Haltestelle Nua die Nacht zum Tag zu machen!
– Du wartest doch auf Duy Beo, nicht wahr?
– Ja, du bist wirklich ein hervorragender „Kriminalkommissar" und kennst dich aus mit meinem Umfeld hier in Ben Nua.
– Die auffälligen Typen vergesse ich nicht. Ich kann mir nicht alle merken. Nun gut, zähle mir gleich die 30.000 auf die Hand! Und die paar Dong von heute Nacht gebe ich dir wieder auf Kredit. Zu dieser Stunde kann dein Freund gar nicht mehr kommen.
Tran Linh nahm den Zahnstocher aus dem Mund und sagte:
– Wenn das geht, dann ist das prima!
Er zählte dem Inhaber genau 30.000 Dong ab und sagte:
– Ich werde auf jeden Fall auf meinen Freund warten. Ich danke dir.
Somit war er völlig abgebrannt. Er hatte keinen Xu mehr in der Tasche. Als er zwei Tage zuvor Duy Beo getroffen hatte, meinte dieser in einem heiteren Moment:

– Du kannst dein Geld ruhig ausgeben, ich kümmere mich um das Geld für die Rückfahrt nach Quang An. Wir treffen uns genau zur selben Zeit im Lokal Hung Den, an der Haltestelle Ben Nua.

Doch dieser Augenblick war längst vorüber, und er sah Duy Beo immer noch nicht auftauchen. Seit mehr als einem Jahr war Hung Dens Lokal der Ort, an dem sie gemütlich aßen, und auch der Ort, an dem er sich mit Duy Beo oder mit anderen Bekannten verabredete und noch zu später Stunde Bier trank und fröhlich zusammensaß. Oft begannen die Leute in den ersten Frühbus nach Quang An einzusteigen, wenn sie auseinandergingen.

Obwohl er mit Tran Linh im selben Literaturkurs an der Schule „Phan Boi Chau" gewesen war, schien Duy Beos Schicksal viel glücklicher zu sein. Nachdem er das Gymnasium absolviert hatte, legte er die Aufnahmeprüfung für die Hochschule Option C ab. Da es ihm, dem ältesten Sohn eines Rechtsanwaltes aus der Gegend von Nghe An, gelungen war, genügend Punkte bei der Prüfung zu erreichen, um in der DDR studieren zu können, wurde er von allen mit dem bekannten Sprichwort gelobt: Wie der Vater, so der Sohn.

Nach seinem fünfjährigen Jura-Studium an der Universität Leipzig war Le Duy nach Hanoi zurückgekehrt. Seine Bekannten riefen ihn jetzt mit einem neuen Namen: Duy Beo – der dicke Duy. Wer weiß, wie viel Goldunzen all die Gegenstände und Güter, die Duy Beo mitgebracht hatte, wert waren. Man brauchte nur die Veränderung bei seinen Eltern und Geschwistern zu betrachten – von der Gemeinschaftsunterkunft in der Hochschule zu einer ansehnlichen Wohnung in der Innenstadt –, um zu sehen, dass er neben dem Erreichen des Jura-Abschlusses noch eine kleine wirtschaftliche Revolution innerhalb der Familie bewirkt hatte.

Tran Linhs Ratschlag fand sofort die Zustimmung von Duy Beo: ein türkisfarbenes Mifa-Fahrrad ohne großes Zögern zu verschenken, um dafür eine Planstelle im Arbeitsministerium und eine Anmeldung in Hanoi zu bekommen und direkt Kader der Generaldirektion für Internationale Arbeitskooperation zu werden. Dies war für alle Beteiligten ein angenehmer und erfreulicher Tausch. Es blieb nur noch eines zu tun, ein angemessenes Haus zu finden, in dem der Herr Rechtsanwalt aus der Gegend von Nghe An mit seiner Ehefrau für immer wohnen und so seinen Ruhestand in der Hauptstadt genießen konnte. Wenn Duy Beo das geschafft hätte, dann könnte er ganz beruhigt sein, denn so wäre die ganze Familie in Hanoi versammelt. Dann könnte er machen, was er wollte. Weiter studieren. Noch einmal irgendwohin fahren. Oder heiraten. Oder noch nicht vorschnell heiraten. Alles könnte geschehen, wie er es sich vorstellte. Duy Beo hatte immer Glück, sodass er stets den Eindruck hatte, er müsse sich um das Leben vorerst keine Gedanken machen. Er brauchte auch nicht verbissen nach etwas zu suchen, das außerhalb seiner abgesteckten Möglichkeiten lag. Erst einmal nichts überstürzen, weiter essen, trinken, rauchen und sich amüsieren. Alles würde so kommen, wie es kommen musste. So kam es, dass schließlich zum jetzigen Zeitpunkt, noch nicht einmal vier Jahre danach, alle Besitztümer sich in Fassbier, Hundefleisch und Vergnügungen mit Mädchen aufgelöst hatten. Tran Linh verstand Duy Beos Überdruss, der darin bestand, dass die Arbeit in seiner Abteilung nichts mit den in Deutschland erworbenen Jurakenntnissen zu tun hatte. Mal war er nur Bote, mal übersetzte er für das Ministerium wie ein professioneller Übersetzer ganze Stapel von Dokumenten aus dem Deutschen gegen ein überaus geringfügiges Honorar. Außerdem war er daran gewöhnt, nach Belieben Geld auszugeben, deshalb konnte er einfach nicht sparsam und wirtschaftlich denken. Gelegentlich, wollte er seine Freigiebigkeit als jemand, der aus Deutschland zurückgekommen war, unter Beweis stellen, konnte er Tran Linh einfach zwei Stangen ausländische Zigaretten geben und sagen:

– Tja, ich habe nichts mehr. Hier, nimm sie und verkauf sie auf dem Markt. Mit dem Geld kannst du nach Quang An fahren und gepresste Reisballen essen!

Eines Tages traf Duy Beo ihn zufällig, als er mit Giap unterwegs war, und rief aus:

– Kommt beide schnell mit! Heute gebe ich euch beiden Kumpeln eine Runde aus.

Und was für eine Runde! Es stellte sich heraus, dass jeder ein Baguette mit Pastete bekam und dann seine Taschen leer waren! Manchmal fühlte sich Tran Linh zu sehr vom Pech verfolgt, wenn er sich mit Duy Beo verglich. Und obwohl sie Freunde in derselben Klasse, derselben Schule gewesen waren, aus derselben Heimat stammten und ziemlich viele gemeinsame Erinnerungen an die Schulzeit hatten, gab es doch viele Dinge (sowohl in materieller wie in ideeller Hinsicht), die sie nicht gänzlich teilen konnten. Sich gegenseitig Ratschläge zu erteilen war noch tausendmal schwieriger, weil der eine 27 und der andere 28 war; wer sollte in dem Alter auf wen hören? Duy Beos Eintritt ins Leben war viel leichter verlaufen. Dies bewirkte, dass Tran Linh nach den ersten Tagen ihres Wiedersehens in Hanoi nicht allzu überschäumend und warmherzig war. Er wollte sich stets selbst seine Unabhängigkeit beweisen und vermied es sehr, seinen alten aus Deutschland zurückgekehrten Freund um Geld bitten zu müssen. Doch das, was Duy Beo erreicht hatte, war für ihn noch ein großer Traum. Morgen würde er in sein Zimmer zurückkehren, die kleine Bühne seines Lebens, auf der er eine wenn auch bescheidene, doch relativ wichtige Rolle spielen musste – die des Französischlehrers des Gesundheitsamtes von Quang An. Seine Schüler waren ausnahmslos im Alter seiner Onkel und übten wichtige Funktionen im Gesundheitswesen der Provinz aus. Es gab auch Schüler, die wichtige Posten in Ämtern und Abteilungen anderer Bereiche innehatten. Obwohl er sich um eine Vielzahl solcher komplizierten Beziehungen außer denen zwischen Lehrer und Schüler kümmern musste, waren seine persönlichen Requisiten überaus schlicht: ein Tisch, ein Einzelbett aus Holz, zwei verschiedenfarbig lackierte Stühle, ein Petroleumkocher, ein kleines Bücherregal und ein Schränkchen für ein paar Kleidungsstücke. Deshalb empfing er seine Herren Schüler nur im Notfall bei sich zu Hause. Für fast alle größeren oder kleineren Treffen ging er mit seinen Gästen in ein Lokal, das besser eingerichtet war. Und wenn er sich dafür auch sehr verschulden musste, nahm er es hin. Er liebte die Eleganz und erschien stets vor den Leuten so korrekt und elegant wie möglich. Das erste, was er tun musste, als er dieses Zimmer erhielt, war, eine alte ausrangierte Decke von einem gutherzigen jungen Mann zu borgen, um einen Winter ohne Moskitonetz zu überstehen. Er hatte sofort erkannt, dass er hier sehr zurückgezogen leben würde, doch wenn er sich durch seine Schüler einen guten Ruf verschaffen könnte, würde sich eventuell eine günstige Gelegenheit bieten, nach Hanoi zurückzukehren. Er wusste, seine Schüler waren alle Ärzte von Format, wie der Leiter der Abteilung für Reanimation, der Leiter der Abteilung Innere Medizin, der Leiter der Abteilung Allgemeinmedizin, der Direktor des Krankenhauses der Provinzhauptstadt, der Direktor des Tuberkulosekrankenhauses. Sie standen in enger Verbindung zu den Persönlichkeiten in den Parteileitungen und Verwaltungskomitees auf Provinzebene, mit den Direktoren und stellvertretenden Direktoren. Daher hatte er sehr viel Mühe in die Darstellung seiner pädagogischen Methoden und Fähigkeiten investiert. Schon im ersten Jahr, als er seine Arbeit und seine Schüler zugeteilt bekam, waren Ruf und Ansehen des jungen Tran Linh als Lehrer der französischen Sprache für die Medizinspezialisten, die nach Algier gehen sollten, bis in die Landgemeindeambulatorien vorgedrungen. Sehr viele Ärzte, die davon träumten, als Gesundheitsspezialist nach Algier zu gehen, um sich einen roten Honda-Roller, ein Doppelkassettendeck oder einen Farbfernseher anzuschaffen, legten zwei bis drei Kleinunzen an, um bis nach Hanoi zu kommen und dort einen Lehrer oder Nachhilfelehrer zu engagieren, und fielen dann doch in der Prüfung durch. Sobald sie jedoch beim Lehrer Tran Linh für ein sehr bescheidenes Honorar gleich in der Heimatprovinz lernten, bestanden die meisten die Prüfung. Und der Ruf des Französischlehrers des Gesundheitsamtes stieg proportional zur Zahl der Medizinspezialisten aus Quang An, die für die Arbeit in Algerien ausgewählt wurden. Alle mussten zugeben, dass der Lehrer Tran Linh, obwohl er noch jung war, doch Verstand und eine sowohl praktische als auch schöpferische Lehrmethode hatte. Er verfügte über eine klare Beurteilungsgabe, die ihm bei seinen Schülern hohe Wertschätzung einbrachte. Er brauchte nur einige Unterrichtsstunden und konnte genau sagen, wer ganz sicher die Prüfung bestehen würde, wenn er unterrichtete. Wenn jemand ihm dies nicht glaubte und zu den Hanoier Lehrern gehen wollte, konnte er ebenfalls sofort sagen, wer durchfallen würde und in welchem Fach. Er sagte es so sicher voraus, dass letztendlich viele zu ihrem eigenen Propheten, der nun doch etwas galt, zurückkehrten. Und hielten schließlich doch den Reisepass in Händen. Allmählich wurde aus ihm eine recht bedeutende Person innerhalb des Gesundheitsamtes von Quang An. Verflucht! Wie ist es diesem Kerl aus Nghe An gelungen, so ein enger Vertrauter der Chefs zu werden? Viele Leute, die auf ihn neidisch waren, äußerten dies. Natürlich konnte er niemandem seine Tricks verraten, mit denen er um sich herum enge, angemessene Beziehungen zur oberen Ebene aufbaute. Besonders zu Personen, von denen er, genauer besehen, irgendwann unbedingt eine Unterschrift oder einen Stempel bräuchte. Oder einen entscheidenden Telefonanruf oder zumindest ein luxuriöses Auto, das er für einige Stunden oder Tage benutzen durfte. Manchmal wollte er vor den aufblickenden Augen der Öffentlichkeit, die die Angewohnheit hatten zu glauben, dass diejenigen Leute, die häufig aus einem Toyota, einem Wolga oder Lada ausstiegen oder die in den Büros der Provinzparteileitung, des Provinzkomitees, des Gesundheitsamtes ein- und ausgingen, allesamt bedeutende Personen der Provinz waren, seine Wichtigkeit unter Beweis stellen. Sehr wenige wussten, dass einige Direktoren ihn in ihr Büro baten und ihn nach seiner Meinung fragten, wenn sie abzuwägen hatten, ob Herr X oder Herr Y als stellvertretender Direktor ausgewählt werden sollte. Jedes Mal, wenn er so persönlich empfangen wurde, nutzte er die Gelegenheit, um gezielt seine Fähigkeit unter Beweis zu stellen, das Leben zu analysieren und einzuschätzen. Seine Darstellungsweise war stets sehr taktvoll und höflich, mit Sätzen, in denen sehr bescheidene und respektvolle Satzkonstruktionen vorkamen wie „Wenn ich mich nicht irre, dann …", oder „Ich würde es nicht wagen, unverfroren zu sein, doch da Sie mir vertrauen und mich befragen, bitte ich darum, die Wahrheit sagen zu dürfen …" Er war mit sich zufrieden, wie er seine fachliche Stärke bestätigen konnte und seinen persönlichen Ruf in raffinierter Weise erhöht hatte. Als er seine erste Unterrichtsstunde für die Ärzte in Quang An gab, war er erst 23 Jahre alt. In den zwei Jahren – 1982, 1983 – als er in Hanoi umherirrend nach Arbeit suchte und auf seine Stellenzuweisung wartete, hatte er zur Genüge die harte Seite des Lebens spüren können. Er hatte alle Entscheidungen abgelehnt, die vorsahen, ihn als Französischlehrer an Gymnasien einzusetzen. Er fürchtete den ermüdend langweiligen Lebensrhythmus an einer Kreisschule. Gleichzeitig rechnete er sich aus, dass er, würde er erst einmal an solch einer Schule tätig sein, keine Gelegenheit mehr hätte, sich weiterzubilden und nach Paris zu fahren, um noch mehr zu lernen. Um die Gymnasiasten zu unterrichten, brauchte man keinen Lehrer seines Formats zu nehmen. Ginge er an eine allgemeinbildende Schule, würde er sich selbst in einen Sumpf stürzen. Als Russisch- oder Englischlehrer könnte man die Gelegenheit bekommen, ins Ausland zu einem Sprachtraining zu fahren. Die französische Sprache war kein Fach, dem in den abgelegenen Provinzregionen und Kreisstädten Aufmerksamkeit geschenkt wurde. Besonders wenn er zum Personal des Bildungsministeriums gehörte, wie sollte er da noch nach Frankreich fahren können. Er war damit einverstanden,

Lehrer des Gesundheitsamtes von Quang An zu werden und würde so zum Gesundheitsministerium gehören, weil er hoffte, in diesem Ministerium wäre der Bedarf an Französischunterricht größer. Er würde die Gelegenheit bekommen, sein fachliches Können unter Beweis zu stellen. Die Umstände zwangen ihn dazu, all seine Kräfte einzusetzen, damit sich seine Fähigkeiten bestmöglich entwickelten. Darüber hinaus war in diesem Ministerium die französische Sprache offensichtlich ein Mittel, das überaus wichtige Beziehungen eröffnete, sowohl in der Provinz als auch mit Hanoi, sogar Beziehungen, die unerwartete Auslandsreisen ermöglichten. Doch jetzt schienen so ziemlich all seine Hoffnungen, die Grenze von Quang An zu überschreiten, um nach Hanoi zu gelangen, vorläufig auf Eis gelegt zu sein. Es gab im Ministerium einen hochrangigen Kader, der einst Schüler einer Militärgrundschule gewesen war und ihn sehr mochte, nur weil sich auf einer Eisenbahnfahrt von Hanoi nach Hai An ihre Gleichgesinntheit herausgestellt hatte. Der angenehme Grund war, dass sich dieser Herr leidenschaftlich für Poesie interessierte. Tran Linh wusste nicht, hatte er unbeabsichtigt oder absichtlich zu diesem Mann gesagt, er sei ganz hingerissen von den beiden Gedichten „Tay Tien“ von Quang Dung und „Der Tag der Rückkehr“ von Chinh Huu. Wer hätte gedacht, dass dieser Kader seinerzeit Angehöriger der Abteilung der Soldaten ohne Haare gewesen war. Und auch ein sentimentaler Typ, der „in der Nacht träumt von Hanoi mit seinem Duft“ und auch ergriffen war bei der „Erinnerung an den Tag, an dem wir die Hauptstadt in Flammen verließen – Der Staub des Feldzuges lässt die eleganten Hemden verblassen.“ Daher wurde er von diesem Mann so eingeschätzt:

– Ein junger Mann wie du ist wirklich gut, selten gibt es einen Jugendlichen, der sich in der heutigen Zeit noch erinnert an: Tay Tien, die Abteilung der Soldaten ohne Haare!

Und er erhielt das äußerst verheißungsvolle Versprechen:

– Du willst nach Hanoi zurückkehren, um leichter vorwärts zu kommen, nicht wahr? Wenn sich die Gelegenheit bietet, werde ich ganz sicher deine Rückkehr arrangieren. Mach weiter deine Arbeit in Ruhe und wirklich gut, erwirb dir das Ansehen von Quang An. Der gesamten Direktion des dortigen Gesundheitsamtes bin ich wahrlich kein Unbekannter!

Von da an kam dieser Herr „Tay Tien“ jedes Mal, wenn er in Quang An war, bei Tran Linh zu Hause vorbei. Tran Linh kümmerte sich sorgfältig um ihn und erfüllte den Wegbereiter „Tay Tien“ mit Zufriedenheit, indem er sich mit ihm recht lange über das Gedicht „Die Augen eines Mädchens aus Son Tay“ von Quang Dung unterhielt. Schließlich hatte er Herrn „Tay Tien“ geradeheraus folgendes vorgeschlagen:

– Onkel, ich kann mir zehnmal so viel Mühe geben, doch es ist nicht sicher, ob dies genauso viel wert ist wie ein befürwortendes Wort von Ihnen auf dem Kongress, besonders auf dem jetzigen Kongress voller wichtiger Leute der Parteileitung und des Verwaltungskomitees. Wenn Sie mit mir fühlen, können Sie es nicht bereuen, ein paar Worte für mich einzulegen.

Er hatte seinen Vorschlag mit warmherzigen, ehrlichen Worten beim Duft von gegrilltem Trockentintenfisch und Fassbier vorgebracht, sodass der Herr „Tay Tien“ äußerst angetan war:

– Sei unbesorgt, ich weiß genau, was du sagen willst. Man braucht nur an die Zahl der Medizinspezialisten aus Quang An zu erinnern und an die Qualität, mit der diese im Freundesland arbeiten. Sowie an das Ansehen einiger Ärzte in Quang An zusammen mit einigen Französischlehrern in Hanoi hinsichtlich der Ausbildungsqualität der Kader des Gesundheitsamtes von Quang An, dann bedeutet dies, dich in den „Kaiserhof“ dieser Provinz zu stellen, damit dir alle zujubeln, stimmt doch, oder?

– Verehrter Onkel, aber auch nicht übertreiben! Es soll wirklich objektiv sein.

– Sei ganz unbesorgt.

Natürlich war er unbesorgt. Er wurde geschätzt, verehrt, besonders in seinem Arbeitsumfeld. Nur schade, dass der Herr „Tay Tien“ ihm vor kurzem eine Hausaufgabe aufgegeben hatte, die er überhaupt nicht lösen konnte:

– Ich werde für dich arrangieren, dass du im Sekretariat des Gesundheitsministeriums arbeiten kannst; aber unter der Bedingung, dass du selbst für deine Anmeldung in Hanoi sorgst.

Diese Bedingung war für ihn unerfüllbar. Das bedeutete, der Herr „Tay Tien“ hatte ihn sehr geschickt abgewiesen. Kategorie A bestand aus Personen, deren Antrag für einen Umzug nach Hanoi erst geprüft werden konnte, wenn sie mindestens fünf Jahre in einer anderen Provinz gearbeitet hatten, sie mussten vorher bereits in Hanoi angemeldet gewesen sein und dort eine eigene Wohnung haben (im

Haus der Eltern, Geschwister, irgendeines Onkels oder dergleichen). Kategorie B: Der Ehepartner des Betreffenden musste in Hanoi arbeiten und dort bereits angemeldet sein; die Familie lebte getrennt und für sie bestand die Dringlichkeit der Familienzusammenführung; außerdem musste dieser ebenfalls fünf Jahre in einer anderen Provinz gearbeitet haben. Und was Kategorie C beinhaltete, wusste allein der Himmel. Er wusste nur, er war weder A noch B. Und wenn er C wäre? Das wäre noch aussichtsloser! Er hatte irgendwo gehört, dieser Personenkreis müsse in der Lage sein, die Mauern der Formalitätenfestungen zu durchbrechen, wofür eine Menge „Bestechungsgeld" erforderlich sei. Dies bedeutete, man benötigte einige Goldunzen. Auch wenn man schon das Bestechungsgeld besaß und es nicht geschickt am richtigen Ort zu platzieren wusste, war die Mühe vergeblich gewesen. Stellte man sich nicht gewitzt dabei an, bestand die Gefahr, auch noch „der Bestechung eines Revolutionskaders" beschuldigt zu werden. Woher sollte der „Prinz mit dem einzigen Anzug", der manchmal auch Anschreibprinz genannt wurde, auch nur eine Unze Gold nehmen, um sofort einen Coup zu starten? Ohne von der Scham zu reden, die ihn jedes Mal überkam, wenn er sich an die tränenüberströmten Gesichter der Frauen erinnerte, nach den kurzen Liebesgeschichten, die ihn ernährt hatten. Sie hatten ihm Geld für Reis und für Schnaps gegeben. Sie hatten für ihn genäht und ihm eine Aktentasche gekauft. Wann konnte er sich ihnen erkenntlich zeigen? Keine verlangte das von ihm. Sie hofften nur auf seine Küsse und Umarmungen, die ihnen in ihrem Leben keine Stütze sein konnten, um mit Huongs Worten zu sprechen. Ganz sicher würde er eines Tages das große Geld machen und davon im Überfluss haben. Die jungen Frauen würden staunen, wie er zurückkäme. Mit einem Mal erinnerte er sich daran, dass es in Hanoi neben Huong noch Hien gab. Er war mit Hien eine Zeitlang sehr eng zusammen gewesen. Er zögerte, sich mit Hien zu treffen, einfach nur aus der unendlichen Verlegenheit eines Kerls heraus, der zu hohe, noch nicht zurückgezahlte Schulden hatte. Hien stammte ebenfalls aus einer reichen Hanoier Familie. Als sie noch Studenten waren, wusste sie, dass er, obwohl Sohn eines alten Bauern, dennoch klug, eigensinnig und attraktiv war, weshalb sie sich in ihn verliebt hatte. Zu der Zeit, als Huong und er in den Augen der ganzen Klasse als Paar galten, blieb die Freundschaft zwischen ihm und Hien sehr

zurückhaltend. Da Hien während ihres Studiums von ihrer Familie in jeder Hinsicht unterhalten wurde, teilte sie mit ihm ihr Stipendium und zwang ihn, es aus folgendem Grund anzunehmen:
– Kein falscher Stolz! Du bist ein Mann, der viel ausgibt und ganz allein ist, ich habe meine Eltern und meine Familie!
Auch Huong wusste von dieser Geschichte, doch sie nahm sie nicht ernst, denn Hien war ihre Freundin. Im Übrigen war sie der Auffassung, Hiens Gefühle seien schön. Und Hien dachte nicht im Geringsten, dass ihre Liebe in Erfüllung gehen könnte, das heißt, Huongs Schicksal sei viel glücklicher als ihres. Infolgedessen vertrugen sich alle drei miteinander. Schon seit langem hatte er Hien nicht mehr getroffen. Traf er sie, so sollte es zumindest etwas geziemend sein. Er brauchte also Geld, um Hien zum Kaffeetrinken einzuladen oder mit ihr chinesische, mit Zucker gefüllte Reiskuchen in der Tue Tinh-Straße zu essen.
Wenn ich sterbe, dann sucht mich, ja? …
Welch Liebe auf der weiten Erde;
Hong, Thuy, Dung, dann Lan, dann Diep…
Liebesgeschichten wie Salven eines Maschinengewehrs!
Wenn ich sterbe, dann sucht mich, ja?
An einem Abend wie im Winter…
Im Café … abends an einem Samstag.
Betrübt fragt der Cafébesitzer:
– Bist du traurig?
Er erschrak ein wenig, denn aus der nahe gelegenen Teestube ertönten vertraute Verse mit einer vom Wasserpfeiferauchen rauen Stimme. Diese Verse waren noch nicht veröffentlicht. Es schien das poetische Testament von Hoang Nhuan Cam zu sein.
Während er einen Blick zu dem mitternächtlichen Dichter dort drüben warf, um zu sehen, ob es der zeitweise von den Hanoier Studenten bewunderte Poet war oder nicht, kam Duy Beo auf dem Mifa-Rad herbeigestürmt und landete hinter seinem Rücken:
– Hallo! Im Namen des Arbeitsministeriums übermittle ich Ihnen, Genosse, ein Lob für Ihre Beharrlichkeit!
Er fuhr zusammen und fluchte:
– Was ist denn das für eine verdammte Art, sich zu verabreden? Elender Schuft! Wo ist das Geld? Deinetwegen musste ich weiter anschreiben lassen!

Mit munterem Blick lachte Duy Beo erstaunt:
– Danke, Anschreibprinz. Oh, seit mehr als zehn Jahren habe ich keinen so süßen Fluch gehört!
– Wie ist es, hast du endlich das Geld? Du bist zu vergnügungssüchtig.
– Lass uns jetzt einen Kaffee trinken gehen! He, bleib ganz ruhig, letzte Nacht habe ich etwas derart Unbeschreibliches erlebt, ich weiß gar nicht, wie man das nennen soll!
– Du hast dich doch wieder mit einem Mädchen amüsiert, oder?
– Natürlich, wenn man an Schlaflosigkeit leidet und noch so voller Lebenskraft ist, sollte man das tun!
Duy Beo lachte wieder. Sein rundes Gesicht strahlte Zufriedenheit aus. Seine laute Stimme ließ Tran Linh aufschrecken:
– He, Hung! Leih mir genügend Geld, damit der Anschreibprinz mit dem Bus nach Quang An zurückfahren kann an und es noch für ein Frühstück reicht! Heute Abend gebe ich es dir sofort zurück. Ich lasse dir mein Fahrrad als Pfand da. OK? Wir gehen jetzt erst einmal eine Runde Kaffee trinken!
Hung Den brabbelte mit verschlafener Stimme, doch er gab Duy Beo 5.000 Dong:
– So ein Theater! Gut! Schließ das Fahrrad an und dann verschwindet beide!

2

Das Problem bestand allerdings darin, gingen sie jetzt Kaffee trinken, würden sie die Reisekosten von Tran Linh schmälern. Beide Männer schraubten umgehend ihre Bedürfnisse herunter. Sie beschlossen, in eine Teestube gegenüber der Haltestelle der Busse nach Quang An zu gehen. Nachdem sich der Zigarettenrauch und der Duft des warmen Tees vermischt hatten, fragte Tran Linh:

– Wie steht's? Willst du ewig so weiterleben oder was?

Duy Beo meinte:

– Man muss seine Denkweise ändern, um überhaupt leben zu können! Schrecklich! Ich weiß auch nicht, warum ich letzte Nacht so etwas tun konnte!

– Was denn? Hast du eine neue Liebesgeschichte? Also ich könnte nicht so ein Spiel spielen wie du! Du kannst verdammt krank werden! Du solltest dich daran erinnern, dass sich deine Alten und deine beiden älteren Schwestern sehr wegen deiner gefährlichen Ungebundenheit sorgen und sie satt haben!

– Ach, du lieber Himmel! Jeder hat sein Bündel zu tragen.

– Dein bestes Stück war doch schon einmal außer Gefecht gesetzt worden und du hast immer noch keine Angst?

– Ach, in Hanoi mangelt es jetzt doch nicht an starken Antibiotika!

– Wenn du es so siehst, gebe ich mich geschlagen!

– Weißt du was? Sie ist wirklich schön. Wirklich, eine Frau mit einem Kind, deren Schönheit voll erblüht ist. Als wir fertig waren, hatte ich eigentlich noch genügend Geld, hierher pünktlich zur Verabredung mit dir zu kommen. Wer konnte ahnen, dass sie noch weitere „Gäste" empfing und ihr zehn Monate altes Kind auch noch weinte. Sie wollte „mir die Ehre erweisen" und bat mich, für sie auf das Kind aufzupassen, damit ihr keine Einnahmen entgingen. Es kann durchaus sein, dass der Kunde nach mir dachte, ich sei ihr Liebhaber, Ehemann oder irgendein anderer Typ. Doch wirklich, die ganze Zeit hielt ich das rosige Baby in den Händen und bemühte mich, es mit Liedern wie „Auf dem Duftfluss – du lässt das Ruder sinken, auf dem Duftfluss – der Himmel ist klar, das Wasser ist klar..." zu wiegen, dass meine Ohren davon widerhallten. Wer hätte gedacht – durch mein Wiegen schlief der Kleine gut. Dadurch war es in ihrem Zimmer noch ruhiger. Die Geräusche, die ich nicht hören wollte, ertönten weiter. Verflucht! Der Kunde, der nach mir gekommen war, war so groß und gesund und viel zu feurig. Als er weg war, wollte sie meine Mühe, das Kind zu wiegen, mit einem nochmaligen Schuss belohnen. Ich sagte ihr jedoch, wir sollten uns ein bisschen zum Spaß unterhalten. Und ich gab ihr das restliche Geld, um ein Fläschchen Alkohol und einige Päckchen Erdnüsse zu kaufen. Sie erfüllte meinen Wunsch, kaufte es jedoch von ihrem eigenem Geld. Sie verdiente ihr Geld gleich zu Hause. Sie erzählte mir, in ihrem Hauptberuf unterrichte sie an der Vorschule. So setzte ich mich und trank. Auch sie trank mit Genuss. Und mit einem Mal hatten wir beide noch einmal zärtliche Augenblicke voller Leidenschaft. Besonders nachdem sie frisch gebadet und einen frischen Hausanzug aus dünnem Stoff angezogen hatte. Aber ich fühlte trotzdem etwas, das mir wirklich Übelkeit verursachte. Es war wirklich romantisch und chaotisch!

– Hör auf! Ich bitte dich! Du bist ein Psychopath! Denn diese höfliche und erfahrene Nutte hat gewusst, wie sie deine jämmerlichen Nerven auf raffinierte Weise erregt. Meiner Meinung nach solltest du dir ein ordentliches Mädchen suchen und es lieben. Du hast alle Voraussetzungen für eine ernsthafte Liebe. Du bist Kader des Wissenschaftsinstitutes des Arbeitsministeriums, der aus der DDR vom Studium zurückgekehrt ist, und kein Abschaum. Weiter deine Zeit in solchen Freudenhäusern zu verbringen wäre ein großes Unglück!

– Das ist ja lächerlich, was du sagst. Lieben und heiraten zum jetzigen Zeitpunkt wäre doch Selbstmord, oder? Ich habe nicht einmal genug Geld zum Leben, um eine Tasse Kaffe zu trinken, da ist das Hauptproblem, Geld zu verdienen, und nichts anderes.

– Na, dann versuch doch ins Ausland zu gehen! Du bist im Arbeitsministerium, warum nimmst du nicht Kontakt auf mit der Generaldirektion für Internationale Arbeitskooperation, um noch einmal als Gruppenleiter oder Dolmetscher nach Deutschland zu gehen? Schlimmstenfalls arbeitest du eben als Kuli, das macht nichts. Hauptsache du erreichst dein Ziel: Geld zum Ausgeben haben!

– Daran habe ich schon gedacht! Auf keinen Fall ertrage ich es, wieder als Kuli zu arbeiten. Ich werde noch einmal nach Deutschland gehen. Aber es muss als Dolmetscher sein. Ist denn mein Jura-Hochschuldiplom von Honecker nur dazu gut, den Hunden zum Fraß vorgeworfen zu werden? Ich muss es wenigstens schaffen, für irgendjemanden als Dolmetscher zu arbeiten. Und du? Wie weit hat dich der Herr, der eine Vorliebe für die Gedichte von Quang Dung hat, unterstützt? Wie heißt er noch mal? Ach, ja, Herr Hung – Dr. Hung, Direktor der Verwaltungsschule für Kader des Gesundheitswesens. Seine Funktion entspricht dem Rang eines Abteilungsleiters. Er genießt großes Ansehen dort im Gesundheitsministerium.

– Ich habe diese Stelle schon satt, denn ich habe mich mit allen Kräften bemüht, aber überhaupt nichts erreicht!

– Ach ja, ab diesem Jahr beabsichtigt die internationale Gesundheitsorganisation WHO, das vietnamesische Gesundheitsministerium beim Aufbau eines Fremdsprachenzentrums direkt an der von Herrn Hung geleiteten Schule finanziell zu unterstützen. Deshalb hat dieser die Absicht, für dort Leute, die äußerst gut in Französisch sind, auszuwählen, stimmt's? Da du diese strenge Prüfung überstanden hast, warum willst du dann jetzt aufgeben?

– Er hat mich schon angenommen. Aber es gelang ihm nicht, mir eine Anmeldung in Hanoi zu besorgen, verstehst du? Somit hat er mir eine Aufgabe gestellt, was sonst?

– Denke nicht, er hat dir eine Prüfung auferlegt, um dich geschickt abzuweisen. Diese missliche Lage hat er sich nicht gewünscht und nicht willentlich herbeigeführt. Du musst dich daran erinnern: Fünf Französisch sprechende Leute hatten den Antrag gestellt, in dieses Zentrum aufgenommen zu werden. Er hat eine Prüfungskommission aufgestellt, um die Leute unparteiisch auszuwählen. Letzen Endes konntest du durchkommen. Das bedeutet, er ist richtig und methodisch vorgegangen. Dein Pech liegt an der Unlogik des Anmeldewesens, der derzeitigen Verwaltungsstruktur. Das Kontingent für Personalstellen und das Kontingent für Anmeldungen sind zwei verschiedene Bereiche. Diese werden nicht synchron und rationell verteilt und geplant. Deshalb scheiterst du in dieser Phase, verstehst du? Zum Beispiel: Durch die Gründung dieses Fremdsprachenzentrums gibt das Gesundheitsministerium der Schule von Herrn Hung drei zusätzliche Personalstellen. Doch die staatliche Planungskommission beabsichtigt lediglich für diese drei Stellen drei Anmeldeplätze der Kategorie A und B zur Verfügung zu stellen. Und du gehörst wiederum zur Kategorie C. So ist klar, du kannst zwar eine Stelle in der Schule von Herrn Hung bekommen, doch keine Anmeldung in Hanoi. Darin liegt dein Elend. Hast du verstanden?

– Ich denke noch immer, Herr Hung ist in Ordnung! Er sagt noch immer, er hebt mir den Platz auf, bis ich eine Anmeldung in Hanoi beschaffen kann, aber jetzt habe ich es satt, nichts weiter. Huong und ich haben sozusagen miteinander Schluss gemacht.

– Hör mal, Landsmann, dass ich nach Deutschland gehe, ist ganz sicher. Was deine Trennung von Huong angeht, dazu möchte ich mich nicht äußern. Das sind deine persönlichen Gefühle. Doch ich denke, du lebst die ganzen letzten Jahre in Quang An voller Unrast, weil du immer auf dem Sprung nach Hanoi bist und mit allen Mitteln versuchst, dorthin zu kommen. Aber sieh mal, mir geht es in Hanoi auch nicht gerade blendend. Ich vertrödele auch nur meine Zeit, gebe Geld aus, und jetzt werde ich Hanoi bald verlassen, wann genau, weiß ich nicht. Du musst noch mal das strategische Ziel deines Lebens überdenken. Wenn sie dich in Quang An schätzen, warum denkst du nicht daran, dort dein Leben aufzubauen?

– Ich habe es satt, das von dir zu hören. Ich bin doch nicht auf die Welt gekommen, um bis ins Alter in Quang An zu leben. Soll ich dort heiraten und Schweine züchten? Auf keinen Fall! Klappt es nicht mit Hanoi, dann muss es in Paris sein und nirgendwo anders. Verstehst du? Ach, ja. Warum ändere ich meine Denkweise nicht ein bisschen? Ach, richtig, warum muss ich unbedingt den Weg von Quang An nach Hanoi gehen und kann erst dann nach Paris fahren? Wieso kann ich nicht eine andere Route nehmen?

– Und welche Route jetzt?

– O.K. Bestell mir noch ein Glas Schnaps, dann sage ich es dir. Verdammt! Da habe ich eine Idee, die mir plötzlich vor dem Schlafengehen kommt.

– Hier ist der Schnaps, und wie sieht es mit deiner geänderten Denkweise aus?

– Ich werde von Quang An nach Deutschland fliegen. Von Deutschland aus werde ich nach Paris und von dort nach Hanoi zurückfliegen und dort Fuß fassen. Ich werde auf einem Umweg nach Hanoi zurückkehren.

– Gut! Das ist gut! Diese Idee ist ausgezeichnet!

– Warum lerne ich nicht Deutsch, damit ich als Dolmetscher oder Gruppenleiter nach Deutschland fliegen kann? Na, dann habe ich schon einen Ausweg. Du wirst mir jetzt bei einer sehr wichtigen Sache helfen: Du wirst mir alle Materialien und Lehrbücher zum Deutschlernen besorgen!

Ein langfristiger Plan entstand in Tran Linhs Kopf. Er sagte:

– Jetzt haben wir schon Oktober 1987. In diese Angelegenheit müssen mindestens zwei Jahre investiert werden. Ich sage dir voraus, dass ich ungefähr im Oktober 1989 meinen Reisepass in Händen halte, um nach Deutschland zu fliegen.

– Der Plan hört sich sehr gut an. Die Änderung der Aktionsrichtung hat strategische Bedeutung, ist ziemlich klug und mutig. Aber das Ziel ist etwas hoch gesteckt. Darum wird die Aufgabe dann sehr schwer werden. Aber wenn du es schaffst, wie du es gesagt hast, wird das eine der bemerkenswertesten Sachen in deinem jetzigen Lebensabschnitt sein.

Tran Linh hörte aufmerksam der unerwartet bedeutungsvollen, ernsten Stimme Duy Beos zu, als könne er daraus eine Herausforderung entnehmen.

Wahrhaftig, was hatte er mit seinen 27 Jahren bisher erreicht, was Hand und Fuß hatte? Alles nur unerfüllte Träume, zerrissene und wieder aufgenommene Leidenschaften. In seiner Studentenzeit nannte man ihn: Ach, der Franzose! Seine wunderbare Geliebte namens Huong nannte ihn Lügenprinz. Doch der gutmütige Lokalbesitzer nannte ihn Anschreibprinz. Einige junge Frauen, die Mitleid mit ihm hatten, nannten ihn seinerzeit Prinz mit dem einzigen Anzug. Ein paar leichtgläubige, naive Studentinnen tauften ihn in manchen Momenten umherirrender Ritter, Prinz mit der schwarzen Tracht. Doch letzten Endes war Hanoi immer noch nicht sein eigenes warmes Zuhause, in dem er wohnen konnte, essen, trinken, sich ausruhen und Bücher lesen. Und in Quang An, dem Ort, an dem er einen ständigen Wohnsitz hatte, war seine Unterkunft nicht viel besser als eine armselige Pension, mit der er gezwungenermaßen Vorlieb nehmen musste. Nur um auszuruhen und dann seinen langen Weg weiter zu gehen. Am liebsten war ihm der Begriff „Umherirrender Ritter“. Er würde so lange umherirren, bis er zum Flughafen Orly gelangte. Anstatt die Grenze von Quang An nach Hanoi zu überschreiten, würde er von Quang An aus nach Deutschland auswandern. Und von Deutschland aus würde er dann auf dem Flughafen Orly landen.

3

Vermutlich dachten die Leute in der ganzen Gemeinde Thanh Chuong, dass Herr und Frau Lua zu denen gehörten, die ein angenehmes Leben führten. In der Stadt gab es etwa 500 Familien, nur neun wurden als vermögend eingestuft. Fünf Familien davon hatten Kinder als Vertragsarbeiter in der DDR; die Kinder von zwei Familien arbeiteten in der Tschechoslowakei und die von den anderen zwei Familien in der Sowjetunion. Das Maß für das so genannte Vermögendsein aus der Sicht der Leute der Gemeinde Thang Long bestand darin, in einer Familienangelegenheit, für die man zwei bis drei Kleinunzen Gold ausgeben musste, nicht gezwungen zu sein, diese bei jemandem zu borgen. Das bedeutete dann, diese Familie gehörte zu den bemittelten, vermögenden. Die Leute wussten auch sehr genau, dass insbesondere die beiden Familien, deren Kinder in die Sowjetunion gegangen waren, nichts Besonderes erreicht hatten. Ein Rennrad, ein Kühlschrank waren das einzige sichtbare Vermögen. Sie waren gut, wenn sie außerdem noch ein, zwei Kleinunzen in der Gürteltasche als Reserve bei sich trugen. Da die Mehrzahl von der Garten- und Feldwirtschaft sowie von der Viehzucht lebte, besaßen Familien mit Kindern in Europa im Vergleich dazu außerordentlich viel Bargeld. Es gab lediglich ein paar Familien, die ständig einige 1.000 Dong zurücklegen konnten. Konnten sie ein Huhn oder einen Hund, ein paar Apfelsinen oder Brotfrüchte verkaufen, ging der Erlös sofort wieder in den Kauf einer Dose voll Reis oder eines Liters Öl. Die meisten Familien waren arm, deshalb kam das Geld herein wie der Wind in ein leer stehendes Haus. Herr Lua hörte aufmerksam Radio, deshalb fielen ihm in diesem Jahr einige ungewöhnliche Dinge auf. Als er beispielsweise die Rede von Herrn Gorbatschow anlässlich des 70. Jahrestages der russischen Oktoberrevolution hörte, fand er dies unheimlich, denn es war klar, Gorbatschow kritisierte hart die Fehler der kommunistischen Partei. Die degenerierten Elemente in der Partei hatten den Sozialismus in der Sowjetunion in eine solche Lage gebracht, dass er auf nie gekannte Schwierigkeiten stieß. In der Tat hatte die Anziehungskraft des großen Sowjetbruders auf das sozialistische Lager im Vergleich zu 1960/61 schon sehr abgenommen. Herr Lua brauchte es nicht mit eigenen Augen zu sehen, es genügte, auf das Geld der Kinder zu schauen, die nach Deutschland oder in die Tschechoslowakei gingen, um zu wissen, dass der Lebensstandard in der Sowjetunion nicht der Beste in der Welt war, wie er es sich früher vorgestellt hatte. Wenn er nicht höher war als in den Ländern des sozialistischen Lagers, was sollte man dann erst sagen beim Vergleich mit Frankreich, Amerika, Westdeutschland oder Japan? Er war ein einfacher, redlicher Mann. Alle Dinge im Leben erweckten in ihm Interesse und Vertrauen, wenn sie echt und richtig waren. In diesem Jahr war er 64 Jahre nach dem europäischen Kalender und 65 Jahre nach unserem Kalender. Bis jetzt war er nur ein alter Bauer, der wegen seines Alters Mitglied in den Seniorengruppen der Gemeinde war. Er besaß nichts an Gold. Damals, bei der Bildung der Genossenschaften, gehörte er nicht zu den Gegnern, galt jedoch als unentschlossen. Einmal war der Leiter der Militärgruppe der Gemeinde in irgendeiner Angelegenheit bei ihm auf eine Wasserpfeife vorbeigekommen. Nachdem er sein Haus aus Eisenholz gelobt hatte, stellte er einige Fragen:

– Warum hängen Sie keine Bilder von Onkel Ho, Lenin, Karl Marx, Engels, Mao Tsetung, Stalin über den Altar, obwohl Ihnen doch dank der Revolution dieses Anwesen mit großem Garten und Hof zugeteilt wurde?

Dies hatte er ihm übelgenommen, aber er dachte, seine Kinder brauchten für ihre Karriere das Verwaltungskomitee und die Parteileitung, und die Militärgruppe der Gemeinde war auch die Parteileitung, daher sagte er mit sanfter Stimme:

– Ich hänge diese Bilder nicht auf meinen Altar, da der Altar unserer Familie für das Gedenken der Urahnen meiner Familie gedacht ist. Onkel Ho war der Führer des ganzen Landes und nicht der Urahn meiner eigenen Familie. Wenn seine Blicke und sein Lachen immer auf unseren Altar gerichtet sind, heißt das, er kann stets auf das Glück und die Tugend unseres Stammbaumes blicken. Und die anderen bärtigen, mächtigen Alten mit ihrer Haarpracht sind wirklich die Führer der Bruderländer, stehen aber in keiner Beziehung zu den Ahnen meiner Familie. Darum hänge ich sie an der rechten Wand auf. Sie gleichen hohen Gästen in diesem Raum. Und die Fotos, Belobigungen, Urkunden meiner Kinder und der Kinder meiner

Verwandten hänge ich an der linken Wand auf. Das ist der Platz für meine Blutsverwandten, für meine Familie. So ist jeder an seinem Platz: oben, unten, in der Mitte, außen; es gibt die Hausherren und die Gäste. Ha, ha! So hat alles seine Ordnung, und man kommt nicht in den Verruf, von bedeutenden Persönlichkeiten zu profitieren. Es wäre lächerlich, mich zu erdreisten, sogar Onkel Ho, Onkel Marx, Onkel Lenin, Onkel Mao, Onkel Stalin, Onkel Engels über dem Altar aufzuhängen. Schauen Sie richtig hin, ich habe das Bild von Onkel Ho gegenüber dem Altar meiner Familie aufgehängt. Unter dem Porträt von Onkel Ho habe ich die Rolle mit dem Schriftzug „Das Vaterland über alles“ aufgehängt, wodurch meine tiefe Dankbarkeit gezeigt wird!

Seine Stimme war sanft, seine Worte heiter und verschmitzt, doch seine Meinung war etwas zu scharf formuliert in Anbetracht der Gewohnheit des Leiters der Militärgruppe, seine Macht gegenüber den Bürgern zu zeigen und sie zu belehren. Deshalb wurde er fortan von dieser Person stets gemieden.

Jetzt lebte er recht sorglos. Seine beiden großen Töchter waren verheiratet, die Kinder waren in der Nähe. Der älteste Sohn war Französischlehrer, er war darauf spezialisiert, den Ärzten, die als Spezialisten in das befreundete Algerien gehen sollten, diese europäische Sprache beizubringen. Die jüngste Tochter war auch verheiratet und hatte eine Familie gegründet. Reichte es bei ihnen gerade so zum Leben, konnte man sie doch als glücklich betrachten. Der älteste Sohn Tran Linh, sein ganzer Stolz, würde bald in der Hauptstadt arbeiten. Er brauchte nur daran zu denken, um von Zufriedenheit erfüllt zu sein. Wozu sollte er Parteimitglied sein, diese oder jene Position innehaben? Sein Schicksal war besiegelt. Schon mit 18, 19 Jahren musste er als Kuli mehrere Monate zusammen mit einem anderen aus seinem Dorf am Straßenbau teilnehmen. Jener andere hatte drei Kinder: zwei Söhne und eine Tochter. Es war im Jahre 1940, er selbst war Junggeselle. Es war unklar, warum die beiden oft zusammen unterwegs waren und zu einem Physiognomen gingen. Gleich beim ersten Mal konnte er bereits aus beiden Gesichtern lesen. Es gab Gerüchte über ihn, deshalb waren sie neugierig geworden und hatten sich verabredetet, ihn aufzusuchen. Alle beide fragten ihn genau aus über ihr vergangenes und zukünftiges Schicksal. Der Wahrsager wusste, beide Straßenbauarbeiter könnten ihm nichts schenken außer einem Hut voll frischen Teeblättern, doch er betrachtete sie genau und dachte einen Moment nach. Dann zeigte er auf Tran Lua und sagte:

– Dieser hier wird einmal glücklich sein, mindestens vier Kinder haben, doch er wird sich nur auf seinen Sohn stützen können. In seinem Leben wird der Bildungsgrad begrenzt sein, erst mit seinem Sohn kommt akademische Bildung in der Familie auf. Lege Wert darauf, dass er studiert, er wird die Prüfungen bestehen und der ganzen Familie alle Ehre machen.

Nach diesen Worten drehte er sich zu dem Mann aus dem gleichen Dorf und brachte entschlossen hervor:

– Und du, wie soll ich es dir sagen? Du bist keiner, der wenige Kinder hat, aber im Alter wirst du trotzdem einsam und verlassen sein. Nimm es mir nicht übel. Sollten meine heutigen Worte Unsinn sein, dann umso besser. Wenn du nicht aufpasst, wirst du ohne Nachkommen bleiben.

Nachdem sie dem Wahrsager einen Hut voll Tee geschenkt hatten, gingen beide nach Hause. Schon kurz darauf hatten sie die prophezeienden Worte vergessen. Tran Lua war noch immer Junggeselle. Der andere hatte drei Kinder. Deshalb waren beide der Meinung, dass die Weissagung unsinnig und bedeutungslos war. Wer hätte erwartet, dass sich im Laufe der Zeit das Schicksal in so unvorhersehbarer Weise wenden konnte? Einige Jahre später kamen alle drei Kinder des anderen nacheinander unglücklich ums Leben, eines ertrank, und die anderen zwei starben durch Bomben! Sehr viel später, als sie nochmal ein Kind bekommen wollte, lag der Embryo jedoch verkehrt herum im Bauch der Ehefrau, es musste operiert werden und letztendlich starb das Kind, und in Folge dieser Operation konnte die Frau nicht mehr gebären. So hatte der Wahrsager also doch nichts Falsches gesagt. Und wenn sich Tran Lua, jetzt schon Großvater, die familiäre Lage so anschaute, achtete er den Wahrsager, den er in jungen Jahren getroffen hatte, umso mehr. Tran Linh war sein ältester Sohn. Einerseits würde er später das Familienoberhaupt sein, anderseits war er auch der Einzige in der Verwandtschaft, der das Diplom für eine europäische Sprache besaß. Er war auch gesund, ein gut aussehender Mann und talentiert. Es war schon seltsam. Somit war Herr Tran Lua vollkommen zufrieden. Tran Linh bemühte sich weiter, gut in Quang An zu arbeiten. Später würde man es ihm ermöglichen, in die Hauptstadt zurückzukehren. Dann musste er daran denken zu heiraten. Doch es schien, als sei er noch nicht glücklich, noch nicht zufrieden. Er träumte davon, nach Paris zu fahren. Nun ja, alles würde so kommen, wie es der Himmel wollte. Jetzt konnte er ihm keine konkreten Ratschläge mehr geben. Er konnte ihn nur allgemein daran erinnern, nichts Unmenschliches, Unmoralisches zu tun, sich anzustrengen, damit seine Eltern und Geschwister den Nachbarn gegenüber stolz auf ihn waren. Alle komplizierten Probleme, um die er sich in Hanoi und Quang An kümmern musste, löste er allein. Herr Lua vertraute seinem Sohn völlig, doch er sorgte sich trotzdem und bemitleidete ihn insgeheim, denn er sah deutlich dessen Schwierigkeiten. Möglicherweise konnte er viele seiner Charakterzüge noch nicht begreifen, weil sein Sohn die letzten zehn Jahre über fast ununterbrochen woanders gelebt hatte. Jedes Jahr kam er in den Sommerferien und zum Tetfest nach Hause. Sonst kehrte er nur in dringenden Fällen in sein Heimatdorf zurück. Mit verschiedenen Mitteln blieb Herr Tran Lua auf dem Laufenden. Er verlangte von ihm, jeden Monat einen Brief an die Familie zu schreiben, mochte er auch noch so beschäftigt sein. Insgeheim bat er die anderen aus demselben Dorf, die auch in Hanoi studierten, sich nach seinem Studium, seiner Arbeit, seinem Leben umzuhören. Kamen sie in den Ferien zurück, berichteten sie ihm, damit er feststellen konnte, ob sein Sohn ihm etwas verbarg. Mit seinem lebenserfahrenen Blick achtete er auf die Kleidung, die Ausgaben seines Sohnes, auf das, was er sagte, und schätzte dadurch sein Verhalten ein. Im Allgemeinen hatte er vollstes Zutrauen in Tran Linhs Klugheit. Und wegen der zahlreichen Frauenaffären machte er sich keine Sorgen. Man musste ihn gerade durch diese Frauen klug werden lassen. Als Mann muss man dessen würdig sein – muss sowohl in Phu Xuan als auch in Dong Nai gewesen sein. Ein Mann, der viel durchmachte, würde letztendlich ein guter Hausherr sein. Insgeheim war er noch darauf stolz, dass viele Hanoier Mädchen ganz verrückt nach ihm waren. Frau Lua befürchtete nur, dass er sich aufgrund seiner Jugendlichkeit nicht beherrschen könne, umso mehr, als er in einer Großstadt wohnte. (Wenn er ein Mädchen schwängern würde, könnten wir uns nicht genug schämen.) Er lachte nur:

– Du bist aber verdammt rückständig. Heutzutage haben Jungen und Mädchen viel mehr Wissen. Es kommt nicht so leicht zu einer Schwangerschaft wie bei uns beiden damals.

Außerdem hielt er seinen Sohn für gutaussehend, auch wenn er ein Bauernsohn war, die Mädchen in der Stadt waren verrückt nach ihm. Wenn sie seinetwegen leiden mussten oder er ihretwegen war alles nicht seine Schuld. Es war des Himmels Wille. In einem Sommer wütete in der Gegend von Nghe An, in seiner ganzen Gemeinde, ein schrecklicher Taifun. Damals war Tran Linh auch zu Hause und konnte nicht rechtzeitig zur Schule zurückkehren. Sein Teint war ein wenig dunkler geworden, und er hatte etwas abgenommen. Herr Tran Lua konnte sich noch daran erinnern, dass eine Freundin seines Sohns namens Huong in der Hang Bac- oder Hang Vang-Straße ihm einen außergewöhnlichen Brief geschrieben hatte. Er sah, wie sein Sohn den Brief wieder und wieder las. Als Tran Linh zum ersten Mal mit dem Lesen fertig war, erstarrte sein Blick und sein Gesicht lief rot an. Der Brief, der aus Hanoi in den Hof seines zerstörten Hauses geflogen war, machte ihn neugierig. Letzten Endes konnte er ihn doch lesen.

Er konnte den Inhalt nicht vergessen: „Mein lieber Ritter mit der schwarzen Tracht! Diese ganze Woche fieberte Hanoi wegen dieses Taifuns mit Böen bis zur Stärke 13. Ich weiß nicht, ob ich die Einzige bin, die in dieser Stadt so sehr unter den dringenden Meldungen über diesen Taifun leidet? Ich konnte dein kleines Heimatdorf nicht finden und mir nicht vorstellen, auf welchem Längen- und Breitengrad es sich befindet. Denn dieser Taifun ist genau durch mein Inneres hindurchgeflogen. Die Natur ist doch so ungerecht, wenn sie ihren schrecklichen Ärger immer wieder auf dieses Heimatland schüttet. Und es ist unverständlich, warum so viele Katastrophen dieses Heimatland und Menschen wie dich treffen. Wann kannst du endlich wieder in die Schule zurück? Der Klassenleiter und die ganze Sektion sind über die Gründe deiner Verspätung informiert. Ich habe deine Entschuldigung an den Verantwortlichen weitergeleitet. Du kannst mit ruhigem Gewissen da bleiben und zusammen mit deiner Familie das Haus sowie den Garten wieder herrichten. Bestell bitte ‚deinen Alten' und deiner ganzen Familie meine Grüße und meine Wünsche für Gesundheit, verbunden mit meinem Mitgefühl wegen des Taifuns, der nicht nur dich allein betrifft…"

Könnte sein Sohn nach Hanoi ziehen und dann Huong heiraten, wäre das ein großes Glück für seine Familie. Manchmal stellte er sich den Moment vor, an dem Tran Linh dieses Mädchen in sein Heimatdorf brächte. Danach war er stundenlang traurig. Er befürchtete, sein Anwesen, sein Haus mit dem kaum vorhandenen Komfort wären unpassend und viel zu bescheiden für eine Person aus der Hauptstadt. Selbstverständlich brauchte man das Dach des Haupthauses nur neu zu decken, dann wäre es einigermaßen in Ordnung. Und was war mit einer Dusche, einer Toilette und minimalem Komfort? Könnte er nicht mal ein Radio anschaffen? Wer weiß, ob sein Sohn es aus Stolz jemals wagte, seine Freundin, seine Verlobte in sein Heimatdorf zu Besuch zu bringen. Wie sollte er da als Vater nicht traurig sein? Entschlösse sich Tran Linh, eine Frau gleich hier aus der Gemeinde zu heiraten, bräuchte er sich nicht groß zu sorgen, denn in dieser Umgebung war der Besitz seiner Familie schon nobel. Aber Herr Tran Lua wusste ganz sicher, sein Sohn würde eine Frau aus Hanoi oder von irgendwoher nehmen und nicht aus dieser Gemeinde, diesem Kreis, wo er doch lauthals erklärt hatte, er sei auf die Welt gekommen, um in Hanoi zu leben, wenn dies nicht klappte, werde er in Paris leben, nirgendwo anders. Jetzt war er in Quang An. Dies bedeutete, er hatte zurückweichen müssen, war von seiner erträumten Gegend fast 70 km weit zurückgedrängt worden. Er wünschte nichts sehnlicher, als seinen Sohn mit eigenen Augen glücklich und zufrieden zu sehen. Er war ein dankbares Kind gewesen, das von klein auf großzügig war. Herr Tran Lua erinnerte sich deutlich daran, wie sein Sohn am Ende der vierten Klasse bei der Prüfung für talentierte Schüler der Provinz den 1. Preis für Literatur und Mathematik bekommen hatte. So wurde der Junge ins Provinzkomitee gebeten, um seinen Preis entgegenzunehmen und an einem freundschaftlichen Essen mit den Leitern der Provinz teilzunehmen. An jenem Tag gab er ihm drei oder vier Dong Kleingeld, wie viel wusste er nicht mehr, damit er auf dem Rückweg etwas zu trinken und eine Kleinigkeit zu essen kaufen konnte. Er brachte ihn mit dem Fahrrad zum Treffpunkt und versprach, ihn am nächsten Nachmittag am Lokal von Frau Beo abzuholen. Am nächsten Nachmittag war es windig geworden. Er kam seinen Sohn abholen, denn er war sicher, um diese Zeit wäre die Zeremonie im Komitee so gut wie zu Ende. Das Lokal von Frau Beo lag mit der linken Seite an einem steilen Abhang. Am Fuße des Abhangs befanden sich kleine, enge Feldflächen. Als der Eingang des Lokals vor seinen Augen erschien, frischte der Wind auf. In dem Moment sah er seinen Jungen sehr schnell den Abhang hinablaufen und hinter irgendetwas herrennen, das der Wind vor ihm hertrieb. Er traute seinen Augen nicht, als er die gedrungene kleine Gestalt in der blauen Hose und dem weißen Hemd erkannte. Er erschrak, als er ihn diesem rundlichen weißen Gegenstand hinterherstürzen sah. Unten an den Wasserreisfeldern angekommen, sah er, wie sein Sohn sieben, acht Stücke gerösteter Sesam-Reiscracker zusammensetzte, die der Wind zerbrochen hatte. Es stellte sich heraus, dass er von dem Geld, das er ihm gegeben hatte, nichts gekauft hatte außer zwei Schalen grünen Tee. Von dem Rest kaufte er eine Erzählung. Es war der Band „Timur und sein Trupp". Und die drei gerösteten Reiscracker mit Sesam waren als Geschenk für seine älteren Schwestern Lan, Mui und die jüngere Ly gedacht, weil sie, wie er sagte, nicht wie er an dem leckeren Festessen teilnehmen konnten. Er fragte ihn:

– Ging es auf dem Treffen der talentierten Schüler fröhlich zu?

Sein Sohn setzte sich hinten aufs Rad und meinte:

– Es war fröhlich und sehr prächtig. Es gab viele Nummern im Kulturprogramm und sogar ein richtiges Mikrofon. Zum Essen gab es gebratenen Tofu, gekochte Glasnudeln, Huhn, Fisch in Tomatensoße.

Herr Lua schmunzelte, als er ihn so reden hörte.

Von da an erinnerte er sich manchmal an die den Abhang herabfliegenden Stücke von Reiscrackern mit Sesam, die Verfolgungsjagd und wie Linh der Länge nach hingefallen war. Und die zerbrochenen Stücke der Reiscracker, die mit seinen von lila Tinte beschmierten Händen wieder zusammengefügt worden waren, kamen ihm jedes Mal wieder in Erinnerung, wenn sein Sohn groß und kräftig aus Hanoi zu Besuch nach Hause kam. Er war ein Kind gewesen, das von klein auf sehr gefühlvoll lebte. In seiner Studentenzeit verließ er nicht ein einziges Mal das Haus, ohne von den Eltern Geld für die Eisenbahnfahrkarte nehmen zu müssen. Herr Lua verstand den Spritznamen Prinz mit dem einzigen Anzug völlig. Er sah schon gut aus, doch er hatte nicht so viel Geld wie die Kinder anderer Familien. Trotzdem trug er Jeans, ein gestreiftes Hemd aus Bulgarien und weiße tschechische Sportschuhe wie die Hanoier Jugendlichen. Irgendwo hatte Herr Tran Lua jedoch gehört, dass er oft auf Kredit einen Imbiss nahm und viel Schnaps anschreiben ließ. Dennoch überraschte er ihn und seine Frau manchmal zum Tetfest, wenn er Geld gespart hatte und den Eltern als Geschenk mal ein Kilo Zucker, ein Stück Seidenstoff für die Mutter, mal eine Flasche mit ausländischem Schnaps und ein Stück chinesischer Popeline, damit der Vater ein Hemd nähen konnte, mitbrachte. Als Lan heiratete, war sie nicht darauf gefasst, dass ihr jüngerer Bruder, der noch keinen festen Boden unter den Füßen hatte, sogar 10.000 Dong für sie als Geschenk aufbringen konnte. Mui heiratete einen armen Mann, sodass sie noch keine Baumwolldecke kaufen konnten und sich mit einer Bastmatte zudecken mussten. Sie bekam als Geschenk von ihrem Bruder eine vier Kilo schwere Baumwolldecke mit einem neuen Bezug aus Quang An geschickt. Und als Ly heiratete, war es genauso. Auch sie hatte einen Mann kennen gelernt, der noch keine Baumwolldecke kaufen konnte. Diesmal bekam Ly von ihrem älteren Bruder eine neue Decke, da er selbst auch nichts Wertvolleres als dieses Geschenk besaß. Als Ly und ihr Mann später erfuhren, dass er erst Monate später sich selbst eine neue Decke kaufen konnte, waren sie sehr gerührt. Obwohl Herr Tran Lua nichts von formellem Wert besaß, womit er seinen Kindern aushelfen konnte, tröstete es ihn etwas über seine wirtschaftliche Lage hinweg, mit eigenen Augen zu sehen, wie sich seine Kinder gegenseitig halfen. Für ihn war das kein geringes Glück. Er setzte besondere Hoffnungen in Tran Linh und behielt ihn im Auge, leitete ihn diskret auf seine spezielle Weise an, damit er unabhängig und selbständig wurde.

An diesem Tetfest jedoch war er nicht sehr froh. Als er seinen Sohn nach dessen Beziehungen fragte, meinte dieser: Huong ist sehr gut, liebt mich sehr, aber ihr Vater möchte nicht einwilligen, seine Tochter mit einem mittellosen Kerl aus der Gegend um Nghe An zu verheiraten. Da ihr Vater so denkt und dieser Meinung ist, kann ich nichts erzwingen. Ich habe meinen Stolz.

Das stimmte, aber es war traurig.

Bevor sein Sohn nach Quang An zurückkehrte, zu seiner Arbeit zurückkehrte, bat er beide Eltern, sich mit ihm hinzusetzen, um etwas zu besprechen. Eine wichtige Angelegenheit, die er außer ihnen keinem anderen anvertrauen konnte. Bevor er zur Sache kam, sorgte er geschickt dafür, dass der kleine Soi hinausging, indem er ihn zum Brennholz hacken schickte. (Nachdem Ly geheiratet hatte und die Eltern allein zurückblieben, hatte er Mitleid mit den beiden, weil sie alles selbst tun mussten, und besprach mit ihnen, dass sie Soi, ein Waisenkind, adoptieren sollten, damit er sie bei schweren Arbeiten unterstützen konnte, wie z.B. im Garten, bei der Schweinezucht.)

Er trank Tee, räusperte sich und sagte:
– Liebe Eltern, es tut mir wirklich in der Seele weh, wenn ich euch noch einmal belästigen muss. Jetzt haben wir das Jahr des Drachens, ich bin fast 28 Jahre alt. Und trotzdem kenne ich niemanden, auf den ich mich verlassen kann. Die älteren Schwestern Lan, Mui und auch die kleine Schwester Ly haben in andere Familien eingeheiratet. Ihre familiäre Situation ist so, dass es das ganze Jahr über an allem fehlt. Ich würde es nicht wagen, sie um etwas zu bitten. Und von Tante La, der sogenannten Verwandten, deren Sohn aus der Sowjetunion zurückgekehrt ist, kann ich nichts erhoffen. Seit der Geschichte mit den Jeans, die ich an Lan weiterverkauft hatte, der einmal schick aussehen wollte, möchte ich nie mehr die Hand aufhalten, um Geld von ihr zu leihen. Sie ist unvorstellbar habgierig und geizig, sodass Lan mir erst viel später das Geld für die Hose zurückzahlen konnte. Tja, lassen wir die alte Geschichte ruhen. Worum ich euch heute bitten möchte, ist keine Kleinigkeit. Nicht nur eine Fahrkarte nach Hanoi, sondern zwei Kleinunzen Gold. Ich habe das ganze Tetfest über hin und her überlegt und mich umgeschaut. In diesem Haus lässt sich nichts verkaufen, wofür man die Summe von zwei Kleinunzen Gold bekäme. Deshalb bitte ich euch, für mich diese Summe Geld oder zwei Kleinunzen Gold zu leihen. Borgt es ruhig in eurem Namen für mich. Und was die Rückzahlung anbelangt, dafür bin ich ganz und gar verantwortlich. Das ist ein für alle Mal klar. Ich lasse nicht zu, dass ihr vor den Leuten das Gesicht verliert. Dieses Geld brauche ich jetzt unbedingt für eine wichtige Angelegenheit.
Frau Lua blickte Herrn Lua entsetzt an:
– Wer soll denn in diesem Dorf zwei Kleinunzen Gold flüssig haben, um sie jemand anderem zu borgen?
Herr Lua verstand den sorgenvollen Blick seiner Frau, denn oft war sie es, die am letzten Abend vor Tran Linhs Abreise die Sturmlampe nahm und zögernd durch das ganze Dorf ging, um ein paar Tausend zu borgen und sie dem Franzosen zuzustecken, damit es für die Rückfahrt reichte. Herr Lua fragte seinen Sohn:
– Und wer könnte deiner Meinung nach zwei Kleinunzen entbehren? Du sagst, du hättest schon gründlich nachgedacht, dann lass mal hören, wen wir um ein Darlehen bitten sollen.
Der Franzose sagte:
– Ich möchte noch einmal etwas klarstellen, damit ihr euch keine Ge-

danken macht. Betrachtet mich in dieser Angelegenheit als jemanden, dem bloß ein Missgeschick widerfahren ist. Nur mit zwei Kleinunzen komme ich da wieder heraus. Und ich werde dafür sorgen die Schuld zu begleichen, denn ich weiß, dass ihr nie zwei Kleinunzen aufbringen könntet, es sei denn, ihr verkauft dieses Anwesen. Doch dieses Anwesen dürft ihr nicht verkaufen, sondern nur renovieren und erweitern, denn wo ich auch hingehen sollte, werde ich letzten Endes in dieses Dorf zurückkehren. Wenn ich es mir recht überlege, wäre die Familie von Herrn Hoach vielleicht in der Lage, euch zwei Kleinunzen zu leihen. Er ist Tischler. Er hat viel Geld, weil er fachlich gut ist und nicht, weil seine Kinder nach Europa gegangen sind. Und das Geld in der Familie wird von ihm und niemand anderem verwaltet. Tut mir den Gefallen und bittet Herrn Hoach, euch für mich Geld zu leihen!

– Was kann ich denn Herrn Hoach versprechen, bis wann das Geld zurückgezahlt wird?

– Ab Juni.

Frau Lua meinte:

– Was ist dir bloß Schlimmes passiert? Ist es sicher, dass das Geld nach dem Juni da ist?

– Worum es geht, werdet ihr später erfahren. Aber um etwas zu arrangieren, brauche ich jetzt diese zwei Kleinunzen. Es ist ein Jammer: Wenn ihr als Eltern schon an der Möglichkeit der Zurückzahlung zweifelt, wie soll ich dann jemanden bitten, mir Geld zu borgen? Nun gut, wenn nicht einmal ihr mir helfen wollt, weil ihr meint, ich könnte es nicht zurückzahlen, ich würde keinen Finger rühren und euch dadurch in schlechten Ruf bringen, dann sehe ich dies gezwungenermaßen als Schicksal an. Ich wage es nicht, euch dafür Vorwürfe zu machen. Und diesmal braucht ihr euch nicht um Geld für meine Rückfahrt nach Quang An zu kümmern, so viel habe ich noch. Was mir fehlt, sind zwei Kleinunzen Gold und nicht zweitausend Dong!

Herr Lua stand auf, schob das Fahrrad mit den beiden Transportkörben fort und meinte:

– Wenn meine Frau zögert, dann lass mich gehen.

Frau Lua seufzte:

– Was immer du tust, du musst dir sicher sein, wofür du es ausgibst. In den Zeiten des Geldchaos, Preischaos sind die Leute auch völlig chaotisch.

Tran Linh sagte bedächtig:
– Es ist ein Jammer, Mutter, kümmere dich nur darum, mir zwei Kleinunzen zu besorgen. Ich bin 28 Jahre alt. Wenn die Zeiten günstiger wären, wäre ich schon Direktor und nicht in solch einer ärgerlichen Situation.
Kurz darauf kam Herr Lua bleich zurück. Still setzte er sich an den Tisch und erläuterte:
– Es ist ein unerwartetes Problem aufgetreten. Wenn ich dich recht verstehe, willst du Gold leihen, später musst du dann auch Gold zurückzahlen. Und wenn du Geld leihst, musst du 15 Prozent Zinsen zahlen. Das ist noch ein Freundschaftszins. Offen gesagt, muss man heutzutage sogar 20 Prozent Zinsen zahlen. Aber die Familie von Herrn Hoach ist recht argwöhnisch. Du hast schon die Richtigen ausgesucht. Aber es ist sehr hart. Herr Hoach sagt: Da du zu meinen Freunden gehörst, nehme ich nur 15 Prozent Zinsen. Jeden Monat 1,5 Prozent. In sechs Monaten zahlst du mir 2,9 Kleinunzen. Wenn es dir gelingt, ein großes Geschäft zu machen und du bereit wärst, 3 Kleinunzen glatt zurückzuzahlen, veranstalten wir ein Essen und trinken einen. Als Nachbar kann ich dir nur soweit helfen, wenn du einwilligst und mir eine Empfangsbestätigung ausschreibst. Wie ist deine Meinung dazu? Kannst du solche Zinsen akzeptieren? Hast du den Eindruck, es geht, dann entschließe dich, und ich werde die eidesstattliche Erklärung für ihn aufsetzen.
Frau Lua schrie auf:
– Mein Gott! Woher sollen wir das Gold für die Rückzahlung nehmen? Lass es sein. Arbeite weiter geduldig in Quang An. So viele Leute können dort leben, streng dich an, es ihnen erst einmal gleichzutun. Warte erst einmal ab, wie sich die Lage entwickelt, dann kannst du immer noch danach trachten, nach Hanoi zurückzukehren. Die Menschen sind doch überall gleich – oder, mein Sohn?
Herr Lua fragte noch einmal:
– Nun? Was meinst du? Ach, diese Frau ist doch lächerlich. Lass ihn doch selbst überlegen. Warum machst du immer so viel Lärm um alles? Es gibt drei Arten von Menschen, drei Arten von Tieren. Die Menschen sind nicht alle gleich. Es gibt Orte, an denen Hunde besser essen als Menschen. Und dann gibt es Orte, wo es den Menschen nicht so gut geht wie den Hunden anderswo!
Der Franzose verstummte für eine Weile. Seine schon großen Augen

waren noch weiter geöffnet. Blickten jedoch nirgendwohin. Herr Lua stopfte Tabak in die Öffnung der Schale seiner Wasserpfeife. Frau Lua stand auf, nahm die chinesische Thermoskanne und goss heißes Wasser in das kleine Teekännchen nach. Das Schlagen der Pendeluhr erschien lauter als sonst in der plötzlichen Stille.

Tran Linh sprach sanft die abschließenden Worte:

– Nun gut. Ich danke dir, Vater! Wenn sie auch bei Gold Zinsen nehmen, dann lass ich es sein. So eine Abmachung kann ich nicht einhalten. Ich möchte auch nicht, dass ihr sie mit gedemütigtem, dankbarem und beschämtem Blick anschauen müsst, falls ich nicht wie zugesichert zurückzahlen kann. Macht euch weiter keine Sorgen. Ich werde alles allein regeln. Ihr seid arm. Unsere ganze Familie ist arm. In unserem Dorf ist jeder arm. Das werfe ich niemandem vor. Letzten Endes muss ich etwas tun, was ich nicht tun will, nämlich irgendwo wildfremde Leute bitten. Es ist bitter. Ich war immer der Ansicht, dass man im eigenen Dorf nicht so hohe Zinsen nimmt.

Herr Lua dachte jäh an eine Familienversammlung, um die drei Schwiegersöhne einzuschalten, ihnen die Aufgabe zu übertragen, für seinen Prinzen mit dem einzigen Anzug zwei Kleinunzen Gold zu leihen. Doch als er an seine Würde als Familienoberhaupt, seine Haltung als Schwiegervater dachte, ließ er diese Idee sofort fallen. Und so gab es für das Problem der zwei Kleinunzen Gold keine Lösung. Sein Prinz mit dem einzigen Anzug bestieg wieder den Zug mit den thailändischen Jeans, dem bulgarischen gestreiften Hemd, dem australischen Blouson darüber. An den Füßen trug er noch immer die eingestaubten cremefarbenen tschechischen Sportschuhe. Er hatte nicht weiter nachgefragt, welche Angelegenheit sein Sohn verfolgte. Hatte er Liebeskummer? Oder tat er etwas, was bedeutsam für sein Leben war? Wichtig war, dass sein Sohn Haltung bewahrte, gelassen und klarsichtig blieb. Dieses Gefühl hatte er.

4

Stillschweigend realisierte Tran Linh den Plan zum Erlernen der deutschen Sprache. Am Tag unterrichtete er weiter Französisch. Aufgrund des Ansehens des Lehrers ergriff das Gesundheitsamt die Initiative und bildete zwei weitere Klassen für Mitarbeiter und Angestellte anderer Institutionen in der Provinz und speziell in der Provinzhauptstadt. Tran Linh hatte mehr Unterrichtsstunden und so stieg auch sein Einkommen etwas. Trotzdem reichte ihm das Geld nie aus. Nachmittags ging er oft spazieren und saß, über das Leben sinnierend, in der Teestube neben dem Haus einer Witwe. Bei Einbruch der Dunkelheit in der Provinzhauptstadt suchte er manchmal sein Vergnügen in Rendezvous und Affären mit Frauen.
Die Zeit von 23.00 Uhr bis 3.00 Uhr früh widmete er dem Deutschlernen. Er hatte seine eigene Methode und glaubte, er könne dadurch viel Zeit sparen. Als Französischlehrer analysierte und kombinierte er die Wortarten der deutschen Sprache mit ihren grammatikalischen Veränderungen ziemlich schnell. Sein Ziel war es, nicht als normaler Arbeiter, sondern als Gruppenleiter oder Dolmetscher zu fungieren. Aus diesem Grunde hatte er einen wissenschaftlichen Plan für das Erlernen des Wortschatzes aufgestellt, der den praktischen Situationen entsprechen sollte. So hatte er zum Beispiel unterschiedliche Themengruppen für die Bereicherung seines Wortschatzes gebildet wie: in der Fabrik, im Krankenhaus, der Alltag in der Familie, Gespräche in Versammlungen, auf Reisen usw. Zusammen mit den Substantiven lernte er gleichzeitig die Verben und die Adjektive, weil diese sich meistens nur geringfügig voneinander unterschieden. Er machte sich die Mühe, extra nach Hanoi zu fahren, und nahm als Gasthörer an einigen Unterrichtsstunden teil, damit er sein Hörverständnis übte. Des Weiteren schaltete er einige methodisch gute Deutschlehrer ein, die ihm bei Übungen der Phonetik und Intonation halfen. Die Grammatik lernte er faktisch allein und fasste die in den Lehrbüchern sehr zerstreut dargelegten grammatischen Regeln selbst zusammen.
Er lernte die Sprache sowohl in ihren Fragmenten als auch als Gan-

zes mit der systematischen Betrachtungsweise desjenigen, der eine ziemlich komplizierte Fremdsprache bereits gut beherrschte. Seit dem Tag, als er davon erfuhr, dass Duy Beo nach Berlin geflogen war, um dort als Dolmetscher für eine Gruppe von Vertragsarbeitern zu arbeiten, fing sein Lerneifer immer mehr Feuer. Er konnte bei der Abschiedsfeier für Duy Beo vor dessen zweiter Auslandsreise nicht anwesend sein. Er nahm jedoch die Nachricht über seinen Flug insgeheim mit Dank zur Kenntnis, weil dieses bedeutende Ereignis ihm Feuer unterm Hintern machte. Er wusste, dass die Ablegung der Dolmetscherprüfung Duy Beo so leicht gefallen war, wie ein Feuerzeug aus seiner eigenen Jackentasche zu ziehen. Doch für ihn würde es nicht so einfach werden. Wenn es ihm gelingen würde, in ähnlicher Funktion wie Duy Beo nach Deutschland zu kommen, wäre dies ein großer Sieg und auch ein Grund für ihn, vielen anderen ins Gesicht zu grinsen. Stillschweigend lernte er. Er lernte wie ein Verrückter. Er hatte jedoch seine Absicht, nach Deutschland zu reisen, niemandem verraten. Selbst bei der Beantragung von Sonderurlaub, als er wegen eines Deutschkurses einige Tage in Hanoi verbringen wollte, gab er dem Amtsdirektor Mao auch nur zu verstehen: Er wolle vorankommen, er sei lerneifrig und wolle eine weitere Fremdsprache erlernen, damit dies der Arbeit beim hiesigen Gesundheitsamt zugute käme. Er war noch raffinierter, denn er ließ das Erlernen der deutschen Sprache weder die Qualität noch den Umfang seiner Französisch-Unterrichtsstunden negativ beeinflussen. Obwohl er nur zwölf Schüler für Französisch hatte, besaß er die magische Kraft, diese in zwölf Megaphone umzuwandeln, die den Enthusiasmus, die Weisheit sowie die dynamische Denkweise des Lehrers Tran Linh priesen. Während er an der Erhöhung seines Prestiges arbeitete, versuchte er schnell herauszufinden, welche Klippen er überwinden musste, um das Zertifikat für die Stufe B der deutschen Sprache zu bekommen und an der Prüfung als Dolmetscher bzw. als Gruppenleiter für die DDR teilzunehmen; welche Formalitäten und Verwaltungshürden, angefangen beim Amt für Arbeit, Kriegsversehrte und Soziales bis hin zur Planungsabteilung der Generaldirektion für Arbeitskooperation und den Büros der Generaldirektion für Internationale Arbeitskooperation ihm bevorstanden.

In sein kleines Notizbuch trug er heimlich die Namen derjenigen Personen ein, die eine entscheidende bzw. unterstützende Rolle dabei spielen sollten, ihn in die Maschine nach Deutschland zu setzen. Nachdem er diejenigen ausgemacht hatte, die seine Helfer bzw. Wohltäter in der nahen Zukunft sein könnten, ging er clever in kleine separate diplomatische Offensiven über. Als Ergebnis dessen hatte er sehr enge und aufgeschlossene Beziehungen, die er im Bedarfsfall für die heimliche Befürwortung oder kräftige Unterstützung problemlos ausnutzen konnte.

Gleichzeitig mit der Schaffung eines günstigen und harmonischen Lebensumfeldes verbesserte er ständig seine Deutschkenntnisse. Er dachte sich unterschiedliche Dialogsituationen aus und lud sogar einen Ingenieur zu sich ein, der sein Studium für Metallurgie in der DDR absolviert hatte, um mit ihm das Sprechen zu trainieren. Er schlug vor, dass der Ingenieur ihn für einen Deutschen halten und Gespräche mit ihm führen solle, als ob sie sich in irgendeiner Bar in Berlin befänden. Nach mehrmaligem Training wunderte sich der Ingenieur sehr, als er erfuhr, dass der Lehrer Tran Linh noch nie in Deutschland gewesen war und dass seine deutschen Sprachkenntnisse hauptsächlich autodidaktisch erworben waren. Warum kaufen Sie sich keinen Kassettenrecorder, damit Sie selbst auf Band die Aussprache üben können?, fragte der Ingenieur ganz aufgeschlossen. Lachend erwiderte Tran Linh: Das täte ich gern. Bedauernswert ist nur, dass mein Geld dafür nicht ausreicht. Daher muss ich meinen Kopf in einen Kassettenrecorder verwandeln.

Während er mit großem Eifer die deutsche Sprache erlernte, war seine Moral stets ungetrübt und gefestigt. Obwohl das Ziel noch weit entfernt war, sah er bereits den Ausweg. Er erkannte jeden seiner kleinsten Fortschritte bei der Anwendung der deutschen Sprache. Es machte ihm Spaß, sein Gehirn dazu zu zwingen, so hart zu arbeiten, sich so viele Verben, Substantive sowie Satzmuster zu merken, und auch Höflichkeitsfloskeln. Seine Fantasien über Begegnungen mit Männern und Frauen in Berlin hielten ihn wach, wenn er müde und schläfrig wurde. Und wenn er sich sehr müde fühlte, rollte er voller Bitterkeit das Deutschlehrbuch fest zusammen und ging damit gemächlich in das nächste Nachtlokal, in dem er darum bat, eine Schüssel Nudelsuppe oder Geflügelreissuppe auf Kredit essen zu können. Was wäre, wenn seine physischen und geistigen Kräfte in einem Umfeld langsam zu Grunde gingen, in dem man sich tagtäglich nur damit beschäftigte, zwei Mahlzeiten zu verdienen?

Was wäre, wenn er es nicht schaffte, die Grenze dieser Provinz zu überschreiten durch die Überwindung seiner geistig-intellektuellen Grenzen? Ein paar Mal hatte er einige Ärzte zusammen mit anderen unzufriedenen Personen zum Boot begleitet, die auf diesem Wege versuchten, nach Hongkong zu kommen. Jeder dieser Boatpeople musste dafür mindestens fünf Kleinunzen abgeben. Er aber konnte dieses Geld nicht aufbringen. Einmal versprach ihm jemand, für ihn zu bezahlen, weil er ihn als Begleiter bei dieser unsicheren Auswanderung haben wollte. Er hatte keine Angst vor dem Meer oder vor thailändischen Piraten, aber er hatte Angst davor, seinen Platz unter der Sonne zu verlieren. Aus diesem Grunde lehnte er die Großmütigkeit dieses jungen Arztes ab. Sollte er in ein Flüchtlingslager in Hongkong gehen? Sollte er dort arbeiten und monatlich mindestens 200 US-Dollar verdienen? Vorausgesetzt, das Boot käme am vereinbarten Treffpunkt an und alles ginge reibungslos. Dann wäre er kein armer Mensch mehr. Aber wie könnte er leben, wenn man ihm eine Nummer gäbe, ähnlich wie man eine Rinder- oder Schweinefarm verwaltete? Er konnte sich nicht mit denjenigen vergleichen, deren Verwandte im Ausland bereit waren, für sie zu bürgen. Jedes Mal, wenn er den riskanten Einstieg der Boatpeople in das Boot erlebt hatte, quälte er sich mit dem Gedanken und mit der Frage: Warum? Warum verließ man dieses Land so entschlossen und stillschweigend? Unter ihnen waren auch Kinder, 16- und 17-jährige Mädchen. Eine Schülerin aus der 11. Klasse bat ihn um Weiterleitung ihres Abschiedsbriefes an eine Freundin in ihrer Straße, weil ihre Auswanderung zu plötzlich und heimlich geschah:

„Liebe Yen! Ich habe mich doch entschlossen, das Boot nach Amerika zu besteigen. Wenn du diesen Brief in Händen hältst, treiben wir bereits auf dem Meer. Ich will überhaupt nicht fort, aber meine Eltern haben sich dafür entschieden. Und wie würde ich weiterleben, wenn ich zurückbliebe? Ich bitte dich tausendmal um Entschuldigung, weil ich ohne Ankündigung und ohne Abschied von dir gegangen bin. Weiß ich, was mich in diesem fernen und verlockenden Land erwartet? Ich besitze ein bisschen Schönheit und weiß nicht, ob mir dies Unheil im Leben bringen wird. Ich wünsche dir für immer Freude und Gesundheit. Vielen Dank für dein Gedicht ‚Die Rose und die Fliege'. Bleib wachsam! Jedenfalls ist das Leben noch nicht so schlimm wie der verfaulte Fisch in unseren täglichen Mahlzeiten!"

Absenderin und Empfängerin des Briefes waren mit Sicherheit mehr als zehn Jahre jünger als er. Aber die Unzufriedenheit der einen mit dem Leben war nicht weniger schlimm als die Unruhe in seinem Innern. Der Unterschied war nur, dass sie und ihre Eltern ausgewandert waren, um nie mehr zurückzukehren oder ohne Gewissheit, wann eine Rückkehr in dieses Land möglich sein würde. Und er, er wollte ausreisen, um zurückkehren zu können. Er konnte seinen Körper auf dieser gefährlichen Seereise nicht aufs Spiel setzen. Er musste das gegenwärtige Gesellschaftssystem für sein Ziel voll ausnutzen. Das bestand nach wie vor darin, mit seinem ganzen Können und Wissen auf legale Weise auszuwandern. Er wollte juristisch gesehen als anerkannte Person würdevoll ausreisen und dann wieder würdevoll zurückkehren.

Eine Zeit lang hatte er sich Illusionen gemacht. Er stellte sich das Leben als ein großes Bankett vor, für das man ihm nach seinem Hochschulabschluss einen Platz nach Wunsch reservieren würde. Es stellte sich heraus, dass man ihn doch nicht so brauchte und schätzte, wie er es sich vorgestellt hatte. Der Sitzplatz, den er sich gewünscht hatte, war für andere bestimmt, und man gab ihm einen abgelegenen, langweiligen und völlig an Licht mangelnden Platz. Daher musste er sich anstrengen, um den Platz zu erkämpfen, den er gern haben wollte. Er schien wie ein Baum an einem Platz im Schatten, dessen Äste und Blätter sich nach der Sonne ausstreckten. Er hielt sich auch nicht für schlauer und vernünftiger als diejenigen, die, wie beim Kauf einer Katze im Sack, das Boot zur Auswanderung bestiegen hatten. Es schien, als gäbe es für jede einzelne Aussichtslosigkeit einen Ausweg und als könne an jeder Wand eine Tür geöffnet werden. Die Art und Weise, wie er ausreisen wollte, entsprach seiner Situation. Und genau so wurde die Auswanderung der anderen Personen ihrer aktuellen Situation gerecht. Natürlich verfolgte nicht jeder das gleiche Ziel. In manchen sehr kurzen Augenblicken empfand er Mitleid, als er diese entgeisterten und fahlen Gesichter der Menschen sah, die im Schimmer des Mondes auf dem Wasser mit unsicheren Schritten das Boot zur Auswanderung bestiegen hatten. Er wusste, dass einige von ihnen beim Verlassen dieses Ufers bestimmt so laut heulten, als ob ihr Brustkorb platzen würde, und dass nicht wenige lautlose Tränen flossen. In einer Nacht erlebte er die Abreise einiger Intellektueller und ihrer Ehefrauen mit, die er kannte. Er war so aus dem Gleichgewicht geraten, dass er eine Selbstbehandlung benötigte, indem er das kleine Lokal einer Witwe aufsuchte.

Plötzlich erkannte er, dass er Huong nicht vergessen konnte. Dies kam sicherlich nicht daher, dass er Huong leidenschaftlich liebte. Huong war für ihn vielmehr eine Besessenheit, die eine Niederlage widerspiegelte. Eine Blamage in seinem Leben. Er erinnerte sich an Huong, weil er immer an sein Schicksal dachte und es bedauerte. Er galt als Lügenprinz. Er hatte ein paar Geburtstagspartys von Huong oder Hien verpasst. Niemand aber wusste von dem wahren Grund für seinen Spitznamen. Er hatte kein Geld für ein passendes Geschenk oder er fühlte sich mit seiner schmuddeligen Kleidung unwohl in dieser fröhlichen Gesellschaft, daher musste er irgendetwas als Grund für seine Abwesenheit erfinden und erwarb somit den Ruf als Schwindler. Mehrmals log er, als ob er die Wahrheit erzählt hätte. Und wenn er die Wahrheit sagte, klang es doch wie ein Schwindel. In jener Nacht log er der Witwe wie gedruckt etwas vor, weil er absolut sicher war, dass ihre Blicke heiße Zuneigung für ihn ausstrahlten, als sie sich hier und da begegnet waren. Die Frau fragte:

– Was führt dich so spät in der Nacht hierher?

Er antwortete:

– Nur die reine Traurigkeit. Eine unterträgliche Traurigkeit!

Die Frau ordnete ihre ungekämmten langen Haare, schloss den obersten Druckknopf und schenkte ihm lächelnd ein Glas grünen Tee ein:

– Ich dachte, du wärst heute Nacht auch in das Boot gestiegen und aufs Meer gefahren?

Er wunderte sich, denn er hatte nicht erwartet, so genau beobachtet zu werden. Er verzog jedoch keine Miene und behielt seine tiefe und traurige Stimme bei:

– Ich habe nicht genug Kraft auszuwandern. Meine Kraft reicht höchstens dafür aus, von meinem Einzelbett aufzustehen und mit meiner Traurigkeit umherzuwandern. Und wie sieht es jetzt aus?

Die Frau streckte sich und fragte leise:

– Wie soll was aussehen?

Er sagte:

– Alles!

Die Frau klopfte leicht auf seine Schulter und fragte:

– Etwas Schnaps? Es ist schon spät, trink einen Schluck, ohne etwas zu knabbern.

Er nickte zustimmend:
– Wunderbar! In einer Mondnacht mit einer Frau zu trinken bedeutet doch nicht Schnaps „ohne etwas zu knabbern". Schenk mir nur einen kleinen Becher ein. Ich habe das Gefühl, dass ich heute Nacht sehr schnell betrunken sein werde.
Als sie eingegossen hatte, meinte sie:
– Du darfst nicht betrunken sein!
Er entgegnete:
– Wenn nicht betrunken, dann muss ich verliebt sein.
Belehrend fuhr die Frau fort:
– Sei anständig und lass die Finger von mir. Niemand kann dich derartig verwöhnen.
Er war trotzdem fleißig am Werk. Er legte einen Arm um ihre Schulter, hob mit der anderen Hand den Becher und sagte sanft:
– Trink zuerst einen Schluck, dann werde ich trinken. So werde ich morgen bestimmt Glück haben. Komm! So, so!
Die Frau wand sich in seinen Armen:
– Du Schelm! Es kippt schon alles auf mich.
Er trank den Rest und stellte den Becher auf den Tisch. Er trug sie auf das Bett, leckte die Schnapstropfen von ihrer Brust und murmelte zwar unlogisch, aber aufrichtig:
– Verzeih mir! Ich werde mir keinen Tropfen entgehen lassen. Ich habe nur Angst, meine ganze Einsamkeit heute Nacht nicht herunterschlucken zu können.
Die Frau sprach kein Wort mehr. Sie war allein. Sie war nur dem Personenstand nach verwitwet, doch ihr Körper wollte von Mitternacht bis drei Uhr morgens überhaupt nicht verwitwet sein. Sie seufzte, ihr Atem wurde heftiger und schneller. Er spürte in ihrem Atem sowohl die Duldung als auch das natürliche Verlangen, die auflodernde Leidenschaft. Plötzlich fühlte er Bitterkeit, als ihm klar wurde, dass dieser kräftige und warme Körper, der zu Anfang noch passiv war und sich jetzt fest um ihn klammerte, nicht Huongs Körper war, sondern der einer anderen Frau. Eine Frau mit einem verführerischen Körper und einem angenehmen Charakter.
Während der Körper der Frau sich in Wellen hin und her bewegte und seinen kräftigen Körper anhob und auffing, erinnerte er sich an das tränenüberströmte Gesicht von Huong. Damals hatte Huong das Gespräch zwischen ihm und ihren Eltern nicht zulassen wol-

len. Sie hatte Angst gehabt, dass ihre Eltern wütend werden und ihn schlagen könnten. Er hatte ihre Hand kühl beiseite geschoben und gesagt:
– Lass mich doch. In diesem Leben wird es keiner wagen, mich zu schlagen.
In brutaler Denkweise ähnlich den Göttern, die sich empörten, stand seinem Gespräch mit ihrem Vater nichts entgegen:
– Verehrter Onkel, eigentlich hätten Sie kein weiteres Gespräch mit mir dulden müssen. Und verehrte Tante, ich hatte die Absicht, kein weiteres Wort mehr über das traurige Ende der Beziehung zwischen Huong und mir zu verlieren. Aber wenn ich stillschweigend davongegangen wäre, hätten Sie beide mein Benehmen missverstanden. Sie hätten gedacht, dass sich dieser Kerl aus der Provinz Nghe An schämte und davongelaufen sei, weil er entlarvt wurde. Es war eine Qual, dass wir uns liebten, dass wir uns eine Zeit lang unter Ihrer Aufsicht und mit dem Wohlwollen meiner Eltern lieben durften. Wenn wir beide nach meinem Umzug nach Hanoi Mann und Frau geworden wären, hätten Sie beide tatsächlich eine wichtige Rolle bei der Schaffung eines geografischen Vorteils für Huong und mich gespielt. Ich hatte gehofft, dass wir beide mit dem anfänglichen geografischen Vorteil, mit unseren Kräften und unserem Wissen eine solide Grundlage für unser zukünftiges Leben selbst hätten schaffen können. Ich bin ein Mann und stamme noch dazu aus Nghe An. Wie sollte ich nicht an das verächtliche Lachen der Leute über den Platz unter dem Küchenschrank denken. Sei es ein Küchenschrank aus Edelstahl oder ein vom Staat zugeteilter Küchenschrank, alle Männer denken, dass dieser Platz nur für die Hunde ist. Und da Sie nun einmal den Gedanken hatten, ich sei ein Schürzenjäger und hegte die Ambition, Ihr Haus, Ihr Grundstück und Ihr Vermögen nach und nach in Besitz zu nehmen, hatte ich mich entschieden, die Beziehung zwischen Huong und mir zu beenden. Obwohl uns das traurig macht, glaube ich aber, dass wir nicht miteinander glücklich sein können, wenn ich schon darüber im Bilde bin, dass mein zukünftiger Schwiegervater mich nicht sehen und nicht mit mir sprechen will. Und ich bin ein Typ, der immer von einem Schwiegervater träumte, der jedes Mal unaufhörlich von mir erzählt, wenn er ein paar Gläser getrunken hat. Außerdem sollte er mir die Erlaubnis geben, meine Ehefrau in seiner Anwesenheit streng zurechtzuwei-

sen und abzukanzeln. Wenn Sie schon so über mich denken, könnte ich für Sie kein Schwiegersohn nach Wunsch sein. Für mich wäre es auch ein gewisser Nachteil. Ich lebe schon entfernt von meinen Eltern, dazu käme noch die Antipathie des Schwiegervaters. Ja, ich danke Ihnen, Tante. Sie hatten jedenfalls wegen unserer Geschichte weinen müssen. Ich bitte um Entschuldigung, weil ich Ihnen beiden große Sorgen bereitet habe. Aber ich danke Ihnen auch für Ihre Tränen, weil sie meine Bitterkeit verringerten. Jedenfalls bedeuten Ihnen die Gefühle zwischen Huong und mir doch noch etwas. Sie sagten, dass ich nicht nörgeln sollte, dass ich vorbeikommen sollte, wenn ich in Hanoi wäre und wenn mir etwas fehlen sollte? Ja, früher hätte ich es getan, aber ab heute werde ich nicht mehr wagen, dieses Haus zu betreten, niemals, obwohl es mir an vielem fehlt. Manchmal fehlt mir ein Schluck Wasser oder eine Schüssel Bratreis. Oder manchmal fehlt mir ein ruhiger Sitzplatz, eine Veranda als Schutz vor dem Regen. Aber ich hoffe, dass ich einen Platz finden werde, ohne anderen zu sehr zur Last zu fallen.

Er wusste nicht, wie ihr Vater sie danach schikaniert hatte und ob ihre Eltern sich noch gestritten hatten. Er erinnerte sich an die zornesbleiche Mine ihres Vaters und an das tränenüberströmte Gesicht von Huong. Auch die Augen ihrer Mutter waren gerötet und voller Tränen bei seinen Abschiedsworten, bevor er auf die Straße ging. In manchen Augenblicken hatte seine Stimme versagt und seine Augen waren feucht vor Verbitterung, Groll und Selbstmitleid.

Und jetzt fühlte er Bitterkeit, weil die Frau, die ihn umschlang, nicht Huong war. Wenn Huong und er auch diesen feurigen Körperkontakt gehabt hätten, wäre er dann zufriedener gewesen?

– Komm schon runter. Das Kapital ist ausgeschöpft!

Die Hände der Frau streichelten sanft seinen Po. Er verlor schnell den besessenen Gedanken an Huong, da der Körper der Frau noch heißer geworden war. Sie schien ihren Durst nur etwas gestillt zu haben. Er fühlte die sinnlose Nacktheit seiner Seele. Es schien so, als wolle er gleichzeitig mit der Befriedigung seiner Begierde nach Frauen auch beweisen, dass er in diesem Leben zu etwas nütze war. Er glaubte, mit einer Frau zu schlafen bedeutete, einen neuen Rekord aufgestellt zu haben. Als er sich angezogen hatte, vergaß er nicht, sich einen Becher Schnaps einzuschenken. Er vergaß auch nicht, sie zuerst trinken zu lassen, damit es ihm Glück brachte. Diesmal trank sie einen wirklich großen Schluck, und er trank den Rest. Kein Tropfen fiel herunter. Sorgsam erinnerte sie ihn daran, etwas Schnaps auf die Handfläche zu kippen und damit das Gesicht zu massieren:

– So wirst du dir keine Erkältung holen und nicht betrunken sein, wenn du nach draußen gehst. Es ist sehr windig. Von hier bis zur Wohnung des Herrn Lehrers ist es doch ziemlich weit.

Er befolgte ihre Worte und kehrte schweigend wie ein erfahrener Freier in seine Wohnung zurück.

In jener Nacht konnte er kein Auge zumachen. Er öffnete seine Deutschbücher und lernte. Mit gemischten Gefühlen, teils aus Lust, teils wie unter Zwang, konzentrierte er sich auf die im Deutschen oft benutzten Redewendungen, auf schwer verständliche und kluge Sprüche oder auch auf scherzhafte und bildhafte Sätze wie: „Man muss nicht jeden Schmerz zum Doktor tragen"; „Jedes Paradies hat seine Schlange"; „Ich weiß, was ich machen muss"; „Liebe mich wenig, aber liebe mich lange"; „Die Zeit geht auf wollenen Sohlen" undsoweiter.

Er las und dann wiederholte er es mit geschlossenen Augen. Er lernte geduldig solche Sätze auf Deutsch auswendig. Er dachte sich Szenen und Kontexte aus, wie er sich künftig mit deutschen Bürgern unterhalten würde. Er stellte sich vor, was er gegenüber einem Werksdirektor, einem Ingenieur oder einer älteren Person sagen müsste. Dann stellte er sich weiter vor, die für die Gehälter der Arbeiter zuständige Buchhalterin sei eine Blondine. Sie hätte eine bezaubernde Figur, die unter ihrem dünnen Kleid zum Vorschein käme. Sie wäre hübsch, lachte arrogant und unterhielte sich mit den kleinen vietnamesischen Arbeitern, unter denen er der größte war. Er würde ebenfalls seinen Stolz zeigen, indem er sie nicht wie die anderen anstarrte. Er sähe sie nur im Vorbeigehen an und zeigte dabei ein kaltes und arrogantes Gesicht. Sicherlich wäre es diesem Mädchen unwohl dabei, weil sie noch nie einen Mann erlebt hätte, der sie mit einer solchen Gleichgültigkeit ansah. Dann käme er irgendwann ins Gespräch mit ihr und sie würden sich kennen lernen. Und schließlich kämen sie sich noch näher. Nach Beendigung eines fünfjährigen Vertrages würde er diesen um zwei Jahre verlängern, um ausreichend Zeit für die Kontaktaufnahme zu seinem Bekannten in Paris zu haben und seine Reise nach Frankreich vorzubereiten.

Er stellte sich die Szene vor, wie er den Flughafen Orly betrat, und fühlte sich dabei wie beflügelt. Er würde in Orly und nicht auf dem Flughafen Charles de Gaulle landen. Selbstverständlich wäre er sehr elegant angezogen. In jener Nacht träumte er, zwischen zwei nackten Frauen zu liegen. Alle drei schwammen auf dem Rücken in einem Fluss. Die beiden Frauen waren zärtlich zu ihm und streichelten ihn. An einer Seite war das hübsche blonde Mädchen und an der anderen Seite die junge Frau. Seine Freude brach auf einmal ab, als er plötzlich sah, dass er zwischen zwei anderen Frauen lag. War es Van? Und auch Thanh! Ja, es war wirklich Van. Dieser Leberfleck auf ihrer Brust, den er so oft geküsst hatte. Und Thanh war nicht in Stimmung. Mürrisch lag sie da, beide Beine eng aneinander gepresst, und sie schien zu schmollen. Oh ja, es waren nur noch ein paar Tage, bis er die Deutschprüfung für die Stufe B in Hanoi ablegen musste. Er wälzte sich herum und wurde wach.

Er verstand nicht, warum er auf einmal in diesem kurzen Traum mit vier nackten Frauen schwamm. Es war seltsam, dass Van und Thanh dabei waren: Ihre Gesichter waren sehr deutlich zu erkennen. Irgendeiner hatte wahrscheinlich erzählt, dass du Glück haben würdest, wenn du davon träumst, eine schöne nackte Frau zu umarmen. Aber wenn du im Traum nur ihr Geschlecht sähest, würde dir wahrhaftig ein Unglück bevorstehen. Beruhigt wusch er sein Gesicht und schaute in den Spiegel. Er erinnerte sich genau daran, nichts dergleichen gesehen zu haben.

5

Der Lehrer Tran Linh bestand die Prüfung für die deutsche Sprache mit ausgezeichneter Note und erhielt von der Hochschule für Fremdsprachen Hanoi das Zertifikat für die Stufe B. Dies überraschte die ganze Leitung des Gesundheitsamtes von Quang An und erfüllte sie mit Bewunderung. Bei Gesprächen und Begegnungen mit den jungen Kadern des Amtes erwähnte Direktor Mao dieses Ereignis hin und wieder als ein Beispiel dafür, wie man mit Elan seine Fachkenntnisse im Selbststudium verbessern konnte. Tran Linh wurde bereits geachtet und gewann dadurch noch mehr an Achtung. Bei jeder Dienstreise zum Ministerium oder bei jeder Gelegenheit, nach Hanoi zu fahren, schlug Herr Mao vor, ihn als Begleiter mitzunehmen. Sogar in Angelegenheiten, die nichts mit der französischen oder deutschen Sprache zu tun hatten, entsandte Herr Mao ihn, diese im Namen des Amtes zu erledigen. Herr Mao wusste, dass er pfiffig reagierte und kontaktfreudig im Umgang mit anderen war.
Einmal wurde sein Chauffeur kurz nach dessen Rückkehr von einem guten Freund in Hanoi, wo es hoch hergegangen sein mochte, von der Verkehrspolizei in Cua Nam durch schrille Trillerpfeifen angehalten, da sein Gesicht vom Biertrinken auffallend rot war. In dem Toyota waren nur drei: der Chauffeur, Herr Mao und Tran Linh. – So ein Pech, sagte Herr Mao leise zu Tran Linh, als er zwei Polizisten sah, die entschlossen waren, den Führerschein einzuziehen, und der verwirrte Fahrer sie flehentlich um Vergebung bat. Das Schlimme dabei war, dass dies zu einem Zeitpunkt geschah, als die Polizei die strikte Einhaltung der Losung forderte: „Gemäß der Gesetze leben und arbeiten!“ Tran Linh sagte:
– Onkel, lassen Sie mich das regeln.
Äußerst nachgiebig, respektvoll und höflich ging Tran Linh auf die beiden Polizisten zu und mischte sich in die Diskussion ein:
– Verehrte Genossen, ich bitte um Entschuldigung, vielmals um Entschuldigung für die Ordnungswidrigkeit meines Fahrers. Der Fehler liegt bei mir, weil ich ihn nicht streng ermahnt habe. Das Problem ist nur, er hat nach langer Zeit einen alten Bekannten in der Hauptstadt

wiedergetroffen, und nur dadurch raubt er Ihnen, Genossen, die Zeit. Eigentlich wäre es gerechtfertigt, dass Sie nach dem Gesetz Abschnitte aus seinem Führerschein abtrennen oder den Führerschein einziehen und ihm damit Fahrverbot erteilen. Die Sache ist die, …

Die zwei Polizisten unterbrachen Tran Linh:

– Das ist keine Angelegenheit für Vorgesetzte, wir besprechen das mit dem Fahrer.

Tran Linh gab nicht auf:

– Ja, ich weiß. Er ist mein Kraftfahrer, ich trage auch einen Teil der Verantwortung. Wir haben einen eiligen Auftrag zu erledigen. Verschonen Sie ihn bitte diesmal. Wenn Sie uns weiterfahren lassen, ohne Abschnitte aus seinem Führerschein abzutrennen und ohne ihm Fahrverbot zu erteilen, so haben Sie uns bei der Erledigung unseres Auftrages geholfen.

Ein Polizist meinte:

– Na, so etwas! Sie sprechen mit uns als Gesetzeshütern, da brauchen Sie als Vorgesetzter nicht so viele Worte zu verlieren!

Tran Linh fuhr fort:

– Natürlich muss jeder Verstoß bestraft werden. Aber damit mein Fahrer seine Aufgabe erfüllen und wir unsere Dienstreise fortsetzen können, bitte ich Sie um eine milde Strafe. Lassen Sie nur, wir brauchen keine Quittung. Nehmen Sie vorerst 3.000 Dong als Spesen für Getränke. Es ist sehr bedauerlich! Aus rechtlicher Sicht haben wir einen Fehler begangen, das ist so klar, wie aus der Kaulquappe ein Frosch wird, hier handelt es sich doch aber um ein gefühlsmäßiges Problem.

Die Phrasendrescherei des Vorgesetzten Tran Linh versetzte den Chauffeur des Herrn Direktor Mao automatisch in die Lage des reuigen Sünders. Und Herr Mao musste schweigend dasitzen in der Rolle des Untergebenen. Während die zwei Polizisten einander unentschlossen anschauten, nahm Tran Linh die 3.000 Dong in funkelnagelneuen Scheinen und legte sie ihnen in die Hand. Plötzlich wandte sich ein Polizist zum Fahrer und sagte:

– Ist schon gut. Wir respektieren Ihren Vorgesetzten zu sehr.

Der andere Polizist begriff die Absicht seines Genossen, gab dem Übeltäter seinen Führerschein zurück und meinte:

– Er ist noch unversehrt, es wäre schade, einen Abschnitt davon abzutrennen. Wir hoffen, dass wir uns nicht mehr auf diese Weise wieder begegnen.

Selbstverständlich musste der Fahrer dem Lehrer Tran Linh die 3.000 Dong zurückgeben, und er dankte ihm wortreich. So war das Interesse aller Beteiligten gewahrt und die Arbeit des Amtes war nicht gefährdet. Wenn ein Abschnitt aus dem Führerschein des Kraftfahrers herausgetrennt worden wäre, hätte es ihm zehnmal mehr wehgetan als diese 3.000 Dong. Einerseits fühlte sich Herr Mao im tiefsten Innern ein wenig beleidigt, er wusste nicht, wie er in diesem Moment ausgesehen hatte, als die zwei Polizisten Tran Linh immer wieder Vorgesetzten nannten. Tran Linh hatte sich automatisch in seine Rolle versetzt, als ob Herr Mao gar nicht dagewesen wäre. Andererseits bewunderte er insgeheim, wie schnell Tran Linh mit einem Geschenk das Gesetz außer Kraft gesetzt hatte.

Ein anderes Mal wurde der Führerschein seines Fahrers auf einer Dienstreise in der Provinzhauptstadt Hai Duong eingezogen, worüber Herr Mao sehr verärgert war. Er lieh sich ein UAZ-Fahrzeug vom Amt für Bildung und schaltete den erfahrensten Fahrer des Gesundheitsamtes ein. Danach betraute er den Lehrer Tran Linh mit der Aufgabe:

– Es ist mir gleich, was du unternehmen wirst. Hauptsache, du überzeugst die Leute und holst den Führerschein meines Fahrers zurück. Seit zwei Wochen habe ich keinen Chauffeur und bin völlig blockiert!

Diesmal ging er mit mehr Sorgfalt an die Sache heran. Obwohl er längst wusste, von welcher Abteilung der Führerschein des Fahrers eingezogen worden war, vermied er eine persönliche Begegnung mit den Verkehrspolizisten dieser Abteilung. Genau um 12 Uhr ließ er den UAZ direkt vor dem Eingang des Bereitschaftsdienstes des Polizeireviers in der Provinzhauptstadt halten. Mit ernsthafter Miene stieg er eilig aus dem Wagen. Er sah wie ein Kader aus, der etwas sehr Dringendes zu erledigen hatte. In einer Hand trug er eine Ledertasche, die man meist bei Leuten fand, die aus dem Westen zurückgekommen waren; in der anderen Hand hielt er ein tschechisches Taschentuch, mit dem er sich die Schweißtropfen leicht von den Schläfen tupfte. Als er den diensthabenden Polizisten begrüßt und dessen Aufmerksamkeit gebührend auf sich gelenkt hatte, hob er zu sprechen an:

– Ich weiß, jetzt ist Mittagspause, aber mir fällt keine bessere Lösung ein, weil der Gebrauch von Wagen und Sprit zurzeit unendlich schwierig ist, sodass man den Weg logisch genau berechnen muss, um nicht so viel zu verschwenden und effektiv zu sein. Ich möchte Ihnen, Genosse, nichts verheimlichen: Vor zwei Wochen wurde meinem Fahrer von den Verkehrspolizisten hier eine Lektion erteilt und sein Führerschein in Verwahrung genommen. Hier stehen sein Name und sein Delikt. Mit Sicherheit können Sie den Führerschein für uns zurückholen, damit mein Chauffeur wieder fahren darf. Ich bitte Sie darum, und morgen Mittag komme ich wieder um die gleiche Zeit hierher und wir trinken zusammen ein Bier oder ein Wasser. Ich übergebe Ihnen den Antrag sowie die Unterlagen des Kraftfahrers zusammen mit 5.000 Dong und einer Schachtel Zigaretten. Sollte etwas sein, sprechen Sie mit Ihren Kollegen über die Dringlichkeit der Sache, da ich unter Zeitdruck bin; sie mögen entgegenkommend sein.

Der diensthabende Polizist konnte noch kein abschlagendes Wort sagen, schon gab der gut gebaute, gut aussehende Kader ihm die Hand, verabschiedete sich und begab sich zu dem UAZ mit dem laufenden Motor.

Als Tran Linh und der Kraftfahrer am nächsten Tag gegen Mittag wiederkamen, saß dort derselbe Polizist. Er hatte all das erledigt, worum Tran Linh ihn gebeten hatte. Da Tran Linh wieder in der Mittagspause erschienen war, waren seine Kollegen nicht mehr da. Rücksichtsvoll und sehr einfühlsam erklärte Tran Linh:

– Ich musste mit einigen Spezialisten aus Deutschland arbeiten und konnte daher nicht früher hierher zurückkommen. Eigentlich sollten wir zusammen ein Bier trinken gehen, aber das wäre wahrscheinlich etwas unangebracht. Da Sie mir geholfen haben, tun Sie mir bitte einen letzten Gefallen: Trinken Sie in meinem Namen ein Bier mit den Kollegen von der Verkehrspolizei. Ich übergebe Ihnen 10.000 Dong, organisieren Sie eine kleine Feier damit. Welch ein Glück! Ohne Führerschein ist mein Fahrer des Spielfelds verwiesen, für unsere Arbeit ist das ein großes Handicap, denn wir müssen Fahrer anderer Institutionen einschalten und das ist sehr umständlich. Dann ist da noch etwas. Eigentlich hätte ich mir die Zeit nehmen müssen, Ihre Ehefrau und Kinder zu besuchen und deren Bekanntschaft zu machen. Aber ich habe wirklich so viel zu tun und bitte Sie daher, Genosse, diese Packung Kekse als kleine Aufmerksamkeit für Ihre Frau und Ihre Kinder anzunehmen.

Der diensthabende Polizist schaute auf die Packung ausländischer Kekse, hörte die für die Zeit der Umgestaltung typisch zuvorkommende und höfliche Stimme eines Vorgesetzten und nahm die 10.000 Dong in neuen Scheinen; er war beruhigt, da zu diesem Zeitpunkt niemand in der Nähe war. Und der Fahrer war vor Freude außer sich. Er hatte mit einem Betrag in Höhe von 100.000 Dong für das Zurückholen seines Führerscheins gerechnet, doch der Vorgesetzte Tran Linh hatte dafür noch nicht einmal 20.000 benötigt. Auf dem Weg nach Quang An schüttelte er verdutzt den Kopf:

– Unglaublich, mein Lieber. Wahrscheinlich besitzt du die Gabe, ein Mandarin zu sein. Du trägst eine Bitte an die Leute heran und seltsamerweise klingt es wie ein Befehl. Okay. Ich gebe dir Bier aus bis zum Umfallen. Verflucht, du hast ja ziemliches Talent für diplomatische Aktivitäten.

Lächelnd nahm Tran Linh dieses aufrichtige Lob befriedigt entgegen und dachte insgeheim: „Ich wäre beinahe Mitarbeiter des Innenministeriums geworden. Wäre mein Großvater mütterlicherseits kein Gardesoldat oder Schütze gewesen, hätte ich jetzt in einem mehrstöckigen Haus in der Hauptstadt wohnen können!" Er lachte vor sich hin, als er an seine Bewerbung im Innenministerium 1982 dachte. Damals hatte er nicht einmal Geld für eine Schachtel Zigaretten 555 und musste dafür eine Jeans als Pfand in einem Lokal hinterlegen. Der Lokalbesitzer hatte ihn mit weit geöffneten Augen angesehen und spöttisch gelacht.

Obwohl er von Herrn Direktor Mao fast wie dessen Assistent benutzt wurde, kannte er das rechte Maß und zeigte sich bescheiden. Er hatte nicht diese nutzlose Eitelkeit wie manche leichtsinnige Personen, die sich stets vor Menschengruppen als enge und wichtige Mitarbeiter des Direktors zeigten. Er war anders, bei politischen Schulungen, Gewerkschaftsversammlungen oder Abschlussversammlungen des Amtes saß er immer ernsthaft da, blickte aufmerksam in die Richtung der Redner, mit beipflichtender und nachdenklicher Miene.

Herr Mao war auf ihn aufmerksam geworden, weil Tran Linh ihn oft erstaunt hatte. Es gab in dieser Provinzhauptstadt an der Küste Zeiten, in denen wöchentlich von der Abteilung für Organisation des Gesundheitsamtes ein kleiner Bericht an die Direktion geschickt wurde, dem eine Liste der Krankenschwestern und Ärzte zu entnehmen war, die als Boatpeople illegal das Land verlassen hatten auf der

Suche nach einem freien und wohlhabenden Leben in Hongkong. Seiner Ansicht nach gehörte der Lehrer zu denjenigen, die prädestiniert waren, mit dem Boot auszuwandern und damit von der Armut Abschied zu nehmen und den Reichtum zu suchen. Er war noch jung und gesund. Sein Französisch war gut, er konnte auch einigermaßen Englisch und lernte zusätzlich noch für das Zertifikat der Stufe B der deutschen Sprache. Unter diesen Bedingungen wäre es ihm doch möglich, eine Arbeit mit gutem Verdienst in Hongkong oder in irgendeinem kapitalistischen Land zu finden. Warum bestieg der Lehrer Tran Linh noch nicht das Boot? Offensichtlich verfügte dieser junge Kader über besondere geistige Qualitäten.
Herr Mao dachte an dessen Weiterbildung und daran, ihn in die Reihe der Nachwuchskader des Amtes einzubinden. Mit seinen Fähigkeiten könnte man ihm einen Platz als Hauptkader in der Abteilung für Organisation arrangieren. Der erste Schritt war, ihn anzuspornen, damit er sich anstrengte, der Partei beizutreten. Er hätte aber nicht geglaubt, dass andere seiner Absicht, ihn zu fördern, in sanfter Weise widersprachen:
– Es geht nicht. Diese Person muss noch sehr sorgfältig geformt werden. Anscheinend hegt die Mehrheit der Leute Antipathie gegen den Lehrer Tran Linh, was die Beziehungen zwischen Mann und Frau angeht. Sehr frei. Heute hier und morgen dort.
Herr Mao hielt dies jedoch für nebensächlich. Tran Linh sah gut aus, war noch dazu talentiert. Viele Mädchen mochten ihn, und wenn er etwas ausschweifend lebte, war es nicht gleich unmoralisch. Er hatte das Recht zu suchen, auszuwählen. Herr Mao hatte nur Gerüchte über seine Affären gehört. In Wirklichkeit hatte bisher keiner gesehen, dass er unrechtmäßig mit Frauen schlief. Er hatte auch keine geschwängert und war danach davongelaufen. Vielleicht waren die Leute nur neidisch auf ihn und daher kam es zu den berüchtigten Geschichten. Herr Mao wollte offen mit ihm reden, um zu erfahren, was Sache war. Eines Tages lud er Tran Linh in sein Büro ein.
Nachdem sich das Aroma guter Zigaretten mit dem von starkem Tee vermischt hatte und das Schild „Kein Empfang für Besucher“ ausgehängt war, begann das Gespräch. Herr Mao setzte an:
– Ich sage dir ganz kurz, dass ich dich sehr achte und schätze. Achte und schätze, verstehst du? Aus diesem Grunde wünsche ich, dass du ein Mensch mit politischer Überzeugung sowie mit Fachwissen

wirst. Ich denke, du verfügst über ausreichendes Fachwissen. Und wie steht es mit deiner politischen Überzeugung? Die Jugendlichen heutzutage streben nicht mehr wie in den 60er und 70er Jahren danach, Parteimitglieder zu werden. Aber meiner Meinung nach solltest du dies tun.

Er zeigte sich von der Aufmerksamkeit des Direktors gerührt. Dennoch versuchte er durch seine fröhliche Art, eine freundschaftlichere Atmosphäre in dieses Gespräch zu bringen:

– Verehrter Onkel, ich will es so sehr, aber es geht nicht. Das wissen Sie doch. Mein Heimatdorf war die Heimat der Revolution. Daher ist das Vertrauen der Partei eine große Ehre und Freude für mich. Die Sache ist nur die, ich finde es für mich von Tag zu Tag immer schwieriger, Parteimitglied zu werden. Und ich wage es nicht, ehrgeizig zu sein.

Herr Mao spornte ihn sogleich an:

– Natürlich ist das Anstreben der Parteimitgliedschaft keine leichte Sache. Als Parteimitglied speziell in dieser Phase der Umgestaltung benötigt man Intellekt und Fachwissen. Nur begeistert und ein Draufgänger zu sein, reicht nicht aus. Du bist ein Mensch, der über die Grundvoraussetzungen verfügt. Wenn du die Notwendigkeit einsiehst, ein Parteikandidat zu werden, so werde ich dein Rückhalt sein. Es ist kein Auftrag oder Befehl, sondern mein wahres Gefühl. Das habe ich dir zu verstehen gegeben, damit du selbst die Wahl triffst, wonach du strebst. Bis zum Jahre 2000 wird deine Generation zweifellos die Geschicke des Landes übernehmen. Wir Alten werden dann nur angeln gehen und Schweine züchten.

Tran Linh meinte:

– Verehrter Onkel, ich werde mir Mühe geben und bitte Sie weiter um Ihre Aufmerksamkeit und Unterstützung. Zum jetzigen Zeitpunkt in die Partei aufgenommen zu werden, wäre ein unvorstellbares Glück. Insbesondere die Parteizelle unseres Amtes ist unvergleichlich. Man braucht keine Reiskammer von jemandem ausrauben, um anderen Reis zu verteilen. Man braucht nicht bei Wind und Wetter im Freien zu arbeiten. Man braucht auch nicht im Bunker oder auf dem Feld zu schlafen oder muss an die Front in den Kugelhagel. Man muss sich nur auf Versammlungen den Kopf zerbrechen, muss nachdenken, um die Beschlüsse zu begreifen. Und dann wird man irgendwann bevorzugt, egal was man will. Man hat diese und jene

Rechte und Nebeneinnahmen. Ich weiß es, aber es ist für mich trotzdem extrem schwierig. Es würde mir schwer fallen, in Ihre Reihen einzutreten. Obwohl ich noch jung und unerfahren bin, habe ich verstanden, dass die Schwierigkeiten bei der Suche nach der realen Wahrheit des Sozialismus den Vorgängern wie Ihnen Kopfschmerzen bereiten. Und das Wesentliche und Schwierigste für mich in diesem Alter besteht immer noch darin, „etwas Reales" zu essen zu beschaffen. Und dies bereitet mir öfters Herzschmerzen. Aus diesem Grunde, um Ihnen gegenüber nicht undankbar zu sein, möchte ich mir wirklich Mühe geben, meine Pflicht gut zu tun. Ich werde als anständiger Mensch leben, damit Sie das in mich gesetzte Vertrauen nicht bereuen.

Herr Mao war sich etwas unschlüssig über Tran Linhs gehorsamen, doch leicht patzigen Ton, der jedenfalls keinen Verstoß darstellte. Bedächtig meinte er:

– Natürlich schenke ich deinem politischen Interesse Aufmerksamkeit. Ich betrachte dich wie meinen Neffen, als zur Familie gehörig, und nur deshalb habe ich dir meine Gefühle offenbart. Das Leben ist ja so kompliziert und verworren. Meine Meinung ist nur eine Seite. Deine eigenen Bemühungen sind viel wichtiger. Halte mich nicht für einen neugierigen Menschen, aber mir ist zu Ohren gekommen, in unserer Provinzhauptstadt wollte dich jemand mit einer Pistole töten, weil du eine Beziehung mit seiner Freundin hattest. Ich habe mich dann erkundigt und erfahren, dass es sich um eine einseitige Liebe eines Polizisten handelte, die nicht erwidert wurde. Nur so konntest du der Gefahr entkommen. Du musst überaus vorsichtig sein. Wie schon in alten Zeiten enden bis zum heutigen Tag Feindseligkeiten, in denen es um Liebe oder um Grundstücke geht, meistens blutig.

Tran Linh war nicht darauf gefasst, dass Herr Mao von einer weiteren Liebschaft wusste. Es stellte sich heraus, dass dieser ihn sehr schätzte und wünschte, er werde ein Mensch mit politischer Überzeugung und mit Fachwissen. Nur aus diesem Grunde hatte er jeden seiner Schritte verfolgt.

Obwohl es ihm etwas unangenehm war, tat er unbekümmert:

– Verehrter Onkel, die so genannte öffentliche Meinung ist in Wirklichkeit bloß Straßenklatsch und dient dazu, mein Liebesleben außergewöhnlicher und sensationeller zu machen. Eigentlich bin ich jemand ohne jeglichen Charme. Alles nur missglückte Affären. Ich bin doch nicht so wertvoll, dass man mit mir mit einer Pistole abrechnen muss. Aber Ihre Meinung dazu ist für mich sehr nützlich. Ich muss im Umgang mit den Leuten vorsichtiger sein. Sonst riskiere ich, eine Kugel in den Rücken zu bekommen oder mein Leben wegen der Gerüchte aufs Spiel zu setzen.

Während Herr Mao sich Gedanken darüber machte, wann er den Beschluss zur Aufnahme des Lehrers Tran Linh in die Partei persönlich vorlesen könnte, stellte dieser sich seinen Reisepass zur Ausreise in die DDR vor. Wenn er Wert auf seine Karriere in Quang An gelegt hätte, so wären die Gefühle von Herr Mao für ihn von großer Bedeutung. Herr Mao war ein bisschen traurig, weil Tran Linh davon nicht besonders begeistert war. Anscheinend hatte er nur so gesprochen, um ihn nicht allzu sehr zu enttäuschen. Er wagte es zu sagen, die Generation von Herrn Mao mache sich Kopfzerbrechen wegen ihrer „realen Wahrheit", und seine Generation bringe es nicht einmal fertig, „etwas Reales" zu essen zu beschaffen.

Herr Mao war der Ansicht, dass seine Überzeugungsarbeit zur Vermehrung der Parteimitglieder erfolglos war. Trotzdem war er ein wenig froh darüber, durch die persönliche Unterredung etwas besser die Ungereimtheiten in Tran Linhs Gedanken zu verstehen. Und gewiss würde die Herzlichkeit zwischen ihnen zunehmen. Er würde dann als eine Person betrachtet werden, die der jungen Generation nahe stand und die Kraft besaß, begabte Kader zu überzeugen. Träfe er auf einen Gegner, hätte er einen fähigen „Assistenten" parat. Er würde sich mehr freuen, wenn Tran Linh seine Ergebenheit dem Ideal gegenüber zeigte, weil er ihn dann effektiver einsetzen könnte und seine geistige Verbindung zu ihm enger wäre. Tran Linh würde ihm uneingeschränkter gehorchen, um auf den Tag zu warten, an dem er in die Partei aufgenommen werden würde. Er würde stets dafür sorgen, dass sich Tran Linh hoffnungsvoll bemühte und in langen Bemühungen hoffte. Aber das machte nichts. Seine freundschaftlichen Beziehungen zu dem Lehrer Tran Linh waren für ihn von großem Nutzen, damit seine Position als Leiter, als Parteisekretär in der Phase der Erneuerung bestätigt wurde. Er bekam manchmal Berichte, wonach einige fachlich gute Ärzte und Oberschwestern als Boatpeople ausgewandert waren, darunter sogar Parteimitglieder. Unter diesen Umständen wusste er es zu schätzen, wenn Tran Linh noch bei ihm blieb. Er würde zu seinem Ruhm beitragen. Wo fand man heutzutage einen Kader wie ihn mit der Kenntnis von drei Fremdsprachen? Besonders, da sich seine Fachkräfte darauf konzentrieren mussten, außerhalb der Arbeitszeit Nebenjobs nachzugehen, um zwei Mahlzeiten mit Reis, Gemüse und Fischsoße für die Familie zu verdienen. Der eine züchtete Schweine und Kaninchen; der andere produzierte Eis oder rollte Zigaretten und lieferte sie an Kleinhändler und Teestuben. Wieder ein anderer verkaufte Klebreis frühmorgens oder Eispudding in der Nacht, um sein Einkommen aufzubessern. Und Tran Linh selbst, er war alleinstehend. Er kümmerte sich nur um seinen Magen und sein Hirn. Er blieb trotz alledem mit dieser staubigen Provinzhauptstadt verbunden, und darum verdiente er wirklich, geschätzt zu werden. Sein Auftreten, seine Kleidung und seine Frisur waren stets angemessen und gepflegt wie bei einem Film- oder Theaterschauspieler, oder auch wie bei einem erst vor wenigen Wochen aus dem Ausland heimgekehrten promovierten Doktor. Und wenn die Leute in der Provinzhauptstadt ihn Nghe Aner nannten, schmunzelte er nur, als ob nichts wäre.

Nach dem Gespräch mit Herrn Mao war Tran Linh äußerst überrascht, denn der Direktor wusste über seine Liebesgeschichte mit Tam Thanh bis ins Detail Bescheid. Außerdem machte er sich auf einmal Sorgen. Er fragte sich, ob die Parteimitgliedschaft eine zwingende Voraussetzung für diejenigen sei, die als Dolmetscher oder Gruppenleiter in die DDR gehen wollten. Wenn das stimmte, würde es für ihn schwer sein, weil er noch kein Parteimitglied war. Er hatte vor, im Oktober 1989 zu fliegen. Es blieb nur noch ein knappes Jahr. Er würde es nicht schaffen, die Prüfung als Dolmetscher für die deutsche Sprache abzulegen und sich gleichzeitig zu bemühen, Parteimitglied zu werden. Nicht wenige Leute fanden ihn unerträglich und beneideten ihn. Ohne von den Leuten zu reden, die ihm einen Unfall bzw. den Tod wünschten. Unter diesen Umständen könnten nicht einmal drei Helfer wie Herr Mao, geschweige denn Herr Mao allein, bewirken, dass er innerhalb eines Jahres in die Partei käme. Er dachte wieder nach und überlegte, was er tun müsste, um die Prüfung als Dolmetscher zu bestehen und um ins Flugzeug steigen zu können, auch wenn er noch kein Parteimitglied war. Die bestandene Prüfung für die Stufe B in Deutsch war die Voraussetzung für die Teilnahme an der Dolmetscherprüfung. Aber schon an der Dolmetscherprüfung teilzunehmen, war keine leichte Sache. Zunächst musste Herr Mao damit einverstanden sein. Und um die Erlaubnis von Herrn Mao einzuholen, musste er ihm seine Absicht, auszureisen, offenbaren. So könnte dessen Interesse, den Lehrer Tran Linh aufzubauen, sehr nachlassen, da er bis jetzt immer dachte, Tran Linh würde sein ganzes Leben lang in Quang An bleiben. Auch wenn die Erlaubnis des Gesundheitsamtes vorläge, bräuchte er eine Planstelle vom Amt für Arbeit, Kriegsversehrte und Soziales sowie die Bestätigung vom Volkskommitee der Provinz, ohne diese würde sein Plan für immer platzen. Er benötigte einen Insider in der Abteilung für internationale Arbeitskooperation des Arbeitsamtes bei der Generaldirektion für Internationale Arbeitskooperation. Er brauchte weiterhin jemanden von der Abteilung für Organisation in der Provinz, der ihn unterstützte. Wenn all diese Hürden überwunden wären, könnte ihn noch ein weiterer Schlag treffen: „Tran Linh ist noch kein Parteimitglied, dieser Fall muss zurückgestellt werden." Was dann? Warum hatte er dieses Problem nicht vorausgesehen? Herr Mao hatte zwar die Parteimitgliedschaft angesprochen, aber er war über die so genannte öffentliche Meinung informiert, sogar darüber, dass er beinahe eine Kugel von seinem Rivalen – dem sentimentalen Polizisten – abbekommen hätte. Und wie sollte er unter diesen Umständen schnell ein Mensch mit politischer Überzeugung wie auch Fachwissen werden?

6

Selbst zu der Zeit, als Tran Linh noch nicht von Huong getrennt war, hatte er kleinere Liebesabenteuer. Anscheinend fühlte er sich jedes Mal als Sieger, wenn eine Frau ihm erlag und sich ihm aus freien Stücken hingab. Er hatte das Gefühl, sein „Ich" würde erweitert, sein geistiges Gewicht und sein materieller Wert stiegen gleichzeitig mit seinem Einfluss auf Frauen. Ihm gefiel es, in Anlehnung an eine Figur aus dem Roman „Quo vadis?" eines polnischen, nobelpreisgekrönten Schriftstellers zu denken: „Es gibt im Leben eines Mannes nur zwei Dinge, für die es sich lohnt zu leben, und zwar die Liebe und den Krieg."

Bei der Wiedervereinigung des Landes war er nach dem Mondkalender erst fünfzehn Jahre alt und drückte noch die Schulbank in der Literaturklasse. Er hatte nur den Gestank von Bomben gerochen und war nie Soldat gewesen. Umherirrend wartete er auf einen Arbeitsplatz und spürte die Gefahr der Arbeitslosigkeit, nur weil er zufällig die Sprache eines alten kapitalistisch-imperialistischen Landes gelernt hatte. Sein Antrag auf freiwilligen Eintritt in die Armee wurde abgelehnt, denn die Volksarmee wurde zu diesem Zeitpunkt abgebaut, um die Balance der Volkswirtschaft zu gewährleisten. Allein auf sich gestellt in diesem Kampf um die Anmeldung in Hanoi befand er sich dabei stets in einem Zustand der Wut und des Grolls auf etwas Unsichtbares, Ungreifbares. Was hatte ihm ein würdiges Dasein auf dieser Welt verwehrt? Er strampelte sich ununterbrochen ab, um zu bestätigen, dass er ein aktives menschliches Wesen war. Eine Person, die frei handelte und ihre verborgenen Fähigkeiten bewies. Er las „Der Fremde" von Albert Camus, „Bonjour Tristesse" von Françoise Sagan. Er las Jean-Paul Sartre auf Französisch. Er war felsenfest davon überzeugt, die Fähigkeit und die Freiheit zu haben, das zu tun, was im Gegensatz zu den Grundregeln dieser Gesellschaft stand. Er notierte den Spruch von Sartre in sein Lehrbuch der deutschen Sprache: „Der Mensch ist völlig und immer frei oder er existiert nicht." Und er freute sich über den Satz von Albert Camus: „Die Größe des Menschen liegt in seiner Auflehnung gegen das Absurde der Welt." Er hatte noch keine Anmeldung in Hanoi. Er besaß noch keinen Reisepass für die Ausreise. Er war noch nicht auf dem Flughafen Orly gelandet. Das bedeutete, dass diese Welt für ihn ungerecht war. Er brauchte einen Punkt, auf den er sich stützen und aus dem er Kraft schöpfen konnte. Damals, als Huong noch einen ehrenvollen Platz in seinen Gedanken innehatte und er fest daran glaubte, dass sie seine zukünftige Ehefrau sei, hatte er Tam Thanh gesehen. Zu diesem Zeitpunkt organisierte das Gesundheitsamt von Quang An für die Krankenschwestern der Krankenhäuser auf Basisebene einen Weiterbildungskurs über die Behandlungsmethoden der traditionellen Medizin zur Gesunderhaltung und Verlängerung des Lebens. Tam Thanh war Teilnehmerin an diesem Kurs. Das Haus ihrer Eltern war in einer anderen Provinzhauptstadt, ungefähr 25 km von seiner Single-Wohnung, und das Krankenhaus, in dem Tam Thanh arbeitete, war nur ca. 12 km von seinem Einzelbett entfernt. Die beiden hatten sich auf den ersten Blick gemocht, und das war für sie Glück und Pech zugleich. Sie hielt ihn anfangs für einen Arzt, der kürzlich vom Studium aus dem Ausland zurückgekehrt war. Er war kräftig, eigensinnig, intellektuell und sehr männlich, und daher ging sie wohlwollend auf seinen etwas gekünstelten Annäherungsversuch ein. Er wusste noch nicht einmal, wie sie hieß, aus was für einer Familie sie kam und wo sie arbeitete, er hielt sie einfach auf und sagte in einem Atemzug:

– Verzeihung, Sie haben mich zwei Wochen lang traurig gemacht. Wenn Sie etwas weniger hübsch und nett wären, dann wäre mein Leben vielleicht etwas ruhiger.

Einerseits ärgerte sie sich darüber, aber andererseits gefielen ihr seine Worte, da sie bereits ein paar Mal versucht hatte, einen Seitenblick auf ihn zu werfen, und er so getan hatte, als sei sie ihm gleichgültig. Sie antwortete:

– Oh! Erzählen Sie keinen Unsinn.

Er sprach leise weiter, als sei nichts geschehen:

– Ich glaube, wir können uns kennenlernen und uns gegenseitig nützlich sein. Ich bin Tran Linh, Französischlehrer des Amtes. Meine Single-Wohnung ist auf der anderen Seite des Kiesweges da drüben. Es wäre wunderschön, wenn Sie mich in Ihrer Freizeit besuchen würden.

Sie erwiderte:

– Vielen Dank!

Er fragte:
- Gleich heute Abend, geht das?
Sie schüttelte den Kopf:
- Ich werde kommen, wenn Sie es nicht erwarten. Eine vorherige Verabredung kommt nicht in Frage.
Nach diesem fachlichen Weiterbildungskurs waren sich Tam Thanh und Tran Linh näher gekommen.
Am Anfang war sie ein bisschen traurig, da ein Mädchen in dem Moment vorbeigekommen war, als sie sich überlegt hatte, ob sie an die Tür des Zimmers Nr. 6 anklopfen sollte, und sie fragte:
- Sind Sie Frau Huong, die Freundin von Herrn Tran Linh? Sie sind sicherlich vor kurzem aus Hanoi gekommen?
Sie schwieg erst einmal dazu und dann unterhielt sie sich lebhaft mit ihm und betrachtete die Single-Wohnung des Französischlehrers. Wie bedauerlich. Sie glaubte, ein Mensch wie er müsste eine bessere und angemessenere Wohnung haben. Wenigstens eine Couchgarnitur oder einen etwas ordentlicheren Tisch mit Stühlen. Nicht einmal einen richtigen Stromschalter gab es. Zum Ein- und Ausschalten dienten nur zwei Drahtenden, aus denen manchmal in erschreckender Weise grüne Funken sprühten. Sie hatte weniger Angst vor einem Brand, sondern vielmehr Mitleid mit dieser armseligen Lage und dieser Unordnung. Die Bezeichnung Single-Wohnung hörte sich gut an, aber sie hatte den Eindruck, dies sei seine provisorische Unterkunft, in der er höchstens ein bis zwei Wochen blieb. Als Tam Thanh wie versprochen zu Besuch gekommen war, war Tran Linh hoch erfreut. Seine erfahrenen Augen sehnten sich danach, ihre zierliche und doch sehnige Figur aus der Nähe zu betrachten. Schon sehr lange war er nicht solchen braunen Augen begegnet, wie sie in ihrem ovalen Gesicht funkelten. Und so eine zarte und schmale Nase hatte er bis jetzt noch nie gesehen. Das Kuriose dabei war, dass Tam Thanh die Anziehungskraft einer Frau besaß und äußerlich betrachtet interessanter zu sein schien als Huong, obwohl Tam Thanh nur ein Jahr jünger als Huong war. Tam Thanhs Sprache brachte nicht die aus Büchern und Romanen stammende intellektuelle Denkweise und Klugheit zum Ausdruck. Ihre Worte waren schlicht und spiegelten die menschliche Wärme des einfachen Lebens auf dem Lande wider. Die Anwesenheit von Tam Thanh gab Tran Linh die Gelegenheit, das zu entdecken, was Huong nicht besaß. Huong war hartnä-

ckig und gewieft wie ein Mann. Stets war sie scharfsinnig, hatte also viele männliche Charakterzüge. Kam es daher, dass sie im Jahr des Tigers geboren war? Als Tam Thanh merkte, dass ihre Beziehungen zu Tran Linh den Punkt erreicht hatten, an dem etwas neugierigere Fragen erlaubt waren, stellte sie Tran Linh eine Frage, die ihn überraschte und in Verlegenheit brachte:

– Du hast eine Freundin namens Huong und sie stammt aus Hanoi, stimmt das?

– Woher weißt du das?, antwortete er mit einer Gegenfrage, um erst einmal zu überlegen, ob er die Wahrheit sagen sollte.

Tam Thanh meinte unbefangen:

– Als ich das erste Mal hier war, fragte mich eine: Sind Sie Frau Huong aus Hanoi und wollen Sie Herrn Tran Linh besuchen?

Tran Linh wollte auf einmal nicht mehr lügen, weil er den Eindruck hatte, dies sei nicht mehr notwendig und mache auch keinen Spaß. Tam Thanh war kein Kind mehr. Er erzählte die Wahrheit:

– Das ist meine hoffnungslose Liebe. Huong ist Hanoierin. Wir gingen bereits in der Zeit zusammen, als wir noch Studenten waren. Sie arbeitet jetzt beim Zollamt. Wir könnten aber nur Mann und Frau werden, wenn ich eine Anmeldung in der Hauptstadt bekäme und dort eine Arbeit hätte. Wenn es mir nach vier Jahren nicht gelingen sollte, nach Hanoi zurückzukommen, werden wir uns trennen. Ich stamme aus der Gegend von Nghe An. Ihre Eltern würden es nicht gern sehen, mich als Schwiegersohn aufnehmen zu müssen. Aus diesem Grunde ist sie eine hoffnungslose Liebe in meinem Leben. Und du, du solltest verstehen, dass ich auf jeden Fall dafür bete, du mögest keine Enttäuschung meines Lebens sein!

Damals hatten sie sich noch nicht getrennt und es hatte noch keinen heftigen Streit zwischen Huong und ihren Eltern sowie zwischen ihm und ihren Eltern gegeben. Daher lachte Tam Thanh:

– Das ist nicht recht von dir. So liebst du zwei gleichzeitig. Da muss eine der beiden Lieben ein Spiel sein. Aber mit der Liebe zu spielen, ist wirklich gefährlich.

Er erschrak wegen der klaren Worte, doch er erwiderte sofort:

– Warum nicht? Bevor ich dir begegnet bin, hatte ich den Eindruck, dass es nur Huong gab und Huong allein für mich ausreichte, um glücklich zu sein. Aber es war für mich ein Glück und für Huong ein Pech, dass ich dich gefunden und kennengelernt habe und dass wir uns nähergekommen sind. Daher habe ich unvergleichliche Züge in dir entdeckt, die Huong nie haben kann. Gleichzeitig, weißt du, hat Huong Eigenschaften, die du nie haben kannst, die aber auch schon in mir sind.

Tam Thanh brach in Lachen aus:

– Du stehst auf einem Berg und hältst nach einem anderen Ausschau. Aber wahrscheinlich hast du die Wahrheit gesagt, wenigstens in dieser Beziehung. Nun möchte ich wissen, ob Hanoi immer noch dein Traumort ist oder nicht? Ich bin später gekommen als Huong, ich will ihr nicht zu nahe treten. Ich möchte es wissen, auch wenn sie nicht da ist.

Er meinte:

– Du lachst, aber deine Frage ist wie ein Messerstich. Doch ich bin von Natur aus ein erbarmungsloser und scharfsichtiger Mann. Wieso kannst du nicht selbst begreifen, dass ich dabei bin, in dieser Zwillingsliebe eine Wahl zu treffen, und ich habe durchaus das Recht auf eine Wahl. Wenn ich jetzt sage: Hanoi ist nicht mehr mein Traumort, dann wirst du mir nicht glauben, und in Wirklichkeit denke ich auch nicht so. Sei mir bitte nicht böse, wenn ich sage: Für den Fall, dass Quang An der Ort wäre, in dem ich mein ganzes Leben lang bleiben möchte, hätte ich von ganzem Herzen nur einen Wunsch, eine Frau wie dich, ja dich als Frau zu haben.

Traurig sagte Tam Thanh:

– Vielleicht magst du mich nur wie jede andere Frau. Ich weiß es, aber es fällt mir schwer, dir gegenüber gleichgültig zu sein. Wahrscheinlich besitzt du irgendeine magische Kraft. Du kennst doch Huynh? Er liebt mich sehr, doch ich empfinde nichts für ihn. Er ging in die gleiche Klasse wie mein älterer Bruder.

Tran Linh meinte:

– Das interessiert mich nicht sonderlich. Aber ich kann mich daran erinnern, einmal, als ich bei dir zu Besuch war, kamen zwei Polizisten ins Zimmer und fragten nach dir. In jenem Moment warst du beim Waschen und wolltest bald kochen. Ich bot ihnen zuvorkommend etwas zu trinken an, bat sie Platz zu nehmen und sagte, sie sollten einen Moment auf dich warten. Dann las ich weiter in dem Buch „Jenseits der Illusionen". Dann kamst du und unterhieltest dich mit deinen Gästen, du wolltest sie zum Essen da behalten, doch sie haben abgelehnt. Als sie dich fragten, ob du beschäftigt seist, sagtest du, du hättest Besuch. Sie blieben noch eine Weile und waren gezwungen fröhlich. Unzufrieden gingen sie dann los. Während du sie hinausbegleitet hast, saß ich noch da mit „Jenseits der Illusionen". Ich war beunruhigt, ob du für mich nur eine Illusion wärst. Als du zu mir zurückkamst, sagte ich, dass einer der beiden dich liebe, und sie seien gekommen, um dich ins Kino einzuladen. Du sagtest, ich sei unheimlich, ich bekäme alles mit, obwohl ich gelesen hätte. Ich lachte nur. Was sollte daran unheimlich sein? Ich bin ein Mann, und sie sind ebenfalls nur Männer, auch wenn sie Honda-Motorräder vom Typ „Cup" besitzen... Später sagte jemand leise zu mir: Herr Lehrer, Sie sollten aufpassen. Herr Huynh hat Sie beide manchmal verfolgt, wenn Sie mit Tam Thanh spazieren gegangen sind. Er ist Polizist und ist in sie verknallt. Er hat eine Pistole und trägt diese stets bei sich. Am Anfang zitterte ich auch ein wenig, aber ich glaubte nicht daran, dass die Leute heutzutage so grausam miteinander umgehen könnten. Als du mir von deinem Mitleid mit Herrn Huynh wegen dessen einseitiger Liebe erzähltest, hat es mir leid getan, ich konnte aber nicht anders, als dir mit einem Lächeln zu verstehen zu geben: „Du hast die Wahl." Ab und zu hörte ich in meinen Träumen den Knall einer Pistole und sah das ernste Gesicht von Herrn Huynh. Dies führte dazu, dass ich mich mit dir verbundener fühlte. Ich wollte sehen, was er letzten Endes tun würde. Ich glaubte fest daran, dass ich niemals durch eine Pistolenkugel ums Leben kommen würde. Nichts kann mich von dir trennen.

Tam Thanh verstand sehr wohl, dass sie Huong überlegen war, obwohl sie nur ein Mädchen aus der Provinz war. Sie fragte sich insgeheim, warum Tran Linh sie nicht genau so wie diese Huong lieben könnte. Die weibliche Intuition sagte ihr, dass Tran Linhs Hauptmotiv, die Beziehungen mit Huong fortzusetzen, in erster Linie sein Kalkül war, dadurch eine Anmeldung in Hanoi zu bekommen. Sie hoffte darauf, dass die Zeit und die ungünstigen Umstände Huong dazu bringen würden, das Warten auf diese Anmeldung aufzugeben. So könnte sich ihre Hoffnung erfüllen, dass sie und Tran Linh Mann und Frau würden. Sie sagte:

– Ich habe offen zu Huynh gesagt, dass ich ihm für seine Gefühle dankbar bin. Aber wenn mein Herz nicht will, kann mich niemand zwingen. Selbst mein Bruder hatte den Wunsch, dass wir beide ein Paar werden, aber er wagte auch nicht, mich dazu zu zwingen. Das

Gleiche gilt für meine Eltern. Sie ließen mir auch die Freiheit zu wählen, die Freiheit, glücklich oder unglücklich zu sein. Huynh erzählte mir, wie er uns dreimal mit der Pistole verfolgt hatte. Beim dritten Mal, als wir uns zu lange umarmt und geküsst hatten, hielt er es nicht mehr aus und hob die Pistole. Zum Glück drückte der Freund, der ihn begleitete, sein Handgelenk nach unten und beschimpfte ihn: „Du Feigling! Dass du nicht von ihr geliebt wirst, liegt an dir, nicht an dem anderen. So eine Dummheit!" Ich habe ihn überzeugt, er sollte mich nur als eine eigensinnige Schwester betrachten. Und jetzt hat er bereits eine andere Frau und ist fröhlicher als damals.

Obwohl Tran Linh etwas unwohl zumute war, als er von diesem misslungenen Mord aus Liebe hören musste, umarmte er Tam Thanh fest und sagte:

– Ich werde dich höchstwahrscheinlich nur unglücklich machen, weil du mich und nicht Herrn Huynh gewählt hast. Ich bin für dich eine größere Gefahr als er. Er ist vielversprechender für dich und hat mehr Mittel, um dir Sicherheit zu geben. Ich besitze weder ein Fahrrad noch ein Motorrad. In jener Nacht, als ich 13 Kilometer zu Fuß zu dir gelaufen bin, habe ich sehr viel über mein Schicksal nachgedacht. Als du mir die Schüssel Nudelsuppe spät in der Nacht gekauft hast, war mir sowohl zum Weinen als auch zum Singen zumute, denn ich hatte in dem Moment Hunger und keinen Xu mehr in der Tasche. Du hast mir ein paar Unterhemden und sogar Trockenfisch geschickt. Stillschweigend hast du Duftseife auf dem Schrank in meinem Zimmer gelassen. Jedes Mal, wenn du kamst, herrschte in meiner Wohnung wieder Ordnung und Sauberkeit, als ob du das Mädchen Tam wärst. Ehrlich gesagt bin ich äußerst gerührt von deiner Fürsorge. Vielleicht hat es noch nie eine Frau gegeben, die sich mir gegenüber so verhalten hat. Auch Huong hat es nicht getan. Huong zögerte sogar, fürsorgliche und zärtliche Gesten zu machen, wenn wir uns verabschiedeten.

Tam Thanh verstand, dass er sehr ehrlich zu ihr gesprochen hatte. Diejenigen, die nicht in der Lage sind, sei es auch nur für Minuten, ehrlich zu sein und ihre Gedanken ehrlich auszudrücken, hatten wirklich Pech. Tran Linh hatte einmal daran gedacht, wenn Tam Thanh Hanoierin und seine Liebe in Hanoi wäre, dann hätte er keinerlei Bedenken mehr und würde es nicht bereuen, wenn er und sie Mann und Frau werden würden.

Er verfügte bereits in seinen jungen Jahren über Lebenserfahrung, obwohl er noch nie eine Ehe mit Heiratsurkunde geschlossen hatte. Er erwähnte Tam Thanh gegenüber mit keinem Wort seinen Traum von einer Ausreise ins Ausland. Er wollte nicht, dass der Abschied zwischen ihm und ihr zu schnell kam. Manchmal beabsichtigte er, sein Schicksalsboot hier in Quang An anlegen zu lassen, aus einer Entmutigung heraus, weiter nach einer Anmeldung in Hanoi zu streben, und angesichts der Utopie seines Traumes von Orly. Er wollte Tam Thanh offiziell um ihre Hand bitten und sein Leben in dieser Gegend verankern. Er wusste, sie würde später eine tüchtige, selbstlose und geduldige Ehefrau sein. Als er aber daran dachte, wie sie beide sich mühen müssten, ein Grundstück zu beantragen, Ziegelsteine zu formen, Schweine zu züchten, Schnaps zu brennen und ein Häuschen auf irgendeinem Hügel in dieser Provinzhauptstadt an der Küste zu bauen, bekam er wieder Angst. Anfangs mochte er sie, weil sie für ihn eine Augenweide war, ihn anregte und himmlische Genüsse versprach. Er wollte sie kosten und genießen. Ihre unbefangene und einfache Weiblichkeit berührte die schwächste Stelle seines Charakters. Er hatte einst all ihre Gesten der Fürsorge ihm gegenüber untersucht, um festzustellen, ob diese berechnend waren und einem Zweck dienten. Und er verfluchte seinen Zweifel. Natürlich verstand sie, ihre Gefühle zum Ausdruck zu bringen, sodass der Mann sich beeindruckt und gerührt fühlte. Ihre Art sich auszudrücken war anders als bei den Frauen, die die Kunstfertigkeit besaßen, Männer zu behexen und sie an der Nase herumzuführen, so wie man ein Pferd zügelt. Während Huong nur in der Lage war, ihn hauptsächlich mit Papier und Tinte, mit Briefen in seiner Einsamkeit zu wärmen und seinen Zorn zu besänftigen, so gelang es Tam Thanh, ihn mit seiner Einsamkeit durch ihre Hände, ihre Atemzüge und ihren ganzen Körper zu versöhnen. Und er stützte sich auf beide, nutzte alle beide maximal aus. Tam Thanh wusste nichts von seinem Traum von Orly. Sie wusste nur, dass sein Traum, in die Hauptstadt Thang Long zurückzukehren, kaum realisierbar war. Daher gab es in ihren Augen gar keine Huong auf dieser Welt. Sie liebte ihn. Für sie war es notwendig, ihm ihre Liebe zu zeigen, soweit sie wollte und konnte. Sie tat es scheinbar mit dem Ziel, ihn aus dem überaus starken „Magnetfeld“ herauszuholen, welches ihn anzog. Auch wenn ihr dies nicht gelingen sollte, war sie doch beruhigt, da sie trotz alledem ihre Liebe zeigen konnte. Wer weiß, die Zeit würde ihr Komplize sein. Falls Tran Linh die Bedingungen, die er mit Huong vereinbart hatte, nicht erfüllen könnte und gezwungenermaßen Quang An als seine Traube süßer Sternfrüchte auswählte, dann wäre sie gewiss diejenige, die sich tagtäglich um eine Sauersuppe für den Französischlehrer Tran Linh kümmern würde. Tran Linh verheimlichte Tam Thanh nichts von seinen Hindernissen und Schwierigkeiten mit seiner Hanoier Liebe. Er und Tam Thanh kamen sich noch näher und stützten sich gegenseitig.

Damals war Tam Thanh erst ungefähr 23 oder 24 Jahre alt. Er war auch nur zwei Jahre älter als sie. Sie waren überall zusammen, wo sie nur konnten. In seinem Zimmer zu stiller Stunde. Auf dem windigen Gipfel eines Hügels. In der Ecke eines Parks. Wenn Tam Thanh Bereitschaftsdienst im Krankenhaus hatte, war Tran Linh wieder dort zu Gast. Unzählige Bäume und Felswände, unzählige von grünem Laub beschattete Wege waren Zeuge ihrer Liebesszenen. Tam Thanh hatte die Fachschule für Medizin in einer Provinz mit fast 2,5 Millionen Einwohnern abgeschlossen und bekam danach eine Arbeitsstelle als Krankenschwester in der Chirurgieabteilung des Krankenhauses in der Provinzhauptstadt Cam Pha. Ihr Fachwissen über die Psychophysiologie der Geschlechter reichte dafür aus, ihre sexuelle Begierde und die ihres Liebhabers zu beherrschen und zu zähmen. Sie lenkte von sich aus Tran Linhs Liebesverlangen auf die angemessensten Momente und Räumlichkeiten. Ihr Herz wollte Tran Linh, wollte ihn für immer haben, und deshalb nutzte sie ihre Nähe maximal aus, um ihre Liebe mit äußerster Intensität aufrechtzuerhalten, sodass Tran Linh seinen Hanoier Traum vernachlässigte. Einmal kam er, entsprechend dem ihm bekannten Bereitschaftsplan, um 22.00 Uhr zu ihr ins Krankenhaus. Der Chefarzt der Station sagte:

– Heute bleibt Tam Thanh zu Hause und ein anderer hat Bereitschaftsdienst. Übernachte ruhig im Gästehaus und fahr erst morgen früh los.

Tran Linh erklärte aber, er müsse sofort in die Provinzhauptstadt Hon Gai zurückkehren, weil er etwas Dringendes zu erledigen hätte. Letzten Endes lief er ohne Pause zu Fuß vom Krankenhaus direkt bis zu ihrer Wohnung in der Provinzhauptstadt Cam Pha. Er hatte Sehnsucht nach ihr und in solchen Momenten war er draufgängerisch und scheute keinen weiten Weg in der späten Nacht. Er

wusste, wie er auch in der Nacht zu ihr kommen konnte, ohne dass ihre Eltern es bemerkten. Am nächsten Morgen erschien er, als ob er gerade mit dem Frühbus angekommen wäre. Tam Thanh dagegen verheimlichte völlig, dass ihre Eltern gegen ihre Beziehung zu einem Lehrer aus der Gegend von Nghe An waren, als sie davon erfuhren. Obwohl ihre Mutter als eine Person galt, die ihren Kindern das Recht auf demokratische Freiheit innerhalb der Familie zubilligte, sagte sie einmal zu Tam Thanh, sie solle den Koffer packen und ins Krankenhaus umziehen, wenn sie weiterhin Beziehungen zu diesem verfluchten „Nghe Aner" pflegte. Zu jenem Tetfest hatten sich Tran Linh und Tam Thanh gestritten und waren böse aufeinander wegen wirklicher Lappalien. Sie sagte zu ihm, er solle seine Eltern darum bitten, zu ihnen zu kommen und die Verlobung zu veranstalten, damit ihre Eltern beruhigt wären. Tran Linh druckste herum und tat es nicht, er sagte zu Tam Thanh, dass seine Familie noch nicht in der Lage sei, die Reise für seine Eltern von deren Heimatdorf nach Quang An zu organisieren. Tam Thanh war sehr traurig, denn sie hatten sich nicht nur an ihre Gespräche gewöhnt, sondern auch ihre Körper hatten sich aneinander gewöhnt, sie kannten sogar den Geruch ihres Schweißes. Sie wusste nicht, dass er sich für sie entschieden hätte, wenn dieser einsame Nachmittag nicht gewesen wäre.
An jenem Nachmittag saß er an der Bushaltestelle in der Provinzhauptstadt Cam Pha und wartete auf den Bus nach Hon Gai. Er betrachtete die Landschaft mit den armseligen Lokalen; geröstete Reiscracker in zugebundenen Nylontüten flatterten im Wind, auf der Bambusbank standen staubige Gläser, in denen sich Sesamcracker, Erdnusscracker und Klebreisbonbons befanden. Er dachte plötzlich an die Gegend seines abgelegenen Heimatdorfes und zitterte. Sein Dorf lag auch am Rand eines Weges, staubig vom roten Sand. Auch dort gab es diese ärmlichen Lokale mit ähnlichen Bonbongläsern. Die Strohdächer vom Wind zerfetzt. Er sah vor sich das Bild der Frau, die Zuckerrohr und Popcorn verkaufte. Einige hungrige Hunde lagen in der sommerlichen Mittagshitze, mit ausgestreckten Zungen, zu müde, die unzähligen Fliegen von ihren Körpern zu vertreiben. Hatte er sich von Kindesbeinen an stets Mühe gegeben, aus diesem einsamen Dorf herauszukommen, um dann wieder an den Kalkhügeln dieser Provinzhauptstadt des Kohlengebietes festzusitzen? Himmel und Erde sind so fürchterlich. Warum halten sie seine

Tam Thanh hier an diesem abgelegenen Ort fest? Warum ist sie nicht in Hanoi? Nein! Nein! Es ist nicht möglich! Sie wird nur die Geliebte bleiben. Wäre sie seine Ehefrau, dann hätten sie beide darunter zu leiden. Und später würde sie immer noch einen passenden Ehemann finden. Eine Frau wie sie, gutaussehend, noch dazu mit gutem Charakter, war selten und schwer zu finden. Er wusste, sie würde sehr traurig sein, doch er scherte sich nicht um ihre Traurigkeit. So wäre es besser, als wenn er ihr später Leid zufügen würde, weil es zu Zornesausbrüchen wegen Kleinigkeiten käme, mit denen sie unzufrieden war.

Die Atmosphäre des Tet-Festes war noch nicht vorüber. Sie wollte, dass er sie nach Beendigung ihres Bereitschaftsdienstes am vierten Neujahrstag zu ihr nach Hause nach Cam Pha begleitete. Er aber forderte sie hartnäckig auf, mit ihm in seine Single-Wohnung in Hon Gai mitzukommen. Sie hörte nicht auf ihn und er gab auch nicht nach. Eigensinnig verlangte sie, dass er zu ihr kam. Entschlossen schüttelte er den Kopf:

– Tam Thanh, komm zu mir!

Sie stampfte mit dem Fuß auf und sagte:

– Du kommst zu mir nach Hause!

Er sagte:

– Wenn du zu dir nach Hause gehen willst, dann geh!

Sie schwieg und biss sich auf die Lippen. Dann sagte er wieder:

– Wenn du nach Cam Pha willst, dann geh doch!

Sie schwieg wieder, schubberte mit den Spitzen ihrer Sandalen auf dem Boden und biss die Zähne fest zusammen. Eine Minute verging. Er drängte wieder, die Hände auf die Hüften gestützt, ungewöhnlich hartnäckig:

– Na los, wenn du es so willst, dann geh doch!

Sie drehte sich um und ging in die Richtung der Bushaltestelle nach Cam Pha. Als sie einige Schritte gemacht hatte, fühlte sie, wie er ihre Schulter ergriff und sie zurückzog. Mit ärgerlicher Stimme fragte er:

– Willst du wirklich gehen? Wer lässt dich schon gehen?

Sie erwiderte:

– Oh! Du hast mich doch fortgejagt, und das dreimal. Wie kann ich da ewig regungslos hier stehen bleiben?

Er befahl leise:

– Du sollst zu mir kommen!

Sie meinte apathisch:
- Du bist ja lächerlich. Ich bin ein Mädchen, eigentlich hättest du mir den Gefallen tun können. Aber nein. Du willst mich zwingen, deinem Wunsch nachzukommen. Bei mir zu Hause ist es gemütlicher, und es herrscht mehr Tet-Atmosphäre.
Er sagte:
- Ich brauche nur dich, wenn ich dich habe, ist es für mich wie ein Tetfest. Mehr Gemütlichkeit brauche ich nicht.
Sie merkte, dass er sich beleidigt fühlte, daher sagte sie:
- Ja, wenn du meinst, dann komme ich zu dir. Aber morgen früh muss ich nach Hause.
Auch wenn die traurige Stimmung noch nicht vorüber war, verbrachten sie gemeinsam die Nacht voller Wärme und Zärtlichkeit in seinem Einzelbett. Am nächsten Morgen brachte er sie zur Bushaltestelle nach Cam Pha. Sie verabredete mit ihm, sich in ihrem Krankenhaus wieder zu treffen. Sie würde etwas zu Essen mitbringen. In ihrem Gästezimmer würden sie völlig ungestört sein. Er nickte. Während der Bus nach Cam Pha noch dastand und die Fahrgäste ihre Plätze einnahmen, streckte sie den Kopf aus dem Fenster des Busses, doch er war bereits in eine Teestube verschwunden. Tränen rannen aus ihren Augen, während er in der Teestube Kaugummi kaute und Tee trank. Er fand sein Handeln selbst ungerechtfertigt und rücksichtslos, und er verstand nicht, warum er dies in dem Moment getan hatte. Den Tag darauf kam er in ihr Krankenhaus und erschien in ihrem Zimmer, wie sie es vorgeschlagen hatte. Er sprach weniger als sonst, und sie bereitete schweigend das Essen vor. Sie hatte Rindfleisch, Sellerie, eingelegte Zwiebeln von Zuhause mitgebracht. Der Reis war gut, das reichhaltige Essen war heiß und duftete. Mit seinen Stäbchen berührte er dies und jenes, aß aber ohne Appetit. Was sie auch sagte, er aß nicht weiter. Sie brach mitten im Essen in Tränen aus. Er stand auf und wollte sofort zu seinem Einzelbett zurückkehren. Seine Begründung war knapp:
- Weiß nur, dass ich jetzt nicht länger hier sitzen kann.
Weinend sagte sie:
- Solange ich dich liebe, habe ich noch nie weinen müssen. Sogar in dem Moment, als meine Mutter mich beschimpfte und mich fortjagen wollte, weil sie von meiner Liebe zu dir wusste, hat es mir nichts ausgemacht. Aber heute ist mir zum Weinen. Ich selbst denke und

sehe es so, dass ich deine Frau bin, obwohl unsere Hochzeit noch nicht vor aller Augen stattgefunden hat. Ich hoffe, du behandelst mich wie deine Frau. Aber vielleicht habe ich mich geirrt.
Er meinte:
– Nein, du irrst dich keineswegs. Ich wäre unendlich glücklich, eine Ehefrau wie dich zu haben. Aber die Sache ist die, ich darf meinen Traum nicht aufgeben.
Sie dachte plötzlich an Huong und die bunt gekleideten, gepflegten Frauen in Hanoi. Sie schluchzte auf:
– Ja, mach, was du willst! Wenn es dir hier nicht mehr gefällt, dann geh nach Hause. Komm wieder, wann du willst. Ich wage es nicht, dich noch aufzuhalten.
Er begriff sofort ihren Schmerz:
– Versteh mich nicht falsch. Der Weg nach Hanoi ist für mich für immer versperrt. Aus mir und Huong wird nichts mehr. In diesem Moment möchte ich ganz einfach in mein Zimmer zurückkehren, mit dir. Ich möchte mich in diesem Augenblick von meinem eigenen Komplex befreien.
Sie meinte:
– Nun, gut. Tu mir heute einen Gefallen. Erlaube mir, dass ich einmal nicht auf dich höre. Außerdem habe ich Bereitschaftsdienst.
Dann ging er wirklich, und zwar so schnell, wie Tam Thanh es nicht erwartet hatte. Er ging in jenem Moment und unter jenen Umständen. Erst zwei Wochen später kam er, um sie aufzusuchen. Sie war ihm böse. Er wurde sorgsam empfangen, doch nüchtern. Sie unterhielt sich mit ihm wie mit einem alten Freund nach einer langen Trennung und wich ihm absichtlich aus, wenn er zärtlich werden wollte. Feinfühlig erkannte er, was in ihr vorging. Aber anstatt sie zu wärmen und zu trösten, zeigte er aus Ehrgeiz im falschen Moment seine Härte. Er verlangte wieder zu gehen, und sie hielt ihn nicht auf. Er beruhigte sich wieder mit seinem Argument: Tam Thanh sollte nur seine Geliebte sein. Wenn sie seine Ehefrau würde, er sie heiraten müsste, wäre das eine zu schmerzhafte Absage an seine Ausreisepläne. Das heißt, seine Liebe zu dem Traum von Orly, zu seiner Karriere war nach wie vor stärker als seine Liebe zu ihr. Mit Mühe kehrte er ihr den Rücken. Er wollte sich selbst beweisen, dass er sich gefühlsmäßig nicht von den Haarsträhnen einer Frau fesseln ließ, indem er sich auf die deutsche Sprache stürzte.

Aber Nacht für Nacht erschien ihm Tam Thanh am Kopfende seines Bettes. Die aus feinem Garn gewebte Bluse mit dem Herzmuster, die ihre trugbildhafte Figur eng umhüllte, brachte ihm Träume voll sinnlicher Lust. Es war so eigenartig. Wenn sie nur seine Geliebte bliebe und akzeptierte, nur seine Geliebte zu sein, wenn sie sich an wunderschönen Orten und zu allen möglichen Zeiten liebten, dann gäbe es zwischen ihm und ihr nicht eine Minute Spannung. Gerade ihr sehnlicher Wunsch nach einer offiziellen Eheschließung verwandelte sie plötzlich in ein Hindernis auf seinem Lebensweg. Sie war eine Frau, und ein solcher Wunsch war selbstverständlich gerechtfertigt. Mit dem, was er von ihr bekam, war er den anderen weit überlegen. Viele hatten davon geträumt, ihre Wange zu berühren und sie einmal zu küssen, und ihre Wünsche waren noch nie in Erfüllung gegangen. Wenn sie einfach eine Liebe akzeptieren würde, die so lange wie möglich dauerte, hätte sie ihn sicherlich nicht dazu gedrängt, seine Eltern für eine Verlobung herzuholen. Dann hätte es keine psychischen Konflikte gegeben. Er war nicht bei ihr, ganze zwei Wochen hatte er sie nicht gesehen, er hatte wieder Sehnsucht. Es war jedoch eine bedrückende Sehnsucht, die ihn nicht losließ. Er beschloss, sich mit allen Mitteln mit ihr zu versöhnen. Er kam zu ihr mit einem betrübten und blassen Gesicht nach den Tagen, an denen sie sich nicht gesehen hatten. Sie sagte:

– Du bist wirklich schrecklich!

Er legte seine Hand auf ihre Schulter und sprach, als ob er einen Monolog führe:

– Ich kann nicht von dir getrennt sein. Dieses Rätsel kann ich selbst nicht lösen.

Sie saß auf der Kante ihres Einzelbetts, und er stand direkt neben ihr. Sie fragte:

– Hast du es dir genau überlegt?

Er kniete sich plötzlich auf den Boden, die zehn Finger ineinander geflochten als Symbol der Ehrlichkeit seiner Bemühungen und sagte:

– Hör doch auf, ich bitte dich, sprich nicht mit mir in diesem kalten Ton. Warum wollen wir uns nicht umarmen? Warum hast du kein Mitleid mit dir und ich keins mit mir? Ich liebe dich, und es ist doch nichts Verwerfliches daran. Nur weil ich mich zu sehr liebe. Und du mich auch so geliebt hast.

Ihre Arme umschlangen seinen Hals, und sie drückte ihn allmählich fester. Ein paar ihrer Haarsträhnen hingen in ihren Lippen. Er küsste sie zärtlich vom Hals zum Kinn, vom Kinn zum Mund und dann vom Mund zu den Augen. Dann zog er ihre Kleider aus und sie seine, wie sie es unzählige Male getan hatten. Sie versank langsam in ihrer Liebeslust, als er mit seinen Lippen und seiner Zunge ihre Brustwarzen leidenschaftlich umspielte. Ihre Hände gruben sich in seine zerwühlten Haare. Sie atmete leicht, Zug für Zug. Sie musste es akzeptieren, erst einmal für diesen Augenblick. Momente mit ihm bedeuteten für sie glückliche Momente. Bekanntlich gab es im Leben viele Dinge, die nicht normal waren. Aus seiner und ihrer Lage heraus war es schwierig, ausreichende Bedingungen dafür zu schaffen, einen festen Plan zu schmieden und feste Ziele zu erreichen. Sie waren in einem Land, in dem sogar der sozial-wirtschaftliche Plan des Staates aus subjektiven und objektiven Gründen dauernd geändert werden musste, und was zählte schon der Plan ihres Lebens. War ihr kleiner Plan auch nur eine Illusion? Aber es spielte keine Rolle. Sie liebte ihn. Sie würde für ihn leiden. In der Zukunft, gleich, wohin er gehen und wen er heiraten würde, zählte sie darauf, dass sie früher als die anderen zu ihm gekommen war. Mit diesen Gedanken versuchte sie, sich selbst zu trösten, aber aus ihren Augen flossen trotzdem Tränen. Er sah es aber nicht, weil sie sich in diesem Augenblick fest umschlungen hielten, sodass beider Lippen die Nackenhärchen des anderen berührten. Und vor ihren Gesichtern war eine Wand im Blick eines jeden von ihnen…

7

In Tran Linhs Blickfeld erschien auf dieser weißen Wand ab und zu das Bild von Linh Van wieder. Er war mit Tam Thanh mit Leib und Seele zusammen und gleichzeitig hielt er mit Linh Van eine Beziehung aufrecht, die von der gesellschaftlichen Öffentlichkeit oft als unrechtmäßige Beziehung bezeichnet wird. Linh Van war auch Krankenschwester, und zwar in der Chirurgiestation. Ihr Krankenhaus lag direkt in der Provinzhauptstadt Hon Gai. Sie war eine verheiratete Frau und hatte ein kleines Kind. Jedes Mal, wenn Tran Linh Tam Thanh liebte und ihre Zärtlichkeit und Fürsorge genoss, erschien Linh Van wieder in seiner Vorstellung wie ein Warnsignal, ein Alarm für seine Gefühle, eine unerbittliche Frage: „Bist du wirklich derart verdorben?“ Aber Linh Vans draufgängerisches Wesen und ihre vollkommenen Pläne für die Rendezvous brachten Tran Linh dazu, seine Skrupel abzuschwächen: „Ach! Die Moral ist vielleicht nur eine Wahrheit an der Grenze zwischen Licht und Schatten, die vollkommen verdeckt wird.“

Ihre Sympathie füreinander, der Beginn einer unzulässigen Liebe, war aber auch ganz romantisch und der Grund dafür, gemeinsam das beängstigende Abenteuer fortzuführen. Genau einen Tag bevor Tran Linh nach Hanoi fuhr, um als Gasthörer an seinem ersten Deutschunterricht teilzunehmen, sagte ihm ein Kollege:

– Jemand möchte Sie am Telefon sprechen.

Er nahm den Hörer ab und stellte eine Frage, nachdem er seinen Namen genannt hatte.

Am anderen Ende gab man ihm keine Antwort, sondern fragte ihn:

– Fahren Sie morgen nach Hanoi?

– Ja! Das ist richtig. Aber entschuldigen Sie, wer sind Sie?

– Wissen Sie nicht, wer ich bin? Ich bin ganz in der Nähe.

– Die Stimme kommt mir wirklich sehr bekannt vor, aber ich bin überrascht. Können Sie Ihren Namen nennen und Ihre Adresse?

– Das geht nicht. Sie müssen selbst auf meinen Namen kommen, dann werden Sie auch sofort wissen, wo ich jetzt bin. Und meine Adresse brauchen Sie auch nicht zu wissen.

– Entschuldigen Sie, ist das ein verbotenes Terrain für mich?
– Nicht ganz, aber es wäre besser, es so zu verstehen.
– Können Sie mir sagen, wie viele Kilometer Sie momentan von mir entfernt sind und was ich für Sie tun kann?
– Ich bin ungefähr 0,9 Kilometer von Ihnen entfernt und möchte Sie sehen, bevor sie nach Hanoi fahren. Es ist sehr wichtig. Ich habe eine wichtige Bitte an Sie. Ich bin auf dem Krankenhausgelände... Ich glaube, Ihr Gedächtnis ist nicht so schwach, als dass Sie sich an nichts mehr erinnern könnten. Auf Wiedersehen, ich warte auf Sie.

Er war verblüfft, als sie plötzlich den Hörer auflegte. Für einen Moment dachte er an eine Reihe von Personen, die er in diesem Krankenhaus kannte. Dann erinnerte er sich auf einmal daran, dass er auch einen „kleinen Plan" hatte. Er hatte ein kleines Geschenk für die Krankenschwester Linh Van vorbereitet. Sie sah nett aus mit ihrem runden Gesicht, den schwarzen Augen, der vollschlanken und anziehenden Figur. Einmal hatte er sie angesehen. Er glaubte, sie habe seine Bewunderung und seine männliche Begierde verstanden, die sich hinter diesem Blick verbargen, weil er ihre Freude und Verwirrung bemerkte. Linh Van war verheiratet. Ihr Mann war Arzt im selben Krankenhaus. Er biss die Zähne zusammen, unterdrückte sein abenteuerliches Verlangen, weil er Tam Thanh hatte. Sein Geltungsbedürfnis jedoch und seine Veranlagung zum Schürzenjäger trieben ihn dazu, sie einmal zu probieren. An jenem Tag war er dabei, einen Vorwand für ein Treffen mit Linh Van zu finden, um ihr von sich aus seine starken Gefühle in konkreter Weise zu offenbaren, als dieser „detektivische Anruf" kam. Er dachte lange nach und glaubte letztlich, Linh Van habe ihn genau in dem Moment angerufen, als er sich gewünscht hatte, sie zu treffen. Er suchte die Chirurgiestation auf und traf Linh Van gleich in ihrem Arbeitszimmer. Sie hatte ein kleines Zimmer voller Instrumente für Laboruntersuchungen, zu dem außer ihr niemand Zutritt hatte. Es stellte sich heraus, dass Linh Van auch ein Geschenk hatte, welches sie ihm persönlich aushändigen wollte, bevor er zum Deutschkurs nach Hanoi fuhr. Und sie hatte nicht erwartet, dass Tran Linh einen kurzen Brief geschrieben und ein Stück Luxusseife für sie als Geschenk vorbereitet hatte. Sie hatte sich in die Reihe der verwelkten Frauen eingestuft, die Kinder hatten, und deshalb war sie glücklich und wirklich gerührt über den Brief des umherirrenden Ritters. Sie wusste nicht, dass Tran Linh seine Überzeugungskraft durch die Sprache eines Liebesbriefes auf die Probe stellen wollte. Sein Brief und das Stück Duftseife einer ostdeutschen Marke waren in ein Taschentuch gewickelt. Tran Linh war angenehm überrascht, eine Packung Zigaretten der Marke Hero und ein Badetuch aus Linh Vans Händen entgegenzunehmen, alles sorgfältig und liebevoll in einem Blatt einer bunt illustrierten Zeitung verpackt. Währenddessen strahlte ihre Schönheit, als sie die Zeilen seiner Offenbarung las:

„Linh Van, sei bitte nicht zu sehr überrascht über meine ungewöhnlichen Worte. Ich weiß, du bist verheiratet und ich darf nur an dich denken, weil es mir nicht erlaubt ist, etwas zu tun, was dein friedliches Familienleben beeinträchtigt. Aber ich kann mein Inneres nicht belügen und muss dir sagen: ICH LIEBE DICH. Es ist für mich schon ein Glück, diesen Gedanken aussprechen zu können. Ob Glück oder Unglück mich später erwartet, das weiß nur der Himmel allein, nur du kannst mir das sagen. Obwohl man dir gesagt hat, ich sei der ‚Prinz mit dem einzigen Anzug', wünsche ich mir, dass du ein kleines Geschenk von mir mit Freude entgegennimmst. Ich hatte die Absicht, dir dieses Geschenk als Zeichen meiner Verehrung zu übergeben, gleich nachdem du das Lied ‚Das Dorf des Reises, das Dorf der Blumen' auf der Kulturveranstaltung gesungen hattest. Aber erst jetzt habe ich es gewagt… Auf Wiedersehen. Tr. L. … Tag… Monat… Jahr…"

Als er äußerte, er wolle den Brief wieder an sich nehmen, um ihn gleich an Ort und Stelle zu verbrennen, und so das Beweisstück beseitigen, lehnte sie ab:

– Wieso? Hast du Angst, dass es mein Mann erfährt? Ein Teil meines Lebens gehört mir allein.

Mehr erwartete er gar nicht. Und sie, eigentlich begehrte sie ihn seit langem. Denn obwohl die Gerüchte, die ihr über ihn zu Ohren gekommen waren, voller feindseliger Worte waren, steckte in ihnen auch Bewunderung. Doch Linh Van war von Natur aus ein Mensch, der sich nicht darum kümmerte, was die Allgemeinheit redete, sie mochte nur auf das hören, was ihr gefiel und was sie hören wollte. Sie fand, er habe Verstand und einen starken, sehr männlichen Charakter. Deshalb, obwohl sie vage von seiner Liebschaft, seiner Mittellosigkeit, seiner vagabundierenden Lebensweise gehört hatte, beschäftigte sie eine Frage: Warum möchte er denn keine Liebschaft mit mir? Bin ich etwa schon zu alt? Sie waren im selben Amt, arbeiteten jedoch an zwei verschiedenen Stellen. Manchmal war sie ihm begegnet. Sie sah, dass er sehr oft mit den Chefs unterwegs war und sich durch ein ungewöhnlich arrogantes Auftreten auszeichnete. Unwillkürlich kamen ihr sonderbare Gedanken: Wenn mein Leben jetzt an den Punkt gelangt ist, Ehebruch begehen zu müssen, dann brauche ich einen Geliebten wie ihn! Sie glaubte, dass sie beide einander insgeheim begehrten, heftig nacheinander verlangten. Sie glaubte, an diesem außergewöhnlich schönen Tag hätten sein sechster Sinn und ihrer Signale ausgetauscht und Seelenverwandtschaft gespürt. Und in jenem Augenblick brannte sie vor Ungeduld, warum umarmte er sie denn nicht? Zu jenem Zeitpunkt war ihr Arbeitsplatz wirklich menschenleer. Und sie wollte deutlich fühlen, dass er sie begehrte, nach ihr hungerte und dürstete. Sie wollte deutlich bestätigt bekommen, dass sie noch eine attraktive Frau war.

Für jenen Moment hatte er tatsächlich eine heiße Umarmung vorgesehen. Er hatte es absichtlich in die Länge gezogen, um noch die Wirkung seines Liebesbriefes voll quälender Besorgnis zu beobachten. Linh Van konnte in ihrem Innern den losbrechenden Sturm nicht mehr ertragen. Sie umarmte ihn, drückte sogleich ihre Lippen fest auf seine Lippen. Tran Linh empfing sie ruhig und exakt wie ein Torwart, ausgefeilt in jeder seiner Liebeshandlungen.

Von da an trafen sich Tran Linh und Linh Van, wann immer es möglich war. Man kann sagen, Linh Van beging ihren Seitensprung mit all den klugen Erfahrungen einer jungen Frau, die wusste, dass sie ihres Mannes überdrüssig war. Ihr Ehemann war Dr. Hoang Thien. Die Familie war nicht wohlhabend, aber auch nicht übermäßig mittellos, weil beide Eheleute sich bemühten, zusätzlich „wohltätige" Arbeiten zu machen, die ihnen ihr Beruf ermöglichte. Wenn sie sich um Papiere kümmerten, dafür sorgten, dass noch unverheiratete Mädchen, die dennoch süchtig nach Glück waren, eine Abtreibung gut überstanden, hatten die Eheleute gleich ein beträchtliches Zusatzeinkommen. In ihrem Schweinestall gab es immer ein zwei Zentner schweres Schwein. Dr. Hoang Thien verstand es, sein Fachgebiet praktisch zu nutzen, andererseits hatte er Gefallen daran, wirtschaftlich, fleißig und sparsam zu sein für eine solide Familienexistenz.

Tran Linh stellte Linh Van einmal eine sonderbare Frage:

– Liebst du mich, weil du deines Mannes überdrüssig bist oder weil

ich liebenswert bin? Ich möchte nicht nur für die psychische Befreiung einer Frau gut sein, die ihren Mann satt hat.
Linh Van umarmte ihn, nachdem sie sich nackt ausgezogen hatte, und sagte:
– Mein Mann ist sehr gut. Er liebt mich sehr. Zwischen uns fallen nie heftige Worte. Aber da ist etwas Fades und Eintöniges. Vielleicht, weil mich mein Familienleben zu einem Instrument gemacht hat, ich als Frau funktionieren muss… Unser Eheleben im Bett richtet sich nach dem Kalender, und es scheint so, als ob wir beide uns aus Pflichterfüllung lieben, ohne noch heiße, rauschende Gefühle zu empfinden.
Tran Linh dachte bei sich: Es stellt sich also heraus, dass Frauen eine Vorliebe für das Unbekannte haben. Alle sind aus Fleisch und Blut. Er sagte:
– Ich habe Angst, dass irgendwann dieses fade und eintönige Gefühl auch zwischen uns beiden entsteht!
Linh Van umarmte ihn noch fester:
– Vielleicht wird solch ein unseliger Tag nie kommen, mein Prinz! Möglicherweise glaubst du mir nicht. Doch wirklich, mit meinem Mann, seitdem ich mit ihm Tisch und Bett teile, konnte ich nur zweimal das Glück bis zum Höhepunkt genießen. Ansonsten blieb es bei halbem, unvollendetem Genuss oder Momenten ohne jegliches Gefühl, in denen wir uns den Gefallen taten, damit die Nacht friedlich verging. Und mit dir bin ich glücklich. Glücklich durch die vielen Male, in denen ich eine ungekannte Leidenschaft gespürt habe. Manchmal fühlte ich mich, als zerflösse ich zu Wasser, zu Luft und flöge im siebenten Himmel.
Tran Linh dachte im Stillen: Oh, sie ist eine Frau, die genießen kann. Er sagte langsam:
– Anscheinend bist du die Frau, die mich wirklich zum Mann macht.
– Wieso denn nur anscheinend?, schmollte sie.
Er wurde deutlicher:
– Weil mein Eindruck von den Beziehungen mit einer Frau im Bett oft schwankt.
Sie antwortete mit einem leichten Biss in seine Wange. Er hatte sich hin und wieder über Linh Vans ehrliche Zukunftsträume gewundert:
– Lass uns auswandern. Es fällt mir schwer, solch ein Leben auszu-

halten. Warum bin ich weiter so anmaßend und vertusche diesen Zustand mit „zwei Ehemännern". Ich fühle mich von mir selbst angewidert seit einigen Wochen, weil ich den Augenblick fürchte, in dem mein Mann das Bedürfnis hat, mit mir zu schlafen. Ich bemühe mich, es zu ertragen, damit seine Erregung schnell kommt und schnell vergeht. Scheinbar weiß er noch von nichts. Meine Arme umschlingen weiter seine Hüften, trotzdem denke ich dabei an dich, stelle mir deinen Körper vor, um zu lieben. Gestern Nacht, als ich, nachdem ich mit dir im Bereitschaftszimmer zusammen war, etwas spät zurückkam, habe ich mich nicht getraut, noch ein Bad zu nehmen. Ich hatte erst am Abend gebadet und befürchtete, er könnte Verdacht schöpfen. Ich war noch ganz nass von dir. Er verlangte auch nach mir. Ich wagte nicht, es abzulehnen, hatte aber große Angst. Ich hatte nur Angst, er würde es merken. Doch sobald er gekommen war, schlief er gleich darauf fest ein. Und ich konnte überhaupt nicht schlafen. Ich war wach. Kaum dass die Morgenröte kam, ging ich mich hastig baden, während mein Mann noch schlief. Und ich hatte die Idee: Wir gehen nach Hongkong!

Er meinte:

– Du sollst dir keine Illusionen machen. Ich werde nie dein Ehemann sein. Du wirst immer nur einen Ehemann haben, das ist Hoang Thien. Und dass du mit deinem Mann schlafen musst, ist ein Problem, über das ich mich nicht ärgern oder dir Vorwürfe machen kann. Ich bin dein Liebhaber. Wann ich dich heimlich genießen kann, weiß ich erst in dem jeweiligen Moment.

Sie sagte:

– Versteh mich bitte, es ist für mich sehr schwer, damit umzugehen, denn ich muss meine körperliche Pflicht gegenüber meinem Mann erfüllen, solange wir noch unter einem Dach leben. Ich möchte dich ganz haben. Möchte dir ganz gehören. Es bleibt uns nichts weiter übrig, als das Boot nach Hongkong zu besteigen!

Er seufzte:

– Glaub nicht, dass ich auf so unlogische Art eifersüchtig bin. Und Hongkong ist kein Ort, von dem ich träume.

Sie wunderte sich:

– Warum nicht? Du beherrschst Fremdsprachen, bist gesund und hast Erfahrungen. Warum träumst du dann nicht davon? Hast du Angst, nicht die paar Kleinunzen Gold zu besitzen, um die Gebühren zu bezahlen, oder was sonst? Sei beruhigt. Ich werde mich um alles kümmern, damit wir beide ins Boot steigen können. Gleichzeitig lasse ich genügend Geld für meinen Mann und das Kleine da, überlasse ihnen das ganze Haus und unseren Besitz. Ich brauche nur dich an meiner Seite.

Tran Linh sagte lachend:

– Du irrst dich. Ich habe keine Lust, von Hongkong zu träumen, weil es weder mir noch dir wahres Glück, eine klare, helle Zukunft verspricht. Für mich ist Hongkong nur ein fremder Ort, der viele unvorhersehbare Gefahren birgt. Alle Hoffnungen darein zu setzen und mein Schicksal an diesen Ort zu verpfänden ist meiner Ansicht nach illusorisch und abenteuerlich. Ich bin sehr gerührt, denn wenigstens hast du mich in deinen Plänen für die weite Reise als Matrosen auf demselben Schiff auserwählt. Es ist nur schade, auch wenn ich eine Unze Gold hätte, wäre es nicht das Ufer, von dem ich träumte.

Linh Van setzte sich plötzlich auf. Die Spitzen ihrer Brüste strichen leicht über seine Nase. Traurig sagte sie:

– Aber hier in der Nähe ist keine unbewohnte Insel für uns. Ich finde, du hast eine irrationale Angst. Tief im Innern sagt mir meine Intuition, auch du wirst früher oder später dieses Land verlassen. Manchmal habe ich mich gewundert, weil ich es zu merkwürdig fand und mich fragte, warum ist denn dieser Kerl noch nicht gegangen? Wenn ich in derselben Lage wäre wie er, wäre ich schon weg. Und bist du schon Parteimitglied? Noch nicht, stimmt's? Also, was hat dich zurückgehalten?

Tran Linh dachte im Innern:

– Sie ist wirklich durchtrieben, aber es ist noch nicht der Zeitpunkt gekommen, ihr auch meine innersten Gefühle und Gedanken zu entblößen.

Er sagte:

– Trotz alledem habe ich mich doch an diese Provinzhauptstadt an der Küste gewöhnt, und es würde mir überhaupt nicht leicht fallen, von hier wegzugehen. Bitte lass mich dir einen Rat geben. Stell dir nicht weiter eine goldene Zukunft in Hongkong vor, das sind nur Illusionen. Verspiele nicht das Glück, das du wirklich hast. Ein ruhiges, angenehmes Familienleben, ihr seid Mann und Frau, habt ein kleines, plapperndes Kind. Das hast du schon. Deshalb kommt es dir normal vor. Es gibt sogar Momente, in denen dich das Umfeld so beeinflusst, dass du Überdruss verspürst und glaubst, es aushalten zu müssen. In Wirklichkeit ist das Leben, das du hast, für viele Leute großartig. Und auch ich selbst träume davon, so ein einfaches und reales Glück zu haben, wie du es hast. Überleg doch mal, wer weiß, wann ich einmal so ein solides Familienleben haben kann. Sei nicht dumm. Warum erst nach Hongkong fahren, um sein Leben zu ändern? Warum denkst du nicht daran, auf diesem Fleckchen Erde dein Leben zu ändern?

Sie hörte ihm zu und streichelte ihn dabei, betastete ihn verzückt. Sie sagte:

– Natürlich werde ich nicht weggehen können, wenn du nicht mitkommst. Aber ich möchte mit dir ein Kind haben. Wenn wir so weitermachen, werde ich bestimmt schwanger. Wenn mein Mann mit mir schläft, nimmt er immer aus Vorsicht ein Kondom. Er hat sich meinen Menstruationszyklus genau eingeprägt. Und hier waren wir manchmal zu wild. Kümmerten uns weder um den Zeitpunkt noch um Verhütungsmittel. Sollte ich schwanger werden, werde ich einen Trick anwenden und meinen Mann glauben machen, er hätte nicht richtig aufgepasst. Und ich werde es zur Welt bringen. Werde es großziehen. Wie findest du das?

Tran Linh erinnerte sich plötzlich an Tam Thanh und sagte:

– Niemals werde ich so verrückt sein, das zu akzeptieren, solange du noch die Ehefrau von Dr. Hoang Thien bist. Wenn du geschieden wärst, sähe es anders aus. Auch wenn du schon zwei, drei Kinder hättest. Wenn du von mir schwanger wärst, hätte ich Freude daran, mit dir ein Kind zu haben. Ich wäre bereit, dich zu heiraten. Dann würden wir füreinander sorgen. Natürlich würde ich nicht hoch und heilig erklären, deine Kinder genauso zu lieben wie unsere gemeinsamen. Doch ich würde mich bemühen, sie menschlich zu behandeln. Das wird natürlich nur eintreten, wenn du es wagst, dich von Dr. Hoang Thien scheiden zu lassen, und er das ertragen kann. Doch in der jetzigen Lage machen mir deine Gedanken Angst. Denn solltest du von mir ein Kind erwarten und es auf die Welt bringen, wären wir brutal.

Sie sagte mit kapriziösem Ton:

– Wieso denn brutal? Kann es sein, dass du mich weniger liebst als ich dich?

Er lachte, und mit einem Mal fiel er in sich zusammen und erschlaffte. Er sagte:

– Wir wären brutal, weil drei andere mit uns leiden müssten. Der erste ist Dr. Hoang Thien, der unglücklich wäre, wenn er entdecken würde, dass sein zweites Kind nicht wirklich sein Abbild ist. Als zweites würde das Kind, wenn es älter wird, leiden, weil Dr. Hoang Thien nicht sein richtiger Vater ist. Und als drittes würde auch dein größeres Kind später leiden und denken: Offensichtlich sind meine Eltern sich nicht treu gewesen. Ich bin der Vierte. Du bist die Fünfte. Es wäre für uns kein Glück, wenn wir die Wahrheiten unseres Lebens immer wieder als falsch bezeichnen müssten. Ich würde es nicht wagen, mein Kind mein Kind zu nennen. Und du würdest es nicht wagen, deinem Kind seinen richtigen Vater zu zeigen. Also, wenn du dich nicht scheiden lassen kannst, möchte ich niemals mit dir ein Kind haben. Wenn es schief gegangen ist und du von mir schwanger bist, übernehme ich die Schuld gegenüber Himmel und Erde, des Mordes bezichtigt zu werden, indem ich dir vorschlage, die Schwangerschaft abzubrechen. Das heißt, ich verliere mein eigenes Blut. Aber so muss außer dir und mir niemand leiden.
Linh Van hörte ihm fassungslos zu. Er war etwas kaltherzig, aber wahrscheinlich hatte er Recht. Sie sagte:
– Du willst also, dass ich mich scheiden lasse.
Er erwiderte:
– Das ist die Voraussetzung, damit wir ein Kind zusammen haben können. Und ganz ehrlich, ich glaube, zum jetzigen Zeitpunkt solltest du nur denken, ich bin dein Liebhaber. Und du hast nur einen Ehemann. Und ich habe nur eine Geliebte. Vielleicht werde ich für dich ein kleiner, abgelegener Strand sein oder höchstens ein Waldfleckchen, wohin du allein einen kleinen Ausflug machen kannst. Einfach ausgedrückt, ich bin nur jemand, der gut lieben kann. Wann ich dich heimlich genießen kann, weiß ich erst in dem jeweiligen Moment. Das ist alles!
Und oftmals, wenn er begann, wie aus Selbstironie und nur aus Spaß in so einem gefühllosen Ton zu reden, war für beide auch schon die Zeit vorüber, sich in Linh Vans Raum, vollgestellt mit chemischen Laborgeräten, zu amüsieren. Der Häuserblock, in dem sich dieser Raum befand, lag in einem abgelegenen Winkel, an dem selten jemand vorbeikam. Einmal wählte zufällig ein junges unverheiratetes Paar die Stufen gleich vor der Tür dieses Raumes zum Ort für ihre Liebkosungen. Als sie gehen mussten, schauten Linh Van und Tran

Linh hinaus und sahen, wie sich das Paar direkt auf der Treppe umarmte. Es war schon nach Mitternacht, es war noch dazu mondhell, beide konnten also nicht gleichzeitig hinausgehen. In dem Raum, der stundenlang dunkel gewesen war, ging jetzt plötzlich helles Licht an. Wenn sie danach auch noch zusammen hinaustraten, käme alles an den Tag, sollte auch nur einer von den beiden ein Bekannter sein. Sie würden bestimmt wissen, dass dies der Raum der Krankenschwester Linh Van war. Und es brauchte nur noch ein fremder Mann bei ihr zu sein, damit alles im ganzen Krankenhaus ausposaunt würde. Und falls sie Tran Linh kannten, wüssten sie sofort, dass der Französischlehrer um Mitternacht aus dem Zimmer der Krankenschwester Linh Van herausgehuscht war. Das hieß, er war keiner der Krankenhauspatienten, sondern wahrhaftig ein Liebhaber. Nachdem das Licht schon eine Weile brannte und Linh Van sah, dass das Paar nicht auseinander ging, konnte sie nicht länger warten und meinte:

– Ich muss jetzt gehen! Wenn ich zu lange sitzen bleibe, kommt mein Mann schnurstracks hierher, um mich zu suchen, und das wäre für uns beide brenzlig. Ich gehe zuerst zurück, nimm den Schlüssel und warte, bis das Paar dort weggeht, bevor du hinausgehst. Schließ dann ab und leg mir den Schlüssel dort in die Mauernische!

Linh Vans Schritte ließen das Paar beim Küssen innehalten. Natürlich konnten sie erkennen, dass Linh Van heute Dienst gehabt hatte. Tran Linh wartete noch eine Stunde lang und sah die beiden noch immer nicht auseinandergehen. Ewig in diesem Raum voller medizinischer Geräte zu sitzen, noch dazu als „Illegaler“, wurde ihm langsam unheimlich. Zuerst wollte er das Licht anmachen. Das ließ er dann aber. Als er zu lange gewartet hatte, es nicht mehr aushielt, schnalzte er mit der Zunge: „Sicherlich haben die da draußen in ihrer Umarmung gar keine Lust, mich anzuschauen, und wenn, ist es nicht sicher, dass sie mich kennen.“

Wer hätte es gedacht, seine Gestalt war doch sehr bekannt. Zudem war jenes Paar noch sehr jung. Sie waren Kinder von Mitarbeitern des Krankenhauses, sie kamen also nicht von irgendwoher. Als er mit sorgloser Miene heraustrat und so tat, als kümmere er sich nicht darum, wer sich da liebkoste, war das Paar sehr beruhigt. Doch als in ihrem Blickfeld sein kräftiger Rücken und sein Gang auftauchten, flüsterten sie sich sofort zu:

– Weißt du was? Das ist Herr Tran Linh! Wieso huscht denn dieser

Mann um diese Zeit aus Linh Vans Zimmer heraus? Was hat das zu bedeuten?
– Dass er mit ihr eine Affäre hat, was sonst?
– Wenn Dr. Hoang Thien das erfährt, bringt er ihn um!
– Man kann niemanden so leicht umbringen! Wenn man eine Frau hat und sie nicht halten kann, sie sogar zu einem anderen geht, muss man sich selbst überprüfen und erst einmal überlegen, wo man Schwächen hat.
– Du scheinst für sie Verständnis zu haben?
– Na, und? Unter Frauen ist es nun einmal so.
Gleich ein paar Tage darauf wurde in der ganzen Provinzhauptstadt viel Lärm gemacht darüber, dass der gut aussehende, unverheiratete Französischlehrer, der viele Geliebte hatte, trotzdem mit der Frau von Dr. Hoang Thien herumturtelte.
Doch Hoang Thien beachtete solchen Straßentratsch nicht, denn er liebte seine Frau sehr. Als das Gerücht an seine Ohren drang, fragte er Linh Van lachend:
– Wie ist es? Hast du gehört, dass die Leute sich erzählen, du hättest mich satt und hättest eine Affäre mit dem Lehrer Tran Linh?
Linh Van antwortete sofort:
– Ach, so! Du meinst den Französischlehrer vom Gesundheitsamt? Seitdem er in unserer Stadt ist, gibt es Gerüchte, er hätte schon mit unzähligen Frauen und Mädchen geflirtet. Dieses Gerücht der Leute über eine Liebschaft ist nichts Außergewöhnliches. Meine Güte! Glaubst du das etwa? Lade ihn bei Gelegenheit zu uns nach Hause ein, damit ich sehe, was für ein Spiel er sich ausgedacht hat, damit so ein törichtes Gerücht entsteht!
Mit einem Lächeln auf den Lippen sagte Dr. Hoang Thien langsam:
– Du weißt doch, wie sehr ich dich liebe. Darum sage mir, wenn du mich über hast. Sag es mir direkt ins Gesicht. Dann werden wir unsere Trennung mit Anstand arrangieren. Wir sollten uns nicht belügen. Das ist nicht nur nervenaufreibend, sondern raubt einem auch die Freiheit!
Linh Van sagte:
– Dieser Kerl ist wirklich entsetzlich! Ich habe nur ein paar Mal mit ihm zu tun gehabt, als er einen Bekannten zur Behandlung brachte. Weißt du? Es gibt auch das Gerücht, er sei mit Frau Hue und Frau Thom zusammen.

Dr. Hoang Thien fragte:
– Kennst du Tam Thanh in Cam Pha? Die Kleine ist in den Französischlehrer des Amtes sehr verknallt. Ich glaube, diese Liebe wird auch so enden wie die zwischen Heuschrecke und Libelle.
Linh Van schüttelte den Kopf:
– Das ist ja niederträchtig! Das heißt, er hat unzählige Frauen in dieser Gegend seinetwegen leiden lassen?
Dr. Hoang Thien lachte:
– Früher oder später wird der Lehrer des Amtes auch nur mit dem Boot flüchten. Äußerlich scheint seine Lebensweise sehr gelassen und unbeschwert zu sein, doch in Wirklichkeit sieht man ihm einen inneren Aufruhr an. Ich hoffe, du stehst nicht auf der Liste der Frauen, die seinetwegen leiden müssen.
Kühl sagte Linh Van:
– Wie redest du denn, halb im Spaß, halb im Ernst? Du glaubst an dieses Gerücht, nicht wahr? Lass es gut sein, geh zum Schrank und gieß dir einen Becher Heilschnaps ein! Heute gibt es kross gebratenen Barsch, weißt du? Und ob mein Name auf dieser albernen Liste steht, wird sich später herausstellen. Es stimmt! Er wird sich auf jeden Fall aus dem Staub machen.

8

Eigentlich war sich Dr. Hoang Thien durchaus darüber im Klaren, welche Zuneigung seine Frau für Tran Linh empfand. Er glaubte nicht völlig an Linh Vans Treue ihm gegenüber. Er war in dem Alter, in dem er Stabilität brauchte. Er hatte nicht mehr den Mut und die Bereitschaft, eine Veränderung anzunehmen, und fürchtete jegliche Konfusion im Familienleben sehr. Deshalb bereitete ihm jenes Gerücht ziemliche Kopfschmerzen. Er überlegte fortwährend und fand, in Zorn oder Eifersucht zu verfallen, solange es keine konkreten Beweise außer der öffentlichen Meinung gab, sei ein untaugliches Mittel. Er meinte, Tran Linh besser zu durchschauen, als seine Frau es tat, daher wählte er ein Mittel, das er für das beste hielt. Wenn Tran Linh ihr Idol war, würde er dafür sorgen, dieses Idol allmählich vom Sockel zu stoßen. Er sparte vor ihr nicht an Lob für Tran Linh, besonders hinsichtlich seines Lerneifers. Er erkundigte sich recht genau über Tran Linhs kleinste Liebschaften, um seiner Frau zu zeigen „Ich weiß über ihn ziemlich genau Bescheid". Nimm keinen Tüll, um das Auge des Heiligen zu verdecken. Und du musst aufpassen, um nicht an einen modernen So Khanh zu geraten.

Nachdem ihr Mann über jenes Gerücht halb im Spaß, halb im Ernst gesprochen und auch die Details über Tam Thanh wiedergegeben hatte, verspürte Linh Van sowohl ein wenig Angst als auch Mutlosigkeit. Sie war beunruhigt, es schien, ihr Mann misstraute ihr. Oder wusste er schon alles? Wenn Tran Linh so war, konnte sie sich nicht auf ihn stützen, um ein neues Leben zu beginnen. Am besten, sie schaute einmal, in welchem Maße er Liebschaften hatte.

Sollte ihr Mann sie gleich beschimpfen wegen dieses Gerüchts, wäre damit noch leicht umzugehen. Aber er schien ganz ruhig zu sein, das war erst einmal ärgerlich für sie. Linh Van beschloss, vorläufig ihre heimlichen Verabredungen mit Tran Linh in ihrem Laborraum einzustellen. Sie teilte Tran Linh den Verdacht Dr. Hoang Thiens mit, schickte ihm 100 Gramm guten Tee und erwähnte natürlich nichts von Tam Thanh. Tran Linh bereute es ein wenig, zu unachtsam gewesen zu sein. Er nahm an, dass der Lärm um die mitternächtlichen Beziehungen zwischen ihm und Linh Van nur von jenem jungen Paar ausgehen konnte. Er sorgte sich mehr um Linh Vans Ruhe als um die seine. Er wusste, Dr. Hoang Thien war kein Grobian; er war sanftmütig, doch es war die Sanftmut eines erfahrenen Menschen, der Konflikte scheute, der sich in sich selbst zurückzog und seine Ruhe haben wollte. Zwei-, dreimal hatte er sich mit Dr. Hoang Thien unterhalten und Kontakt mit ihm gehabt. Beide hatten Momente erlebt, in denen sie begeistert über Guy de Maupassant und Alphonse Daudet gesprochen hatten. Der andere schien Alphonse Daudet mehr zu mögen. Da Linh Van eine Zeit lang auch Schülerin im Abendfranzösischkurs war, hatten sich beide kennengelernt. Er schätzte Hoang Thien in einem Punkt, denn dieser vertrat die gleiche Ansicht über den Regisseur Doan, der mit seinen Stücken einen öffentlichen Skandal sowohl in Quang An als auch in der Hauptstadt hervorgerufen hatte. Und er fand, im Liebesspiel mit Linh Van war er im Gegensatz zum Erscheinungsbild von Dr. Hoang Thien nichts anderes als ein Betrüger. Nun gut. Schluss damit. Er war zu tief in jenes verbotene Terrain eingedrungen. Es reichte. Mochte er Linh Van auch noch so sehr weiterhin begehren, er errichtete sich selbst eine Grenze zu ihr. Angesichts dieses Gerüchts, das sich in Windeseile verbreitete wie der Geruch von getrocknetem Pferdemist bei Nieselregen, musste er versuchen, die öffentliche Meinung irrezuführen. Höchstwahrscheinlich hatte ihn noch keine Frau so glücklich gemacht und ihm so viel Genuss bereitet. Linh Van war eine verheiratete Frau, die genusssüchtig war; deshalb hatte sie viel Erfahrung im Genießen. Allein ihre Küsse waren etwas, das er noch nie bei einer anderen Frau erlebt hatte. Tam Thanh war Linh Van im Liebesspiel weit unterlegen. Nicht weil sie weniger leidenschaftlich war, sondern weil es noch Augenblicke gab, in denen sie bei bestimmten Bewegungen der Umarmung und des Streichelns zaghaft war und sich schämte. Das bedeutete, Linh Van war Tam Thanh in der Geschicklichkeit, mit Männern zu schlafen, überlegen. Und er strebte stets nach Momenten der Wollust, in denen er frei bis zum Höhepunkt genießen konnte. Wie dem auch sei, später würde er diese Gegend verlassen. Mit einer undefinierbaren Traurigkeit nahm er es hin, sich seltener mit Linh Van zu treffen. Obwohl ihn vorher, als er an Hoang Thien gedacht hatte, das Gefühl beschlich, er müsse dieses abenteuerliche verdorbene Spiel sofort beenden. Er war noch aus

einem anderen Grund traurig, denn offenbar hatte auch Tam Thanh von dem Gerücht über seine Affäre mit Linh Van gehört, sodass sich ihre Haltung ein wenig geändert hatte.
An jenem Abend war wohl die erste Vorstellung des Cai Luong-Ensembles Hai Ha in der Provinzhauptsstadt Hon Gai. Er war gerade dabei, deutsche Sprichwörter auswendig zu lernen, als zwei Frauen, die im selben Viertel wohnten, bei ihm vorbeikamen. Sie redeten ihm zu:
– Herr Lehrer, kommen Sie mit in die Cai Luong-Vorstellung!
Er erwiderte:
– Ich gebe zu, ich mag nur Sprechtheater! Es reizt mich nicht besonders, Cai Luong anzusehen, denn es klingt sehr bedrückend. Und mein Leben ist schon bedrückend genug.
Von den beiden Frauen hatte die eine einen Ehemann in der Ferne und die andere war sozusagen ein „spätes Mädchen", denn sie war fast 30 und hatte immer noch niemanden. Sie überredete den alleinstehenden Mann weiter, der berühmt für seine Liebschaften war:
– Dann kommen Sie doch wenigstens einmal mit, um es auszuprobieren. Heute wird wohl das Stück „Kristall und Staub" gespielt.
Tran Linh sah die beiden „älteren Schwestern" mit erfreutem Blick an, weil beide hübsch zurechtgemacht waren. Kaum merklich umgab sie der Duft von Parfüm! Plötzlich durchzuckte ihn eine Idee und langsam stimmte er zu:
– Na, gut. Warum soll ich nicht spaßeshalber mit Ihnen beiden mitkommen? Ich werde Ihr „Geleitschutz" sein. Sonst könnte man Sie womöglich entführen, was mich traurig machen würde.
Und sie gingen zusammen zur Volksoper. Er hatte sich absichtlich richtig schick angezogen. Auch er hatte Parfüm genommen, jedoch zuviel des guten. Inmitten der staubigen Umgebung dieser Provinzhauptstadt war seine kräftige, wohl proportionierte Gestalt, smart in den Jeans, dem gestreiften bulgarischen Hemd, den staubbedeckten cremefarbenen tschechischen Sportschuhen, unverwechselbar. Absichtlich lief er zwischen den beiden Frauen, unterhielt sich mit ihnen freundschaftlich über Preise und Nachrichten. Unwillkürlich hatte er den Gedanken, er könne den Verdacht von Tran Linhs Mann und der Öffentlichkeit in die Irre führen, indem er mit einer von beiden Frauen ein flüchtiges Verhältnis anfinge. Oder, wenn das nicht ging, wollte er wenigstens den Leuten in dieser Provinzhauptstadt seelenruhig zeigen, es sei völlig normal, mit der einen oder an-

deren Frau spazieren zu gehen. Er bedauerte ein wenig das in jeder Hinsicht durchschnittliche Aussehen von Frau Tan. Wäre ihre Erscheinung nur ein wenig attraktiver gewesen, hätte er versucht, mit ihr ein bisschen Spaß zu haben, um das Leben zu schnuppern. Und Frau Hoa war schon verheiratet mit einem Major oder Oberstleutnant oder so ähnlich, der an der Grenze seinen Dienst versah. Es wäre töricht, die Frau eines Armeeangehörigen anzurühren. Würde er gleich heute mit Frau Tan flirten, mit ihr anbändeln, würde es Frau Hoa überall erzählen, und das würde auch nichts bringen. Nur wenn Tan so hübsch wie Linh Van oder sogar hübscher als sie wäre, würde er es riskieren. Er beschloss, den beiden Frauen gegenüber weiter eine korrekte, höfliche Haltung an den Tag zu legen. Es genügte schon, wenn die Leute wieder ausposaunten, gestern Nacht sei der Lehrer mit irgendwelchen Eroberungen zusammen in die Oper gegangen. Dann hätte er schon sein Ziel erreicht.

Als beide Frauen entschieden darauf bestanden, ihm die Eintrittskarte zu bezahlen, sträubte er sich nicht. Doch gleich nachdem er sie ihre Plätze hatte einnehmen lassen, suchte er nach einem Vorwand, seine Ruhe zu haben. Er sagte:

– Bleiben Sie hier ruhig sitzen, ich besorge mir Zigaretten, damit es nicht so trist ist, ich bin gleich wieder zurück!

Es ist unklar, wie Himmel und Erde seine Schritte lenkten, doch nachdem er sich eine Zigarette der Marke Hero angezündet hatte, schlenderte er hinter die Bühne. Er lief umher, schließlich gelangte er in die Schauspielergarderobe. Es gefiel ihm, die halb realen, halb irrealen Gesichter in dieser schillernden, fiktiven Welt der Bühnenscheinwerfer anzuschauen. Er hob die Hand etwas über die Schulter und neigte sich sehr kokett ein bisschen zur Seite, als er den stellvertretenden Direktor des Kulturamtes der Provinz sah, der sich anschickte, die Vorstellung zu eröffnen, sowie einen Schriftsteller, der als Korrespondent für Literatur und Kunst für die Provinzzeitung arbeitete. Die Schauspieler hielten den Typen in den Jeans und dem gestreiften Hemd ganz sicher für einen Darsteller des Cheo oder einer anderen Theaterfigur oder zumindest für einen Kader des Kulturamtes. Plötzlich rief jemand:

– Wo ist Thuy Nga?

Die in seinen Augen wohl hübscheste Schauspielerin drehte sich in die Richtung, aus der gerufen wurde:

– Was ist?
Oh, was hat sie erst für eine warme, klare Stimme, dachte er im Stillen.
– Du bist heute in der zweiten Besetzung, ja? Damit Thu Lan die erste Besetzung ausprobieren kann.
Thuy Nga meinte sanft:
– Das ist hervorragend.
Daraufhin schloss sie den kleinen Lederkoffer, der ihre Schminksachen enthielt, und warf einen unverhältnismäßig langen Blick in die Richtung von Tran Linh.
Gleich als Tran Linh aufgetaucht war, hatte Thuy Nga den Eindruck gehabt, er sei nicht aus der Gegend von Quang An. Sie wunderte sich, wieso er noch dazu so gleichgültig aussah. Sie war schon eine Frau über 40, doch in ihrem tiefsten Innern spürte sie die Lebenskraft einer 20-Jährigen. Die jungen Schauspielerinnen im Ensemble beneideten sie sowohl um ihre Stimme als um ihr Aussehen. Sie war betörend in tragischen Theaterrollen und dennoch eine Frau, die im alltäglichen Leben oft fröhlich war. Da sie die 40 überschritten hatte, fürchtete sie die Zeit. Sie schien stets sich selbst, dem Wind und ihren Kollegen gegenüber ausdrücken zu wollen: „Schaut her: Ich bin noch voller Lebenskraft!" Daher fand sie es angenehm, den anhaltenden Blick dieses Mannes in den Jeans und dem gestreiften Hemd in ihre Richtung zu spüren. Für einen recht langen Moment hatte er ihr anscheinend direkt ins Gesicht geblickt. Dann glitt sein Blick recht langsam über ihren Hals, ihren Busen, der noch immer voll und rund war. Doch warum wirkte er so versteinert, während er sie so genau ansah? Er wirkte auch sehr männlich. Mit seinen großen schwarzen Augen, seinem geraden, eigensinnigen Blick, seinen breiten Schultern, der muskulösen Brust. Seinen langsamen Bewegungen. Seinem breiten Kinn, der ebenmäßigen Nase. Er musste um die 65 kg wiegen, nicht weniger. Thuy Nga war lebenserfahren, hatte Körperkunst gelernt und gelehrt, sodass sie sehr schnell Tran Linhs Größe und Gewicht abgeschätzt hatte. Und Tran Linh war sofort der Ansicht, dieser Abend sei für ihn äußerst gelungen, da er Thuy Nga erblickt hatte. Ach, was für frische, feine Gesichtszüge! Der Mund wie eine erblühende Blume. Runde Schultern, zarte, weiße Haut. Eine warme und sanfte Stimme. Zu welcher Sorte Frau mochte sie wohl gehören, da sie ihn gerade erst gesehen hatte und

schon solch Wohlgefallen und Freude spüren ließ, genau wie ein Jäger, der plötzlich ein wertvolles Wildtier erblickte, das er schon lange gesucht hatte. Tran Linh nutzte all seine Erfahrungen und Erlebnisse mit Frauen, um Thuy Nga einzuschätzen. Sie war bestimmt eine der Hauptdarstellerinnen des Ensembles. Sie sah wie 35, 36 aus. Mit ihren Augen wie Sternen, ihrem magischen, unaufhörlich strahlenden Blick gehörte sie ganz sicher zu den Frauen, bei denen im Bett sofort das Feuer ausbrach! Er überlegte, wie er sie kennenlernen konnte. Ihm war durchaus klar, dass er mindestens zehn Jahre jünger war als sie. Er fühlte sich wie ein Jäger, der plötzlich ein seltenes Reh erblickte, das er schon lange gesucht hatte, und da er glaubte, es hätte ihn noch nicht wahrgenommen, war es am besten, es nicht zu erschrecken, es nicht wissen zu lassen, dass er den Bogen spannte, um seinen Pfeil abzuschießen. Deshalb gab er sich den Anschein, schnell wegzugehen. Er tat so, als habe sie ihn überhaupt nicht beeindruckt. Er betrachtete die anderen Schauspielerinnen und kramte dabei in seinem Gedächtnis nach den Namen berühmter Frauen auf Bühne und Leinwand. Es war eigentlich nur ein uralter Trick, mit dem er Stendhals Julien Sorel nachahmte. Unvermittelt zog er den dreifarbigen Kugelschreiber aus seiner Brusttasche und das winzige Deutschheft aus seiner Hosentasche hervor, schrieb ganz vertieft etwas in einer ganz journalistischen Pose. In jenem Moment betrachtete Thuy Nga verstohlen Tran Linhs Körper. Sie versuchte sich vorzustellen, wie er wohl nackt aussähe. Und mit dem erfahrenen Blick einer Frau mit von Natur aus starken sexuellen Neigungen war sie der Ansicht, dieser Mann in den Jeans und dem gestreiften Hemd sei sicher nicht so unkultiviert im Bett wie ihr werter Gatte. Niedergeschlagen seufzte sie. Mit einem Mal erinnerte sie sich an ihren Ehemann, der fast 50 war. Er hatte keinen einzigen Fehler, außer dem einen leicht verzeihlichen, dass er oft ausgerechnet an den Tagen Magenschmerzen hatte, an denen sie sich errechnet hatte, sie könnten als Eheleute ungezwungen miteinander verkehren, ohne eine Schwangerschaft zu befürchten. Er als Leiter der Organisationsabteilung eines großen Tourismusunternehmens der Stadt und sie waren zusammen wohlhabend. Sie hatten zwei Kinder, eine 17-jährige Tochter und einen 12-jährigen Sohn. Der Bereich „Kinder“ in ihrem Horoskop war sozusagen vollkommen. 15, 16 Jahre hatte sie im Bühnenscheinwerferlicht zugebracht. Oftmals hatte sie die nationale Goldmedaille bei

Festivals erhalten. Jetzt wartete sie darauf, dass ihr der Staat den Titel „Hervorragende Künstlerin" verlieh. Dies bedeutete, dass auch ihre Laufbahn vollendet war. Sie hatte nahezu alles an köstlichen, erstklassigen Bieren, Weinen und aromatischen Zigarettensorten, die es auf dieser Welt gab, genossen. Selbst ihre Liebesabenteuer erfüllten sie mit Stolz. Obwohl sie verheiratet und schon in mittleren Jahren war, war sie viel gefragter als die anderen, jungen Schauspielerinnen. Natürlich gab es auch eigennützige Affären mit einflussreichen Personen in wichtigen Positionen. Und der Rest waren fast ausschließlich belanglose, vom Instinkt geleitete Liebesgeschichten, die so schnell gingen wie sie kamen. Sie war so meisterhaft, dass sie sich mitunter gerade vor ihrem Wesen fürchtete. Sah sie einen Mann vor sich, stellte sie sich jedes Mal sofort genau vor, wie er nackt aussähe. Und nachdem sie denjenigen sprechen gehört und gesehen hatte, wie er sich bewegte, konnte sie abschätzen, ob dessen sexuelle Energie sie befriedigen konnte oder nicht. Vorhin hatte sie das Gefühl gehabt, etwas gefunden zu haben, was ihr seit langem fehlte. Fast alle Männer, mit denen sie fremdgegangen war, waren schwächlich gewesen. Sie hatte sie geliebt, doch nie lange jemandem ihre Zuneigung bewahren können. Nachdem sie einander gekostet und genossen hatten, gingen sie fast immer wieder auseinander. Auch Männer, die jünger als sie waren, hatten für sie geschwärmt. In dem Moment, da sie sich im Bett wälzten, entdeckte sie oft eine bittere Sache, nämlich, hätten sie sich satt essen, mehr Eiweiß und Fleisch zu sich nehmen können, dann hätten sie sie nicht in diesem unerträglichen Zustand zurückgelassen, mit diesen halbvollendeten Empfindungen der Wonne, während ihr klar war, dass ihre Sinne und die der Männer durchaus nicht träge waren. Deshalb war sie der eigentümlichen Ansicht, sie müsse offensichtlich in einer Zeit leben, die so schwierig war, dass fast jeder Mann durch mangelnde Ernährung zeitweise impotent war. Insbesondere diejenigen, die eine schwere familiäre Last zu tragen hatten und arm waren. Um diese Armut zu bekämpfen, wurde die Familienplanung in großem Maßstab durchgeführt, mit einer überraschend lautstarken Propaganda. Männer und Frauen, die in dem Alter waren, in dem sie Söhne zur Welt bringen konnten, verfügten nicht über ausreichende materielle und wirtschaftliche Voraussetzungen. Wagten sie es trotzdem, Kinder in die Welt zu setzen, hatten sie es schwer. Verzichteten sie darauf bis zu dem Moment, in dem es ihnen wirtschaftlich gut ging, gerieten sie wiederum in die Lage „Alter Vater muss sich noch mit kleinen Kindern plagen“. Es fragt sich, ob für dieses Land kluge Kinder zur Welt gebracht werden können, sollte das Leben hier ewig so weitergehen. Sie wusste nur zu gut, ihr Mann hatte mitbekommen, dass sie ihm oftmals nicht allein gehörte. Doch er konnte ihr nichts vorwerfen, da sie trotzdem ihrer Pflicht als Ehefrau voll nachkam. Vom Kochen übers Bett bis zur Repräsentation nach außen tat sie alles. Darum nahm er eine einsichtige Haltung ein, damit seine Familie bewahrt blieb. Er richtete seine Lebensfreude auf das Kartenspiel, um sich als großmütiger Mann zu zeigen. Er verlor sie nur ein bisschen in manchen Momenten, er verlor sie nicht ganz. Das bedeutete auch, er war klug. Niemand wagte es, ihm Feigheit vorzuwerfen, denn seine Frau war Künstlerin. Er war Kader und seit langem Parteimitglied. Wenn er sich so verhielt, war es nur vernünftig. Und es gab auch keine bessere Lösung. Möglicherweise würde er sie irgendwann, wenn er an die Male dachte, in denen er im Bett nichts zustande gebracht hatte, und an ihre gezwungen fröhliche Haltung, für eine wollüstige, sinnliche Frau halten. Aber wer war denn nicht wollüstig! Erkannte man seine eigene Wollust, um sie im richtigen Moment, am richtigen Ort und mit dem richtigen Partner auszuleben, war es tausendmal schöner, als diese hinter einer falschen Moral zu verstecken. Es fragt sich, ob jemand, der nicht in der Lage ist, sinnlichen Genuss zu empfinden, stolz darauf sein kann, moralischer zu sein, als jemand, der weiß, wie man einander glücklich macht bis zum sexuellen Höhepunkt.

Thuy Nga überlegte und debattierte mit sich selbst in dem Moment, als sie Tran Linh rauchen sah. Schmerzlich erkannte sie ihr Verlangen, ein Mal sinnlich mit diesem Mann in Jeans und gestreiftem Hemd in Berührung zu kommen, obwohl sie wusste, dass er mindestens ein Dutzend Jahre jünger war als sie. „Verflucht! Du magst mich doch auch, tust aber nur so gleichgültig“, dachte Thuy Nga bei sich und lächelte provozierend:

– Entschuldigung, können Sie mir bitte eine Zigarette geben?

Tran Linh bemühte sich gerade, im Zigarettenrauch nachdenklich zu wirken, und überlegte, wie er ihre Bekanntschaft machen konnte, als Thuy Nga lächelnd ihre Frage an ihn richtete. Nun wurde er ein bisschen lebhafter, doch er tat weiter gelassen:

– Bitte sehr! Ich weiß nicht, ob Sie an diese Marke gewöhnt sind.

Thuy Nga zog eine Zigarette der Marke Hero aus der Schachtel, die Tran Linh in der Hand hielt, steckte sie gleich in den Mundwinkel und sagte:

– Danke! Das ist genau meine Lieblingszigarette. Als ich ihren Duft roch, habe ich sie doch sofort erkannt!

Tran Linh holte das Feuerzeug heraus. Blitzschnell verdeckte eine dünne Rauchwolke Thuy Ngas Gesicht. Merkwürdig, dieser Kerl benutzte nur eine Hand, um ihr Feuer zu geben! Thuy Nga urteilte im Stillen über ihn, denn sie war es ursprünglich gewohnt, dass Männer, die sie bewunderten, ihr mit beiden Händen Feuer gaben.

– Arbeiten Sie auch in der Kulturbranche?, fragte sie.

– Ja, so kann man es auch sehen, antwortete er schelmisch.

– Sind Sie Schauspieler im Sprechtheater?

– Ich bin nur Schauspieler in einem einzigen Stück und spiele nur eine einzige Rolle!

– Heißt das, Sie sind unzufrieden in ihrem Beruf?

– Durchaus nicht. Ich bin zufrieden mit meinem Stück und mit meiner Rolle.

– Was heißt das?

Tran Linh lächelte, und er verstand, dass seine Stimme Eindruck gemacht hatte:

– Gar nichts, der Titel meines einzigen Stückes heißt „Dieses Leben“, und die einzige Rolle, die ich spiele, ist die des Tran Linh. Entschuldigung! Ich bin Tran Linh!

– Sie haben durchaus schauspielerisches Können! Sie sind bestimmt nicht aus dieser Provinz?

– Ich bin nicht von hier, ich stamme nicht von hier, ich arbeite hier nur!

– Sie sind sicherlich in einem Theaterensemble, nicht wahr?

Matt lächelnd erwiderte Tran Linh:

– Leider bin ich nur jemand, der sich für Sprechtheater interessiert, denn mein Beruf hat auch mit der Bühnenkunst zu tun. Ich bin Dozent.

– Ach, Lehrer?

Thuy Nga schrie angenehm überrascht auf und musterte Tran Linh noch einmal von Kopf bis Fuß, dann richtete sie ihre Kleidung und meinte:

– Interessant! Sie sind genau die Art Zigarette, die mir gefällt. Können Sie mir behilflich sein?

Tran Linh dachte bei sich: Sie macht sich ja sogar über mich lustig! Okay, um weiter zu sehen, sagte er:
– Es ist mir eine Ehre!
Als beide aus der Garderobe herausgegangen waren, sagte Thuy Nga:
– Es ist sicher nicht sehr schwierig. Ich habe Durst. Können Sie mich in irgendein Lokal bringen, um etwas zu trinken?
Tran Linh erwiderte:
– Möchten Sie Zitronenlimonade, Lotustee oder Bier trinken?
Thuy Nga erklärte:
– Bier!
Der Lokalbesitzer Hai Minh freute sich, als er Tran Linh mit einer sehr nach Künstlerin aussehenden Frau kommen sah. Tran Linh sagte von sich aus:
– Bringen Sie uns bitte zwei Flaschen Truc Bach.
Und indem er sich Thuy Nga zuwandte:
– Eis dazu?
Thuy Nga schüttelte den Kopf. Seine Art, sie ohne Pronomen anzusprechen, und ihre Kopfbewegung ließen den Lokalbesitzer darauf schließen, dass sich beide schon lange kannten und vor kurzem wieder getroffen hatten. Das Bier wurde sehr langsam eingeschenkt, sodass der Schaum bis an den Rand des Glases stieg. Dann sagte Tran Linh mit tiefer, warmer Stimme:
– Erlauben Sie mir, darauf anzustoßen, dass wir uns getroffen haben.
Thuy Nga erhob das Glas bis auf die Höhe der Augenbrauen und sagte:
– Ich hoffe, dass alles gut wird. Obwohl Sie jetzt noch hoffnungslos sind. Jetzt glaube ich, dass Sie jemand sind, der den Lehrerberuf ausübt.
Tran Linh wunderte sich über ihren prophetischen Ton. Er hob an, ungezwungen zu erzählen:
– Ich bin Französischlehrer des Gesundheitsamtes. Literatur und Kunst begeistern mich, deshalb wende ich ihnen meine Aufmerksamkeit zu. Besonders der Bühnenkunst. Ich weiß zwar nicht warum, aber Cai Luong ist für mich bis heute etwas Fremdes. Aber vielleicht werden sich von heute Abend an meine Einstellung und mein Gefühl gegenüber diesem Kunstgenre grundlegend ändern.
Thuy Nga lachte und lobte insgeheim den „jungen Mann, der interessant reden konnte“:

– Wieso das? Ein beständiger Mensch wie Sie ändert so leicht an einem Abend seine Einstellung und sein Gefühl?
Tran Linh entgegnete ihr:
– Das liegt an Ihrer Anwesenheit auf einer Cai Luong-Bühne. Und auch an Ihrer Lieblingszigarettensorte. Kurz, weil Sie aufgetaucht sind. Sie sind wirklich eine Frau, die viele Gefahren in sich birgt. Mir kommt es so vor, als hätte ich Sie schon einmal getroffen. Sie kommen mir sehr bekannt vor, aber auch sehr fremd.
Thuy Nga wurde ernst, sie blickte mit ihren funkelnden Augen direkt in Tran Linhs schwarz glänzende Augen:
– Ach, Französischlehrer! Trotz allem muss ich Ihnen ehrlich sagen: Sie sollten sich zum jetzigen Zeitpunkt nicht allzu sehr um Frauen kümmern. Ich bin ganz sicher älter als Sie. Ich glaube auch, ich bin so erfahren und wusste, dass Sie sagen würden, wir hätten uns anscheinend schon irgendwo getroffen. Natürlich gehöre ich nicht zu der Art Frauen, die Ihnen Unglück bringen. Im Gegenteil, ich kann Ihnen Zufriedenheit geben. Dennoch, mit Ihrem Wesen sollten Sie sich meiner Ansicht nach darauf konzentrieren, aus dieser Gegend wegzukommen. Das wäre wichtig.
Tran Linh konnte sich des Eindrucks nicht erwehren, eine Frau mit magischen Fähigkeiten getroffen zu haben. Verdammt! Offensichtlich beherrschte sie die Physiognomik. Noch immer behielt er seinen sinnlichen, doch vornehmen Ton bei:
– Ja! Genau deswegen glaube ich, Sie sind eine Frau voller Gefahren. Sie beherrschen wohl auch die Physiognomik, so haben Sie mich recht schnell analysiert. Obwohl ich den Wunsch hatte, zu mir selbst zu sagen: Verschließe dein Herz fest, war es letztendlich umsonst. Genau wie die Frau in der Geschichte „Lieu Trai". Im Handumdrehen sind Sie in mich eingedrungen wie ein Duft, wie Rauch. Sie haben mich durchdrungen so wie Feuer, wie Wasser!
Thuy Nga lachte. Ihre Lippen erschienen durch das Licht noch voller, noch sinnlicher. Sie sagte:
– Seien Sie vorsichtig, Herr Lehrer! Trinken Sie, dann gehen wir ein bisschen spazieren, es ist angenehmer, sich draußen zu unterhalten! Heute Abend habe ich genügend Zeit, dass Sie mir sogar Gedichte vorlesen können.
Tran Linh hatte den Eindruck, in die Defensive zu geraten. Er sagte:
– Das ist wirklich eine ausgezeichnete Idee!

Der Lokalbesitzer nahm das Geld für die zwei Flaschen Truc Bach und zwinkerte ihm lächelnd zu, als er sah, wie Thuy Nga ganz natürlich an seine Schulter gelehnt dastand. Tran Linh war klar, dass man gleich am nächsten Morgen wieder verbreiten würde, der Französischlehrer scheint mit einer Schauspielerin aus dem Cai Luong-Ensemble ein neues Verhältnis zu haben.
Thuy Nga hatte wirklich Recht. Draußen reichte das Mondlicht gerade aus, dass sie sich vage sahen. Tran Linh hatte den Eindruck, Thuy Nga sei gar nicht älter als er. Und Thuy Nga dachte mit Wonne daran, dass sie in dieser öden Provinzhauptstadt fünf Nächte verbringen musste. Sicherlich würde ihr der Französischlehrer die Leere und Einsamkeit erleichtern.
Dieser junge Mann ist sehr hartnäckig. Offenbar hält er uns allen Ernstes für gleichaltrig. Tja! Wollte er sie jagen oder wollte auch sie ihn jagen? Auch gut. Wie dem auch sei, sie würde einen neuen Freund gewinnen. Sie fragte:
– Vorhin sagten Sie, ich käme Ihnen sehr bekannt vor, doch auch sehr fremd. Also, wem, finden Sie, bin ich ähnlich?
Tran Linh war voller Selbstvertrauen. Als sie Schulter an Schulter den Weg entlanggingen, der sie immer weiter von der Opernhaus entfernte, sagte er:
– Ich möchte zunächst meinen ersten Gedanken äußern. Anfangs habe ich gedacht, wenn diese Frau weniger geschminkt wäre, sähe sie schöner aus. Daraufhin hatte ich das Gefühl, Sie ähnelten einer Frauengestalt von Gustave Flaubert. Dann erschrak ich, weil ich bemerkte, dass Sie älter sind als ich. Doch dann wurde ich sehr viel optimistischer, weil ich in Ihnen Wesenszüge von Lieu Trai erkannte. Weil ich in Ihren Augen ständig so etwas wie das Vorbeifliegen eines winzigen, liebenswerten Vogels bemerke. Bestimmt sind Sie um die 40, aber Sie wirken trotzdem noch sehr jung. Das ist genau der Grund, warum Sie mich an eine Figur von Stendhal erinnern. Sie erscheinen mir wie die junge Frau namens De Renal.
Thuy Nga schüttelte den Kopf und schloss den dünnen Mantel enger um sich.
– Was noch?
– Sie heißen Thuy Nga, nicht wahr? Aber ich glaube, ich möchte Sie lieber Thu Nga nennen. Thu Nga! Wenn Sie Thu Nga hießen, fände ich das viel interessanter.

Thuy Nga lachte verstohlen:
– Moment mal! Lassen Sie mich etwas sagen. Erst einmal finde ich, Sie sind in Wirklichkeit wie eine Frauengestalt von Flaubert. Sie gleichen Madame Bovary viel mehr als ich. Es kann schon sein, dass ich auch etwas von Madame De Renal an mir habe. Ich habe gar keine so magische Begabung, wie Sie es sich vorstellen. Ich habe es erst geschafft, einige Geschichten aus Lieu Trai zu lesen, doch ich merke, Sie sind nicht zu unterschätzen. Aber Sie sollten auch nicht vorschnell glauben, Sie seien genau wie Julien. Und wieso wollen Sie sogar meinen Namen ändern?
Als er bis dahin zugehört hatte, stellte er eine Gegenfrage:
– Das werde ich Ihnen später erklären, denn meine Erklärung wird recht lang sein. Ihre Ansicht erstaunt mich ein wenig. Warum sagen Sie denn, ich sei Madame Bovary ähnlicher als Sie?
Thuy Nga sagte:
– Ich glaube, Madame Bovary und Flaubert unterscheiden sich gar nicht so sehr voneinander. Ihr Traum ist an der Ehe zerbrochen, danach begehrte sie mit einer Liebesaffäre auf. Und sie zerbrach an ihrer Affäre und starb durch Gift. Und Sie? Ihr Verhältnis zu dieser Gegend ist wie eine gescheiterte Ehe. Und Sie begehen Ehebruch. Sie wollen nun mit einer anderen Gegend fremdgehen. Ich hoffe nur und wünsche, dass Sie nicht scheitern werden, denn Sie haben viel mehr Kraft als Madame Bovary!
Tran Linh hatte nicht erwartet, dass sie in diesem Maße in der französischen Literatur bewandert war. Mehr noch, er fand es verblüffend, wie sie seinen Wunsch erkannt hatte, mit einer anderen Gegend fremdzugehen. Er fühlte, mit dieser Frau durfte er nicht spaßen. Sie war kein wertvolles wildes Tier, das einfach zu jagen war. Und er war kein Jäger. Sie schien wohl hartnäckig auf der Jagd nach seinen Gedanken zu sein. Jetzt war Tagundnachtgleiche. Als sie sah, wie Tran Linh einen Moment lang still neben ihr her lief, in Gedanken vertieft über ihre Voraussage, fragte Thuy Nga:
– Und Sie, Sie leben bestimmt noch allein?
Er nickte und schaute in die Ferne:
– Ja, das stimmt.
Thuy Nga fragte weiter:
– Und haben Sie vielleicht auch anderen über die außergewöhnlichen Frauen in ihrem Leben erzählt?

Er nickte wieder:
– Ja, vielleicht…
Thuy Nga war weiter dabei, das geistige Porträt ihrer neuen Bekanntschaft zu erstellen.
– Und warum wollen Sie meinen Zwischennamen Thuy Nga in Thu Nga ändern?
Er fragte leise zurück:
– Interessieren Sie sich für Poesie?
Thuy Nga erwiderte:
– Mir gefallen die Lyriker aus der Vorkriegszeit! Die jungen modernen Lyriker gefallen mir auch, aber ich kann mir nur selten ein paar Gedichte vollständig merken.
Er meinte nachdenklich:
– Mir würde es besser gefallen, wenn Sie Thu Nga hießen, weil Sie mich an den Herbst meines Lebens denken lassen. Möchten Sie, dass ich Ihnen Gedichte aufsage? Wenn Sie möchten, rezitiere ich Ihnen zwei Gedichte von Vu Hoang Chuong. Ein Gedicht heißt „Über 30 Jahre alt“, das andere „Der Herbst kommt bald“.
Thuy Nga interessiert:
– Vom Autor des Gedichts „Ein Leben ohne dich – von wem soll ich trunken sein“, nicht wahr? Wunderbar!
– Ich werde rezitieren und Sie werden verstehen, warum ich Sie Thu Nga nennen möchte. Bleiben wir einen Moment stehen… Das erste Gedicht möchte ich „Fast 30 Jahre alt“ nennen.
Seine Stimme klang warm und voll. Er erinnerte sich wieder an die Verse, sie gefielen ihm seit langem, so kam es, dass das Gedicht des verstorbenen Dichters Vu Hoang Chuong noch schöner wirkte. Vor allem, weil es bei Mondschein und Wind vorgetragen wurde, die einen Mann und eine Frau umspielten.

Fast dreißig Jahre alt
Betrunken niederliegend, die Lebenskraft entweicht, die Arme hängen matt
Flach das Bett, fühlend als sinke der Himmel auf die Verlassenheit herab
Welche Laufbahn noch, da die Mittagssonne sich neigt?
Der Schwur eine verblichene Blume, die Liebe ein verwelktes Blatt
Fast dreißig Jahre alt – sind Liebesbande mir noch vergönnt?
Verloren die Schachpartie, die Abenddämmerung naht
Wer weint um wessen Leben über erloschenem Lampendocht?
Der Herbst kommt zeitig, allmählich verglüht das Feuer.

Ich habe nur das Wort „über" durch das Wort „fast" ersetzt, damit es zu meinem Schicksal passt. Denn ich bin auch fast 30, und auch ich spüre *Verloren die Schachpartie, die Abenddämmerung naht*.

Thuy Nga sagte nichts dazu, sie forderte ihn auf:

– Und das andere Gedicht!

– Das zweite Gedicht rezitiere ich für mich und widme es Ihnen. Und das erste habe ich für Sie rezitiert und mir selbst gewidmet.

Er legte ihr die Hand auf die Schulter, blickte zum Horizont, um sich in die Gefühlslage zu versetzen:

Es ist schon Herbst
Auf leisen Sohlen kam schmächtig die Herbstfee
Unmerklich eilt sie im Festgewand über den Tau dahin
Der duftende Wind bereitet ihr den Weg, lässt rascheln die Blätter
schüttelt leicht die Blume, kräuselt die Mondquelle
Fröhlich springen ihre kleinen Fersen, leicht wie im Flug
So fremd seit Ewigkeiten wie im Altertum
So märchenhaft einem Traum gleich
Nirgendwo wird ihr der Zutritt verwehrt
Bis hin zu leeren, offenen Gemächern
Kennen Ihre Füße unsichtbar weder Tür noch Tor
Ihre zart rosa Fersen schreiten sanft wiegenden Schrittes
Zarte Worte des flüsternden Baches wiegen den Sand
Rufen grundlos eine tiefe, flüchtige Traurigkeit herbei
Auch wer kein Dichter ist, fühlt offenen Gemüts
Welches Herz vermag sich der Herbstfee zu verschließen?
Unzählige Gefühlsfäden geraten in Aufruhr
Im Festgewand und auf leisen Sohlen war sie gekommen…
Der Fingerhut flog gerade leicht über den Faden
Wer sagt, der Herbst erwecke die trostlose Quelle?
Ich sage, der Herbst legt den Keim für Liebesträume
Sät eigenhändig flüchtige Liebe aus
Denn die Herbstfee gehört der Muse allein.

Als er den Satz sprach: *Auch wer kein Dichter ist, fühlt offenen Gemüts – welches Herz vermag sich der Herbstfee zu verschließen?*, legte Thuy Nga ihre Hand auf seinen Handrücken und umschloss diesen. Er legte seine Hand ganz auf ihre noch freie Schulter und sagte in einem erregten Ton:

– Entschuldigen Sie, ich verstehe nicht, wieso ich mich gerade an diese Gedichte erinnere, die ich selten lesen möchte, da sie nicht fröhlich sind. Glauben Sie nicht, dass der Herbst nur Zerfall und Herabfallen bedeutet. Ich möchte damit sagen, irgendetwas ist einer übernatürlichen Kraft gleich von Ihnen in mich eingedrungen. Ja, genau…! Ich möchte von diesem geliebten und doch armseligen Landstrich wegkommen. Es stimmt, Sie haben tatsächlich magische Kräfte. Ich bin leibhaftig schon wie ein moderner Julien gewesen. Und gerade jetzt eben möchte ich auch so sein können, ich habe keine Angst davor, Sie könnten dies für plump halten. Aber genug davon. Die Worte verwehen wie der Wind. Lassen Sie diese ungewöhnlichen Worte nicht an Ihr Ohr dringen. Ich möchte Sie Thu Nga nennen. Erlauben Sie mir, Sie einmal zu küssen? Nur einmal, gleich hier und jetzt. Ich werde nichts anderes von Ihnen verlangen.

Thuy Nga beschwerte sich:

– Wieso denn das? Wir können uns doch noch öfter treffen?

Er sagte mit unsagbar trauriger Stimme:

– Fast 30 Jahre alt, sind mir Liebesbande noch vergönnt? – Verloren die Schachparty, die Abenddämmerung naht. Ich denke mir, wenn ich Sie einmal küssen darf, nur küssen, wird es mir für heute Nacht, für morgen und die nächsten Tage Glück bringen.

Thuy Nga hatte nicht erwartet, so schnell der Kraft der Poesie zu erliegen. Sie konnte kein weiteres Wort mehr hervorbringen. Sie sah Tran Linh nur schräg von unten an. Sie hatte wohl noch nie mit einem Mann in einer so märchenhaften Naturszenerie gestanden. Wie sollten sie sich in angemessener Weise küssen? Sie sagte nichts, das hieß doch, sie war einverstanden. Warum küsste er sie noch immer nicht? Sie stellte sich etwas auf die Zehenspitzen und schlang ihre beiden Arme um Tran Linhs Hals. Genau in dem Augenblick beugte sich Tran Linh hinunter. Zuerst küsste er sie auf beide Augen, dann auf die Wangen, und als er sie auf die Lippen küsste, wunderte sie sich nicht. Sie wunderte sich, weil er gleich darauf sagte:

– Ich danke der wunderbaren Fügung des Schicksals für dieses Treffen mit Ihnen. Jetzt lassen Sie mich Sie noch bis zur Garderobe begleiten. Auf mich warten auch noch ein paar Freunde in den Zuschauerreihen!

Thuy Nga meinte:

– Ja, es ist gut so, denn ich habe in der zweiten Besetzung auch noch etwas hinter den Kulissen zu tun.

Tran Linh sagte zu Thuy Nga, als sie fast bei der Oper angekommen waren:
– Morgen Abend warte ich auf Sie, sobald der Vorhang fällt. Ich möchte Sie in mein Zimmer einladen. Wir…, ach, ich habe vergessen, ich würde mich sehr gern mit Ihnen unterhalten.
Thuy Nga meinte heiter:
– Stimmt das wirklich?
Tran Linh pflichtete ihr bei:
– Ja, das stimmt wirklich!
Thuy Nga lachte leise in die Nacht hinaus:
– Ich werde auf Sie warten, noch bevor der Vorhang fällt.
Sie verabschiedeten sich vor der Tür zur Garderobe mit einem festen Händedruck. Thuy Nga grübelte ständig über den Gedanken: Dieser Mann ist wie der Sommer, doch er ist vom Schatten des Herbstes gebannt. Es war klar, sie befand sich noch im Frühling. Er meinte jedoch, sie erinnere ihn an seinen Herbst. War sie etwa auch schon im Herbst angelangt? Wie war das doch?
Auch wer kein Dichter ist – welches Herz vermag sich der Herbstfee zu verschließen?
Er ist alleinstehend, lebt ohne Frau, doch sicher hat er schon viel erlebt. Eigentlich ist er auch ziemlich dreist.

9

Sicherlich mussten viele Jahre vergehen, bis Tran Linh den Schmerz Tam Thanhs verstehen konnte, als sie beschloss, sich von dem Französisch sprechenden Herrn zu trennen. Sie hatten sich versöhnt, danach war sie wieder zornig geworden. Er achtete nicht darauf. Sie traf sich nicht mehr mit ihm. Fast drei Wochen lang war sie krank. Mal lag sie zu Hause, mal ging sie widerstrebend zur Arbeit. Er kam auch nicht vorbei. Er bat indessen einen Arzt, der ihn kannte und im Krankenhaus arbeitete, ihr auszurichten, er sei zu beschäftigt, habe viel zu tun und müsse daher nach Hanoi fahren. Sie konnte sich nicht die Intensität vorstellen, mit der er Deutsch lernte, so kam es, dass sie seelisch und körperlich schier erstarrte, als sie die beiden Silben Hanoi hörte. Sie dachte an die Möglichkeit, Tran Linh und Huong könnten ein Brautpaar werden. Schon allein diese beunruhigende Vorstellung ließ sie noch kränker, noch schwächer werden. Mit einem Mal war sie der Ansicht, Tran Linh sei ihr allzu fremd geworden. Als Tran Linh am Morgen seiner Rückkehr aus Hanoi hörte, Tam Thanh sei noch immer krank, fuhr er gleich zu ihr nach Hause. Wider Erwarten sagte ihr Vater höchst erstaunt:

– Sie ist heute zur Arbeit gefahren. Sie war mehr als eine Woche krank zu Hause. Wenn du sie jetzt treffen willst, musst du ins Krankenhaus fahren.

Tran Linh war leicht verdutzt, als er das Erstaunen ihres Vaters bemerkte. Er sagte:

– Dieses Mal musste ich dringend dienstlich nach Hanoi. Erlauben Sie mir, jetzt zu gehen.

Kaum hatte er mit ihm eine halbe Tasse Tee getrunken, als er abermals eine Rikscha heranwinkte, um Tam Thanh in ihrem Arbeitszimmer im Krankenhaus zu besuchen.

Bei seinem Anblick hellte sich ihr Gesicht nur ein wenig auf. Sie war betrübt, als müsste sie gleich aus seinem Munde überaus furchtbare Worte hören. Sie goss ein Kännchen Tee auf. Sie bat ihn, sich zu setzen und Tee zu trinken, wie einen vorbeikommenden Gast. Sie versuchte Haltung zu bewahren, biss die Zähne zusammen, um nicht in

Tränen auszubrechen. Nach zwei, drei Minuten hatte sie sich wieder gefasst. Ihm fiel dazu nichts Gescheites ein.
– Ich wollte dich heute besuchen, aber du warst nicht zu Hause. In der letzten Zeit hatte ich dienstlich in Hanoi zu tun.
Wieder in Hanoi zu tun. Sie dachte, er ärgere sie absichtlich, und sagte:
– Das Beste für uns beide wäre, du kehrtest wieder zu dir nach Hause zurück. Ich habe dir heute nichts mehr zu sagen. Überhaupt nichts mehr.
Er fragte sie ganz ruhig:
– Was ist los mit dir?
Sie erwiderte:
– Ich bin noch sehr müde, und du bist wirklich allzu treulos und gemein. Ich war fast drei Wochen lang krank. Wenn du nicht kommen konntest, lass es gut sein, aber dass du mir über einen Bekannten übermitteln ließest, du müsstest nach Hanoi! Das heißt doch, ich bedeute dir gar nichts. Für dich steht Hanoi jetzt an erster Stelle. Ich habe die ganzen letzten Nächte nachgedacht. Dass ich dich liebe, ist wirklich riskant. Ich kann meine Fähigkeiten und Kräfte nicht einschätzen. Einmal hat mich meine Mutter aus dem Haus gejagt, weil sie wusste, ich liebe dich. Aber ich hatte keine Angst, denn damals spürte ich, du liebst mich sehr. Doch jetzt habe ich Angst. Ich befürchte, sollte ich dich heiraten, wird es unumgänglich zu einem Moment kommen, in dem du mich behandelst, als wolltest du mich fortjagen. Wo sollte ich dann hingehen? Nun, gut, lassen wir das. Ich habe mich damit abgefunden, es so zu sehen, als hätte ich die Hälfte meines Lebens verloren. Und in der verbleibenden Hälfte werde ich mich bemühen, jemanden zu heiraten, mit ihm ein ruhiges Leben zu führen, gemäß meinem Schicksal. Obwohl es weh tut, ist mir schon klar: Du kannst und wirst niemals mein Ehemann sein. Es ist, als hätte ich dir die Hälfte meines Mädchenlebens gewidmet. Wundere dich nicht und glaube nicht, dass ich grundlos schmolle. Werd jetzt nicht böse! Sag nichts, gar nichts! Denn das ist auch noch nicht unser letztes Treffen. Lass mich dich in zwei Wochen ein letztes Mal in deinem Junggesellenzimmer besuchen. Und nun, geh!
Tran Linh wurde klar, dass die Ernsthaftigkeit dieser Liebesgeschichte seine Vorstellungskraft überstieg. Seine Dienstreise nach Hanoi war von Tam Thanh schmerzhaft aufgenommen worden, als sei sie

beleidigt und verraten worden. Seine Unschuld war nicht mehr zu beweisen. Er stand ruhig auf und meinte:
– Ich wollte dir auch noch etwas sagen. Doch da du es so willst, bleibt mir nichts weiter übrig, als mich zurückzuziehen. Lass es dir gut gehen. Nimm erst einmal diese Orangen. Ich warte auf dich.
Zwei Wochen später erschien Tam Thanh wortlos bei ihm. Er empfing sie ebenfalls wortlos und versuchte natürlich zu wirken. Sie sagte mit dem Anflug eines Lächelns:
– Koch du mir heute etwas zu essen. Ich werde hier bei dir bleiben.
Tran Linh erwiderte:
– Setz dich ruhig hin. Ich koche im Handumdrehen etwas Leckeres!
Doch als Tam Thanh dasaß und zusah, wie Tran Linh Reis wässerte, Tofu schnitt, Tomaten wusch, stand sie auf und meinte:
– Hör auf, lass mich das machen. Heute koche ich mit dir zum letzten Mal!
Tran Linh hatte nichts dagegen. Die Mahlzeit verlief an jenem Abend ungewöhnlich ruhig, einträchtig, geradezu feierlich. Beide saßen sich gegenüber. Sie aßen langsam und sagten sich gefasst unerfreuliche Dinge. Er schien wortkarger zu sein als sonst. Sie sprach mit ihm ganz ruhig. Sie fragte ihn:
– Kann ich dir, bevor wir uns trennen, ein paar Worte sagen?
Er ermutigte sie:
– Sprich dich ruhig aus.
– Du bist ein Mensch mit vielen Vorzügen. Das brauche ich nicht zu wiederholen. Ich möchte über deine Schwächen reden, die ich nicht ertragen kann. Du missachtest die Frauen zu sehr. Die Gefühle einer Frau dir gegenüber sind für dich wertlos. Was verwunderlich ist, dir macht es Spaß, mit der Liebe von Frauen zu spielen.
Er ließ sich vernehmen:
– Habe ich noch andere Schwächen?
Sie entgegnete:
– Das ist doch schon mehr als genug! Ich wünsche dir viel Glück und dass alle deine Wünsche in diesem Leben in Erfüllung gehen!
Und er setzte hinzu:
– Also ich habe nicht die Angewohnheit, Frauen beim Abschied etwas zu wünschen. Ich danke dir für die kurze Zeit, die du bei mir warst, und die tiefe Zuneigung, die du mir in meinem Leben gegeben hast. Nichts weiter.

Sie fragte:
– Werden wir später vielleicht Freunde sein?
Er versetzte ihr:
– Nein! Niemals! Entweder du bist meine Frau oder meine Geliebte. Und letztendlich wirst du auch nur jemand sein, den ich gekannt habe. Weiter nichts. Du wirst nie meine Freundin sein.
Sie meinte:
– Ja! Vielleicht hast du Recht.
An jenem Abend ließ er sie bei einem Bekannten in der Nähe übernachten. Am nächsten Morgen brachte er sie zur Busstation nach Cam Pha. Sie aßen zusammen ein paar Pfannkuchen im Lokal. Er kaufte ihr den Fahrschein, zuvorkommend und aufmerksam. Danach gaben sie sich die Hand, winkten sich zu, herzlich und doch fremd, leidenschaftslos, mit einem Anflug von Unruhe.
Als sie hinter der rötlichen Staubwolke verschwunden war, wurde Tran Linh mit einem Mal bewusst, dass sie die erste Frau gewesen war, die ihn von sich aus verlassen hatte. Von jeher war er immer der Aktive bei einer Trennung gewesen. Er wusste, er könnte sie nie wieder sehen. Gleichzeitig war sie jemand, der ihn nicht auf seinem langwierigen Weg begleiten konnte. Sie hatte alles gespürt. Sie hatte sich von sich aus von ihm getrennt. Er fand, sie habe wohlüberlegt gehandelt und sei im Recht gewesen. Er fühlte sich jedoch angesichts ihrer leidenschaftslosen, vollkommenen Haltung ein wenig in seinem Stolz verletzt. Als sie zurückgekommen war und sie sich versöhnt hatten, hatte er gespürt, dass ihre Gefühle zueinander einen unbeschreiblich gezwungenen Eindruck erweckten. Selbst ihr Kuss, ihre Umarmung hatten nichts Leidenschaftliches, Warmes mehr wie früher. Er sah ein:
– Nun gut, es ist wirklich der Zeitpunkt gekommen, Schluss zu machen. Du sollst nicht denken, ich habe mich bemüht, zu dir zurückzukehren, um etwas zu tun, was man als „Rache nehmen" bezeichnen könnte. Mein Herz will dich für immer haben, doch dann hat es gespürt, dass es dich nicht für immer haben kann. Deshalb ist die Trennung vielleicht eine bittere Pille für uns, die aber gut für unser Schicksal ist.
Doch trotzdem bohrte es in ihm, dass sie ihn von sich aus verlassen hatte und nicht er sie. Sein Siegeswille hatte wirklich etwas Kindisches. Er wollte sie gleichzeitig haben und seine völlige Teilnahmslo-

sigkeit zum Ausdruck bringen, als er sie verloren hatte. Daher war es ihm gelungen, in der Minute des Abschieds gefühllos zu erscheinen, um gleich darauf, als sie in der Ferne verschwunden war, verwirrt dazusitzen.

Und wie ging es Tam Thanh? Tran Linh war plötzlich in ihr Leben getreten, hatte ihr Leben mit Gefühlen, Begeisterung und Träumen erfüllt. Er hatte aus ihr auch einen Menschen gemacht, der es verstand, ausdauernd zu sein und Intrigen zu spinnen. Sie hatte geglaubt, ihr Traum vom Glück würde mittels einer Heirat ein gutes Ende nehmen. Doch es stellte sich heraus, alles war nur Spiel gewesen. Er spielte zum Spaß, doch sie spielte im Ernst. Im Bus nach Cam Pha holte sie den ersten Brief, in dem er ihr seine Zuneigung offenbart hatte, hervor und las ihn noch einmal. Eigentlich wollte sie nur noch einmal seine Handschrift sehen. Sie kannte den ganzen Brief seit langem auswendig:

„Liebste, ich weiß, dass ich keinen Platz in deinem klaren Blick haben kann. Denn ich bin nur einer von vielen, die deinetwegen nicht schlafen konnten. Bitte sei mir nicht böse wegen meiner ungewöhnlichen und offenen Worte. Ist denn meine Wertschätzung dir gegenüber ein Vergehen? Ich weiß nicht, ob es für mein Leben ein Glück oder ein Unglück ist, dich gesehen zu haben? Wenn du nur nicht so gefühlvoll und charmant wärst. …"

Tran Linhs kultivierten und aufrichtigen Worte zu diesem Zeitpunkt waren wohl nicht scherzhaft gemeint. Ihr brach der Schweiß aus, als hinter ihr rötliche Staubwolken aufwirbelten. Erinnerungen an ihre Umarmungen erschienen vor ihr, um dann in der Tiefe zu verschwinden. Mit einem Mal roch sie sogar seinen Schweiß vermischt mit dem ihren. Vor ihrem Auge unzählige Bilder. In einem Moment waren es farbenprächtige Schmetterlinge. Dann verwandelten sich diese Schmetterlinge auf einmal in umherfliegende farbenfrohe Dessous. Seine großen schwarzen Augen, die sie unverwandt ansahen, verwandelten sich auf einmal in grellhelle Scheinwerfer, die Strahlen auf ihre Brust warfen. Sie schlug die Hände vors Gesicht und in ihren Ohren ertönte das bekannte, aber schon so alte Liebeslied:

Köstlich wie eine reife Frucht
Duftig wie die Farbe einer lila Blume
Dünn wie ein Seidenfaden
Schön wie eine blaue Wolke

Liebe ist, jemanden unwiderstehlich zu lieben
Liebe ist wie trockener Sand, der auf Regen wartet
Einander ferne Träume geben…
Liebe – eine kostenlose Gabe, ein Geschenk
Liebe soll so viel wie möglich gegeben werden.
Liebe – eine kostenlose Gabe, ein Geschenk
Handelt nicht mit der Liebe…
Handelt nicht mit der Liebe…

10

In jener Nacht wartete Thuy Nga wirklich schon auf Tran Linh, bevor der Vorhang des Stückes „Donner und Regen“ fiel. Er brachte sie auf einem Phoenix-Fahrrad zu sich nach Hause. Sie war zufrieden, als sie eine dunkelrote Rose in einem Glas stehen sah. Es war das Glas, aus dem der Hausherr sonst abgekochtes Wasser trank oder das er beim Zähneputzen benutzte. Das Licht war gerade hell genug und die Tagundnachtgleiche sorgte dafür, dass Männern und Frauen, die sich mochten, warm ums Herz wurde. Besonders wenn sie nah beieinander waren.

Tran Linh hatte alles recht gut vorbereitet, denn sein Gast war eine Frau. Noch dazu eine hervorragende Künstlerin, sowohl schön als auch von angesehenem Ruf. Er öffnete ein Truc Bach-Bier, doch Thuy Nga hielt ihn zurück:

– Heute Abend möchte ich Schnaps trinken!

Tran Linh meinte:

– Okay. Ich habe Lua Moi!

Thuy Nga blickte einen Augenblick lang auf die unordentliche und gleichzeitig unbewohnt wirkende Junggesellenwohnung und sagte:

– Lass uns zuerst einen Tee trinken.

Tran Linh sacht:

– Auch gut, danach trinken wir einen Schnaps und essen gegrillten Tintenfisch dazu. Gut, jetzt geh dich ein wenig frisch machen, die Schüssel ist dort drüben, nimm warmes Wasser aus der roten Thermoskanne!

Thuy Nga sagte:

– Schau mal einer an, Linh, wie erfahren du bist.

Er lachte ein wenig und schaute sie seelenruhig an:

– Nga, ich denke, das wundert dich nicht!

Dann tranken sie nur ein wenig vom starken Tee, vom Lua moi und aßen gegrillten Tintenfisch dazu. Sie redeten sich mit dem Vornamen an, während sie sich über ihre Vorhaben in ihrer jeweiligen Situation ausfragten. Sie unterhielten sich über die lauten Gerüchte der Leute über den tragischen Tod des Dramatikers Luu und sei-

ner Ehefrau bei einem schrecklichen Verkehrsunfall an einem ungewöhnlich heißen Herbsttag. Die schweißtreibende Erörterung der Kritiker über die beiden jungen Schriftsteller der Familien Nguyen und Pham in der Hauptstadt ermöglichte ihnen, mehr von ihren zahlreichen Interessen auf literarisch-geistigem Gebiet zu erfahren.
Thuy Nga fragte:
– Warum spricht man von Unruhe stiftender Literatur? Kannst du ein paar Namen von Schriftstellern dieser Art von Literatur nennen?
Tran Linh antwortete:
– Ich habe „Ferne Zeiten“, „Jenseits der Illusionen“, Kurzgeschichten von Pham Thi Hoai, Nguyen Huy Thiep, Nguyen Minh Chau gelesen. Sie haben sowohl Herz als auch Talent. So unterschiedlich wie ihr Wesen ist auch ihr Ton. Ihr Bildungsgrad ist auch nicht gleich. Deshalb stellen sich ihre Syntax und ihre Gedanken auf völlig unterschiedliche Art dar. Ich schätze alle. Sie sind Schriftsteller. Ich bin nicht einverstanden mit der hochnäsigen Art der Einschätzung der Leute, die diesen Begriff der Unruhe stiftenden Literatur hervorbrachten. Deshalb ist es nicht meine Art, Schriftsteller, die ich schätze, in eine unverständliche Kategorie anderer Leute einzuordnen! Im Übrigen, was für mich jetzt am meisten zählt, sind wir beide und nicht, ob dies eine Unruhe stiftende Literatur ist oder nicht!
Thuy Nga lachte:
– Vielleicht bist du in meinen Augen auch ein Unruhestifter. In welchem Namen erlaubst du dir eigentlich, mich so ungezwungen anzureden?
Tran Linh verkündete:
– Im Namen der Natürlichkeit und der Ungezwungenheit. Ich bin von jeher ein Mensch, der zu körperlicher und geistiger Freiheit tendiert!
Thuy Nga fragte:
– Grenzenlos?
Tran Linh erwiderte:
– Wenn ein wahrer Liebesrausch den Befehl gibt, ist mein Herz bereit, Grenzen zu überschreiten, sollten dahinter auch zahllose Verbote lauern!
Thuy Nga lachte:
– Ich erinnere mich flüchtig, Stendhal definierte vier Arten der Liebe. Eine Art ähnelt der rein geistigen Anbetung und Bewunderung.

Eine andere Art nennt man wohl die kristallene Liebe. Das heißt, der Geliebte wird in den Augen des Liebenden in ein außergewöhnliches, strahlendes und unveränderliches Licht gesetzt. Die dritte Art ist die körperliche Liebe voller natürlicher Sinnlichkeit. Und die vierte Art ist die stürmisch leidenschaftliche Liebe sowohl im Wesen als auch in der Seele. Nun, also wozu gehört deine wahre Leidenschaft?

Tran Linh gab zurück:

– Die Frage ist nicht schwer. Und eine Antwort wiederum ist nicht erforderlich. Denn du weißt ganz genau, warum du mir gefällst. Aus Respekt vor der Natur solltest du meine Leidenschaft nicht verachten. Schließlich bist du doch hierher gekommen.

Thuy Nga konnte noch nichts dazu sagen, da hatte Tran Linh schon das Licht gelöscht. Er führte sie in solch beharrlicher und entschlossener Weise zum Bett, dass sie nicht einmal eine überzeugende abwehrende Bewegung machen konnte. Sie lamentierte ununterbrochen: Was soll denn das, obwohl sie, seit sie auf ihn gewartet hatte, sich darüber im Klaren war, dass diese Situation eintreten würde.

Ihr war durchaus bewusst, er mochte sie, wie ein Männchen ein zartes, leidenschaftliches Weibchen mochte. Sie wollte ihm beweisen, nicht nur zart und attraktiv zu sein, sondern sich auch ein bisschen in Literatur und Kunst auszukennen und davon etwas zu verstehen. Sie wunderte sich, wie sanft und zugleich draufgängerisch er sie begehrte. Sie fühlte sich schnell wohl und unbefangen in ihrer Nacktheit. Die Anmut, mit der ihre Bewegungen seinem Körper folgten, als sie einander liebten, stachelte ihn an, seine Erfahrenheit zu zeigen. Es gefiel ihr, denn sie brauchte nichts zu zeigen, sondern im Gegenteil, sie wurde von ihm zu Bewegungen geführt, die sie noch nie mit einem anderen Mann gemacht hatte. Ihr Körper war prall von Lust, entflammt. Sie bäumte sich auf, als ob ein berauschender Windzug aus tiefster Erde sie hochwarf. Sie spürte, wie sein kräftiger Körper ununterbrochen über ihre Brüste, ihren Bauch, ihre Schenkel strich, und fühlte sich wie im siebenten Himmel. Ihre zehn Finger kniffen sein Gesäß, ihre Beine schwangen wie die schlagenden Flügel eines fliegenden Vogels im Wind, als sie spürte, wie er in sie eindrang. Es war wie loderndes Feuer, zerrender Wind, wie Wellen, die ihren Körper überfluteten und ihn in ein dunkles, doch strahlendes Reich warfen. Dann lag er wieder unter ihr, damit sie sich auf ihm ausstrecken konnte. Sie umarmten sich und atmeten hastig, küssten sich, streichelten sich, betasteten sich fieberhaft. Sie ließ ihn vor Glück erstarren, denn sie kannte genau die Punkte am Körper, die höchsten Genuss brachten. Sie führten und stimulierten einander und wanden sich gemeinsam in höchster Wonne ihres neuen, für sie noch fremden Vergnügens.

Nach ihrem ersten Mal waren beide wach und lebhaft. Halb nackt unterhielten sie sich im Schein des matten grünlichen Lampenlichts. Sie sagte:

– Weißt du, Linh? So wie heute war es noch nie für mich!

Er trank einen Schluck Schnaps und sagte:

– Wirklich?

Sie ließ ihn ihre beiden etwas herabhängenden Brüste in den Händen halten und tat so, als schmollte sie:

– Vielleicht war meine Leidenschaft zu dir zu frenetisch! Diese Nacht war für mich märchenhaft!

Sie betrachtete genau Tran Linhs entblößten Körper und meinte:

– Nach der Physiognomik hast du einen sehr wertvollen Körper. Deine Augen wurden früher als Katzenaugen bezeichnet. Mach mal das Licht voll an. Zu Katzenaugen gehören samtene Augenbrauen. Eine kräftige, große Gestalt gehört zum Zeichen des Wassers. Mit einem hohen Rücken, einer ebenmäßigen Brust wird derjenige ganz sicher reich, müßig sein, einen ausgeglichenen Charakter haben.

Völlig überrascht über Thuy Ngas Beobachtung entgegnete Tran Linh:

– Was erzählst du denn da, ich habe Büffelaugen und keine Katzenaugen! Ich bin im Jahr des Büffels geboren. Welcher Reichtum wird für mich kommen? Wann soll er denn kommen?

Sie lachte:

– Du bist sehr dumm, man muss doch nicht im Jahr desjenigen Tieres geboren sein, dessen Augen man hat. Es gibt Leute, die im Jahr des Drachens geboren sind und trotzdem Schlangenaugen haben. Es gibt Leute, die im Jahr der Schlange geboren sind und trotzdem Drachenaugen haben. Na gut, es reicht. Jetzt haben wir das Jahr der Ratte. Du bist 29. Mit 37 Jahren wirst du ein komfortables Haus haben und dir keine Sorgen mehr um Geld machen müssen. Ganz sicher wirst du Ende des Jahres ins Ausland gehen, aber du musst Verstrickungen und Schwierigkeiten überstehen.

Er lachte, in seinem Innern jedoch spürte er Ernst aufkommen:

– Ich verstehe nicht, wo das Los für den Hauptgewinn meines Lebens abgeblieben ist, doch wenn es noch acht Jahre auf sich warten lässt, dauert es ein bisschen lang. Ehrlich gesagt, ich intrigiere, um ins Ausland zu kommen, und ich hoffe, der Plan läuft reibungslos.

Sie fragte:

– Brauchst du meine Hilfe? Ich bin jederzeit bereit. Wenn du nicht von hier weggehst, kannst du nicht nach deinen Vorstellungen leben. Und wenn du nicht nach deinen Vorstellungen leben kannst, kannst du natürlich nicht die Dinge tun, zu denen du in der Lage wärst. Du musst um jeden Preis ins Ausland gehen. Solltest du Geldschwierigkeiten haben, kann ich dir helfen. Ob du in dieser Provinzhauptstadt über die Grenze gehst oder nach Hai Ha fährst. Auch dort kann ich dir vertrauenswürdige Kapitäne vorstellen!

Tran Linh sagte:

– Nein! Ich werde die Grenze legal überschreiten. Ich kann mich dir jetzt auch auf geistigem Gebiet entblößen, obwohl unsere körperliche Nacktheit schon mehr als ausreichend dafür war, sich gegenseitig zu vertrauen. Mein Ziel ist Frankreich, der Flughafen Orly. Doch ich werde über Deutschland fliegen, um dort in der DDR einige Zeit als Gruppenleiter oder Dolmetscher einer Vertragsarbeitergruppe zu leben. Später werde ich nach Paris gehen, um dann von Paris aus nach Vietnam zurückzufliegen, nachdem ich die Dinge gemacht habe, die ich machen wollte.

Thuy Nga warf ein:

– Dein Hauptfach ist doch die französische Sprache.

Er fuhr fort:

– Ich bereite mich darauf vor, die Teilnahme an der Prüfung zu beantragen, um den Beschluss zu bekommen, Gruppenleiter oder Dolmetscher der deutschen Sprache zu sein. Ich habe autodidaktisch gelernt und fühle mich der Prüfung gewachsen. Das Problem sind nur die Ungereimtheiten des Personalstatuts und die konkreten Vorgaben der Generaldirektion für Internationale Arbeitskooperation im Ministerium für Arbeit, Kriegsversehrte und Soziales.

Thuy Nga umarmte ihn:

– Der Plan ist hervorragend. Man muss auch seinen Kopf gebrauchen, um vorwärts zu kommen. In meiner Physiognomik irre ich mich nicht. Hast du schon dein Horoskop?

Er erwiderte:

– Mein Vater hat wohl jemanden gebeten, für mich ein Horoskop aufzustellen und eine Weissagung zu machen. Es hieß, ich würde die Prüfungen bestehen, ordentlich lernen, wie es sich gehört, und so der Familie alle Ehre machen. Ich habe jedoch nicht allzu sehr auf diese Wahrsagung geachtet. Es sieht so aus, als habe er teilweise Recht gehabt. In meiner ganzen Verwandtschaft bin ich der einzige, der ein Hochschuldiplom für Fremdsprachen hat.
Sie unterbrach ihn:
– Ein Horoskop ist nicht nur eine dumme Weissagung. Du musst ein detailliertes Horoskop in der Hand haben. Lass dir für jedes einzelne Jahr wahrsagen, um so dein Schicksal zu kennen, Unglück zu vermeiden und Glück zu empfangen. Geschieht dir ein Unglück, bist du nicht traurig, hast du Glück, wundert es dich nicht. Ich habe mich selbst mit meinem Horoskop beschäftigt und viele furchterregende magische Faktoren gesehen! Du musst den Leuten nur das Jahr, den Monat, den Tag und die Stunde deiner Geburt geben.
Tran Linh sagte stockend:
– Ich werde es mal versuchen. Ich habe einen Freund, der im Komitee für Gesellschaftswissenschaften arbeitet und auf diesem Gebiet sehr bewandert ist.
Am nächsten Morgen brachte Tran Linh Thuy Nga zum provisorischen Aufenthaltsort des Cai Luong-Ensembles von Hai Ha. Noch niemals war sie an einem Auftrittsort die ganze Nacht über fortgeblieben. Tran Linh füllte ihre physiologische Leere und machte diese erträglicher mit einer eigenartigen Lebenslust. Sie dachte im Stillen, sie sei auch nur einer von vielen gewöhnlichen Menschen in diesem gewöhnlichen Leben. Sie war nicht dafür, das Verlangen abzutöten, ihr Wesen zu verstecken. Sie kämpfte nicht gegen ihre Lebenslust, ihre Gier nach Vergnügen, die Leidenschaft einer Frau in mittleren Jahren an.
Nach den Liebesnächten der Tournee „Donner und Regen“ traf sie sich mit Tran Linh regelmäßig, wann immer sich eine Gelegenheit ergab. Tran Linhs Kosten für die Liebe schnellten in die Höhe durch die Fahrten von Quang An nach Hai Ha. Ihre Wohnung lag im zweiten Stock in einer Straße, in der die Flamboyants blühten, sobald der Sommer kam. Da sie einen Mann und Kinder hatte, konnte er sie nicht öffentlich bei ihr Zuhause besuchen. Oftmals konnten sie nicht einmal eine Stunde lang zusammensitzen und sich anschauen.

Oft mietete er sich eine Rikscha und saß wichtigtuerisch darin wie jemand, der gerade aus Europa zurückgekommen war und seine Familie besuchte. Er gab dem Rikschafahrer etwas mehr Geld und bat ihn, zu ihr hinaufzugehen und ihr auszurichten, sie möge herunterkommen, denn ein Gast erwarte sie im Lokal Chau Long.
Für gewöhnlich kam sie in ihrem seidenen Hausanzug mit den weißen Blüten auf schwarzem Untergrund zu ihm herunter. Nachdem sie sich angeschaut und ausgefragt hatten, bestellte sie ihm eine Portion Reis mit fünf Gewürzen und schaute ihm still dabei zu, wie er es sich schmecken ließ. Sie trafen sich dort häufig und meist verabschiedeten sie sich auch gleich dort voneinander. Im Moment des Abschieds steckte sie ihm oft zehn-, fünfzehn- oder zwanzigtausend Dong in seine Hemdtasche, je nach ihren augenblicklichen Möglichkeiten. Sie wusste, er war viel unterwegs und gab schrecklich viel aus für seine Liebe und das Sprachenlernen. Wenn ihr Mann weit weg auf Dienstreise oder durch Familienangelegenheiten in Anspruch genommen war, verabredete sie sich mit ihm an irgendwelchen diskreten, schlecht einzusehenden Orten. Ob sie beieinander standen oder saßen, spazieren gingen, es war wirklich gefühlvoll und herzlich. Einmal hatte sie es riskiert, mit ihm zu verabreden, er solle an jenem Morgen um jene Zeit zu ihr kommen, weil sie wusste, ihr Mann wäre im Büro und würde erst um 12 Uhr nach Hause kommen und die Kinder wären in der Schule. Er kam in dem Moment, als sie sehnsüchtig an ihn dachte. Sie blieb liegen und blickte ihn an und vergaß völlig, dass sie kein Recht hatte, ihn im Nachthemd zu empfangen. Vorsichtig riet er ihr:
– Steh auf und zieh dir etwas Anständiges an. Wenn jetzt jemand zu Besuch kommt, wäre das sehr unpassend.
Sie richtete sich auf, umarmte ihn, gab ihm mehrere Küsse und kümmerte sich nicht um die weit geöffnete Tür, die ihn ein wenig erschaudern ließ. Als sie gerade das Nachthemd ausgezogen hatte (direkt vor seinen Augen) und den violetten Hausanzug aus Hue übergezogen hatte, erschien ihr Mann wie ein Geist in der Tür! Es stellte sich heraus, dass er gekommen war, um seine Motorradmütze zu holen. Sekundenlang brach Tran Linh kalter Schweiß aus und er schlüpfte hastig in die Rolle des Gastes, der von weit gekommen war, um Frau Thuy Nga etwas mitzuteilen, jedoch in Eile war und sofort gehen musste. Als ihr Mann eine Zigarette der Marke Lotus

von ihm annahm, unbekümmert lächelte und ihm zu verstehen gab – kommen Sie doch herein und unterhalten sich mit meiner Frau! Ich muss sofort wieder gehen, sonst komme ich zu spät – atmete er erleichtert auf, denn um ein Haar wäre es aus mit ihm gewesen. Hätte ihr Mann gesehen, wie sie, als sie das Nachthemd auszog, vor Tran Linhs Augen ihren Hintern und selbst ihren Busen entblößte, wäre es gar nicht so sicher gewesen, dass er so ruhig den Raum dieses großen, mit allem Komfort ausgestatteten Hauses wieder verlassen konnte. Kaum war ihr Mann fort, sagte Thuy Nga:

– Du hast große Angst gehabt? Tut mir leid, Liebling!

Dabei zog sie sein Kinn hoch und gab ihm einen schmatzenden Kuss auf den Mund.

Er grollte:

– Wie kannst du nur so waghalsig sein! Ich habe noch keine Lust zu sterben!

Natürlich zerschlug er von sich aus Thuy Ngas Plan, sich gleich hier an Ort und Stelle zu lieben. Sie überredete ihn, ins Kino zu gehen. Viel Zeit hatten sie nicht. Einen anderen Ort gab es nicht, so machten sie eben das Kino „Cong Nhan“ für mehr als eine Stunde zu ihrem Bett. Dann brachte sie ihn zur Binh-Fähre. Wieder steckte sie ihm 10.000 Dong zu. Er nahm ihr Geld schweren Herzens und sagte:

– Nga, ich fühle mich wirklich gedemütigt, weiter Geld von dir zu nehmen. Ich schäme mich, weil nicht Dummheit oder Mangel an Talent mich daran hindern, selbst das nötige Geld zu verdienen. Vielleicht wirst du mich irgendwann einmal verachten. Aber in Wirklichkeit verachtet mein Herz mich schon längst. Doch nehme ich jetzt nicht das Geld von dir, muss ich sowieso Geld von jemand anderem nehmen, muss die Hand aufhalten und Geld borgen oder irgendjemanden darum bitten. Ich weiß nicht, wann ich es wieder gutmachen kann.

Sie war besorgt, als sie Tränen in seinen geröteten Augen sah, und beschwor ihn:

– Linh, denk nicht darüber nach. Mein Gefühl ist völlig uneigennützig. Ich verlange von dir gar nichts als Gegenleistung. Ich hoffe nur, du hast genug Kraft zu leben und diesen Abschnitt zu überwinden. Was ich habe, gebe ich dir. Du brauchst viel Kraft, Linh. Im Leben gibt es Höhen und Tiefen. Sei nicht pessimistisch. Später wirst du mich sicher darum bitten müssen, dir beim Geldausgeben behilflich zu sein.

Sie scherzte, doch sie merkte, dass ihr Scherz geradezu taktlos gewesen war. Sie musterte ihn von Kopf bis Fuß, wie eine Mutter ihr Kind am Schultor vor einer schwer zu bestehenden Prüfung anschauen würde. Die schwarze Ledertasche, die sie ihm geschenkt hatte, die Jeans, das gestreifte Hemd, das sie ihm genäht hatte, welche ihn in den Augen der Leute um so viel besser, eleganter aussehen ließen, hinterließen bei ihm plötzlich Beschämung. Sie sah, dass ihm ein Kloß im Hals saß. Hastig sagte sie:

– Komm, geh jetzt, ich gehe muss Hause.

Er hob nur die Hand zum Gruß und stieg still auf die Fähre. In diesem Augenblick spürte er förmlich, Nga sei seine Frau. Er biss sich auf die Lippen, damit er nicht etwas mit vor Scham gebrochener Stimme sagte. Letzten Endes würde Nga nie völlig seine Frau sein. In seinem tiefsten Innern wollte er dies auch nicht. Sie war seine Geliebte, sie unterstützte ihn. Sie tat es freiwillig und betrachtete es als Glück. Was ihn betraf, bemühte er sich, von diesem Land voller Hindernisse für die Entwicklung seiner persönlichen Möglichkeiten wegzukommen, um einen anderen Lebensraum zu finden. Er brauchte Geld. Hätte er Geld, hätte er das gebührende Ansehen. Dann könnte er eine Frau finden, die seinen Vorstellungen entsprach und sie ganz für sich haben. Zum jetzigen Zeitpunkt waren alle Frauen sehr wichtig für ihn und waren es wiederum auch nicht. All seine Sentimentalitäten und Schamgefühle auf dem Liebesschauplatz trieben ihn leicht in die Enge und lösten seinen Traum von Orly auf.

Aufmerksamkeit und Kälte, Erduldung von Kränkungen und Beharrlichkeit waren die nötigen Gefühlszustände, um die Beziehung zu Thuy Nga aufrechtzuerhalten. Für ihn hatte sie nicht nur die Anziehungskraft eines Körpers voll heißer erotischer Fähigkeiten, sondern ihre Erfahrenheit hatte ihn tatsächlich überzeugt. Mehr noch, sie war seine Geliebte und gleichzeitig glich sie einer älteren Schwester, und es schien Momente zu geben, in denen er ihre Fürsorge wie die einer Mutter gegenüber ihrem Kind empfand. Ganz wichtig war, dass sie nicht die Absicht hatte, ihn zu einer Hochzeit mit ihr zu bewegen. Sie verstand, dass auf Grund ihres Altersunterschiedes die Dunkelheit ihr einziger gemeinsamer Lebensraum war! Sie wollte auch nicht ihre wohlhabende, solide Familie zerstören, für die sie mit ihrem Mann jahrelang gelitten hatte. Sie beging Ehebruch mit der Freude eines Menschen, der sich selbst einen kühlen, erfrischenden Raum schuf, in dem er durchatmen konnte und der voller Geheimnisse war. Sie fühlte sich glücklich, denn ihr Ehebruch hatte Tran Linh Glück gebracht. Er war jemand, der sie sehr brauchte. Obwohl ihr klar war, dass eines Tages die Zeit und unumgängliche Veränderungen ihn in eine unbekannte Ferne werfen würden, seufzte sie nur leicht bei diesem Gedanken. Er, ihr Französisch sprechender junger Mann, würde später in einem facettenreichen Leben hastig Ziele verfolgen und mit anderen wetteifern. Sie konnte ihn nicht absolut gewinnen. Sie war 44. Er erst 29. In 16 Jahren würde sie eine alte Frau von 60 Jahren sein. Und er würde gerade erst 45 Jahre alt werden. Seine Frau könnte dann hübscher und jünger, reicher sein als sie jetzt. Diese ferne Zukunft schmerzte sie nicht. Doch je länger sie über den unmerklichen, doch unaufhaltsamen Lauf der Zeit nachsann, verspürte sie trotz allem ein leichtes Stechen im Herzen. Sie wollte wirklich die Zeit mit ihm voll ausnutzen. So viel Vergnügen sie auch mit ihm erlebte, war es für sie noch nicht genug. Nach den Liebesmomenten, in denen ihr wilder Genuss stets bis zum Höhepunkt gelangte, schoss es ihr voller Schmerz durch den Kopf: Könnte sie ihn denn nie als einen Mann genießen, der nur ihr allein gehörte?

Dieses Mal entschloss sie sich, ihren Mann zu belügen, und sagte, sie müsse auswärts auftreten, um in Wirklichkeit nach Quang An zu fahren. Ihr Ensemble war tatsächlich auf Tournee, jedoch in einer anderen Provinz und mit einem anderen Programm, in dem sie nicht gebraucht wurde. So konnte sie mit ihm drei Tage und drei Nächte erleben. Unzertrennlich. Nachts im Bett. Abends im Park. Morgens im Bett. Mittags in der Teestube. Drei Tage hintereinander verschmolzen sie miteinander. Verwöhnten sich in jedem Augenblick mit Leidenschaft, gönnten sich jede Erquickung, stillten jegliches Verlangen. Sie wollte jede einzelne Stunde, jede Minute, die sie bekommen konnte, für immer an sich reißen. Ihre Liebe war unrechtmäßig. Ach, sie sei unmoralisch? Sie kümmerte sich nicht um jene, die so dachten. Sie dachte nicht so. Sie war der Ansicht, es gäbe im Leben unrechtmäßige Dinge, die allerdings vernünftig waren und ihrem Wesen entsprachen. Die Tatsache, dass sie 15, 16 Jahre älter war als er, konnte man nicht als unmoralisch ansehen, denn sie waren beide voneinander hingerissen. Es gab auf dieser Welt so viele Liebende, die das Alter vergaßen. Warum hieß es dann wiederum, wenn sie sich gegenseitig glücklich machten, Vergnügen und Lebensfreude brachten, dies sei unmoralisch? Genau das Gegenteil war richtig. Oder, letztendlich waren sie beide moralisch zueinander, jedoch unmoralisch in den Augen der anderen. Wie verhielt es sich denn mit ihrem Mann? Sie selbst war der Auffassung, ihr einziger Fehler bestünde darin, ihren Mann anzulügen. Sie besaß nicht den Mut, öffentlich Ehebruch zu begehen. Um aber als mutige, aufrichtige Frau zu gelten, müsste sie vieles zerstören, vieles verlieren und viele unheilvolle Dinge würden geschehen. War es nicht besser, sich selbst als schäbig und schuldig zu beschimpfen, damit ihr Familienleben gewahrt blieb, ihre Kinder in Sicherheit aufwuchsen und ihr Liebhaber beruhigt war? Wenn jemand von seiner Affäre mit ihr wüsste, würde derjenige sie ganz sicher als altes Flittchen, als elende Ehebrecherin bezeichnen, und er würde lediglich als wilder Hengst oder als junger Bock verspottet werden, der sich die Hörner abstoßen wollte, weiter nichts. Nun gut. Sie nahm all das Gerede des Umfelds hin. Was gingen sie die Leute an? Und das Schicksal ihres Ehemanns war schon bestimmt. Sie war eine Frau, die nicht umhin kam, ein außereheliches Leben zu führen. Sie konnte sich nicht auf einen Mann beschränken. In seinem Horoskop hieß es, dass er dieser sentimentalen Frau, die Schauspielerin von Beruf war, nicht ausweichen, sie nicht verlassen könne. Himmel und Erde hatten es so gerichtet und so ersonnen, verlass dich auf Himmel und Erde und lebe. Handele nicht Himmel und Erde zuwider. Nach einer stürmisch ekstatischen Liebesumarmung sagte sie zu ihm:

– Linh! Ich komme mir vor wie in meinen ersten Flitterwochen.

Sie war nicht darauf gefasst, dass er den Slip anzog und dabei meinte:

– Wenn das wirklich stimmt, fühle ich mich nicht ganz so reizlos!

Sie fragte:

– Was denkst du denn?

– Er erwiderte:

– Ich denke, ich weiß gar nicht, die wievielte Briefmarke ich in der Männerbriefmarkensammlung der hervorragenden Künstlerin eigentlich bin!

Sie stieß mit etwas ernsterer Stimme hervor:

– Wie kannst du so etwas sagen? Es stimmt, außer meinem Ehemann bist du weder der zweite, dritte noch der vierte Mann. Aber ganz ehrlich, ich war noch nie so glücklich mit einem Mann wie mit dir.

Und man kann wirklich sagen, du bist der einzige Mann, den ich so wie noch nie liebe und respektiere.

Bei diesen Worten brach sie in Tränen aus. Sie schämte sich. Es stellte sich heraus, auch er hielt sie für eine unheilvolle, wollüstige Frau, die das Abenteuer auf der Suche nach dem Unbekannten liebte, weshalb seine Stimme so kalt klang.

Als Tran Linh sich umwandte und sie weinen sah, lächelte er höhnisch:

– Jetzt auch noch Tränen! Wirklich eine hervorragende Künstlerin! Hab doch Verständnis für mich! Tränen einer Frau sind für mich nur ein gewohnter Anblick, der meine verhärtete Gefühlswelt nur noch verbitterter macht. Verzeih mir!

Sie sagte:

– Linh! Vielleicht bist du ein Mann, der viele Frauen hatte, aber die Seele einer Frau kannst du überhaupt noch nicht verstehen. Bilde dir nicht zu schnell etwas auf die Eroberungen in deinem Schlafzimmer ein!

Niedergeschlagen nickte er:

– Kann schon sein! Aber versteh mich doch. Nur weil ich auf die anderen Männer, die vor mir kamen, insgeheim eifersüchtig bin, habe ich solche Gedanken.

Halb lachend, halb weinend sagte sie:

– Du bist sehr brutal mit deiner giftigen Zunge!

Und während er Thuy Nga, die ihn umarmte und streichelte, gewähren ließ, saß er da und erinnerte sich an Tam Thanh, Linh Van und an Huong. In seinen Ohren hallte Huongs einstmals freche, tadelnde Stimme wider, sie erschien ihm sowohl weit entfernt als auch sehr nah:

„Ja! Diesmal bist du in einem Moment gekommen, in dem ich des Wartens bis zum Überdruss müde bin." Er fragte sie darauf: „Huong, liebst du mich überhaupt noch?" Sie erwiderte mit einer Gegenfrage: „Bist du nur hierher gekommen, um mir diese Frage zu stellen?" Er sagte: „Huong, antworte mir!" Daraufhin bat sie ihn zu gehen. Sie sagte: „Wenn du nur gekommen bist, um mich das zu fragen, habe ich dir nichts mehr zu sagen, gibt es darauf keine Antwort mehr." Und er war losgegangen und hatte versprochen, am nächsten Morgen zurückzukommen. Zu diesem Zeitpunkt dachte Huong, er könne nicht ohne sie sein. Und jetzt wünschte sie ihm Glück, weinte sie. Sie weinte, weil er so seltsam war. Könnte aus jeder ihrer Tränen ein Krokodil werden, dann würde sie eine ganze Krokodilherde herausweinen, damit diese zu ihm drang und seinen Körper zerfetzte … Im Gedanken an Huongs Krokodilherde lächelte er vor sich hin. Thuy Nga fragte:

– Mein junger Französisch sprechender Mann! Worüber lachst du?

Er sagte:

– Ich lache, weil ich mich auf einmal daran erinnere, wie ich früher war.

Sie fragte:

– Und was denkst du, wie warst du früher? Was bringt dich jetzt zum Lachen? Sagst du die Wahrheit oder lachst du über mich?

Er erwiderte:

– Ich lache, weil ich finde, ich bin ein Schuft! Ein elender Schuft! Hast du verstanden?

Sie sagte:

– Das bedeutet, du hältst mich für eine Schurkin!

Er erschrak:

– Nein. Überhaupt nicht! Mein Gedanke hat nichts mit dir zu tun. Für mich bist du etwas Anziehendes. Ein liebendes Herz. Ein selten gutes Herz. Ja, kann sein, ich werde eine wertvolle Briefmarke oder nur eine mittelmäßige Briefmarke in deiner Männerbriefmarkensammlung sein. Das wird die Zeit zeigen. Aber es gibt etwas, das mir nicht erst die Zeit bestätigen muss. Und zwar habe ich selbst erkannt, dass ich ein Schuft bin und du meine Wohltäterin bist. Meine Geliebte. Und später wirst du meine ehemalige Geliebte sein.

Sie lenkte ein:

– Was ist mit dir los? Du sagst Dinge, die einem Angst machen. Ich habe schon am ganzen Körper Gänsehaut! Schluss jetzt! Leg dich hin, schlaf jetzt! Sprich nicht weiter. Denk über nichts mehr nach. So! So! Leg deine Hand hierhin. Rutsch mit deinem Kopf ein wenig herunter. Mach die Augen zu. Welch ein Jammer! Du hast doch nur zwei, drei Becher getrunken, das ist doch nicht viel. Ab jetzt lass ich dich nichts mehr trinken. Wenn man trinkt, redet man nur Unsinn. Lass mich deine Brust küssen. Wie weiß dein Körper ist, wie der einer Frau. Fühlst du dich etwas besser? Hier ist der Zhongji, weißt du? Und hier ist der Shanzhong. Wenn du eine Beklemmung hast, dann presse diesen Punkt. und du fühlst sofort Erleichterung, Linh. Die

Füße liegen ja bloß. Zieh die Decke drüber. Mein Gott, deine Füße sind ganz kalt.

Er streckte sich zur Entspannung aus und sagte:

– Nur meine Füße unten sind kalt, oben bin ich immer heiß.

Lachend sagte sie:

– Linh, ich habe eine Idee, aber lach mich nicht aus, ja. Ich würde dich gern mit „großer Bruder“ anreden und möchte, dass du mich mit „kleine Schwester“ anredest!

Er gab zurück:

– Wieso? Es fällt mir schwer, dich mit „kleine Schwester“ anzusprechen. Sich nur mit dem Vornamen und nichts weiter anzureden ist doch schon unhöflich genug.

Sie sagte:

– Du verstehst die Frauen nicht besonders! Sie sind ältere Schwestern, Mütter, Großmütter, aber an der Seite eines Mannes, den sie lieben, schätzen und dem sie vertrauen, wollen sie auch klein sein!

Er lachte:

– Dann verstehe ich. Das ist genau der Ausgangspunkt für Tragödien. Danke für deine Gedanken, Nga!

– Deine Gedanken, kleine Schwester!, korrigierte sie ihn.

Er erwiderte:

– Ja, … dann eben kleine Schwester!

Neckend sagte sie:

– Linh, ich bin auch dabei zu überlegen und zu raten, die wievielte Briefmarke ich in deiner Frauenbriefmarkensammlung bin. Die wievielte bin ich denn, großer Bruder?

– Natürlich hast du mir nicht die Unschuld genommen. Und du bist auch nicht die zweite oder sechste. Aber vielleicht bist du die einzige Frau, die mich bis zum Äußersten eine Frau spüren ließ.

Sie versetzte:

– Du bist schrecklich, in dieser Provinzhauptstadt gibt es keinen, der deine Gewohnheiten und Laster nicht genau kennt!

Er meinte:

– Ich bin nun mal so, viele mögen mich, viele hassen mich. Wer mich mag, mich schätzt, den schätze ich ebenfalls. Wer mich hasst, der ist mir egal. Doch missachtet mich jemand, lasse ich mir das nicht gefallen. Ich erinnere mich an den Tag, an dem du mich zum Schneider brachtest, um mir eine Hose nähen zulassen. Der Schneider fragte mich: „Wo arbeiten Sie?" Ich sagte: „Ich bin beim Gesundheitsamt und unterrichte Französisch!" – „Ach, dann sind Sie der Französisch sprechende Herr? Ich habe schon seit langem von Ihnen gehört, doch erst heute treffe ich Sie!" Ich sagte: „Auch wenn Sie mich erst heute treffen, ist es noch nicht zu spät." Seitdem denkst du, ich bin schrecklich, oder?

Sie sagte:

– Das ist nur ein zusätzliches Detail. Die Hauptsache ist, dass ich deine Physiognomie gesehen habe! Ich weiß, du liebst mich nicht so, wie ich dich geliebt habe. Weil ich genau in dem Moment aufgetaucht bin, in dem du in Bedrängnis warst.

Er zeigte sich ungehalten:

– Das ist doch nur dummes, unsinniges Gerede. Du verstehst nicht, dass mein Glück immer auf Messers Schneide mit dem Hass steht. Wenn es nur aus Bedrängnis gewesen wäre, wozu wäre ich dann in dieses verbotene Terrain eingedrungen?

Beim Sprechen schob sie sacht seine Hand von ihrem Schenkel fort, um aufzustehen und die Zeitung „Literatur und Kunst" vom Kopfende des Bettes zu nehmen:

– Hör mal zu, dieser Dichter hier scheint dieses Gedicht geschrieben zu haben, um es deiner und meiner Liebe in Bedrängnis darzubringen!

Er forderte sie auf:

– Lies mal vor!

Sie räusperte sich, zog die Decke über ihren und seinen Bauch und las:

Bedrängnis
Der Januarvollmond längst vorbei
Der Pfirsichblütenzweig weggeworfen in der Gasse!
Welch einsamer Drohn
In panischer Angst neben der verwelkten Blüte
Die Pfirsichblüte hat keinen süßen Honig mehr
Der Drohn drängt und fordert dennoch…
Die Pfirsichblüte nunmehr farblos und ohne Duft
Doch der Drohn in Trunkenheit hingerissen
Oh, Drohn in Bedrängnis
Schwermütig mitten im Frühling
Die Blüte hatte wohl etwas versprochen
Der Drohn schwor es gleich ihr.

Er urteilte:
– Das Gedicht ist ganz gut! Aber wende es nicht auf uns an, was soll hier verwelkt sein. Süßer Honig ist hier noch genug, der Duft ist noch stark, die Farbe noch kräftig. Komm, wirf das Gedicht Bedrängnis beiseite und umarmen wir uns!
Und so nahm Thuy Nga ihn wieder fest in ihre Arme. Es gab irgendeine Kraft, die man als Frühlingsflut in ihrem Körper bezeichnen konnte, die anstieg und alles überschwemmte. Sie wusste, es war für jemanden in voller Blüte wie sie, der noch Stunden der Zweisamkeit mit einem „kraftvollen, einsamen Drohn" verbringen konnte, wirklich kein leicht zu findendes Glück. Obwohl ihr Wert nur darin bestand, seine Bedrängnis aufzuwiegen, fühlte sie sich dennoch glücklich, befriedigt. Wenn ihr Herz und ihr Körper ihm darüber hinaus noch etwas bedeuteten, so dachte sie, Himmel und Erde hätten sie belohnt, hätten ihr doch erlaubt, die Freude eines Menschen zu genießen, der sich dem Tag des Verwelkens näherte und trotzdem dem, den er liebte, Genuss und Glück brachte. Obwohl sie, um dieses Glück ganz zu spüren, die Schuld der Lüge auf sich nehmen musste, riskierte, in schlechten Ruf zu geraten, nahm sie es hin.
Und er? Er fürchtete sich ein wenig vor Thuy Ngas Blick, denn sein Gespür sagte ihm, sie habe ihn bis ins Mark durchschaut. Oh, Drohn in Bedrängnis – Unbekümmert unter dem blauen Himmel – Die Blüte hatte wohl etwas versprochen – Der Drohn schwor es gleich ihr! Sie hatte versprochen, gesagt, mit ihm würde es so und so werden und sie hoffe nur, dass ihm Gutes widerfahre. Und er? Er hatte nichts geschworen und nichts versprochen. War er pragmatisch? Er hatte sie getroffen, und er besaß sie genau im Moment der Bedrängnis. Es war wirklich unglaublich abscheulich. Unglaublich in abscheulicher Weise. Bald wären seine Taschen wieder leer. Wenn sie nach Hai Ha zurückkehren würde, müsste er sich bestimmt wieder etwas ausdenken, um zu Geld zu kommen. Gab man es schnell aus, musste man es sich schnell beschaffen. Sonst hatte man Pech. Wieso umarmte er sie eigentlich und ließ ihren Körper ganz schnell auf seinem Bauch auf- und abgleiten, zärtlich und lustvoll. Es war, als ob er sie umarmte und dabei rezitierend nachsann:
Oh, Drohn in Bedrängnis
Schwermütig mitten im Frühling!

11

Wie konnte man auf die Liste derer gelangen, die berechtigt waren, an der Prüfung der Generaldirektion für Internationale Arbeitskooperation zur Auswahl von Dolmetschern für die „Vertragsarbeiter" in der DDR teilzunehmen? Er sagte zu Thuy Nga, dies sei sein größtes Ziel im August 1989. Sie sagte ihm vor ihrem Abschied und ihrer Rückkehr nach Hai Ha, sie könnte ihm Geld borgen und ihn etwas unterstützen, wenn er es für notwendig hielt. Er meinte stolz:

– Jetzt noch nicht, aber wenn es nötig sein wird, werde ich dich danach fragen. Entweder leihe ich es von dir oder du gibst es mir einfach so.

In jenem Moment sagte er es entschlossen, denn er dachte bereits an eine Möglichkeit, zu Geld zu kommen. Elegant und gepflegt erschien Tran Linh im Büro von Herrn Direktor Mao mit der tragischen Miene von Prinz Hamlet. Herr Mao machte das Gesicht eines soziologischen Forschers, weil er gerade den Artikel „Drei Generationen der Intellektuellen und Probleme der chinesischen Kultur" in der Zeitschrift „Nachrichten der Woche" gelesen hatte. Er entschloss sich, einen kleinen Teil des Artikels aus der letzten Ausgabe der Zeitschrift „Die Jugend Chinas", den irgendein Le Minh verfasst hatte, zu unterstreichen:

„1. Die Gruppe der Intellektuellen im Alter zwischen 50 und 60. Sie waren in den 50er Jahren aufgewachsen, sie hegten viele große Träume und eigneten sich eifrig Wissenschaft und Technik an. Jedoch wurden sie in der Bewegung gegen die rechte Gruppierung und in den darauf folgenden politischen Kampagnen ununterbrochen öffentlich angeklagt. ‚Aus dem Glauben wurde Aberglauben, aus dem Ideal Utopie, aus der Begeisterung Kälte.' Ihre gemeinsamen Merkmale waren Loyalität und Gehorsamkeit, daher werden sie ‚Generation der Gehorsamen' genannt. Sie hatten viele wichtige Leitungspositionen auf allen Ebenen und in allen Bereichen inne. Viele talentierte Vertreter dieser Generation konnten die andauernde Qual nicht aushalten, und es blieb ihnen nichts weiter übrig, als ihre unverwirklichten wissenschaftlichen Träume zu begraben und ihre Tränen im Jenseits zu vergießen."

Er fand es interessant und hatte doch Bedenken, ob er zu dieser Generation der Intellektuellen gehörte. Denn er hatte den Eindruck, dass es auch in Vietnam Intellektuelle gab, die zur Generation der Gehorsamen gehörten. Als er den Französischlehrer sah, sagte er aufgemuntert:
– Du hast irgendetwas, stimmt's? Warte einen kleinen Moment auf mich, ich studiere gerade ein sehr interessantes Material.
Tran Linh gehorchte mit einem leisen Ja. Er nahm eine förmliche Sitzhaltung ein und machte ein tief nachdenkliches Gesicht. Herr Mao las weiter:
„2. Die Altersgruppe der Intellektuellen im Alter zwischen 30 und 40. Sie haben in ihren besten Jugendjahren die große fanatische Kulturrevolution erlebt. Zehn Jahre des Aufruhrs brachten sie vom Aberglauben zum totalen Verlust des Glaubens, von der Illusion zur Resignation, vom Fanatismus zu Schmerz und Reue mit dem starken Gefühl betrogen worden zu sein. Der starke emotionale Schock und die durchlebte Realität zwangen sie dazu, in ungewöhnlicher Weise alles reiflich abzuwägen. Die gemeinsamen Merkmale dieser Generation waren Zweifel und Resignation und sie wurde ‚Generation des Zweifels' genannt. Viele von ihnen gingen ins Ausland oder wurden Händler. Gestützt auf die Macht der Eltern erhielten viele bevorzugt einen Arbeitsplatz, wurden befördert, kamen in die Partei, erhielten einen Studienplatz an der Hochschule oder gingen zum Studium ins Ausland. Es ist durchaus möglich, dass aus ihnen große Schriftsteller, Dichter, Denker hervorgehen, die dem Land Ehre bringen. Diese Generation wird mit Sicherheit einen großen Einfluss auf die Entwicklung des treibenden Bewusstseins der ganzen Nation ausüben."
„3. Die Altersgruppe der Jugendlichen und Schüler ist in den zehn Jahren der Strukturreform aufgewachsen, in denen China die Öffnungspolitik durchführte und kulturell mangelhaft darauf vorbereitet war. Die gemeinsamen Merkmale dieser Generation bestehen darin, dass ihre Vertreter nicht abergläubisch sind, keine Illusionen haben, dass sie sehr pragmatisch sind und ihre Verantwortung nicht ernst nehmen, konsumorientiert sind und sich dabei gegenseitig nachahmen. Die Jugendlichen sind nicht in der Lage, die Ausdauer und Sturheit ihrer Väter und älteren Brüder zu verstehen. Sie beklagen sich mehr als nachzudenken, sie wollen lieber aus den Schulen hinausstürmen als sich in den Klassenzimmern konzentrieren. Es ist

schwierig, dieser Generation einen Namen zugeben. Sie ist das klägliche Produkt der jetzigen Kultur in China."

„4. Die Öffnungspolitik brachte China ausländische Waren, aber das, was viel mehr ins Land hineinstürmte, war die westliche Kultur; die Freiheit führte selbstverständlich zu Veränderungen der chinesischen Kultur. Wird die importierte Kultur in drei Kategorien eingeteilt: die rationale Kultur der Instrumente (Wissenschaft und Technik), die rationale Gesellschaftskultur (Demokratie) und die emotional angewandte Kultur (Lebensweise), haben die praktischen Erfahrungen in den mehr als zehn vergangenen Jahren gezeigt: Die ‚Generation der Gehorsamen' interessierte sich vorrangig für den Import von Wissenschaft und Technik. Die ‚Generation des Zweifels' hieß den Import aller drei o.g. Kulturen willkommen, sie interessierte sich jedoch vor allem für die Demokratie. Die jüngste Generation unterstützte begeistert die Übernahme der westlichen Lebensweise: Discotanz, Popmusik, frühzeitige Liebe, Verschwendung, mangelnde Verantwortung gegenüber der Gesellschaft, der Nation, sogar Gewissenlosigkeit, ohne über die Anstrengungen und den Schweiß ihrer Eltern nachzudenken. An erster Stelle und vor der Wissenschaft und Technik sowie vor der Demokratie beherrscht die Strömung der hedonistischen Ideologie aus der westlichen Kultur vorrangig die derzeit jüngste Generation Chinas."

Der Zeitungsartikel fasste die gegenwärtigen Probleme der chinesischen Kultur in drei Punkten zusammen:

1. Absichtliche Boykottierung der Einführung der westlichen Demokratie, strenge Zensur der öffentlichen Meinung und der theoretischen Forschung; dadurch wird die Macht des chinesischen gesellschaftlichen Denkens geschwächt, und es ist daher nicht in der Lage, eine allseitige Prognose über die Zukunft der ganzen Gesellschaft anzustellen.
2. Die westliche hedonistische Kultur beeinflusst die jüngste Generation Chinas zu früh und schwerwiegend. Das Fieber der Nachahmung der westlichen Lebensweise hebt die Krise des gesamten Wertesystems der chinesischen Kultur hervor.
3. Wissenschaft und Technik, wie sie in der Realität angewandt werden, senken ein wenig den Wert der ersten Generation; talentierte Lehrer, Ingenieure und Wissenschaftler haben keinen Nachfolger in der zweiten Generation.

Im Artikel heißt es: „Das, was gegenwärtig in China am meisten fehlt, ist der wissenschaftliche Geist und sein Niederschlag in den gesellschaftlichen Beziehungen, nämlich der Geist der Demokratie. Der stark positivistische Charakter des wissenschaftlichen Geistes gab ihm die Kühnheit, vorwärts zu kommen und über alle Mächte zu triumphieren. Das Voranschreiten der wissenschaftlichen Revolution ist immer mit Zweifel und Verrat an alten Traditionen verbunden. Der wissenschaftliche Geist fordert ein wirkliches Schöpfertum, verspottet nostalgische Anwandlungen und widersetzt sich dem dogmatischen Betrug."
Herr Mao fragte, warum man nicht den Versuch unternommen habe, die Generationen der Intellektuellen und die Probleme der vietnamesischen Kultur zu untersuchen? Ob man den Eindruck habe, in Vietnam existierten drei ähnliche Generationen der Intellektuellen? In welche Generation konnte er sich dann einstufen? Er war im Jahr des Hundes geboren (1934), und nach diesem Artikel gehörte er zur „Generation der Gehorsamen". Aber er verspürte seit kurzem beginnende Zweifel. Waren seine Geisteskraft und Willenskraft in der Lage, einen zweiten Frühling zu erleben und sich zu verjüngen, damit er mit dieser Generation des Zweifels Schritt halten konnte? Tran Linh gehörte vielleicht auch zu dieser Generation. Herr Mao legte die Zeitung beiseite und sagte mit einer verbindlichen Stimme zu Tran Linh:
– So, jetzt können wir uns unterhalten.
Tran Linh nahm auf dem Stuhl gegenüber Herrn Mao Platz, er lachte einschmeichelnd und fragte:
– Sie sind bestimmt dabei, die Situation in Osteuropa zu verfolgen, „Chef"?
Herr Mao sagte:
– Ich denke über den Artikel zur Situation der Intellektuellen in China nach.
Tran Linh fuhr fort:
– Ich möchte Ihre Zeit nicht so sehr in Anspruch nehmen. Ich bin heute wegen zwei Angelegenheiten zu Ihnen gekommen. In der einen möchte ich Sie um etwas bitten und in der anderen möchte ich Sie nach Ihrer Meinung fragen. Die erste Sache ist folgendes: Ich bitte Sie inständig um zwei Liter Glukose. Ich möchte meiner Mutter ein Geschenk machen. In einigen Tagen fährt einer meiner Ver-

wandten in mein Heimatdorf. Meine Mutter war in der letzten Zeit schwer krank. Ich möchte, dass sie eine Glukose-Infusion erhält, damit sie zu Kräften kommt. In meiner jetzigen Lage ist es für mich schwierig, meiner Mutter ein Geschenk zu kaufen. Andere Gegenstände haben keinen praktischen Wert. Außerdem bin ich zur Zeit knapp bei Kasse.

Herr Mao meinte:

– Du weißt wahrscheinlich, für wen und zu welchem Zeitpunkt Glukose eingesetzt werden kann.

Er antwortete:

– Ich verstehe natürlich, dass Glukose ein wertvolles und rares Arzneimittel ist, das nur für schwer kranke Patienten mit einem relativ hohen Einkommen bei stationärer Behandlung bestimmt ist. Aber ich habe gewagt, diese Bitte an Sie heranzutragen, und hoffe, dass Sie eine Ausnahme machen. Schon seit langem habe ich meiner Mutter nichts geschenkt. Und meine Mutter hat gerade eine Krankheit überstanden.

Herr Mao meinte mit einem warmen Lachen:

– Es reicht mir, wenn du es verstehst. Ich werde ein Schreiben an Frau Hop aufsetzen und sie um Ausgabe von zwei Litern Glukose an Herrn Lehrer Tran Linh bitten. Du bist eine Ausnahme. Ich werde es gleich schreiben.

Mit Freude nahm er das Schreiben mit der Unterschrift von Herrn Direktor Mao:

– Ich danke Ihnen.

Herr Mao meinte:

– Du brauchst nicht zu danken. Und was ist die andere Angelegenheit?

Tran Linh sprach ernst:

– Verehrter Onkel, die zweite ist eine ziemlich wichtige Sache. Sie haben mir in der ersten Angelegenheit materiell geholfen, und in dieser zweiten würden Sie mir in geistig-intellektueller Hinsicht helfen. Es handelt sich hierbei um eine Angelegenheit, die mit meiner Laufbahn zusammenhängt. Ich habe nachgedacht und frage mich, worin die Vor- und Nachteile einer solchen Entscheidung bestehen? Was meinen Sie, soll ich einmal ins Ausland mit dem Reisepass eines Vertragsarbeiters gehen?

Herr Mao fragte:

– Warum denn als Vertragsarbeiter ausreisen?
Tran Linh sagte:
– Ich habe die Absicht, nach Deutschland zu gehen. Wie ist Ihre Meinung dazu? Gegenwärtig habe ich den Eindruck, mein Leben ist zu schwierig geworden. Der Bedarf an Expertenausbildung für Algerien ging stark zurück. Die Anzahl derjenigen, die die Zeit zum Französisch Lernen und dadurch für eine fachliche Weiterbildung finden, ist unbedeutend. In unserem Amt gibt es wiederum zwei Lehrer für Französisch. Aus diesem Grunde habe ich diese Absicht. Können Sie mir einen Rat geben?
Herr Mao dachte insgeheim: „Dieser Kerl ist wirklich schlau, er hat es seit langem vor, und doch tut er so, als ob er nach meiner Meinung fragen wollte. Er war also deshalb so in die deutsche Sprache vertieft, um einen Weg für die Ausreise ins Ausland als Vertragsarbeiter zu finden." Er sagte:
– Ich denke, du solltest fahren. Aber es entspricht mehr deinen Fähigkeiten, als Dolmetscher oder Gruppenleiter zu gehen. Es wäre schade für dich, als normaler Arbeiter auszureisen.
Tran Linh hätte nicht gedacht, dass Herr Mao ihn so schnell durchschaute und keineswegs beabsichtigte, ihn an seinem Plan zu hindern. Er sagte:
– Onkel! Ihre Meinung bestärkt mich darin, dass mein Vorhaben gar nicht so verrückt ist. Sie haben mir den Rat gegeben, dass ich fahren sollte, aber diese Angelegenheit ist ohne Ihre Hilfe nicht realisierbar.
Herr Mao meinte:
– Die Hauptfrage ist, ob es dafür eine Stelle beim Amt für Arbeit, Kriegsversehrte und Soziales gibt. Dann kommen deine Deutschkenntnisse, wenn du als Dolmetscher oder Gruppenleiter gehen willst. Meine Rolle ist dabei ziemlich unbedeutend.
Er war ein wenig traurig, weil Herr Mao kein Bedauern über sein Weggehen zeigte und ihn nicht in seinem Amt halten wollte. Er dachte aber bei sich: „Es ist auch gut so" und sagte:
– Es stimmt nicht, Onkel! Ihr Wort ist für mich jetzt Gold wert. Die Generaldirektion für Internationale Arbeitskooperation in Hanoi wird in Kürze die Dolmetscherprüfung für die DDR abhalten. Sie können mir helfen, wenn Sie dem Direktor des Amtes für Arbeit, Kriegsversehrte und Soziales, Herrn Huy, einen handgeschriebenen Brief mitgeben, in dem Sie mich als Ihren Vertrauten vorstellen und

Herrn Huy um Unterstützung bitten, damit ich an dieser Prüfung teilnehmen kann. In diesem Fall werde ich von Ihrem Ruf profitieren und dadurch mehr Vorteile haben.

Herr Mao sagte erfreut:

– Das geht, ja!

Er nahm sofort einen großen Bogen und schrieb sorgfältig darauf die Worte, die er für angemessen und nötig hielt, damit der Herr Direktor des Amtes für Arbeit, Kriegsversehrte und Soziales dem Lehrer Tran Linh – Mitarbeiter des Amtes für Gesundheit – die Teilnahme an der Dolmetscherprüfung genehmigte.

Geschickt überredete Tran Linh Herrn Mao, sehr gewichtige und überzeugende Sätze in den Brief zu schreiben, damit Herr Huy schnell zustimmte.

Als Herr Mao mit dem Schreiben fertig war, las er ihm den Brief vor:

„Sehr geehrter Herr Tran Huy,

Herr Tran Linh ist Französischlehrer unseres Amtes. Er ist ein junger und fähiger Kader, engagiert und vielversprechend. Außer seinem Fachgebiet Französisch hat Herr Lehrer Tran Linh auch die Prüfung für die deutsche Sprache Stufe B an der Hochschule für Fremdsprachen in Hanoi abgelegt. Aufgrund seiner persönlichen Umstände hat Herr Tran Linh nun den Wunsch, an der Prüfung für Dolmetscher der Generaldirektion für Internationale Arbeitskooperation im Ministerium für Arbeit teilzunehmen. Hiermit stelle ich Ihnen Herrn Tran Linh vor und bitte Sie darum, ihm Ihre besondere Aufmerksamkeit zu schenken und ihn mit all Ihren Kräften zu unterstützen.

Ich danke Ihnen im Voraus.

Mit freundlichen Grüssen

Mao“

Nachdem Tran Linh den Brief angehört hatte, war es ihm gelungen, einen gerührten und dankbaren Gesichtsausdruck zu zeigen. Er sagte:

– Ich danke Ihnen vielmals, Onkel. Es ist wirklich eine rein persönliche Angelegenheit. Ich möchte, dass es mir später wirtschaftlich besser geht. Ansonsten hege ich keinerlei Ambitionen, mich in irgendeiner Weise aufzuopfern. Kurz gesagt, ich tue es nur für mich allein. Daher bitte ich Sie um eine weitere Geste. Können Sie jetzt gleich Onkel Huy anrufen, damit die Überbringung dieses Briefes an ihn reibungslos verläuft. Sie können sagen: „Ich hätte Sie persönlich treffen sollen, aber der Linh wird Ihnen alles vortragen. Morgen wird er zu Ihnen kommen. Ich bitte Sie um Ihre volle Unterstützung."

Herr Mao meinte lachend:

– Du bist übervorsichtig. Aber es ist klug so.

Tran Linh saß da, wartete und war gespannt darauf, das vermutlich kurze und doch herzliche Gespräch zwischen Herrn Mao und Herrn Huy mitzuhören. Herr Mao dachte ihm Stillen: „Dieser Kerl ist wirklich raffiniert und klug. Eigentlich hat er mich bei jedem Schritt zu seinen Gunsten geführt. Aber in Wirklichkeit unterschätzt er alle. In dieser Gegend von Quang An gibt es noch vier oder fünf andere Leute, die auch die Absicht haben, an der Prüfung für Dolmetscher und Gruppenleiter für die DDR teilzunehmen. Sie alle waren entweder Lehrlinge oder haben sechs bis sieben Jahre in Deutschland studiert. Und viele werden trotzdem durchfallen. Es ist unklar, ob sein Deutsch etwas taugt oder nicht. Ich werde ihm aber ruhig mit all meinen Kräften helfen. Schafft er die Prüfung nicht, dann wird er automatisch gezwungen sein, fleißig und langfristig mit mir zusammenzuarbeiten." Lächelnd sagte er:

– Und? Ist noch was? Du bist wirklich eine Ausnahme!

Tran Linh sagte:

– Onkel, es wäre überflüssig, Ihnen jetzt nochmals zu danken. Mir kommt es nur darauf an, mich in meinem Leben zu bemühen, um Ihrer Herzlichkeit mir gegenüber würdig zu sein.

Herr Mao meinte:

– Ich wünsche nur, dass du zufrieden bist. Ehrlich gesagt, deine jetzige Generation hat sowohl in geistiger als auch materieller Hinsicht zu leiden. Ein bisschen Hunger und ein bisschen Mangel sind wahrscheinlich nicht so schlimm wie zu viele Ungereimtheiten.

Er hatte den Eindruck, Herr Mao wolle ihm sein Herz ausschütten, deshalb sprach er eine ziemlich vertraute und persönliche Angelegenheit von Herrn Mao an:

– Sehr wenige sind uns jungen Menschen gegenüber so aufgeschlossen wie Sie. Daher sprechen viele von der offenen Denkweise des Herrn Direktor Mao. Ah! Können Sie sich noch an Frau Chau Lien erinnern? Sie lässt Sie grüßen.

Herr Mao erschrak ein wenig, er lachte:

– Ich kann mich an sie erinnern. Jetzt arbeitet sie im Bach Mai Krankenhaus, nicht wahr? Und ihr Ehemann, Dr. Lang, ist momentan in einem Sonderkurs und bereitet sich auf seine Aspirantenprüfung vor. Sicherlich wird die ganze Familie mit Kind und Kegel nach Hanoi umziehen.

Tran Linh wusste, Herr Mao empfand seit langem große Sympathie für Chau Lien. Herr Mao hatte seine Zuneigung zu ihr stets unterdrückt aufgrund seiner Position und ihrer persönlichen Umstände. Tran Linh fügte hinzu:

– Als ich in Hanoi war, kam ich manchmal auf ein Glas bei dem Ehepaar Dr. Lang und Chau Lien vorbei. Wenn wir von Quang An sprachen, erwähnten sie immer wieder Herrn Direktor Mao.

Herr Mao erzählte offenherzig:

– Ich habe noch zwei Bücher von ihnen ausgeliehen. Wenn du bei Gelegenheit bei ihnen vorbeikommst, werde ich sie ihnen zurückgeben.

Tran Linh freute sich, denn er hätte wieder einen Anlass, mit dem Direktor freundschaftlich zusammenzukommen. Er bejahte es höflich und verabschiedete sich.

Nur eine Stunde später hatte er jemanden gebeten, die zwei Liter Glukose, die er eigenhändig von der Apothekerin Hop bekommen hatte, zu verkaufen. Er gab dem Vermittler 5.000 Dong und steckte zufrieden 80.000 Dong in seine Tasche. Er dachte daran, wie er das Geld am effektivsten ausgeben könnte. Er entschloss sich, erst am nächsten Tag zu Direktor Huy zu gehen.

Bevor er zu Herrn Huy ging, hielt er es für notwendig, sich sofort mit Herrn Hoc zu treffen, um ein vertrauliches Gespräch mit Herrn Duc, Leiter der Abteilung für Organisation und internationale Arbeitskooperation beim Amt für Arbeit, Kriegsversehrte und Soziales, zu arrangieren. Herr Duc war nach Herrn Huy der zweitwichtigste Mann für die Bewilligung seiner Teilnahme an der Prüfung. Herr Hoc war Herrn Ducs Mitarbeiter und genoss dessen volles Vertrauen. Er stammte aus der gleichen Gegend wie Tran Linh. Raffiniert brachte er ihn bei einem Trinkgelage dazu, Herrn Duc zu dieser Bierrunde mit Tintenfisch unbedingt hinzuzuziehen. Er zahlte, bat aber Herrn Hoc darum, die Rolle des Gastgebers zu spielen. Er legte Herrn Hoc die Worte in den Mund, damit dieser ihn als seinen Pflegebruder vorstellte. Nach diesem Treffen wurde er natürlich ein Bekannter von Herrn Duc. Bei der zweiten Zusammenkunft hatte er die Beziehungen zu Herrn Duc noch enger geknüpft. Er hatte nämlich Herrn Hoc überzeugen können, ein großes Festessen anlässlich des Todestages von dessen Vater zu organisieren. Er war so redegewandt, dass Frau Hoc sich freudig bereit erklärte, als Hauptköchin für das Festessen bei diesem angeblichen Todestag des Vaters zu fungieren. Selbstverständlich musste Tran Linh von einem Bekannten kurzfristig 200.000 Dong leihen, um Herrn Hoc dieses Geld zu geben. Letzten Endes führte Herr Hoc Tran Linhs Plan genau aus, und es gelang ihm, den Abteilungsleiter Duc und auch den Direktor Huy zu diesem Festessen zu sich nach Hause einzuladen.

Herr und Frau Hoc waren von Tran Linhs Raffinesse überwältigt, als er davon sprach, er würde zu Beginn der Zeremonie bei diesem Festessen nicht dabei sein. Er befürchte, dass seine Absicht, die anderen um Hilfe zu bitten, nicht taktvoll sei und seine Intrige durchschaut werden könnte. Er würde absichtlich als ein eng Vertrauter der Familie „zufällig" später erscheinen, wenn die Gäste schon etwas angetrunken waren. Das Festessen fing um 19.00 Uhr an und er kam erst um 20.30 Uhr; er hielt ein Bündel Räucherstäbchen und eine Flasche Schnaps in der Hand wie ein Gast, allerdings ein vertrauter Gast. Nach den wortreichen Entschuldigungen wegen seiner Verspätung setzte er sich zu der Runde und aß ein wenig von dem bereits halb leeren Tablett. Er hatte Herrn Hoc darum gebeten, bei diesem Essen gegenüber den beiden Vorgesetzten kein Wort über Hilfe zu verlieren. Aber als sie angeheitert waren und die familiäre Atmosphäre die beruflichen Hierarchien überdeckte, entschlüpfte Herrn Hoc:

– Es ist sehr schade. Ich habe meinen Pflegebruder eingeladen, er stammt auch aus Nghe An. Er ist aber Mitarbeiter von Herrn Mao. Wenn er Mitarbeiter unseres Amtes wäre, könnte es auf jeden Fall von Vorteil für uns beide sein.

Tran Linh zuckte zusammen, doch ihm gelang rechtzeitig ein Lächeln, denn Hocs Ausrutscher war nicht dumm. Herr Duc sagte:

– Dieser Mann ist sehr begabt. Sie brauchen sich keine Sorgen um ihn zu machen. Wenn ich seine Physiognomie betrachte, weiß ich, er wird später sogar weiter kommen als Sie.

Freundlich sagte Herr Huy zu ihm:

– Ich habe gehört, Herr Direktor Mao vertraut dir sehr und schätzt dich. Herr Mao und ich, wir beide sind eng befreundet. Manchmal hat er mir auch von dir erzählt.

Tran Linh frohlockte, als er von den engen Beziehungen zwischen Herrn Mao und Direktor Huy erfuhr. Den Grad seiner Verbundenheit zu Herrn und Frau Hoc, zu Herrn Abteilungsleiter Duc, Direktor Huy und Direktor Mao abwägend, entschloss er sich, Herrn Hoc über seinen Plan zu informieren, der dabei die Avantgarde sein sollte.

Herr Hoc sagte zu, den Abteilungsleiter Duc direkt anzusprechen, damit für seinen Pflegebruder die Teilnahme an der Dolmetscherprüfung für die DDR arrangiert würde. Und die Zusammenkunft mit Herrn Huy übernahm Tran Linh selbst. Am nächsten Morgen kurz nach 9 Uhr sahen Mitarbeiter und Angestellte in der Nähe des Blockes von Direktor Huy auf einmal den schwarzen Wolga des stellvertretenden Provinzvorsitzenden mitten auf dem Hof des Amtes für Arbeit, Kriegsversehrte und Soziales halten. Diesmal stieg nicht Herr Hoang Lam aus dem Wagen, sondern der Französischlehrer Tran Linh. Langsam und selbstsicher ging er auf das Büro von Direktor Huy zu. Dieser hatte den Wagen des stellvertretenden Provinzvorsitzenden Hoang Lam kommen sehen, doch er wunderte sich, als Tran Linh in sein Zimmer trat. Nach einem höflichen Gruß sagte Tran Linh:

– Verehrter Onkel, Herr Mao schickt mich zu Ihnen mit der Bitte um einen Gefallen. Ich hoffe auf Ihr volles Verständnis und Ihre Unterstützung. Hier ist ein Brief von Onkel Mao an Sie.

Direktor Huy sagte:

– Nehmen Sie Platz!

Mit ernster Miene las Direktor Huy in einem Zug den Brief von Herrn Mao. Er zog die Augenbrauen hoch beim nochmaligen Lesen der Zeilen.

Er dachte: „Monsieur Mao" hat mir diesen jungen Mann anvertraut, damit ich für seine Ausreise in die DDR sorge. Tja, es ist nicht einfach, das Dolmetscherzertifikat zu bekommen, mein Lieber. So viele beschlagene Leute, die sogar Jahre in Deutschland studiert haben, sitzen noch da und warten. Ja, wenn du Spaß daran hast, dann sollst du ihn haben. Aber eins muss dir klar sein, es ist nicht einfach.

Herr Huy tat so, als ob er ein Weilchen nachgedacht hätte, und sagte:

– Herr Lehrer Linh, obwohl Herr Mao und ich gute Beziehungen zueinander haben, muss ich dieses Problem noch mit den Herren von der Organisationsabteilung des Amtes besprechen. Wahrscheinlich haben sich nicht wenige, die in der DDR studiert haben, für die Teilnahme an der Prüfung gemeldet. Außerdem haben die sich bereits Anfang des Jahres gemeldet. Sie können gehen, Herr Lehrer, wir werden die Sache prüfen und darüber beraten, dann werden wir Sie informieren.

Tran Linh kannte zur Genüge den wichtigtuerischen Ton der Direktoren, bevor sie jemandem irgendeine Gunst erwiesen. Er blieb gelassen und sagte zuversichtlich:

– Ich danke Ihnen. Ich hoffe, dass ich Ihr Vertrauen nicht enttäuschen werde. Gestatten Sie, ich muss mich sofort zurückziehen, da ich noch etwas beim Komitee zu erledigen habe.

Herr Huy schüttelte ihm die Hand, nicht fest, aber auch nicht locker. Nachdem Tran Linh in dem schwarzen Wolga verschwunden war und dieser feierliche schwarze Kasten langsam davonrollte, murmelte Herr Huy:

– Dieser Kerl scheint energisch zu sein und unheimlich viel Vertrauen zu genießen!

Eigentlich hatte Tran Linh an jenem Tag gar nichts beim Komitee zu tun. Es lag schon ziemlich lange zurück, dass er in das Büro des Provinzkomitees beordert worden war, um für die Herren Mitglieder des Provinzkomitees einige Materialien aus der französischen in die vietnamesische Sprache zu übersetzen. Er kannte jedoch den Chauffeur des stellvertretenden Provinzvorsitzenden Hoang Lam. Um an Ansehen gegenüber Direktor Huy zu gewinnen und ihn zu beeindrucken, bat er diesen, ihn mit dem schwarzen und noblen Wolga zu Herrn Huy zu fahren. Er versprach, ihm Bier und Tintenfisch auszugeben. Mit dem von Tran Linh ausgedachten Trick einer „Bremsenprobefahrt" war es dem Fahrer gelungen, das Fahrzeug problemlos vom Gelände des Komitees herunterzufahren.

Nachdem er dem Fahrer des schwarzen Wolga etwas ausgegeben hatte und er auch leicht angetrunken war, fiel ihm Van ein. Er ging kurz in ein Büro des Gesundheitsamtes und rief Linh Van an, als es menschenleer war. Linh Vans Stimme erklang am anderen Ende der Leitung:

– Wer ist da?

– Ich … ja, ich bin es, Tran Linh. Ich möchte dich sehen. Wo und wann können wir uns treffen? Ich habe dir sehr viel zu erzählen.

Linh Van vergaß völlig, dass sie sich per Telefon mit ihm unterhielt. Mit grober Stimme sagte sie:

– Ich und du, wir haben einander nichts mehr zu sagen.

Tran Linh behielt seine sanfte Stimme bei:

– Nanu … warum denn das? Ich habe Sehnsucht nach dir und denke immer an dich.

Linh Van wurde deutlich und grob:

– Warum? Du bist ein Schuft. Mach deine Affäre weiter mit dieser Alten vom Cai Luong-Theater.

Tran Linh schmunzelte:

– Ach ja, bin ich ein Schuft? Ich habe erwartet, dass du das zu mir sagst. Eigentlich hättest du diesen Schuft in mir früher entdecken müssen. Aber trotz alledem möchte ich einen anständigen Abschied von dir haben.

Linh Van war äußerst verärgert, denn sie wusste von der Beziehung zwischen Tran Linh und Thuy Nga. Sie fand den Gedanken unerträglich, dass er sie völlig vergessen konnte, um diese nicht mehr junge Frau zu liebkosen und zu umarmen. Dazu kam noch seine schamlose und arrogante Sprache.

– Bleib mir mit deiner Anständigkeit gestohlen!, sagte sie und legte auf.

„Okay“ sagte er noch und ließ müde den Hörer sinken. Sie war eifersüchtig, sie hasste ihn, mit Recht. Je stärker die Liebe ist, desto größer der Hass. Er war nicht darauf gefasst, dass Linh Van so schnell von seiner Affäre erfahren hatte. Er wollte sich aber trotzdem mit ihr treffen, auch wenn er sie nur kurz sehen könnte und eine Ohrfeige von ihr bekäme oder sie ihn sogar verfluchte.

An einem Sonntagmorgen folgte er seiner Eingebung und setzte sich in der Provinzhauptstadt an die Bushaltestelle. Als er sah, wie Dr. Hoang Thien seine Frau zum Bus brachte, war er sicher, Linh Van würde heute allein zu ihren Eltern fahren. Das Haus ihrer Eltern lag auf der anderen Uferseite der Chanh-Fähre. Dr. Hoang Thien würde also zu Hause bleiben, um auf das Kind aufzupassen und für den Schweinestall zu sorgen. Während Linh Van vorn in den Bus nach Cam Pha einstieg, stieg Tran Linh hinten ein. Sie drängelte sich nach hinten durch, um nach einem Stehplatz mit Haltegriff zu suchen, und er drängelte sich nach vorn durch, um ihr unbedingt gegenüberzustehen. Die beiden trafen in der Mitte des vollbesetzten Busses aufeinander. Linh Van wunderte sich, wie sie ihn so zufällig treffen konnte. Gutmütig lachend begrüßte er sie:

– Grüß dich, Liebes!

Sie fragte:

– Wo fährst du hin?

Er sagte mit einem jämmerlichen traurigen Gesicht:

– Ich möchte eine kurze Strecke zusammen mit dir fahren.

Sie sagte:

– Danke für deine scheinbar anständige Idee.

Traurig setzte er fort:

– Ich möchte dich auf dem Weg zu dir nach Hause begleiten.

Auf einmal wurde ihre Stimme sanfter, blieb aber weiterhin entschlossen:

– Es geht nicht. Mein Mann wird mich an der Fähre abholen.

Er wusste längst, dass sie log, hatte aber keine Lust zu sagen, dass er Dr. Hoang Thien in Hon Gai. gesehen hatte. Ihre Lüge offenbarte ihre Entschlossenheit, sich von ihm fern zu halten. Er bemühte sich, bei ihr einen angenehmen Eindruck von diesem Treffen zu hinterlassen, das einem Abschied gleich kam:

– Wenn es so ist, kannst du deiner Wege gehen. Und dass ich dir folge, um dich heute Vormittag so lange wie möglich zu sehen, ist meine Sache.

Sie sagte kein Wort mehr, und auch er schwieg. Der Bus hielt an der Haltestelle. Sie ging zur Chanh-Fähre, und er folgte ihr in einem Abstand von zwei Metern wie ein Fremder. Sie drehte sich nicht um, wusste aber, dass er immer noch hinter ihr war. Als sie auf die Fähre stieg, drehte sie sich plötzlich um und winkte ihm zu. Ihre Hand schien wie ein weiches Blatt, das in einem aus dem Nichts kommenden Wind ziellos hin und her schwang. Auch er hob die Hand, aber seine Hand war bewegungslos. Die Fähre verließ langsam das Ufer. Mit der erhobenen Hand stand er weiter da und schaute ihr nach, bis die Fähre nur noch ein dunkler Streifen im Sonnenschein und im Wind blieb.

Es gab keine Rettung mehr. Die Liebe zwischen ihm und Linh Van war beim Schlussakt angelangt. Es war für beide besser so. Es wurde für ihn Zeit, sich auf die Prüfung zu konzentrieren. Und Linh Van konnte ihr warmes Nest nicht zerstören oder weiterhin ruinieren, auch wenn es nicht warm, doch immerhin sehr bequem war. Die Entschlossenheit, mit der sich Linh Van von ihm getrennt hatte, schmerzte ihn sehr. Doch dieser Schmerz dauerte nicht lange an, denn er musste bald wieder nach Hai An fahren, um Thuy Nga darum zu bitten, etwas Geld für ihn zu borgen, sodass er seine Schulden zurückzahlen konnte. Lass uns Abschied nehmen und sei es für immer… Noch einmal, lass uns für immer Abschied nehmen!
Er konnte sich nicht mehr daran erinnern, wer der Verfasser dieser beiden bekannten Verszeilen war. Er wusste nur, dass er bei den Gesprächen mit Huong den Übersetzer sehr gelobt hatte, da dessen Nachdichtung sehr gelungen war. Er kaufte eine Postkarte mit einer Meereslandschaft in einer Mondnacht, schrieb diese Verse darauf und schickte sie dann an Linh Van. Er betrachtete dies als ein mögliches Happyend, welches seine Qual etwas lindern könnte.
Es gibt ein französisches Sprichwort: Frauen ändern sich ständig, nur Verrückte glauben ihnen! Er war völlig nüchtern und fühlte Neid denjenigen gegenüber, die in der Lage waren, Frauen absolut zu vertrauen. Er entschloss sich, Linh Van erst kurz bevor er die Gegend von Quang An verließ, noch einmal zu treffen, um sich von ihr zu verabschieden. Nach der einseitigen Trennung von Linh Van an jenem Vormittag bekam Tran Linh einen Brief von Duy Beo aus der DDR. Dieser erzählte ihm humorvoll und in groben Zügen über Freud und Leid der Vertragsarbeiter in Berlin. Duy Beo erkundigte sich nach Tran Linhs Ausreise in die DDR. Amüsiert erzählte er, dass sehr viele Ostdeutsche auf verschiedenen Wegen versuchten, über die Grenze in die Bundesrepublik Deutschland zu kommen. Manche gingen in die westdeutsche Vertretung in Ostberlin; andere fuhren als Touristen nach Budapest, Prag, Warschau, um von dort aus nach West-Berlin oder Westdeutschland zu gelangen. Tran Linh dachte bei sich, er

würde Duy Beo in der DDR treffen, und deshalb schrieb er ihm noch keinen Antwortbrief.
Die Antwort wäre sein Auftauchen in Berlin. Er lächelte bitter, denn er wusste nicht, ob irgendeiner der Ostdeutschen, die nach Westdeutschland überliefen, verstand: Das Land, dem sie den Rücken kehrten, galt für viele Vietnamesen nach wie vor als ein Paradies. Und er selbst träumte davon, dort leben zu können.
Er erkundigte sich umgehend bei seinem Landsmann Hoc nach dem Stand der Dinge. Da der Abteilungsleiter Duc vorher informiert worden war, gab er sich gegenüber Direktor Huy objektiv, als dieser nachfragte, ob Tran Linhs Teilnahme an der Dolmetscherprüfung des Arbeitsministeriums arrangiert werden könne und antwortete vorsichtig:
– In zwei Stunden werde ich Ihnen eine Antwort geben! So haben wir mit Tran Linh in unserer Provinz insgesamt sechs Personen, die die Teilnahmebedingungen für die Prüfung im September 1989 erfüllen. Außer Tran Linh sind alle fünf anderen die Kinder namhafter Persönlichkeiten in der Provinz, und sie haben alle in der DDR studiert. Um das Talent und den Enthusiasmus der Jugend zu fördern, sollten wir sie ausnahmslos an der Prüfung teilnehmen lassen, denn alle haben das Zertifikat für die Stufe B der deutschen Sprache an der Hochschule für Fremdsprachen in Hanoi erworben. Die Auswahl ist Sache des Ministeriums und so schwer, wie aus einem Bündel Essstäbchen einen Fahnenmast auszusuchen. Ob sie die Prüfung bestehen, liegt an ihren Fähigkeiten. Außer diesen sechs Personen gibt es in unserer Provinz noch vier weitere Genossen, die die Gruppenleiterprüfung bestanden haben und nun auf ihren Pass zur Ausreise in die DDR warten. Sie alle sind Parteimitglieder. Wenn die Planstellen für Gruppenleiter vom Arbeitsministerium an unsere Provinz verteilt werden, können diese sofort ihre Aufgabe übernehmen.
Herr Huy unterstützte die Meinung des Abteilungsleiters Duc und notierte zufriedengestellt dessen Angaben. Seine Zustimmung, dass Tran Linh an der Dolmetscherprüfung teilnehmen konnte, bedeutete für ihn eine freundschaftliche Geste gegenüber Direktor Mao. Tran Linh erhielt die von Herrn Mao, Herrn Huy, Herrn Duc und Herrn Hoc unterzeichnete Mitteilung, dass er auf der Liste der Teilnehmer an der Dolmetscherprüfung stand, welche vom Arbeitsministerium bestätigt worden war. Alle sagten zu ihm:

– Jetzt liegt der Ball schon vor deinen Füßen, ob du ins Tor schießen kannst oder nicht, liegt bei dir.

Er „bedankte" sich bei jedem mit einem anderen Gesichtsausdruck und für jeden hatte er ein unaufdringliches und niveauvolles Geschenk. Er bat Herrn Hoc, seine Geschenke Herrn Huy und Herrn Duc zu überbringen. Und Herrn Mao brachte er persönlich ein Kilogramm Tee aus Thai Nguyen. Ein weiteres Mal lenkte er das Gespräch auf Chau Lien, um Herrn Mao gefühlsmäßig stärker an sich zu binden.

Gewieft und erfahren in Liebesdingen, wie er war, war ihm seit langem Herrn Maos besondere Zuneigung für Chau Lien, die Ehefrau von Dr. Lang, aufgefallen. Ungewöhnlich war, dass Frau Chau Lien diese Gefühle offensichtlich erwiderte, obwohl sie mit Dr. Lang einen hübschen Sohn hatte. Herrn Maos Beziehungen zu ihr blieben bei einer guten Bekanntschaft, und er behielt sie in seinem Gedächtnis wie ein Phantasiegebilde. Er fühlte sich wohl dabei, denn die Reinheit dieser seltsamen Liebe gab seinem Leben doch eine gewisse Poesie. Chau Lien wusste davon und versteckte diese Gefühle des Herrn Direktor in der tiefsten Ecke ihres Inneren. Sie hatte es verstanden, seine Sympathie für die Übersiedlung ihrer Familie nach Hanoi auszunutzen. Dass sie einen Arbeitsplatz im Bach Mai-Krankenhaus erhielt, war nur dank Herrn Maos Einflussnahme auf seine Freunde in Hanoi möglich. Sie wurde zu einem fachlichen Weiterbildungskurs in Hanoi delegiert, und das war der erste Schritt für ihre allmähliche Familienzusammenführung in Hanoi und für die Überwindung ihres Getrenntlebens. Dr. Lang wusste überhaupt nichts von Direktor Maos heimlicher Zuneigung für seine Frau. Er misstraute nur Tran Linh, denn er konnte sich des Eindrucks nicht erwehren, seine Frau erwähne manchmal etwas zu häufig diesen Französischlehrer beim Amt, der für seine Liebesaffären bekannt war.

Tran Linh hatte sehr wohl bemerkt, dass Chau Lien ihn nicht für einen Taugenichts hielt. Da er jedoch Dr. Lang sehr schätzte, war er bei seinen Kontakten zu Chau Lien äußerst vorsichtig, um bei dem Arzt keinen unheilvollen Verdacht zu erregen. Erst als seine Ehefrau im Bach Mai-Krankenhaus ihre Arbeit aufgenommen und der Weiterbildungskurs begonnen hatte, konnte Herr Dr. Lang aufatmen. Unter diesen Bedingungen rückte ihre Familiezusammenführung in der Hauptstadt näher, und seine Frau hätte seltener Gelegenheit, diesen

Französischlehrer zu sehen. Dieses Ereignis löste in Tran Linh nur Selbstmitleid aus, denn sein Einfluss war im Vergleich mit Chau Lien zu schwach und daher konnte er nicht in die Hauptstadt umziehen. Tran Linhs Verhalten und sein umfangreiches Wissen über das Gefühlsleben von Direktor Mao brachten eine ungewöhnliche Herzlichkeit in ihre Beziehungen. An den Tagen des Wartens auf die Prüfung konnte er fast frei über seine Zeit verfügen, sei es, um Deutsch zu lernen oder um dies und jenes zu erledigen. Er bat einen Kollegen, der sich „in sein Schicksal fügte", all seine Unterrichtsstunden für Französisch zu übernehmen. Bei den Gesprächen zwischen Herrn Mao und ihm, die sie aufgrund des guten Tees und der aromatischen Zigaretten in Hochstimmung brachten, kamen sie einmal sogar auf die Moral des Einzelnen und der Gesellschaft zu sprechen. Herr Mao fragte ihn:

– Kannst du mir die Frage beantworten, was dir die zwei Jahre der Erneuerung an Neuem gebracht haben?

Er gab zurück:

– Verehrter Onkel, das mit allen wirtschaftlich-gesellschaftlichen Aufgaben in der Zukunft anzustrebende Ziel wurde von einem Parlamentsabgeordneten der 8. Wahlperiode auf dem letzten V. Abgeordnetenkongress genannt, es besteht darin, unsere Gesellschaft dahin zu führen, dass die Menschen „gut essen und ruhig schlafen" können. Ich weiß nicht, wie es bei den anderen aussieht, aber ich persönlich kann noch nicht gut essen und ruhig schlafen.

Herr Mao sagte:

– Die guten Ernten in den letzten zwei Jahren und die neue Nahrungsmittelpolitik haben das Leben erleichtert. Die lange Zeit chaotische Situation, in der die Menschen sich anstellen und drängeln mussten, um Reis zu kaufen und die Reisverteilungsbücher umzutauschen, existiert nicht mehr. Es ist eindeutig besser geworden. Es gab Fortschritte. Warum musst du alles negieren, was hat das zu bedeuten?

Tran Linh antwortete:

– Onkel, in meinem Heimatdorf gibt es immer noch Unterernährung, die man höflich als „eine Mahlzeit überspringen" bezeichnet. In Wirklichkeit ist es aber eine Hungersnot. Das Traurige ist, dass der größte Teil der intellektuellen Schicht auch von der Hungersnot und der Unterernährung bedroht ist. Sie tut alles, nur um der Hungersnot zu entkommen. Es bleibt ihr kaum Zeit, sich ihrer Forschung, ihrem Schaffen und ihrem Studium zu widmen. Aus diesem Grund ist die Intelligenz nicht wach, sondern sie schläft sozusagen nur in diesem eingeengten Leben. Wie kann man bei einem solchen Leben der Intellektuellen von der Entwicklung der Gesellschaft sprechen!

Herr Mao fragte:

– Und warum ist deiner Meinung nach unser Land gegenwärtig immer noch zu arm, an wem liegt das?

Tran Linh antwortete:

– Verehrter Onkel, haben Sie schon von den folgenden Versen gehört?

Ah ha! Das Volk ist der Stamm
Auf das Volk gestützt, das ist schön und gut!
Wenn der Stamm weich ist, wird er mit dem Messer abgeschnitten
Wenn er aber hart ist, wird er mit einer Axt rücksichtslos zerhackt.

Und kennen Sie diesen Vers?

Die Geschichte ging ja rückwärts
Über 4000 Jahre und kein Zeichen der Besserung!

Herr Mao meinte:

– Sicherlich sind es Gedichte, die in den reaktionären Zeitungen im Ausland abgedruckt waren.

Tran Linh sagte:

– Verehrter Onkel, es ist die schwarze Lyrik. Der Autor bezeichnet sie als schwarze Lyrik, um sie von der roten Lyrik zu unterscheiden. Genau diese Verse wurden sogar in unseren Zeitungen im Süden und im Zentralgebiet gedruckt. Ich denke, es gab und gibt nach wie vor die Erscheinung, dass die Basis das Vertrauen in den Überbau verliert, und daher gibt es solche schwarze Lyrik. Also, warum unser Land immer noch zu arm ist, an wem das liegt? – Weil es uns an Intellektuellen fehlt. Insbesondere im Überbau. Deshalb ist unser Land einsam und in vielerlei Hinsicht rückständig geworden. Eigentlich hätte es nicht so sein müssen. Haben Sie dafür Verständnis, ich scheine auch zu der Sorte von Jugendlichen zu gehören, die Taugenichtse sind. Ich hege gar keine Ambition, mich zu engagieren. Ich sorge nur dafür, mich selbst und meine Familie zu retten. Ich bin ein Individualist, und daher halte ich mich bereit, an der Dolmetscherprüfung teilzunehmen, mit dem Ziel, in die DDR zu gehen und dadurch einige Mark zusätzlich zu verdienen und für meine Zukunft zu sorgen.

Herr Mao fragte weiter:
– Und was erhoffst du dir vom kommenden Jahr?
Er antwortete:
– Ich hoffe, dass ich im nächsten Jahr in der DDR leben kann.
Herr Mao lachte:
– Das ist klar. Ich wollte fragen, was du für unser Land im nächsten Jahr und in den Jahren darauf erhoffst?
Tran Linh grinste:
– Ich habe noch nicht so oft über derart gewichtige Dinge nachgedacht. Aber wenn Sie mich danach fragen, werde ich beherzt antworten. Ich kann nicht auf eine bessere Lage hoffen. Im Gegenteil, die Situation könnte sich sogar noch verschlechtern. Warum? Sie und ich, wir beide haben vorhin nur von der Hungersnot gesprochen, vom Essen. Und wie sieht es mit unseren Waren und unseren Finanzen aus? Ich habe die Zeitungen verfolgt und stelle fest: Unsere Waren konnten nicht abgesetzt werden; eine Reihe von Industriebetrieben und Genossenschaften der Kleinindustrie und des Handwerks befinden sich in Stagnation. Die Zahl der Arbeiter, darunter sogar hoch qualifizierte Facharbeiter, die ihre Arbeit verloren haben, hat sich in alarmierender Weise erhöht. Wie kann man in einer solchen Situation die Wirtschaft internationalisieren und die einheimischen Produkte entwickeln? Währenddessen konnten die Ungereimtheiten und Kinderkrankheiten bei der Verzollung der Waren noch nicht überwunden werden. Aus diesem Grunde habe ich nur einen Traum, im nächsten Jahr der Heimat zeitweilig fernzubleiben!
Herrn Mao dröhnte der Kopf, aber er blieb geduldig, denn er wollte die seelische Verfassung der Person kennen lernen, die er der Generation des Zweifels und des Aufwachens zuordnete. Er fragte weiter:
– Hast du „Wie der Stahl gehärtet wurde" gelesen? Und wer ist jetzt dein Pawel?
Er meinte:
– Verehrter Onkel, ehrlich gesagt, ist Pawel Kortschagin mit seiner Entschlossenheit und stählernen Lebenskraft für mich nur eine liebenswerte Figur. Er ist noch nie mein Idol gewesen. Wahrscheinlich habe ich kein Idol, ich bewundere nur. Die Person, die ich bewundere, ist ja eine Figur aus der französischen Literatur. Aber jetzt befindet sie sich nicht mehr auf diesem Platz. Jetzt bewundere ich nur mich selbst. Ich möchte mein Leben verändern. Ich möchte viel Geld verdienen, um

aus der Not und aus der Armut herauszukommen und durch meine Reisen viel dazuzulernen von der Welt. Das ist alles!

Herr Mao fragte weiter:

– Und gibt es deiner Meinung nach heutzutage zwischen der älteren und der jüngeren Generation in unserem Land einen Gegensatz?

– Verehrter Onkel, der Gegensatz zwischen Alt und Jung, zwischen der Generation der Väter und der der Kinder ähnlich wie zwischen Ihnen und mir war ein Problem aller Zeiten und wurde jeweils auf ganz unterschiedliche Art und Weise beseitigt und aufgelöst. In der heutigen Zeit wird der Generationskonflikt zum Beispiel hauptsächlich durch demokratischen Dialog und nicht durch eine patriarchalische Haltung oder Gewalt gelöst. Man spricht gegenwärtig von einer samtenen Revolution, die in Osteuropa in konsequenter Weise erfolgen wird. Speziell in Ostdeutschland. Glauben Sie daran?

Herr Mao hatte nicht mit solch einer Gegenfrage Tran Linhs gerechnet. Doch er sprach offen seine Gedanken aus:

– Ich denke ungefähr so: Alle Politiker in Europa sind Menschen, die über ein breites Wissen verfügen, hoch gebildet und kultiviert sind. Deshalb ist ihre Politik eine Art Politik mit hoher Kultur. Außerdem ist die Welt nicht mehr allzu groß verglichen mit der Anzahl an Nuklearwaffen, die von der Menschheit produziert worden sind. Aus diesem Grunde glaube ich daran, dass alle Widersprüche zwischen den Ideologien friedlicher und ruhiger gelöst werden können. Nimm nur das Treffen zwischen Gorbatschow und dem westdeutschen Bundeskanzler im Juni diesen Jahres; dann die Gipfeltreffen zwischen den Supermächten wie den USA, der Sowjetunion, China; oder die gegenwärtige Situation in Osteuropa. All das bestärkt mich in meinen Gedanken. Das Problem unseres Landes besteht nun darin, die Wirtschaft voranzubringen. Nur die Wirtschaft. Vor allem die Wirtschaft. Dein Traum ist es sicherlich, Millionär zu werden?

Tran Linh lachte:

– Sie haben ja eine offene Denkweise! Selbstverständlich würde ich gern ein reicher Mann werden. Wem gefällt es nicht, viel Geld zu haben. Die Zeiten sind vorbei, in denen reiche Menschen als schlechte Menschen, als Ausbeuter betrachtet wurden nicht wahr? Wenn man sich mit seinem Intellekt und aus eigener Kraft bereichern kann, ist das eine gute Sache. Je reicher, desto besser. Wenn ich nach Deutschland gehen kann, werde ich Sie niemals vergessen.

Herr Mao spürte, wie freimütig und ehrlich Tran Linh mit ihm gesprochen hatte, rückhaltlos und ohne Nörgelei. Offen gesagt, wenn ein Kultursicherheitsmann ihr Gespräch belauscht hätte, wäre es unangenehm für beide geworden. Aber wann würden für die fast 70 Millionen Einwohner Vietnams endlich die vier Wörter „Gut essen, ruhig schlafen" in Erfüllung gehen? Er und Tran Linh unterhielten sich über ein ernstes Problem. Dabei war Tran Linh sehr aufrichtig. Herr Mao schätzte seine Offenheit. Und für Tran Linh war es naheliegend, in solchen Momenten die Gelegenheit zu ergreifen, das wahre Wesen eines Nghe Aners zu offenbaren. Er meinte, er habe oftmals in einer unvorstellbaren Weise geschwindelt und Gerissenheit an den Tag gelegt. Schaute er auf seine Jugendjahre zurück, fand er, er sei ein völlig anderer Mensch und sich selbst fremd geworden. Tran Linh war zufrieden mit seinen Beziehungen zu Direktor Mao und verbesserte unermüdlich seine Beziehungen zu Direktor Huy. Über seinen Landsmann Hoc erfuhr Tran Linh ein interessantes Detail, wonach die kränkelnde Ehefrau von Herrn Huy oft Vitamin B6 benötigte, das auf dem Markt schwer zu bekommen war. Er fand Mittel und Wege, Vitamin B6 aus Bulgarien und der Tschechoslowakei zu besorgen. Daraufhin suchte er Herrn Huy direkt in dessen Privatwohnung auf und sagte:

– Herr Mao bat mich, Ihnen ein kleines Geschenk zu überbringen.

Herr Huy war überrascht und konnte es nicht ablehnen. Später gab Tran Linh Herrn Mao gegenüber zu, dass er vorgetäuscht hatte, in dessen Namen Herrn Huy ein Geschenk zu übergeben. Er sagte ganz offen zu Herrn Mao:

– Ich bitte Sie um Verständnis. Das war Ihnen gegenüber ein bisschen frech von mir, aber um die Beziehungen zu Herrn Huy zu festigen, brauche ich engeren Kontakt zu ihm. Was ich getan habe, wird Sie vielleicht ein wenig ärgern, aber aus Dankbarkeit zu Ihnen wird Herr Huy mir mehr Aufmerksamkeit schenken, wenn es darum geht, über meinen Auslandseinsatz zu entscheiden.

Angesichts dieser unverschämten Offenheit brachte Herr Mao nur einen Satz hervor:

– Hast du diese Schlauheit von den Franzosen oder von den Vietnamesen gelernt?

Tran Linh lachte, als ob nichts wäre, und sagte:

– Ich habe sie von den Hanoiern gelernt.

Obwohl Tran Linh großes Selbstvertrauen in seine Fremdsprachenbegabung hatte, wagte er nicht, zu subjektiv zu sein. Er musste bei der bevorstehenden Prüfung die absolut höchste Note bekommen im Vergleich zu den fünf anderen Teilnehmern, die ihr Studium in Deutschland absolviert hatten. Nur dadurch könnte ihm eine Chance mit dem geringsten Risiko eingeräumt werden. Er fürchtete ein wenig Hoang Thuc, den Mitarbeiter von Herrn Duc. Thuc war der Neffe von Vizebürgermeister Hoang Lam und würde ebenfalls an dieser Prüfung teilnehmen. Sollte dieser die Prüfung auch bestehen, würde man ihn mit Sicherheit bei der Vergabe der Dolmetscherstelle als ersten ins Ausland gehen lassen, und Tran Linh würde dasitzen, bis die Äpfel vom Baum fallen. Außerdem arbeitete Hoang Thucs ältere Schwester in der Planungsabteilung der Generaldirektion für Internationale Arbeitskooperation. Seine Bevorzugung würde ganz bestimmt ihm als Nghe Aner entgegenarbeiten. Deshalb entschloss sich Tran Linh, einmal nach Hanoi zu fahren, um sich nach der personellen Besetzung dieser Prüfung zu erkundigen. Nach nur zwei Tagen konnte er ziemlich genau die Familien- und Vornamen der Mitglieder der Prüfungskommission in Erfahrung bringen. Er suchte die Namen der wichtigsten Personen aus und organisierte geschickt unauffällige Begegnungen mit ihnen. Er tat so, als ob dies nichts mit der Dolmetscherprüfung zu tun hätte.
Nachdem er die Aufgabe erfüllt hatte, sein Schlachtfeld vorzubereiten, erinnerte er sich plötzlich daran, dass er einen Studienkameraden besuchen sollte. Dieser studierte damals an der Literaturfakultät der Universität in der Hauptstadt, als er in der Fakultät für Französisch an der Hochschule für Fremdsprachen in Hanoi war. Die zwei Hochschulen lagen direkt nebeneinander. Sein Freund war auch Dichter und stammte aus derselben Gegend wie er. Beide mochten Literatur und verkehrten oft in Trinkstuben, sodass zwischen ihnen die feierliche Herzlichkeit von Leuten herrschte, die sich auf Grund ihrer Talente und ihrer Intelligenz gegenseitig schätzten. Tran Linh bat den Freund, für ihn ein persönliches Horoskop aufzustellen. Bei dieser Gelegenheit könnte er vorbeikommen, ihn besuchen, mit ihm einen trinken. Er wollte hören, was dieser Freund über seine Zukunft voraussagen würde.

13

Als der Dichter Truong Huyen gerade die Ruhe im Büro nutzen wollte, um einen Stoß Manuskripte zu korrigieren, klopfte es an der Tür. Er war nicht überrascht, als Tran Linh noch so spät nach der Stunde des Schweins erschien. Tran Linhs Horoskop hatte er vor längerer Zeit aufgestellt. Er hatte es gelesen und genau studiert. Er wollte seinerseits mit Tran Linh zusammentreffen, um ihm ein paar Worte dazu zu sagen, hatte aber noch keine Gelegenheit gehabt. Nach einem festen und freundlichen Händedruck fragte Truong Huyen:

– Welcher Wind hat meinen Franzosen hierher geführt? Ça va?

Tran Linh zog sich einen Stuhl heran, nahm Platz und antwortete:

– Merci. Ça va bien!

Truong Huyen nahm die weiße, gesprungene Kanne und humpelte los zum Wasserhahn am Ende des Flurs, um Wasser zu holen. Tran Linh sah es und sagte:

– Du brauchst kein Wasser zu kochen, die Heizspirale deines Kochers sieht fürchterlich aus. Wir trinken Schnaps.

Als Tran Linh aus seiner Jackentasche eine viereckige Flasche Schnaps holte, schüttelte Truong Huyen den Kopf:

– Hast du den in dem Lokal direkt neben meinem Büro gekauft?

Tran Linh lachte:

– Woher weißt du das?

Truong Huyen suchte nach Bechern und meinte:

– Ich erkenne es sofort an der Flasche! Ich kaufe dort manchmal selbst und nehme die Flasche von dem Wirt auch gleich mit.

Tran Linh fragte:

– Ist das hier dein Arbeits- oder dein Schlafzimmer?

Truong Huyen antwortete darauf:

– Sowohl Arbeitsplatz als auch Wohnung. Tagsüber dient der Tisch als Schreibtisch, nachts ist er das Bett. Decken und Moskitonetz werden im Schrank verstaut.

Tran Linh goss ein und sagte langsam:

– Was ist denn das für ein Komitee für Gesellschaftswissenschaften, das seine Experten in so einer Unordnung wohnen lässt?

Truong Huyen wich dem Kommentar über seine Situation aus, er öffnete den Schrank und holte daraus freudig Tran Linhs Horoskop hervor:
– Ich werde bald ein kleines Zimmer im Wohnkomplex Thanh Xuan bekommen. Die Zeit wird bald vorüber sein, in der „die vier Tischbeine auch die vier Bettbeine sind".
– Dann bist du ja die Nummer eins. Glückwunsch! Und was ist nun mit eurer Zeitschrift „Soziologie", gibt es da neue Themen? Ist es einem Redakteur nicht möglich, einem Bekannten aus der Provinz eine Nummer zu schenken?
Truong Huyen meinte:
– Als Redakteur bekommt man nur zwei Exemplare, eines habe ich verschenkt und das andere muss ich für meine Unterlagen aufbewahren. Aber nun gut, ich schenke dir diese Nummer. Ein neues Gedicht von mir ist auch darin. Ich habe vergessen, es sind noch Erdnüsse da. Ich werde sie schnell rösten, dann haben wir was zu knabbern.
Tran Linh tat so, als blättere er die Zeitschrift „Soziologie", die er von Truong Huyen entgegengenommen hatte, sehr aufmerksam durch, dann fragte er:
– Nimmst du immer noch regelmäßig an dem Klub Junge Lyrik in Hanoi teil?
Truong Huyen rührte die Erdnüsse und sprach:
– Zurzeit nutzen die älteren Dichter regelmäßig den Raum im Kulturpalast der vietnamesisch-sowjetischen Freundschaft für ihre Gedichtlesungen. Wir haben keinen Ort mehr, um aktiv zu werden. Wir haben vor kurzem einen neuen Klub gegründet, er nennt sich Klub der Lyriker des Stadtviertels Thanh Xuan. Hierher kommen Freunde aus einer kleinen Ecke in Hanoi zusammen, die Gedichte schreiben und Gedichte mögen. Und wann kommst du für immer hierher?
Tran Linh sagte:
– Ich werde noch weiter weg gehen. Oh, du wagst es, über ein ziemlich kompliziertes Thema zu schreiben: „Einige Gedanken über das Chaos in der Presse und im Verlagswesen heute."
– Das ist eine Selbstverständlichkeit und ein gutes Zeichen für die Erneuerung. Du willst weiter weg, wohin denn?
Tran Linh sagte:
– Ich habe mich für die Dolmetscherprüfung für die Vertragsarbeiter in der DDR beworben, wie findest du das?

Truong Huyen rief:
– Wunderbar! Verdammt! Die Heizspirale ist durch.
Er stellte die Pfanne mit den angerösteten Erdnüssen beiseite und kommentierte weiter:
– Ach! Ich glaube, du kannst die deutsche Sprache sogar mühelos knabbern. Ja, ich finde keinen Weg, auszuwandern. Es ist fertig, verdammt, die Heizspiralen aus der Sowjetunion taugen jetzt auch nichts mehr.
Tran Linh drängte:
– Hör auf, angeröstet geht auch. Wenn ich dich an deinem Elektrokocher fummeln sehe, erblicke ich darin schon viele soziologische Probleme.
Truong Huyen meinte:
– Es ist gleich fertig. Die Erdnüsse müssen noch ein wenig ziehen, damit sie duften und knusprig sind. Dein Horoskop sieht gut aus. Man könnte dich in die vornehme Klasse einstufen.
Truong Huyen wusste, dass Tran Linh ungeduldig auf sein Horoskop wartete. Er setzte den Deckel auf die Pfanne mit den Erdnüssen und wollte gleich zum Thema Horoskop übergehen.
Tran Linh sagte:
– Immer mit der Ruhe! Trink zunächst ein oder zwei Becher, bevor du mir die Zukunft voraussagst. Im Alkohol liegt die Wahrheit. Bist du dabei, deinen Erstlingsgedichtband drucken zu lassen?
Truong Huyen klang traurig als er sagte:
– Er ist noch in Vorbereitung und steht im Verlag auf der Warteliste. Es ist noch ungewiss, wann er in den Druck kommt. Es gibt keine Subventionen mehr. und die Verlage haben Angst davor, Gedichte zu drucken, weil Gedichte niemals Gewinn bringen. Deshalb ist das Schicksal von Gedichten und Dichtern meist mit Tragödien verbunden.
Tran Linh sagte:
– Was denn für Tragödien? Es liegt nur an dir und an niemand anderem, nur du selbst machst es dir schwierig. Wenn ich einen Platz hätte wie du, dann bräuchte ich mich nur satt zu essen und lange zu schlafen, damit ich mich dann wieder um das Sattessen und Ruhigschlafen kümmern könnte. Aber jetzt kann ich mich noch nicht satt essen und lange schlafen. Die Dichter haben es meistens schwer, weil sie nach Ruhm streben. Ich habe neulich deine Liebesgedichte gele-

sen und finde, dass sie sehr gelungen sind. Neben „Über die hohlen Reiskörner“ finde ich dein Gedicht über irgendeine verpasste Bootsfahrt der Liebe sehr gut. Aber wenn ich es recht überlege, mache ich mir wieder etwas Sorgen, weil diejenigen, die sehr gute Liebesgedichte schreiben, doch meistens verwickelte und unvollendete Liebesgeschichten erleben. Ich weiß nicht, wie lange es noch dauert, bis du einmal heiratest. Stimmt es, dass du Ngoc Lien liebst?
Mit einem gutmütigen Lachen erwiderte Truong Huyen:
– Geheimnis!
Truong Huyen zählte nicht zu den gut aussehenden Männern, aber man konnte ihn auch nicht als schlecht aussehend bezeichnen, dachte Tran Linh. Truong Huyen war sechs Jahre älter als Tran Linh. Er war wohl 1955 geboren, doch er war optimistisch und glaubte, mit 35 sei man noch jung. Damals wurde er auf Grund seines leichten Gehfehlers in die Reihe der Leute eingestuft, die gesundheitlich nicht in der Lage waren, an einer Hochschule zu studieren, obwohl seine Prüfungsergebnisse mehr als gut waren. Erst nachdem Truong eine Zeit lang seine Fäden geknüpft hatte und als Bittsteller an alle möglichen Türen geklopft hatte, wurde er in die Fakultät für Literatur der Universität Hanoi aufgenommen. Er gehörte zu denjenigen, die einen unauffälligen Charme haben. Für sentimentale Mädchen und Frauen lag sein Reiz in dem kantigen, vom Leid gezeichneten Gesicht sowie den darin brennenden traurigen und geheimnisvollen Augen. Nach dem Abschluss seines Studiums konnte er eine Arbeitsstelle als Redakteur der Zeitschrift „Soziologie“ im Komitee für Gesellschaftswissenschaften Vietnams ergattern. Bereits in seiner Studentenzeit hatte er Gedichte geschrieben, die bei jungen Leuten auf Sympathie gestoßen waren, sowie kluge und humorvolle Feuilletons über das interessante Thema der Liebe. Jedes Jahr kamen hauptsächlich aus der Universität junge und talentierte Kader in die Forschungsinstitute für Gesellschaftswissenschaften, in die Verlage und die Presse.
Wäre Tran Linh auch Student an der Literaturfakultät der Universität gewesen, hätte ihn das Schicksal nicht nach Quang An verschlagen. Hätte er jedoch dasselbe wie dieser Lyriker Truong Huyen erreicht, dann wäre sein Weg nach Paris noch sehr weit, denn dieser lief auch nur um den defekten Elektrokocher, um den Tisch herum, der sowohl zum Schreiben als auch zum Schlafen diente, und kümmerte sich tagtäglich um Nudeln, Reis und Krabbensoße.

Die Erdnüsse waren knusprig und dufteten. Der Schnaps wurde randvoll eingeschenkt. Tran Linh sagte:
– Jetzt kannst du mein Horoskop aufschlagen. Lass uns mal anstoßen und auf unsere Gesundheit trinken.
Truong Huyen hob das Glas und sagte enthusiastisch:
– Die Franzosen sagen oft: „Wo ein Wille ist, ist auch ein Weg." Das wünsche ich dir.
Tran Linh erwiderte:
– Was kann man dir jetzt wünschen? Gut! Ich wünsche dir, dass dein Erstlingsgedichtband so schnell wie möglich erscheinen wird.
Truong Huyen fing mit nachdenklicher Miene an zu trinken. Er hatte lange, schwarze Augenbrauen, die über die äußeren Augenwinkel hinausragten. Die Kinnpartie beherrschte sein ganzes Gesicht mit einer eckigen Linie. Normalerweise schenkte Tran Linh einem Horoskop keinen großen Glauben, jedoch vor dieser lebenswichtigen Prüfung brannte er auf einmal darauf, Truong Huyens Wahrsagung und Voraussage zu hören. Immerhin investierte Truong große Bemühungen in die Astrologie und gewann dadurch beachtliches Ansehen bei manchen Anhängern. Vergeblich versuchte Tran Linh sich zurückzuhalten, gleich nach dem ersten Glas bat er Truong Huyen:
– Sag mir jetzt kurz und bündig etwas über meine Zukunft und meine Vergangenheit, bitte!
Truong Huyen schlug Tran Linhs Horoskopblatt auf, sah aber nicht hinein, sondern Tran Linh direkt ins Gesicht:
– Du bist geboren am 12. Mai im Jahr des Büffels, das heißt 1961. Der Geburtsmonat war der Monat des Pferdes, die Geburtsstunde war die Stunde des Tigers. Ist das richtig?
– Richtig, alles richtig!
– Dein Element ist die Erde. Die Jade der Erde. Dein männliches Yin gehört zum Element Wasser.
Tran Linh wurde ungeduldig:
– Sprich direkt über meine Karriere, meinen Reichtum, die Liebe. Ich verstehe sowieso nichts von deinen Fachbegriffen, du brauchst nicht ins Detail zu gehen.
Daraufhin sagte der Lyriker Truong Huyen:
– Du darfst mich nicht unterbrechen. Ich muss das Ganze systematisch darlegen. Weiter: Als erstes erkläre ich das Haus deiner „Persönlichkeit". Die Sonne befindet sich im Feld des Drachen. Dazu

kommen noch Tuan und Triet. Wenn die zwei Sterne Tuan und Triet auftauchen, bedeutet das eine außergewöhnliche Härte in der Kindheit. Gleichzeitig erscheinen diese beiden Sterne auch in deinem Haus „Eltern". Unsere Ahnen sagten: Wenn Tuan und Triet im Haus „Eltern" erscheinen, wird man erst ruhmreich werden, wenn man ins Ausland geht. Bei dir trifft das auch zu, wenn du ins Ausland gehen wirst, dann wird es sehr gut sein, ja, wirklich gut, ansonsten führt es zu nichts. Tja, dein Haus „Persönlichkeit" sieht sehr gut aus. Wenn sich das Haus „Persönlichkeit" im Feld des Drachen, des Hundes befindet, kann man nicht von Geiz reden. Wenn die Sonne das Feld des Drachen beeinflusst, dann wird man auch ruhmreich sein. Die Sonne befindet sich bei dir an einer günstigen Stelle und wird von den Sternen Kinh, Da, Luc und Ky in den Häusern „Umfeld" und „Arbeit" unterstützt, aus diesem Grunde wirst du reich sein. Dein Haus „Finanzen" liegt direkt an den Sternen Thien tuong und Tham lang, dazu kommt die Unterstützung des Sterns Cu mon. Das bedeutet, dass du dein Ziel mit bloßen Händen erreichen wirst. Dein Horoskop besagt, du kannst nur im Ausland etwas Vernünftiges erreichen. Lass mich mal das Umfeld deines Sternenhauses anschauen. Ja! Der Mond befindet sich im Feld des Hundes, dazu kommen noch die Sterne Thien duc, Phuc duc und Thai. Auch wenn die Sterne Qua tu, Quan phu, Kinh, Duong scheinen würden, bräuchtest du dir keine Sorgen zu machen. Im Umfeld deines Hauses treffen sowohl Yin als auch Yang aufeinander, und das ist ein gutes Zeichen. Das trifft bei dir nicht nur zu, wenn du im Ausland bist, sondern es bedeutet, du wirst guten Menschen begegnen, sobald du aus dem Haus gehst. Wenn du aber außer Landes bist, kannst du sicher sein, guten Menschen zu begegnen. Die Sache ist nur die, du gerätst auf deinem abenteuerlichen Lebensweg in sehr viele Liebesaffären, die dir Unheil bringen. Zum Glück hast du viel Improvisationstalent dank der Sterne Co und Luong, die bei dir in das Haus leuchten, sodass dein Unglück im Wesentlichen verringert werden kann. Okay. Du bist kein gewöhnlicher Typ, sondern wenn es darauf ankommt, sogar sehr heimtückisch. Egal was passiert, du kannst nicht geizig sein. Nur noch einen Satz, dann muss ich aufhören, weil ich keine Kraft mehr habe. Dein Haus „Liebe" sieht gut aus. Du treibst dich mit so vielen Frauen herum, und doch wirst du letzten Endes ein glückliches und gutes Eheleben führen können. Die kleineren Streitigkeiten können dein Familienglück nicht zerstören, weil du es geschickt steuern kannst, sogar die Beziehung zu deiner Ehefrau. In deinem Haus „Liebe" liegen die beiden Sterne Thien dong und Thien luong, deshalb kannst du hinsichtlich der Ehefrau und der Kinder beruhigt sein. Unsere Ahnen sagten: Die Schönheit sitzt im Stern Luong – die Gutmütigkeit durch den Stern Thien dong macht einem das Leben leicht. Man weiß nicht, ob deine Frau schön oder weniger schön ist, aber es steht fest, dass sie eine gutmütige Frau ist. Schluss!

Tran Linh dröhnten die Ohren durch die Fachbegriffe des östlichen Horoskops. Er war überrascht, weil vieles sehr zutreffend zu sein schien, was der Lyriker Truong Huyen aus seinem Horoskop gelesen hatte. Zweifelnd fragte er:

– Kannst du genau und konkret sagen, in welchem Alter ich reich sein, eine Frau heiraten werde und meine Karriere erfolgreich sein wird?

– Nur wenn du es ernst nimmst, dann werde ich die Wahrheit sagen. Aber wenn du es nur zum Spaß hören willst, dann ist es für mich auch nur ein Spiel.

Tran Linh erwiderte:

– Ich nehme es ernst.

Truong Huyen schaute noch einmal in Tran Linhs Horoskop und sagte:

– Du strebst nicht nach großen Errungenschaften. Aber wenn du 36, 37 Jahre alt bist, wirst du ein machtvoller und reicher Mensch sein, der ein eigenes Haus besitzt. Im Jahr 1992 wirst du heiraten und zwar im Ausland.

Tran Linh sah in Truong Huyens tiefschwarze, geheimnisvolle Augen und fragte:

– Werde ich in diesem Jahr ins Ausland gehen können?

Truong Huyen blickte ihn scharf an, dann schaute er noch einmal in das Horoskop und schloss:

– Dies ist mein letzter Satz: In diesem Jahr wirst du ins Ausland gehen können, aber es kostet dich ziemlich viel Geld und du musst dich vor einem Unfall in Acht nehmen. Falls ein kleines Unglück kommen sollte, musst du klar denken, ansonsten könnte es nicht klappen mit deinem Reisepass und der Ausreise!

Tran Linh dachte im Stillen: „Es ist zweideutig, was er gesagt hat; aber er tendierte zu der Feststellung, dass ich ins Ausland gehen kann." Es war an der Zeit, das Thema zu wechseln, damit sich der Gastgeber etwas entspannte, hatte er doch nicht wenig Zeit des Lyrikers Truong in Anspruch genommen. In weiterhin höflichem und ernstem Ton sagte er:

– Ich danke dir für deine intellektuellen Fähigkeiten. Deine Voraussage hat mir zumindest neue Kraft gegeben. In diesem Kampf habe ich manchmal das Gefühl, entkräftet zu sein. Ich bin sehr überrascht, wie weit du in die Astrologie eindringen konntest. Es ist selten, jemanden zu finden, der so jung ist wie du und diese okkulte Lehre so sicher beherrscht.

Truong Huyen unterbrach Tran Linh:

– Es ist nichts Besonderes dabei. Die Intellektuellen in Hanoi stürzen sich nun wie verrückt auf Horoskope. Ich habe auch erst damit angefangen. Es ist eine Art Wissenschaft, die nur hinter verschlossenen Türen kursiert und über die man nur hinter vorgehaltener Hand sprechen darf. Wenn die Vorgesetzten davon erfahren, gibt es Ärger. Es würde einem sofort vorgeworfen, man sei abergläubisch, ein Idealist, man hätte kein Vertrauen zu der herrschenden Ideologie, die ausländischen Ursprungs ist, dem Marxismus–Leninismus. Du kennst doch Nguyen Linh? Er war auch an der Literaturfakultät der Universität. Er ist in diesem Bereich auch sehr bewandert. Er ist sogar jünger als ich. Dieser kleine Mann arbeitet zurzeit im Institut für marxistisch–leninistische Ästhetik bei Herrn Do Dep. Er ist besser als ich, auch hinsichtlich der Liebe. Wie man hört, beherrscht er sogar irgend so eine Art des Wahrsagens, die darin besteht, mit den Fingern nach den „Sechs Prinzipien" zu zählen und anhand derer man günstige und ungünstige Tage und Stunden für die Seeleute der Firma Vosco vorausberechnen kann. Do Dep wird daher von den Seeleuten sehr geschätzt.

Tran Linh sagte:

– Ich kenne Nguyen Linh nur durch das Gedicht „Es gibt ein Paar Rehaugen", das er bei der Einweihung des „Klubs der jungen Lyriker Hanois" im Kulturpalast der vietnamesisch-sowjetischen Freundschaft vorgetragen hat. Welche Gedichte hast du an diesem Abend vorgetragen? Waren es nicht „Das Fährboot" und „Über die hohlen Reiskörner"? Truong Huyen schien zufrieden zu sein, als Tran Linh auf das Thema Lyrik zu sprechen kam. Er schenkte Tran Linh ein Lob, das mehr nach einer Horoskopvoraussage klang:

– Du wirst auf jeden Fall im Ausland ruhmreich sein, weil sich bei dir Sonne und Mond an einem günstigen Platz befinden; sie treffen noch auf Van Xuong und Van Khuc, und deshalb werden sie dir im Ausland sicherlich Ruhm und Reichtum gewähren. Aber ich frage dich ehrlich: Willst du auf die französische Sprache verzichten? Wenn du von der deutschen Sprache zu sehr begeistert bist, nur um die Mark zu verdienen, dann ist das ein großer Verlust.

Tran Linh bewunderte insgeheim Truong Huyens Einschätzung und erwiderte:

– Dir habe ich nichts zu verbergen, Berlin und die DDR sind für mich nur eine Zwischenstation. Mein Traum war von Anfang an Paris, der Flughafen Orly. Der Flughafen Orly und nicht Charles de Gaulles, verstehst du? Ich möchte in die DDR gehen, um mich dann von da aus nach Paris durchzuschlagen und später von Paris aus nach Hanoi zurückzukommen.

Truong Huyen trank einen großen Schluck Schnaps, streckte seine Hände aus, legte sie auf die Brust und sagte:

– Nicht schlecht! Dein Fahrplan ist durchdacht und der eines gebildeten Menschen. Ich bin voll und ganz dafür. Wenn aufgrund deiner Französischkenntnisse Paris nicht dein Traumziel ist, dann ist alles umsonst. Hast du diesen Artikel „Rückblick auf den Hintergrund des Kulturaustausches" von Dr. Dang Viet gelesen? Du brauchst nur auf den Schluss des Artikels zu achten.

Tran Linh zeigte sich nicht weniger informiert als ein Hauptstädter:

– Ich kenne diesen Mann, er hat in Deutschland Sprachwissenschaft studiert. Er ist der Sohn von Song Hong und Dang Xuan Khu und gegenwärtig stellvertretender Direktor der Schule der Literaturschaffenden „Nguyen Du", nicht wahr?

Truong Huyen sagte:

– Das stimmt. Meiner Meinung nach solltest du den Schluss des Artikels lesen.

Tran Linh nahm Truong Huong die Zeitung „Volksarmee" aus der Hand und wollte den kurzen Schluss des Artikels suchen. Truong Huyen zeigte auf den Artikel:

– Hier! Lies mal ab hier.

Tran Linh las nach Truong Huyens Anweisung: „In ihrer gesamten historischen Entwicklung wurde die vietnamesische Kultur nach der chinesischen Kultur von der französischen Kultur am nachhaltigsten beeinflusst. Der Einfluss der französischen Revolution auf die Geschichte Vietnams in der Neuzeit und in der Gegenwart war groß und tiefgreifend. Jedoch war er kompliziert und verlief nicht gradlinig. Nachdem die Vietnamesen im 20. Jahrhundert bedeutende Wandlungen erlebt haben, werden sie irgendwann ihre Ruhe finden, um die Schönheit, den hohen Wert, die Präzision und die Feinfühligkeit der traditionellen Kulturen Vietnams, Chinas und der fernöstlichen Kultur im Allgemeinen erneut zu bejahen, Kulturen, die den Willen, die Vernunft und die menschlichen Emotionen auf höchster Ebene und wohltuend in sich vereinen, die Beziehung zwischen Raum und Zeit angemessen und geschickt behandeln. Neben der passiven Seite des Konfuzianismus werden wir auch seine aktive Seite finden…"

„Wir müssen uns darüber klar werden, dass die Zivilisation der Mechanik, der Computer, der Roboter und der hohe Lebensstandard allein nicht die vollständige Rettung für die Menschen sein können. In den Ländern Westeuropas und Nordamerikas sind die Wirtschaft, Wissenschaft und Technik sehr hoch entwickelt, doch auch die Rate der Selbstmorde und Scheidungen ist sehr hoch. Die Einsamkeit der alten Menschen in den entwickelten Industriestaaten ist eine beängstigende Krankheit geworden. Die Lehrpläne der Schulen nach westlicher Art haben neben ihren Vorzügen durchaus auch Mängel…"

„Die älteren Generationen der Vietnamesen haben aus historisch notwendigen Gründen einen neunjährigen Befreiungskampf gegen den französischen Kolonialismus geführt. Viele von ihnen können sehr gut Französisch, sie lieben die französische Literatur und Kultur. Sie hatten genug Zeit, um die französische Sprache und Kultur mit den Sprachen und Kulturen der anderen Länder Europas und der Welt zu vergleichen. Bei denjenigen Generationen der Franzosen, die den von der damaligen Regierung geführten Indochina-Krieg miterlebt haben, war der größte Teil der französischen Bevölkerung für den gerechten Kampf des vietnamesischen Volkes und gegen den schmutzigen Aggressionskrieg, währenddessen hatten viele der französischen Politiker einen Schock durch den Dien Bien-Donnerschlag von Phu erlitten. Jetzt ist der Zeitpunkt gekommen, an dem diese Wunde durch die Zeit geheilt worden ist."

„In beiden Ländern sind aus denjenigen, die während des französisch-vietnamesischen Krieges noch Kinder waren, nun Erwachsene geworden, und diese neue Generation nimmt an allen Aktivitäten des gesellschaftlichen Lebens teil. Die bilateralen vietnamesisch-französischen Beziehungen sollen sich entwickeln und auf vielen Gebieten verstärkt werden, insbesondere unter den jetzigen günstigen internationalen Bedingungen, die eine Zukunft versprechen, in der die Asien-Pazifik Region eine Schlüsselrolle in den wirtschaftlichen und Handelsbeziehungen der ganzen Welt in den nächsten Jahrzehnten spielen wird. Diese Beziehungen müssen auf die jungen Generationen der beiden Länder – auf die Entscheidungsträger der Zukunft – ausgerichtet werden."

Tran Linh meinte dazu:

– Ein Rückblick auf den Hintergrund des Kulturaustausches als Ausblick auf eine Situation, eine Perspektive des notwendigen Kulturaustausches. Gut. In diesem Artikel wurde ein Problem angesprochen, über das ich auch ziemlich gründlich nachgedacht habe, nämlich: das Schicksal der gut Französisch sprechenden Leute in den kommenden Jahrzehnten; diese werden nicht arbeitslos, wenn sich die vietnamesisch-französischen Beziehungen im Laufe der Zeit wieder harmonisch gestalten.

Truong Huyen sagte:

– Du und ich, wir beide waren während des französisch-vietnamesischen Krieges noch nicht geboren. Du kannst Französisch, daher ist dein Traum von Orly ein sehr schöner Traum. Und später wird man von den vietnamesisch-amerikanischen Beziehungen und vom Kulturaustausch der beiden Länder sprechen und diese unterstützen. Die USA betreiben weiterhin die Politik des Embargos gegenüber Vietnam. Der Artikel von Dang Viet scheint auch noch nahezulegen, dass der Zeitpunkt für die Vietnamesen gekommen wäre, die Beziehungen und den offenen Umgang mit der Außenwelt, mit Nordamerika und Westeuropa zu pflegen. Und die Vietnamesen sind bereit, sich an diesem Austausch zu beteiligen.

Tran Linh sagte:

– Möglicherweise hältst du mich für einen Pessimisten, aber ich glaube, wir Vietnamesen besitzen noch nicht in ausreichendem Maße die Kraft und die intellektuellen Fähigkeiten, uns an diesem Austausch zu beteiligen.

Truong Huyen erwiderte:

– Du irrst dich. Die Vietnamesen sind sich stets über ihre reale Lage

im Klaren, obwohl man unter der Laterne seine eigenen Füße nicht sehen kann. Sie sind stets aufgeschlossen, nehmen Neues leicht und gern auf. Im Nachahmen sind sie extrem gut und schnell. Sie sind besonders in der Lage, die Theorien der Gesellschafts- sowie der Naturwissenschaften flexibel anzuwenden und diese weiterzuentwickeln. Du brauchst nur dich genau anzusehen. Du und ich, wir stammen beide aus der Gegend von Nghe An, aber wir haben uns ziemlich schnell und geschickt an das Hanoier Leben angepasst. Ich bin davon überzeugt, dass Menschen wie du im Ausland auch äußerst flexibel sein werden. Nachdem Le Luu zusammen mit dem Schriftsteller Nguy Ngu an einem Literaturseminar in den USA über das Thema Krieg, welches von einem amerikanischen Verein der Kriegsveteranen organisiert wurde, teilgenommen hatte, zog er den folgenden Vergleich. Er sagte sinngemäß:
„Nach Jahren des heftigen und erbitterten Kampfes wollten sich Vietnam und die USA versöhnen. Aber keiner der beiden Hausherren wollte als Erster seine Stimme senken und Versöhnungswillen zeigen. Zu viel Blut war vergossen worden, das Kriegsfeuer war zu heftig gewesen. Aus diesem Grunde scheuchte der eine Hausherr Hund und Katze aus seinem Haus zum Nachbarn, um so einen Vorwand zu haben, den Kontakt aufzunehmen und das Gespräch zu beginnen, indem er sich nach Hund und Katze erkundigte und dabei weitere Probleme ansprach. Dass man Herrn Nguy Ngu und mich zu diesem Literaturseminar in die USA reisen ließ, ist auch nichts anderes, als Hund und Katze zum Nachbarn zu scheuchen. Es war nichts Besonderes dabei!"
Le Luus Vergleich war wirklich witzig, bitter und zeigte, dass er sich über den wahren Hintergrund seiner Auslandsreise durchaus im Klaren war. Natürlich vertrat er diese Meinung in einem Gespräch, in dem er seine Bescheidenheit demonstrieren wollte nach einer Reise, die die Öffentlichkeit im In- und Ausland erregt hatte. Damit wollte ich dir eins sagen: Es ist sehr wertvoll, sich über seine reale Lage im Klaren zu sein, egal wie verhängnisvoll sie sein mag. Ist man sich seiner eigenen dramatischen Situation voll bewusst, so steckt darin bereits ein Funke Optimismus.
Tran Linh fügte hinzu:
– Es gibt aber noch einen Charakterzug, der für die Vietnamesen oft katastrophale Auswirkungen hat und den du noch nicht angespro-

chen hast, das ist die Leichtgläubigkeit, die aus der sensualistischen Lebensweise herrührt: Wenn man einander liebt, wird die Arekanuss nur in drei Stücke geteilt; wenn man einander hasst, wird sie in zehn Stücke geteilt. Verstehst du? Du bist Lyriker und daher sicherlich romantischer und zuversichtlicher als ich. Ich glaube, dass die Vietnamesen heutzutage mehr oder weniger nur die Fähigkeit besitzen, als Arbeitnehmer für andere zu arbeiten. Selbst die Fähigkeit, sich seiner realen Lage richtig bewusst zu sein, hat auch nicht jeder Vietnamese! Viele leiden noch immer geradezu an Delirium und sind so arrogant, dass sie katastrophal für sich selbst und die Gesellschaft sind.

Truong Huyen lachte:

– Hör auf! Ich bitte dich. Kümmere dich weiter um dich selbst und entlaste dadurch die Gemeinschaft.

Auf einmal fiel Tran Linh ein, dass er das Gespräch nicht mehr in die Länge ziehen sollte; er sagte:

– Ich habe nicht die Zeit für das Studium soziologischer Probleme wie du. Deshalb habe ich nur meine Meinung zu den Problemen geäußert, die ich selbst aus eigenem Erleben kenne. Verzeih mir.

Truong Huyen sagte:

– Mach dir lieber Gedanken darüber, was ich zu deinem Horoskop gesagt habe. Falls wir uns in fünf oder sieben Jahren wiedersehen und sich all das als wahr herausstellt, werden wir am Ufer des Westsees ein Glas zusammen trinken. Jetzt brauchen wir nicht mehr viele Worte darüber zu verlieren. Was du dir sehnlichst wünschst, wirst du mit Sicherheit erreichen. Das hat mir dein Horoskop gezeigt. Es wird ganz sicher in Erfüllung gehen.

Mit diesen Worten verabschiedete sich Truong Huyen von Tran Linh vor dem Eingang des Komitees für Gesellschaftswissenschaften Vietnams.

Nachdem Tran Linh sich bei Truong Huyen bedankt hatte und er gegangen war, erinnerte er sich plötzlich an ein Mädchen in Hanoi. Sie war sein kleiner Glücksstern in der Zeit gewesen, in der er als Absolvent auf einen Arbeitplatz gewartet hatte. Die Ausweglosigkeit seiner sehr freien und romantischen Beziehungen zu ihr war ein harter Schlag für ihn und auch der Grund dafür, warum er schließlich mit gesenktem Kopf, resigniert mit der Zunge schnalzend eingewilligt hatte, nach Quang An zu gehen.

Es stimmte, was Truong Huyen über ihn gesagt hatte: Er „gerät auf seinem abenteuerlichen Lebensweg in sehr viele Liebesaffären, die ihm Unheil bringen." Doch jetzt war sie verheiratet. Ihr Mann war nicht derjenige, der die zwei Rowdys engagiert hatte, um diesem Nghe Aner nachzuspionieren und ihm eine Lektion zu erteilen, sondern es war der Liebhaber, den sie hatte, bevor Tran Linh sie dazu gebracht hatte, ihn zu mögen und sich ihm freudig hinzugeben. Offensichtlich liebte sie diesen Mann auch, während sie mit Tran Linh geschlafen hatte. Wenn er sie jetzt wiederträfe, wäre es für ihn deprimierend und beschämend, sie um Hilfe zu bitten. Wenn er später in der Lage wäre, ihr seine Dankbarkeit zu erweisen, würde er sie auf jeden Fall wieder aufsuchen.

Ihr frisches und klares Bild tauchte wieder in seiner Erinnerung auf. Damals war sie im märchenhaften Alter von 16 oder 17 Jahren. Ihr Name war Kim Giang. Kurz vor dem Abschluss der 12. Klasse war sie in einen Kraftfahrer verliebt. Dieser war viel vermögender als Tran Linh. Es gab auch keine Erklärung dafür, warum sie sich bereits bei ihrer ersten Begegnung auf dem Flohmarkt in Tran Linh verliebte.

Dieser Lyriker Truong Huyen war im Grunde ziemlich clever. Wie es aussah, nahmen sich die Mitarbeiter des Komitees für Gesellschaftswissenschaften Vietnams neben dem Studium des Marxismus-Leninismus die Zeit, die Menschen durch Astrologie zu erforschen. Der Marxismus-Leninismus vermochte ja nur ganz allgemein über das Schicksal dieser oder jener Klassen Voraussagen zu treffen und war nicht in der Lage, das Schicksal einzelner Menschen vorauszusagen. Im Grunde genommen war es widersprüchlich. Obwohl Tran Linh zu der jungen Generation der Sozialistischen Republik Vietnam gehörte, orientierte er sich nur auf Frankreich, um vorwärts zu kommen. Er träumte nicht von der Sowjetunion, selbst Ostdeutschland war für ihn noch nichts Besonderes. Somit waren er selbst und seine Träume ein trügerisches Überbleibsel der Geschichte. Er stammte aus Nghe An, aber träumte nur davon und strebte danach, wie ein Franzose zu sein. Und wann würde der Zeitpunkt kommen, an dem er träumte, wie ein Amerikaner zu sein? Er spürte die Notwendigkeit, sich anzustrengen. Ganz gleich, ob er im sozialistischen oder kapitalistischen System lebte, ohne sich anzustrengen, würde er untergehen. Warum gibt es in demselben Land Vietnam Leute, die im Überfluss leben, und gleichzeitig Leute, die unter Hunger leiden oder gezwungen sind, das ganze Leben lang von der Hand in den

Mund zu leben? Ob jemand namenlos bleibt oder berühmt wird, hängt von seinen Fähigkeiten ab. Natürlich gibt es Gesellschaftssysteme, die anderen in bestimmter Hinsicht überlegen sind; sie üben jeweils unterschiedlichen Einfluss aus auf die Herausbildung der Fähigkeit, in hohem Maße seine menschlichen Energien und seinen Charakter zu entwickeln. Wesentlich dabei ist, wie dynamisch das persönliche Talent, die persönlichen Fähigkeiten sind. Bahnen sie sich gerade so ihren Weg, schlängeln sie sich durch oder dehnen sie sich explosionsartig aus und erstrahlen im Glanz der bewundernden Anerkennung der anderen. In einer Gesellschaftsordnung, die ein menschlicheres Umfeld schafft, wird der Einzelne auch stärker von seinen menschlichen Eigenschaften geprägt. Ist das Umfeld weniger menschlich, ist es kein Wunder, dass dann auch die menschlichen Eigenschaften des Einzelnen Schaden nehmen und verloren gehen. Tran Linh musste für eine bestimmte Zeit aus dieser Gegend herauskommen. Er glaubte, man könne dem Gesetz der Kausalität oder der Lehre vom Gegensatz zwischen Talent und Schicksal nicht entgehen, ganz gleich, ob man in der kapitalistischen oder sozialistischen Welt lebte. Als er noch Schüler der Literaturschule Phan Boi Chau war, saß er des Öfteren vor dem folgenden Aufsatzthema: „Präsident Ho Chi Minh sagte: Ohne den sozialistischen Menschen würde es keinen Sozialismus geben. – Kommentieren Sie diese Meinung."
Damals war dieses Aufsatzthema für ihn nicht allzu schwer. Aber jetzt würde er aufgeben müssen, wenn er einen Aufsatz dazu schreiben müsste. Er nahm sich selbst unter die Lupe und stellte fest, er erfüllte die Kriterien des so genannten „neuen sozialistischen Menschen" nicht im Geringsten. Es wäre viel zu gefährlich, seine Gedanken weiter in diese Richtung gehen zu lassen. In diesem Moment kümmerte er sich bloß um sein eigenes Schicksal. Im Grunde genommen war er überhaupt nicht edel. In der Liebe war er hemmungslos. Seine Liebschaften waren lediglich Eroberungen. Höchster Genuss. Undiszipliniertheit. Zielloses Vergnügen. Befreiung des sexuellen Druckes. All das vermischte sich in den Liebesbeziehungen, die er erlebt hatte. Er liebte manchmal nur wegen eines Schlafplatzes, einer Mahlzeit, etwas Wärme gegen die kalte Einsamkeit. Seine Liebe war eine Mischung all dieser psychischen Nuancen. Und nur, weil er nicht nach Hanoi kommen konnte, beabsichtigte er, legal als Vertragsarbeiter auszuwandern. Er wünschte noch dazu, in einer Position aus-

wandern zu können, in der er andere führte und anleitete. Welchem Menschentyp könnte er zugeordnet werden? Mit Sicherheit gehörte er nicht zum neuen sozialistischen Menschen!
Nun gut. Wozu denn so viel nachdenken? Seine Bemühungen gingen zunächst dahin, ein menschenwürdiges Leben zu führen. Und als welcher Typ von Mensch, darum würde er sich später kümmern. Das Gesetz der Konkurrenz um die Existenz galt immer noch tagtäglich, stündlich in dieser Ellbogengesellschaft, in der große Fische kleine Fische verschlingen. Jetzt hieß es erst einmal, sich in die Konkurrenz hinsichtlich der deutschen Sprache hineinstürzen. Wen würde er verschlingen? Wer würde den Reisepass für die Ausreise erobern? Er oder ein anderer?

14

Schon seit Jahresbeginn sprachen diejenigen, die im Amt für Internationale Arbeitskooperation und in angrenzenden Institutionen mit dem Schicksal der zukünftigen Vertragsarbeiter in der DDR zu tun hatten, immer wieder vom letzten Flug für Vietnamesen dorthin. Die Einwohner von Quang An waren jedoch vom ersten bis zum dritten Quartal des Jahres 1989 noch immer Zeuge „zahlreicher letzter Flüge" nach Ostdeutschland. Erst viel später wurde klar, dass solche aufregenden Nachrichten bewusst ausgestreut worden waren, um so durch die Hintertür über die Ausreisewilligen nach Europa eine lukrative Einnahmequelle zu garantieren. Der Französischlehrer Tran Linh war einer derjenigen in Quang An, die begriffen, wer hinter diesen Nachrichten stand, nämlich genau die Leute, die zuständig für die Arbeitsaufenthalte dieser Arbeiter, Gruppenleiter und Dolmetscher in Ostdeutschland waren.
Er versetzte viele Leute im Amt für Arbeit, Kriegsversehrte und Soziales sowie im Gesundheitsamt in Erstaunen. Unter den sechs Teilnehmern an der Dolmetscherprüfung in Hanoi hatte er als einziger bestanden – alle Fächer mit ausgezeichneter Benotung: Sprechen, verstehendes Hören, Übersetzen in die Fremdsprache und aus der Fremdsprache. Die fünf anderen, die bereits in Ostdeutschland eine Berufs- oder Hochschulausbildung absolviert hatten, waren durchgefallen. Diese Nachricht war auch zu Thuy Nga gelangt. Sie hatte ihn mit Liebesstürmen belohnt an geheimen Orten, die sie in Hai An selbst arrangieren konnte. Direktor Mao wunderte sich etwas weniger als Direktor Huy. Der Abteilungsleiter Duc wunderte sich etwas mehr als Herr und Frau Hoc, seine Landsleute. Mit einem Mal wandelte sich die anfänglich allgemeine Wertschätzung von Herrn Huy und Herrn Duc Tran Linh gegenüber in die Gewissheit, dieser sei jemand, der Achtung verdiene und Hilfe benötige. Ihm zu helfen hieß, einem Talent Vietnams die Möglichkeit zu geben, sich im Bruderland zu entfalten. Tran Linh überredete Herrn Mao dazu, Herrn Huy anzurufen und ihm zu danken. Herr Mao erfüllte ihm sofort seinen Wunsch. Tran Linh blieb nachdenklich, besorgt und lachte

nicht freudestrahlend, wie allgemein erwartet worden wäre. Er ging sich persönlich bei Direktor Huy und dem Abteilungsleiter Duc bedanken, diskret und taktvoll. Herr und Frau Hoc fühlten sich in ihrer Meinung bestätigt, denn sie hatten ihn von Anfang an für ein Genie gehalten. Das Einzige, was Tran Linh beunruhigte, war, dass Hoang Thuc, Angestellter der Organisationsabteilung des Amtes für Arbeit, Kriegsversehrte und Soziales, durchgefallen war. Dies ließ ihn wirklich nachdenklich werden. So würde Hoang Thuc sehr verbittert sein – er, dessen Onkel der stellvertretende Provinzvorsitzende war und dessen ältere Schwester in der Planungsabteilung des Amtes für Internationale Zusammenarbeit beschäftigt war. Hoang Thuc war die rechte Hand des Abteilungsleiters Duc. Sicherlich hatte dieser mit ihm von Anfang an bei der Auswahl der Leute, die als Vertragsarbeiter fahren sollten, gemeinsame Sache gemacht, beide hatten sich geeinigt und das Bestechungsgeld der Leute geteilt. Hoang Thuc würde Tran Linh natürlich von jetzt an hassen. Es wäre ein Leichtes für Hoang Thuc, seinen Auslandseinsatz absichtlich zu sabotieren, wenn er nicht die wirksame Unterstützung von Herrn Duc und Direktor Huy hätte. Er musste also freundschaftlichen Kontakt zu Hoang Thuc halten und durfte weder seine Vertrautheit mit Herrn Duc noch die mit Herrn Huy ans Tageslicht dringen lassen. Tran Linh bat Hoc, stets alles, was Hoang Thuc tat, zu beobachten. Das Prüfungsergebnis war somit ein heldenhafter Kampf gewesen, doch er durfte nicht subjektiv werden. Bis zu dem Moment, in dem er das Flugzeug besteigen konnte, gab es noch viele komplizierte Dinge zu lösen. Er musste Geld sparen und Kräfte sammeln. Bis zu seinem Flug würde er nicht mehr in sein Heimatdorf fahren, um an Ort und Stelle die Situation zu verfolgen. Nur so konnte er rechtzeitig reagieren. Erst kurz vor seinem Ziel würde er den Eltern in einem Brief die freudige Nachricht mitteilen. Er musste die Liebesabenteuer aufgeben, damit er Zeit hatte, sich über die DDR zu informieren.

Eine Woche, nachdem er den Beschluss des Arbeitsministeriums über seine Auswahl als Dolmetscher für die deutsche Sprache mitgeteilt bekommen hatte, erhielt Tran Linh ein Aufforderungsschreiben, im Amt für internationale Zusammenarbeit an einer politischen Schulung teilzunehmen. Mehr als 10 Tage lang fehlte er bei keiner Lehrveranstaltung in Hanoi. Es wurde das Bruderland DDR mit seinen ökonomischen und sozialen Errungenschaften vorgestellt. Die bekannten Städte. Die Gewohnheiten und das Lebensniveau der DDR-Bürger zu dieser Zeit. Dann wurde über die Aufgaben und die Verpflichtungen der Gruppenleiter und Dolmetscher einer Arbeitsgruppe gesprochen. Über die Beziehungen zwischen der Gruppenleitung und der Abteilung für Arbeitskräfteverwaltung, zwischen der Gruppenleitung und unserer Botschaft im befreundeten Land. Tran Linh hatte also die ganzen zehn Tage über das Gefühl, er werde bald in ein Land fahren, über das die Kader des Amtes für Arbeitskooperation ganz optimistisch feststellten: „Kurz gesagt, dort ist das Paradies, Genossen, Ihr müsst euch über eure Ehre und Verantwortung im Klaren sein, wenn ihr beauftragt werdet, im Paradies des Sozialismus zu arbeiten!"

Zehn Tage lang gab sich Tran Linh, als sauge er jedes Wort der Dozenten regelrecht in sich auf. Bei seinem Anblick dachten alle, er sei schon mehrmals im Ausland gewesen. Schuhe, Socken, Hemd, Hose, Uhr, Füllhalter, sein Auftreten, seine Handlungen, seine Stimme und sein Gesichtsausdruck – mit all dem bemühte er sich, eleganter, schicker, wichtiger als die anderen zu wirken. Abends ging er allein am Schwertsee spazieren. Manchmal wollte er eine seiner verflossenen Liebschaften besuchen. Doch gleich darauf wurden diese Wünsche sofort verworfen. Er war sich ziemlich sicher, erst wenn er offiziell die Benachrichtigung über den Abflugtag in Händen hielte, würde er sie aufsuchen und sich von ihnen verabschieden.

In den Tagen der Schulung in der Generaldirektion für Internationale Arbeitskooperation reifte in seinem Kopf ein neuer diplomatischer Plan. Diesmal würde er höchstpersönlich den Ort wählen, die Organisation und Einladung übernehmen. Er hatte einen Bekannten im Tourismusunternehmen von Quang An. Dieser war hoch erfreut, als Tran Linh von seinem Vorhaben sprach, einen Empfang für Vorgesetzte zu geben, und zählte sogleich all die Spezialitäten auf, die seine Angestellten herbeizaubern könnten. Sein Bekannter bewunderte sehr sein Talent für Fremdsprachen, um nicht zu sagen, er himmelte ihn an. Daher wurde das Festessen von ihm persönlich vorbereitet und geleitet nach dem von Tran Linh zusammengestellten Menü.

Es war mehr als erfreulich. Die Dolmetscherprüfung für Deutsch war bestanden. Die politische Schulung in der Generaldirektion für Arbeitskooperation absolviert. So würde er schon im Oktober den Reisepass beantragen, sobald das Arbeitsministerium eine Dolmetscherstelle für Quang An bereitstellte. Es wäre gut, könnte er sofort fahren. So wäre dies ein Abschiedsempfang. Und sollte unglücklicherweise etwas dazwischen kommen, dann wäre dies unter Umständen eine Gelegenheit, die Vertrautheit zu Direktor Huy, dem Abteilungsleiter Duc und zu Direktor Mao zu festigen. Sollte dies eintreten, würden seine „Chefs" sich dafür einsetzen, ihm die Schwierigkeiten aus dem Weg zu räumen. Er vergaß auch nicht, Herrn und Frau Hoc einzuladen. Frau Hoc lehnte ab und blieb zu Hause, denn sie befürchtete, dort nur unter Männern zu sein, die miteinander Alkohol tranken.

Letztendlich war der Abend ein voller Erfolg. Nicht nur wegen des am Spieß gebratenen Vogelfleisches, des gekochten Hühnerfleisches, der Froschspezialitäten und des japanischen Dosenbiers, sondern auch durch die vollzählige Anwesenheit von Herrn Mao, Herrn Huy, Herrn Duc und Hoc. Die Reise des Lehrers Tran Linh in die DDR war so gut wie sicher. Alle lobten die Ausdauer beim Lernen und die Intelligenz des Mannes aus Nghe An. Nguyen Gia, Tran Linhs Bekannter, hatte die Gelegenheit, Werbung für sein Tourismusunternehmen zu machen. „Dies ist auch eine Gelegenheit, um mit den beiden ziemlich wichtigen Chefs Kontakt aufzunehmen, deshalb musst du den Augenblick nutzen, um die für die Zukunft notwendigen Beziehungen auszuweiten." Nguyen Gia war sehr zufrieden mit Tran Linhs Empfehlung. Deshalb zeigte er sich beim Trinkgelage großzügig und liebenswürdig. Tran Linh war zufrieden, weil er wusste, Nguyen Gia würde ihm begeistert Ehre erweisen. Enthusiastisch sprach dieser über seine Ideen, wie man den Tourismus in Quang An zu einer bedeutenden Devisenquelle machen könnte. Außer dem Meer gab es malerische Berge. Warum nicht Pferdekutschen einsetzen, damit die Touristen die Sehenswürdigkeiten auf angenehme Art genießen konnten? Manchmal brachten Autos nicht so viel Vergnügen wie Pferdekutschen. In Schwung gekommen sprang er auf ein politisches Thema über. Er meinte:

– Haben die werten Vorgesetzten denn diesen Zeitungsartikel schon gelesen?

Bevor irgendjemand etwas sagen konnte, griff er zu einer Zeitung und bat um die Erlaubnis, die Vorgesetzten beim Alkoholgenuss zu unterhalten, indem er einen Artikel mit dem Titel „Soll sich der Imperialismus heraushalten?" vorlas. Herr Mao nickte:

– Interessant, lies mal vor!
Herr Huy sagte:
– In der weltpolitischen Lage gibt es momentan zahlreiche Probleme!
Unter Tran Linhs verstohlen anfeuerndem Blick las Nguyen Gia:
– Es stellt sich eine große Frage: „Ist die allseitige und bisher ernsteste Krise in den sozialistischen Ländern lediglich auf innere Ursachen zurückzuführen?" Nach der Darstellung und Analyse des gigantischen westlichen Propaganda- und Nachrichtenapparates und der offiziellen Gäste aus der „freien Welt" war der Zusammenbruch in den kommunistischen Staaten Osteuropas völlig auf länderspezifische innere Ursachen zurückzuführen sowie die „Schwäche und Überholtheit des sozialistischen Systems im Allgemeinen". Und ebenfalls nach dieser Darstellung seien die westlichen Länder „völlig objektiv und uneigennützig" gegenüber den Umwälzungen in Osteuropa. (Hier übersprang Nguyen Gia einen Absatz und fuhr fort.) „Wie sieht die Wahrheit aus? Es wäre ungerechtfertigt, würde man nicht aufzeigen, dass die gegenwärtige allseitige und schwere Krise in vielen sozialistischen Ländern in erster Linie inneren Ursachen entspringt. Die zu lange Aufrechterhaltung der Bürokratie und des Subventionssystems ließ gefährliche Krankheiten im Leitungsapparat von Partei und Regierung entstehen, wie Despotismus und Dogmatismus, Privilegien und Begünstigungen, Stagnation und Konservatismus … Dieser Zustand führte zur Ansammlung einer Vielzahl von zuerst nichtantagonistischen, später antagonistischen Widersprüchen im Innern der sozialistischen Länder, untergrub die Stärke und das Ansehen der Kommunistischen Partei gegenüber den Volksmassen, sodass der Sozialismus seine Überlegenheit nicht zum Ausdruck bringen konnte."
Nguyen Gia hielt inne, nahm einen Schluck Bier für die Stimme.
Herr Huy erkundigte sich:
– Welche Zeitung ist denn das?
Nguyen Gia sagte:
– Das Blatt Volksarmee, Onkel!
Er las weiter:
– „Als sie diese Gefahr erkannten, führten viele sozialistische Länder erfolgreich einen Reform- und Umgestaltungsprozess durch. Doch die Realität zeigte, dass einige Länder in diesem Prozess nicht die

adäquaten Schritte unternehmen konnten und somit ‚ein Machtvakuum' schufen. Antisozialistische Kräfte erhoben den Kopf, standen auf, sammelten ihre Kräfte wie eine Schattenarmee, zogen mit aller Kraft die Volksmassen an sich mit demagogischen Parolen, paralysierten den Machtapparat und machten die wichtigen Instrumente der Diktatur des Proletariats unwirksam! Durch die Abschaffung der führenden Rolle der Kommunistischen Partei, die Veränderung der politischen, sozialen und ökonomischen Struktur nach kapitalistischem Vorbild übertrieben einige sozialistische Länder den Reform- und Umgestaltungsprozess mit dem Ziel, die Macht des Sozialismus zu stärken, wie sie es zu Anfang proklamiert hatten. Doch spielen die USA und die anderen westlichen Länder lediglich die Rolle des ‚kalten Beobachters' angesichts der enormen politisch-sozialen Umwälzungen in den sozialistischen Ländern? Dies ist keineswegs der Fall!"

Nguyen Gia war in der Lage, das heitere Trinkgelage mit der angespannten weltpolitischen Atmosphäre zu ernüchtern. Tran Linh suchte unverzüglich nach einem Mittel, ihn zurückzuhalten:

– Gestatten Sie, meine Vorgesetzten, dies bedeutet, der Autor dieses Artikels wird uns gleich beweisen, dass die USA und die anderen westlichen Länder sich eingemischt haben, die politisch-sozialen Umwälzungen in den sozialistischen Ländern unterstützt haben, dies nach wie vor tun und weiter tun werden! Das beweisen zu wollen ist meiner Ansicht nach völlig überflüssig, denn es ist offenkundig. Während festgestellt wurde, dass wir, das sozialistische Lager, zusammenbrachen, unterminiert wurden, zerfallen auf Grund innerer Ursachen, besteht das Hauptproblem darin, Mittel und Wege zu finden, diese inneren Krankheiten zu kurieren und nicht Dinge auszuposaunen, die jeder schon weiß. Wozu noch sich darüber ereifern? Haben Kapitalismus und Sozialismus in den letzten Jahrzehnten jemals aufgegeben, sich gegenseitig zu vernichten? Der Imperialismus bleibt nie unbeteiligt. Deshalb wird die These dieses Artikels letztendlich eine These sein, die auf nichts hinausläuft, wie eine sich im Kreis drehende Papierlaterne mit Figuren darin. Ja! Liebe Gäste! Wir sind dabei zusammenzubrechen, zu zerfallen – von innen heraus. Durch innere Ursachen. Aber nicht nur deshalb, denn es gibt Leute, die uns schaden und uns in den Dreck ziehen wollen. Denen gegenüber müssen wir äußerst wachsam sein.

Tran Linh zog behutsam Nguyen Gia die Tageszeitung aus der Hand und las sogleich den Abschluss:

- „Wie der 8. Parteitag des ZK der Partei aufgezeigt hat, ist der Imperialismus gegenwärtig dabei, konsequent die Schwierigkeiten der sozialistischen Länder auszunutzen, um seine Einmischung und subversive Tätigkeit zu verstärken, um die sozialistischen Länder zu vernichten. Wachsamkeit gegenüber dem Imperialismus, Aufdeckung seiner Komplotte und Methoden, die Ruhe bewahren, aktiv und effektiv der Sabotage aller Gegner begegnen ist unsere Verantwortung und Pflicht bei der Erneuerung zur Fortführung der Revolution."

Herr Huy sagte:

- So ein Abschluss entspricht dem Geist der Zeitung Volksarmee, das ist doch klar.

Nguyen Gia begriff Tran Linhs Absicht, dieses Thema zu beenden, doch ihm tat es um einige dokumentarische Zeitungszitate leid. So sagte er:

- Mir gefallen ein paar Materialien im Artikel, was allerdings das Argumentationsmuster anbelangt, ist es wirklich nichts Besonderes, gib mal her.

Und Nguyen Gia nahm Tran Linh die Zeitung aus der Hand und sagte:

- Werte Chefs! Es gibt hier ein recht interessantes Detail. Die imperialistischen und reaktionären Kräfte haben die äußerst gefährliche Strategie entworfen, das sozialistische System von innen zu stürzen durch Methoden der friedlichen Umwandlung, die wir mit aller Kraft in den letzten Jahren durchgeführt haben. Im Dezember 1988 gab der ehemalige Präsident der Vereinigten Staaten, Richard Nixon das Buch heraus: „1999 – Sieg ohne Krieg", ein Buch, über das er, wie er sagte, 40 Jahre lang nachgedacht und geschrieben habe. Darin legte er öffentlich das Komplott der USA gegenüber der Sowjetunion dar. Er schrieb: „Wir befinden uns in einem Krieg, der ‚Frieden' heißt. Das ist eine Auseinandersetzung, die nie enden wird und sich über Generationen hinweg fortsetzen wird."

Nguyen Gia hielt inne und sagte:

- Das Problem besteht darin, Sie, die Chefs, in die Lage zu versetzen, sich dieses Buch zu besorgen, um es zu lesen und uns zu lesen zu geben, das wäre fabelhaft! Wir, die Jüngeren, spüren einen bedauernswerten Informationsmangel. Eigentlich müsste solch ein Buch weit verbreitet werden. Ansonsten weiß ich nicht, wie man die gegenwärtige Welt begreifen soll!

Tran Linh verstand, dass Nguyen Gia nun auch das Thema wechseln wollte. Er lachte:

– Du gehörst doch nur zum Fußvolk. Manche Bücher können nur Fachleute oder mittlere und hohe Kader lesen. Wieso verlangst du, dass Typen wie du und ich, so etwas zu lesen bekommen? Den ganzen Tag nur das Geldverdienen im Sinn, jeder Dong wird sofort wieder ausgegeben – da muss ich nicht unbedingt Bücher über das Jahr 1999 lesen. Was für uns beide zählt, ist, wie es uns 1999 gehen wird. Das können wir doch selbst herausfinden, ohne unbedingt das Buch von Nixon lesen zu müssen. Nur das ist unser beider dringendes politisches Problem. Heute sitzen wir zwei hier mit Onkel Mao, Onkel Huy, Onkel Duc und Hoc und trinken ein Glas zusammen, das ist doch schon eine Freude. Unser Land ist in der Erneuerung, vieles wird umgestellt. Der Generalsekretär Nguyen Van Linh rief uns auf, uns selbst zu retten, bevor wir den Himmel zu Hilfe rufen. Um die Sowjetunion soll sich Gorbatschow kümmern. Stimmt doch, oder? Dabei wird Gorbatschow auch Probleme zu lösen haben, die die Weltlage berühren. Was uns angeht, wir sollten auf unseren seit viertausend Jahren mageren Brustkorb herabschauen. Gebt zu, wir müssen erst einmal an das eigene Überleben denken!

So schwafelte Tran Linh ein wenig daher, damit alle den Eindruck gewannen, er sei etwas betrunken, denn er wollte die Runde vom weltpolitischen Thema abbringen. Er war der Ansicht, vor den Älteren sollte man sich nur auf kleinere, angenehme Sujets wie Kultur, Bräuche, Emotionen, Psychologie, Moral einlassen und so eine angenehme Atmosphäre schaffen. Wenn man aufs Geratewohl Debatten über den Kapitalismus, Sozialismus, über die Dekadenz der Moral, über den inneren Verfall der sozialistischen Länder anregte, so konnte man nicht auf ein Bewusstsein der Mittäterschaft hoffen. Immerhin waren Herr Mao, Herr Huy, Herr Duc allesamt langjährige Parteimitglieder. Hörten sie Leute, die ihre Enkel sein könnten, über Dinge reden, die ins Auge sprangen, waren sie psychisch angespannt und es verging ihnen die Freude. Herr Mao schmunzelte nur, als er Tran Linh reden hörte. Herr Huy war etwas rot im Gesicht, sodass man schon genau in seine Augen schauen musste, um seine Anspannung zu erkennen. Abteilungsleiter Duc war von allen am schweigsamsten. Ab und zu wechselte er mit Hoc ganz kurz ein paar Worte über Preise von Motorrädern und über Viehzucht. Am Empfang nahmen nur sechs Leute teil, doch vom ersten Trinkspruch an musste niemand aufstehen. Denn Nguyen Gia hatte zwei Hotelangestellte als Hostessen engagiert. Eine servierte die warmen Gerichte, die andere brachte die Getränke und Beilagen wie Salat, frische Peperoni. Eigentlich machte sich Tran Linh übermäßig Sorgen. Für Herrn Mao waren er und Nguyen Gia keine Unbekannten. Und Herr Huy, Herr Duc und Hoc? Obwohl jeder von ihnen eine andere Position innehatte, nahm jeder von sich an, er sei es, der Tran Linh uneigennützig geholfen hatte und ihm weiterhelfen würde, damit sein Flug nach Deutschland ungehindert vonstatten ging. So fühlten sie sich wohl und ungezwungen bei dem fröhlichen Gelage. Schließlich brachte es ihnen ausreichend Nährstoffe, um sich für ein zwei Tage wohl zu fühlen. In den anderen Fällen würden Herr Huy und Herr Duc niemals ein solches Essen akzeptieren. Vor allem hatten die Bewerber, die gerade dabei waren, ihre Gesundheitsunterlagen zusammenzustellen, einen neuen Reisepass zu beantragen, um sich schließlich am Flughafen Noi Bai zu treffen, diskretere, nicht so offensichtliche Beziehungen zu ihnen. Die Dankbarkeit der gewöhnlichen Beteiligten war aufrichtiger, äußerte sich in größeren Geschenken. Herr Huy und Herr Duc waren sich darüber einig, dass der Lehrer Tran Linh ein Sonderfall war, der selbstlos unterstützt werden sollte. Denn solch ein begabter Dolmetscher wie er würde mindestens 30 bis 40 zukünftigen Vertragsarbeitern im Freundesland von Nutzen sein. Sie hatten auch von Gruppen gehört, deren Arbeiter nur wegen Dolmetschern, die der Sprache unkundig waren, Nachteile beim Lohn hinnehmen mussten. Das ging so weit, dass Medikamente, die nach Anweisung des Arztes nur zum Einreiben bestimmt waren, irrtümlich eingenommen wurden. Was Hoang Thuc anging, den Angestellten in der Organisationsabteilung des Amtes für Arbeit, der zusammen mit Tran Linh an der Dolmetscherprüfung teilgenommen, diese aber nicht bestanden hatte, so war Herr Duc der Meinung, dies sei gerecht. Er würde Hoang Thuc als gewöhnlichen Arbeiter in die DDR fahren lassen. In Wirklichkeit wollte dieser auch nichts anderes.

Und schließlich fand das Festessen mit Spezialitäten anlässlich Tran

Linhs bestandener Dolmetscherprüfung für Deutsch einen schönen Abschluss in Form von Dankesworten, festem Händeschütteln und freundschaftlichem Schulterklopfen. Niemand hatte zu tief ins Glas geschaut oder zu viele Worte verloren. Nachdem alle Gäste gegangen waren, bat Tran Linh Nguyen Gia um die genaue Abrechnung: alles in allem eine Kleinunze Gold! Nguyen Gia war damit einverstanden, dass Tran Linh ihm die 220.000 Dong für eine Woche schuldig blieb, denn er hatte genug Geld, die Summe vorzuschießen.

15

Tran Linhs Fahrt nach Hai An endete erst in der Abenddämmerung. Da er Thuy Nga nicht angetroffen hatte, überlegte er, wie er zu Geld kommen könnte, um Nguyen Gia gegenüber das Wörtchen „Vertrauen" zu beweisen, doch ihm fiel kein Dreh ein. Himmel und Erde hatten ihm so gut wie keine Gelegenheit geboten, Geld zu beschaffen. Er war gerade dabei, nach einer Nudelküche Ausschau zu halten, denn sein hohler Magen, der von Hai An bis Hon Gai nichts gesehen hatte, musste beruhigt werden, da sprach ihn unvermittelt ein Kerl in einem ausgewaschenen Jeansanzug an:
– Ach! Bist du es, Tran Linh?
Er war für einen Augenblick verdutzt.
Der andere sprach weiter:
– Nanu! So vergesslich? Versuch dich mal zu erinnern! Komm! Gehen wir in diese Trinkstube und heben einen zusammen! Das ist ein Ding! Die Welt ist wirklich klein.
Plötzlich erinnerte er sich: Ach! Dieser Son. Doch seine regungslose Miene beibehaltend, sagte er sehr höflich:
– Entschuldigung! Gib mir ein paar Minuten! Mein Gedächtnis lässt mich im Stich.
Der andere nahm seinen Zeigefinger, mit dem er sich gerade an die Schläfe tippte, um seinem Gedächtnis auf die Sprünge zu helfen, und sagte leutselig, als sie beide vor der Nudelküche standen:
– Gehen wir hinein! Wir werden uns gleich aneinander erinnern.
Tran Linh tat so, als überlege er sehr angestrengt, und er fand, diese unerwartete Begegnung signalisiere keine Rache. Dieser Typ schien wirklich freundschaftliche Absichten zu haben. Er blickte den anderen sehr ernst an und sagte dann kopfschüttelnd:
– Entschuldigung! Ich gebe es auf. Ich kann mich nicht an dich erinnern.
Das war eine Lüge, und im Stillen dachte er: Soll der Kerl doch wissen, dass er nichts an sich hat, was eine Erinnerung wert ist, wie er noch glaubt. Damals wollte er mich mit einem Metallhammer fertig machen.

Der andere senkte den Fayencebecher sacht bis vor sein Gesicht und lachte:

– Erinnerst du dich noch an Kim Giang? Die Giang vom Mo-Markt? Wenn dir Kim Giang noch in Erinnerung ist, wirst du dich sofort an mich erinnern.

Tran Linh schauspielerte wieder:

– Hm!… Ach, dann bist du Son! Verzeihung, jetzt erinnere ich mich.

Son lachte arglos und gutmütig:

– Wie ist es? Hat es dich bis hierher verschlagen? Wieso bist du denn von diesem Eldorado weggegangen?

Tran Linh antwortete mit traurig klingender Stimme:

– So sehr man sich auch dagegen sträubt, seinem Schicksal kann man nicht entgehen. Und wie steht es mit dir? Musstest du nach jenem Zwischenfall noch einmal auf jemand anderen mit dem Hammer losgehen?

Son zog eine Hero-Zigarette heraus, zündete sie sich an, er qualmte vor sich hin und sagte bedächtig:

– Vergiss bitte diese Geschichte mit dem Hammer. Danach konnten Kim Giang und ich doch nicht heiraten. Gewalt ist kein hilfreiches Mittel, um Liebe unter Kontrolle zu halten. Ich verstehe die Frauen nicht. Es ist wirklich schrecklich. Kim Giang liebte mich und war trotzdem gleichzeitig von dir hingerissen. Verdammt, wie kann man das aushalten!

Tran Linh schauspielerte erneut:

– Wenn sie nicht dich geheiratet hat, wen denn dann?

Son verwundert:

– Warum weißt du denn gar nicht über Kim Giang Bescheid?

Tran Linh lachte:

– Wieso denkst du denn, ich müsste genau über Kim Giangs Schicksal Bescheid wissen? Du musst dich daran erinnern, dass ich schon fast sechs Jahre in dieser Gegend bin!

Son meinte:

– Trinken wir! Die warmen Hühnerinnereien kann man genießen, nicht? Unsere Kim Giang hat inzwischen wohl schon zwei Knirpse. Ihr Mann ist reich. Kurze Zeit nach ihrer Heirat eröffneten beide eine große Erfrischungsbar neben dieser Eisdiele „Vier Jahreszeiten“ am Schwertsee. Wenn du die Gelegenheit hast, geh dort mal vorbei und besuche sie!

Tran Linh tat begeistert:
– Ach, ja? Aber wieso hast du sie den anderen Kerl heiraten lassen? Du bist doch auch reich?
Son lachte:
– So sehr man sich auch dagegen sträubt, seinem Schicksal kann man nicht entgehen, weißt du? Ich war dir unterlegen, und dann unterlag ich gleich noch diesem Kerl! Jetzt bin ich auch schon verheiratet. Mein Großer ist mittlerweile schon dreieinhalb Jahre alt.
Tran Linh betrachtete Son und lachte ein wenig:
– Ich finde dich sehr verändert im Vergleich zu früher! Viel tiefgründiger, erfahrener und vernünftiger als an dem Tag, an dem du mit dem Hammer auf mich losgehen wolltest.
Son sagte:
– Na, ja. Ist doch klar, im Leben eines Mannes muss es eine Zeit geben, in der ihn Frauen verrückt machen. Aber man kann nicht ewig leichtsinnig sein. Jetzt fahre ich noch immer für die Lebensmittelfirma. Und mache regelmäßig meine Nebengeschäfte. Gibt es einen Tag, an dem ich den Staat nicht ein bisschen beklauen kann, lässt es mir keine Ruhe. Deine Geschäfte scheinen auch stets gut zu laufen, stimmt's? Bist gut im Futter, ca. 65 kg, oder? Du unterrichtest hier eine europäische Sprache, nicht wahr? Damals warst du sehr talentiert. Du warst mir mit deiner Klappe überlegen. Und dein Kopf war voll mit Wissen über Literatur, so hast du der Kleinen den Kopf verdreht, und ich erschien fade dagegen. Letztendlich bist du doch ein Schürzenjäger und sehr gerissen. Ich habe oft darüber nachgedacht und mich selbst gefragt, warum ich an jenem Tag den Hammer habe sinken lassen, obwohl ich mir noch zehn Minuten davor wie der Donnergott meines Schicksals vorkam. Meine jüngeren Brüder hatten mir gesagt: „Bestimmt schläft heute Nachmittag dieser umherirrende Student, der auf Arbeit wartet, mit deiner Giang bei ihr zu Hause." Natürlich war die Kleine erst meine Geliebte, der ich noch nicht einmal einen Heiratsantrag gemacht hatte. Wenn ich dir also den Kopf eingeschlagen hätte, wäre ich leicht eingebuchtet worden. Aber ich liebte sie zu sehr. In jenem Moment hast du mich auch geschickt hinters Licht geführt. Und sie, in Tränen aufgelöst, ergriff meine Hand und erklärte alles. Ich erinnere mich noch an unseren Wortwechsel an jenem Tag, nachdem die Kleine die Tür geöffnet hatte und du imposant am Tisch saßt mit einem Glas voll erkaltetem Tee.

Tran Linh sagte:
– Mir war nur noch bewusst, dass das für uns eine etwas traurige und schwer zu vergessende Erinnerung ist.
Während Son sich in seiner Erinnerung verlor, versunken in der Idylle des Alkohols, dachte Tran Linh wiederum im Stillen: Ein Glück für mich, dass du an die Tür geklopft hast, als wir beide schon „fertig“ waren, gesättigt und befriedigt, und unsere Kleidung wieder in Ordnung gebracht hatten… Du glaubst, ich erinnere mich nicht? Meine Erwiderung war extrem geschickt. Ihr wart damals drei Kerle mit drei Hämmern. Und ich stand da mit bloßen Händen und meiner Zunge. Ich selbst habe ihr ein Zeichen gemacht, die Tür zu öffnen, denn schließlich war sie die Hausherrin…
Kim Giang in jenem Moment:
– Oh, ihr seid es, Son, Hoan und Ban. Was führt euch hierher?
Son:
– Der Freund dort ist Tran Linh, nicht wahr?
Kim Giang:
– Das ist mein Gast. Außerdem ist er mein Lehrer.
Son:
–Ach ja, außerdem dein Lehrer? Wie steht es, Herr Lehrer? Wenn du diesem Hammer standhalten kannst, dann sag es! Hoan, schließ die Tür wieder ab. Ich bin Son. Man nennt mich auch den verrückten Son. Sie ist meine Geliebte, und ich bin ihr Geliebter. Du bist ein Störenfried. Verdammt! So geht's nicht! Heute bin ich in dem Moment gekommen, in dem du beschäftigt warst. So, jetzt beschäftige ich mich mit dir!
Kim Giang:
– Son! Du bist doch lächerlich! Hast du dir das ausgedacht oder wer hat dich dazu angestiftet? Das ist mein Gast. Ich brauche ihn, damit er mich anleitet für einen Literaturaufsatz, verstehst du? Wenn du mich auch anleiten könntest, bräuchte ich ihn nicht darum zu bitten. Steck sofort den Hammer weg!
Son:
– Halt den Mund! Dich habe ich nicht gefragt. Setz dich hin und sei still. Wie sieht es aus? Kannst du diese paar Hämmer aushalten?
Tran Linh:
– Immer mit der Ruhe! Sicherlich kann ich nur genau so viele Hämmer aushalten wie du. Wir sind alle nur Menschen. Die Hausherrin

ist Fräulein Giang. Alles, was mich betrifft, hat Fräulein Giang schon gesagt. Es ist schade, dass ich dich erst jetzt kennenlerne. Also du bist der verrückte Son, der Geliebte von Giang. Fräulein Giang hat mir von dir erzählt. Du bist wirklich jemand, der sehr viel mehr Glück und Chancen hat als ich. Auch ich bin ein Mann. Auch ich liebe die Frauen. Und ich verhehle es dir nicht, jemand wie dein Fräulein Giang gefällt nicht nur dir allein. Aber vom Gefallen zur Liebe zu gelangen und sich näher zu kommen ist wahrlich kein kurzer Weg. Ich beneide dich ganz und gar. Warum willst du nicht verstehen, dass du Glück hast? Dein Eifersuchtsanfall und dein schrecklicher Hammer werden nichts weiter bewirken, als das, was an Gefühlen noch intakt und klar ist, kaputt zu machen. Und wenn du unsere Bekanntschaft mit einer Schlägerei beginnen willst, dann solltest du meiner Ansicht nach den Gentleman spielen und einer gegen einen kämpfen. Und wir sollten uns vor allem nicht hier bearbeiten. Dies ist Fräulein Giangs Haus. Sie hat noch eine Mutter, die die große Hausherrin hier ist. Sie kommt bald zurück, das Ganze ist wirklich sehr unpassend.
Son:
– Verfluchter H…sohn! Du bist doch kein Gentleman, wie kannst du verlangen, dass meine Truppe den Gentleman spielt!
Kim Giang:
– Du lieber Himmel! Liebster! Wirf den Hammer weg! Geh hinaus! Son! Du kannst nicht einfach in diesem Haus auftauchen wie ein ungehobelter Klotz!
Tran Linh:
– Verzeihung! Ich bitte euch beide um Verzeihung. Besonders Son wegen meiner unachtsamen Anwesenheit in diesem Raum!
Zum Glück kamen gerade in jenem Moment zwei seiner Freunde ihn zum Fußballspielen abholen. Sie wussten längst Bescheid, dass er bei Giang zu finden war. Er hatte sofort einen Vorwand und Rückendeckung, um dieses kleine, gefährliche Territorium zu verlassen. Im Übrigen hatten seine Worte Sons irrsinnigen Eifersuchtsanfall schnell abklingen lassen. In Sons Kopf hallten solche Wortttrauben von Tran Linh wider wie: „Du bist wirklich jemand, der sehr viel mehr Glück und Chancen hat als ich“, „Ich beneide dich ganz und gar“, „Jemand wie dein Fräulein Giang“. Erst im Nachhinein war sich Son darüber klar, dass Tran Linhs gewandte Zunge die Kraft von drei Hämmern völlig vernichtet hatte.

Jetzt saß Tran Linh wieder vor Son mit seinem rosigen, vollen Gesicht, der gelassen ein Glas trank, aber auch sehr abgestumpft wirkte. Und er selbst, er hatte genug Geld in der Tasche, sein Familienleben war recht glücklich. Die sogenannte Liebeswunde war vernarbt. So war die Unterhaltung mit Tran Linh ein stilles Umherschweifen in einem Abschnitt ihres Jugendlebens. Möglicherweise war es für ihn auch eine Gelegenheit, sich als Mann zu zeigen. Für den verrückten Son blieb Tran Linh so etwas wie eine bittere Pille. Etwas, das er bewunderte, und er dachte, wenn sie sich so unterhalten konnten, hieß das auch, er würde sich dadurch als Mann würdig erweisen. Letzten Endes hatte die Kleine ihnen beiden den Laufpass gegeben. Tran Linh wurde schließlich ein unbedeutender Lehrer in dieser staubigen Gegend mit viel Meer, viel Kohle, vielen Bergen. Und er selbst, er ging friedlich seiner Arbeit nach, bemühte sich, sein Auskommen zu haben. Seine Frau war Verkäuferin in einer Gaststätte am Bahnhof Tran Quy Cap. Sie war nicht außergewöhnlich schön, nur eben hübsch, adrett. Und ihr Kind war außergewöhnlich klug! Er war zufrieden und akzeptierte sein Leben auf den vier Rädern.

Nachdem sie die beiden Portionen Hühnerinnereien und zwei Schüsseln Hühnernudelsuppe verzehrt und dazu eine halbe Flasche Schnaps getrunken hatten, rechnete der verrückte Son von sich aus mit dem Gastwirt ab. Als er Tran Linh sein Portemonnaie zücken sah, hielt er dessen Hand fest, als wolle er ihn vor einer Dummheit bewahren, und sagte:

– Lass mich das machen! Heute ist mir wieder ein Deal gelungen. Es ist schon schwierig, obwohl du gut aussiehst, eine schöne Ledertasche hast, modische Kleidung, weiß ich trotzdem, dass du ausgebrannt bist. In Hanoi sagt man: „Schriftsteller und Lehrer essen Reissuppe und halten den Atem an." Und das ist auch nicht übertrieben. Selbst dieser Schriftsteller, der genauso gut schreiben kann wie „der Besucher aus der Provinz", kann zum Geburtsstag seiner Lieblingstochter nicht einmal 1.000 Dong zusammenkratzen. Er muss die Hand aufhalten, um die Ehefrau um 1.000 Dong zu bitten, damit er seiner Tochter zum Geburtstag 100 g Wurst kaufen kann!

Tran Linh lachte:

– Welcher Schriftsteller ist denn der Besucher aus der Provinz?

Son lachte versöhnlich:

– Ach, Entschuldigung! Der Besucher aus der Provinz ist Herr Khung, und der Schriftsteller ist Herr Nguyen Minh Chau. Das Detail, dass ihm die Tränen kamen, als er von seiner Frau 1.000 Dong erbitten musste, um seiner Tochter 100 g Wurst zum Geburtstag zu kaufen, ist hundertprozentig wahr. Ich habe den Nachruf seiner eigenen Ehefrau, der in der Zeitung Literatur und Kunst abgedruckt war, selbst gelesen. Genug davon. Darf ich dich heute zu einem Kaffee einladen? Oder möchtest du dich lieber mit einem Blümchen amüsieren? Ich übernehme die Kosten dafür, obwohl ich weiß, dass du ein großer Frauenheld bist. Damals hasste ich dich, trotzdem möchte ich mit dir heute Nacht fröhlich sein. Ich spreche ganz ehrlich zu dir. Das Leben hat mir die Augen geöffnet. Ich traue keinem über den Weg. Ich erwarte auch von niemandem etwas. Sogar meiner Frau glaube ich nur zu 90 Prozent. Ich glaube nur an mich selbst. Solange ich noch meinen Kopf habe, Hand und Fuß noch nicht verkrüppelt sind, kann ich noch Frau und Kind ernähren. Ach, als mein Kind krank war, hatte ich mir aus Angst fast in die Hose gemacht und es nach drei Tagen wieder aus dem Krankenhaus geholt. Ich musste es nach Hause bringen und einen Privatarzt bitten, direkt zu uns zu kommen. Verdammt! Man muss sich selbst retten, sein eigenes Kind retten. Verstehst du? Damit mein Kind gesund wird, keinen Hunger mehr hat, bin ich zu allem bereit. Wenn ich auf redliche Weise alles versucht hätte, würde ich auch stehlen gehen. Du bist noch nicht verheiratet und hast noch keine Kinder, nicht wahr? Das ist klug. Viele Männer müssen heutzutage jämmerlich leiden für ihre Kinder und ihre Frau. Besonders die, die zu dumm zum Geld Verdienen sind! Manch einer muss seiner Frau erlauben, sich zu prostituieren, um die Kinder zu ernähren, du weißt schon. Jemand wie du, mit deiner Kraft und mit deinen breiten Schultern – gehst du nicht mal nach Europa, damit etwas aus dir wird?

Etwas verwundert über Sons plötzliche Redseligkeit antwortete Tran Linh geschickt:

– Ich bin stets auf der Hut, damit ich weiß, welche Rolle ich gerade in dem endlos langen Stück, das Leben heißt, spiele.

Son war weiterhin sorglos und vertrauensvoll:

– Sehr richtig! Du redest wie ein Schriftsteller. Deshalb war dir die kleine Giang sofort erlegen, obwohl du nach mir gekommen bist.

Tran Linh sagte:

– Meiner Meinung nach sollten wir nicht mehr von ihr sprechen. Wann fährst du nach Hanoi zurück?

Son sagte, ohne mit der Wimper zu zucken:
– Morgen früh oder jetzt gleich nach dem Kaffeetrinken!
Einen Augenblick nachsinnend, sagte Tran Linh besorgt:
– Mit deinem Trinkvermögen ist es nicht allzu weit her. Ich danke dir von ganzem Herzen für deine Erinnerungen. Trotzdem fürchte ich, dass du heute Nacht schwerlich allein losgehen kannst. Obwohl ich jetzt gleich etwas Geschäftliches zu tun habe, lade ich dich ein, dich bei mir auszuruhen. Ich habe ein Zimmer dort im Gemeinschaftswohnkomplex. Einverstanden?
Son sagte ablehnend:
– Ach, du hältst mich für betrunken? Entschuldige. Auch wenn dieser verrückte Son bis zum Jahre 2000 weiter trinkt, wird er nicht betrunken sein. Ich muss doch wach sein! Du hast also zu tun? Dann geh ruhig. Wenn du in Hanoi bist, denk daran, bei Giang vorbeizuschauen. Ihre Bar ist gleich neben der Eisdiele „Vier Jahreszeiten". Sie und ihr Mann sind sehr reich.
Tran Linh sagte:
– Ich sage dir ganz offen, ich bin gerade sehr damit beschäftigt, ins Ausland zu kommen! Ich habe bestimmt keine Zeit, in dieser Eisdiele vorbeizugehen!
Son flüsterte:
– Was? Du bereitest dich darauf vor, ins Ausland zu gehen? Gut! Es muss sein! Ich wünsche dir alles Gute!
Nachdem er sich geschickt von dem verrückten Son verabschiedet hatte, um der Kaffeerunde und der nutzlosen Unterhaltung zu entgehen, kehrte Tran Linh in sein Zimmer zurück. Er hatte überhaupt nichts Geschäftliches zu tun. Er wollte nur seine Ruhe haben, still daliegen und seinen Gedanken über die Intrigen zu seinem Schicksal nachhängen!
Vorerst brauchte er die 220.000 Dong, die er Nguyen Gia schuldete. Er dachte an Kim Giang. Damals hatte er nichts davon gewusst, dass sie einen Liebhaber namens „Verrückter Son" hatte. Er war aufgebracht wegen der Gedanken an Huongs Vater. Damals hatte er auf vielerlei Art versucht, Geld zu verdienen, um sich selbst zu ernähren. Mal ging er Bonbons drehen für jemanden in der Bat Dan-Straße, mal ging er Kalk brennen, Holz stapeln. Als er die Nase voll hatte von der schweren körperlichen Arbeit, ging er Binh Da – Knallfrösche – verkaufen. Im Allgemeinen brauchte er nicht die Hand auf-

zuhalten, um die Leute anzubetteln. An jenem Tag strich er elegant und manierlich auf dem Flohmarkt der Hang Bot-Straße herum, als er eine rundliche Kleine mit honigbraunem Teint erblickte. Sie lachte lustig und zeigte eine Reihe weißer Zähne mit einem ziemlich spitzen Eckzahn. Sie bot ihm einen aus der Mode gekommenen Pullover an. Kopfschüttelnd sagte er:

– Ich möchte ihn nicht kaufen, dieser Pullover ist schon altmodisch. Wenn du ein Kleidungsstück von dir verkaufst, kaufe ich es.

Sie errötete:

– So ein Unsinn! Welches Kleidungsstück denn?

Im Spaß sagte er schmeichelnd:

– Ich will das hier kaufen!

Dabei legte er seinen Zeigefinger leicht auf den schmalen Träger ihres BH auf ihrer Schulter. Sie spitzte den Mund und sah ihn vorwurfsvoll an:

– Unverschämt! Die Hand soll dir verkrüppeln, wenn du mich anfasst!

Er legte seinen Finger auf ihre Schulter und lachte frech:

– Meine Beine können auch noch verkrüppeln, nicht nur die Hand. Wo wohnst du? Wozu dieses Kleidungsstück verkaufen?

Sie sagte nichts und tat so, als sei er gar nicht da. Er hielt es nicht aus, auch nur einen halben Meter entfernt von ihr zu stehen. Später sagte sie: Ich habe noch nie jemanden gesehen, der so an mir „klebt“, wenn ich ihn an den Nachmittagen, an denen sie schulfrei hatte und ihre Mutter mit der kleinen Schwester fort war, zu sich nach Hause holte. Wahrscheinlich hatte er mit ihr still und sanft geschlafen, da an diesem Herbstnachmittag alles die Sinne erregte.

Der Refrain des Liedes „Millionen von Rosen“ riss sie beide mit, sich fest zu umschlingen und einander zu nehmen. Sie gab auch zu, dass er ihr auf den ersten Blick gefallen hatte. Sie mochte das Fach Literatur, doch sie beklagte sich über ihren Literaturlehrer, dessen einschläfernden Unterricht. Er war nicht so interessant wie einige der jungen Lehrer im Praktikum, die sie nur vier Wochen lang unterrichtet hatten. Sie fragte ihn, warum es im Literaturlehrplan nicht sehr viel romantische Dichtung gab. Warum dagegen so viele Gedichte von To Huu durchgenommen wurden. In der Mittelstufe wurde To Huu behandelt, in der Oberstufe gab es wieder Gedichte von To Huu. Während ihr viele Gedichte jedoch, die man als negative romantische Gedichte bezeichnete, interessanter erschienen als die positiven romantischen Gedichte. Er sagte:

– Das Bildungsministerium ist dabei, den Lehrplan zu überarbeiten. Die negativen romantischen Gedichte sind interessanter als die positiven, weil die eine Sorte das Elend vertreibt und die andere das Elend akkumuliert. Mir gefällt auch das Negative, das Positive am Menschen macht mir sehr Angst.

Der Fonds an Literatur, den er sich an der Spezialschule für Literatur und in der Schule des Lebens anlegen konnte, ließen ihn schnell zu ihrem Lehrer werden, nachdem er ihr Liebhaber geworden war. Als er sich oberflächlich an Giang erinnerte, wurde ihm klar, wie sehr sein Wissen über Frankreich, die Franzosen und die französische Literatur ihm recht effektiv bei der Eroberung von Oberschülerinnen geholfen hatte. Sie hörte ihn gern die Gedichte „Regen fällt auf die Stadt“ von Paul Verlaine und „Das trunkene Schiff“ von Rimbaud sowohl auf Französisch als auch auf Vietnamesisch rezitieren. Außerdem gefiel es ihr sehr, ihm zuzusehen, wenn er eine große Schüssel mit eigenhändig von ihr zubereitetem Bratreis oder eine große Schüssel Nudeln aß. Sie war die Jüngste unter den Frauen gewesen, die sich ihm hingegeben hatten. Es kümmerte ihn gar nicht, ob sie noch Jungfrau war oder nicht. Ihr keuchender Atem, ihre feste Umarmung, ihre warmen Schenkel umschlossen unaufhörlich seinen Körper, wenn er sich mit ihr zusammen in die Wellen der Leidenschaft warf. Das war genau die Keuschheit, die ihm der Himmel großzügig zum Geschenk machte. Sie gehörte zu den Kindfrauen. Er ordnete sie erbarmungslos ein, um sich mit ihr zu zerstreuen und ganz befriedigt zu sein.

Eine Zeitlang gab es kaum einen Nachmittag, an dem er nicht bei ihr war. Schlafen, essen, sich danach unterhalten. Sich unterhalten, danach essen, schlafen. Immer tagsüber, wenn ihre Eltern und ihre jüngere Schwester nicht zu Hause waren. Manchmal kam ihre Mutter mitten in der Arbeitszeit kurz vorbei. Doch wenn sie ins Haus trat, sah sie ihre Tochter mit ihm an ihrem Schreibtisch vor den in Unordnung geratenen Büchern und Heften sitzen. Einmal brachte sie Reis vom Einkauf genau in dem Moment nach Hause, als er mit ihr zusammen saß, um ihr bei der Zusammenstellung einiger Zitate zu romantischen Gedichten zu helfen. Gewandt lief er hinaus, um der Mutter beim Tragen zu helfen und den Reis in den runden Holzbehälter zu schütten. Beim Reisausschütten schimpfte sie lautstark:

– Ach, du lieber Himmel! Du und deine Schwester, Ihr beide richtet uns langsam zugrunde! Warum ist der Reisbehälter schon so leer? Ihr wart zu faul zu kochen und habt den Reis gegen Fertignudeln eingetauscht, nicht wahr? Wo ist denn die Giang? Leg diesen Reissack zusammen und packe ihn ordentlich weg! Ich danke dir, mein Sohn.

Sie schimpfte nur des Schimpfens wegen, doch es war kein Problem. Aber plötzlich schämte er sich dennoch. Er war es hauptsächlich, durch den sich das Reisfass ihrer Familie in den letzten beiden Monaten schnell geleert hatte. Die Mutter wusste nicht, dass es nicht ihre Tochter war, deretwegen sie so viel Reis kaufen musste. Nachdem ihre Mutter eilig das Fahrrad hinausgeschoben hatte, um wieder zur Arbeit zu fahren, sagte Giang zu ihm:

– Meine Mutter macht viel Lärm um nichts. Unserer Familie mangelt es nicht an Reis, mach dir keine Gedanken darüber!

Er meinte:

– Aber ich schäme mich ein bisschen!

Seit jenem Mal ließ er es nur noch selten zu, bei ihr zu essen, auch wenn er mit ihr allein war. Dann fragte er sie nach Son. Sie sagte:

– Er liebt mich, ich habe ihn auch geliebt, aber jetzt habe ich ihn schon über! Du hast vieles an dir, was Son nie haben wird, obwohl er reicher ist als du!

Er schüttelte den Kopf:

– Aber ich kann dich nicht heiraten, ich kann dich nur lieben, Spaß mit dir haben. Nur solange es geht. Du gehst doch noch zur Schule!

Sie meinte:

– Ich kann und darf auch noch nicht heiraten. Ich bin glücklich, wenn ich mit dir zusammen bin. Man liebt viel, heiratet aber nur einmal.

Nach dem Zwischenfall, als der verrückte Son vorhatte, mit dem Hammer auf ihn loszugehen, hatte er es wirklich satt. Er hatte nicht sie satt, sondern seine Lebensumstände. Er hatte doch anständig gelernt, die Prüfungen großartig, ja mit Auszeichnung bestanden. Aber alles blieb weiter unsicher, er musste sich mit anderen drängeln, sich ewig anbiedern und es war ihm noch immer nicht gelungen, eine Anmeldung in Hanoi zu bekommen, eine Anstellung in der Hauptstadt. Genau zu jener Zeit überredete man ihn zu der Stelle des Französischlehrers am Gesundheitsamt von Quang An. So trennte er sich von ihr. Das letzte Mal umarmten sie sich in der Weihnachtsnacht des Jahres 1983. Er sagte zu ihr:

– Ich bin sehr gerührt über deine Gefühle zu mir und die Art und Weise, in der du dich um mich gekümmert hast. Ich kann nicht ewig in Hanoi umherlaufen. Ich werde die Arbeit in Quang An annehmen. Grüß deine Eltern von mir. Deine Mutter weiß ganz genau, an wem es liegt, dass euer Reisbehälter so schnell leer wird, sie ist nicht ahnungslos. Doch sie hat Mitgefühl, sie schätzt dich, deshalb tat sie so, als wüsste sie von nichts.

Sie sagte:

– Du machst dir unnötige Gedanken. Nimm bloß nicht diese Stelle in dieser öden Gegend, wo sich die Affen und Störche gute Nacht sagen, an. Bleib hartnäckig und suche lieber eine Stelle in Hanoi.

Lachend sagte er:

– Soll ich ewig hier bleiben und von deinem Bratreis, kaltem Reis und deinen Bratnudeln leben? Das geht nicht! Ich habe schon an sämtliche Türen geklopft. In Hanoi steht mir keine Tür offen, in die ich eintreten könnte. Auch du kannst mir die Tür eures Hauses nur ein wenig öffnen, für ein, zwei Stunden an einem Nachmittag, um mich über Wasser zu halten. Ich war schon zu unverschämt und starrköpfig bei meinen Bemühungen, Thang Long zu erobern. Ich werde mich zurückziehen. Mich zurückziehen, um später einen Weg zu finden, zurückzukehren.

Sie sagte:

– Es ist ein Jammer, mein Lieber! Erst in fünf, zehn Jahren oder mehr!

Er gab kühn zurück:

– So lange wird es nicht dauern, ich werde in vier Jahren nach Hanoi zurückkommen!

Dann weinte sie. Sie meinte, wenn sie schon selbst Geld verdiente und nicht mehr von der Familie abhängig wäre, könnte sie ihn bestimmt ernähren, bis er eine Arbeit und die Anmeldung in Hanoi bekäme. Äußerlich unberührt versetzten jedoch ihre naiven Gedanken sein Innerstes in Aufruhr.

Er meinte:

– Mit deinem Bildungsstand wirst du nicht die Aufnahmeprüfung für die Hochschule bestehen. Wenn du die Oberstufe beendet hast, ist es am besten, du heiratest, bekommst Kinder und wirst Mutter.

Und jetzt, sollte er sie wieder aufsuchen? Um ihr wieder etwas vorzuspielen, ihr Verständnis und ihre Rührung zu erwecken? Und dann Geld zu leihen? Er glaubte, sie würde ihm sofort helfen. Aber es ging nicht. Er hatte nicht das Recht, einen Schritt in ihr Geschäft zu setzen, solange er keinen Hao in der Tasche hatte. Es würde ihr schwer fallen, von einem alten Freund Geld für ein Glas Lotuskern- oder Bohnensüßspeise anzunehmen. Er musste aber standhaft sein und korrekt dafür bezahlen, wenn er dort vorbeigehen wollte, um sie zu sehen. Und er musste ihr zu verstehen geben, dass er, obwohl er noch nicht in Hanoi war, besser gestellt war als früher. Am besten, er ginge nur zu ihr, um ihr mitzuteilen, an welchem Tag, um welche Uhrzeit er fliegen würde. Wollte er das, musste er jetzt trotzdem ein Mittel finden, 220.000 Dong aufzutreiben. Warum sollte er sich nicht auf Direktor Mao stützen? Genau! Ihm war ein Mittel eingefallen.

16

Seine Methode, Geld aufzutreiben, war wirklich einfach. Sie gab ihm nicht das Gefühl, verabscheuenswürdig und schamlos zu sein, das er hatte, wenn er Frauen darum bat. Er schrieb einen Antrag an seine Arbeitsstelle, damit ihm diese einen Vorschuss gewähre zur Regelung einer persönlichen Angelegenheit. Er versprach, die Summe zurückzuzahlen mit dem Gehalt des nächsten Monats sowie dem Honorar seiner Nachhilfestunden, das er in der folgenden Zeit bekäme. Natürlich war der „Antrag auf Gewährung eines Vorschusses" der Leitung des Gesundheitsamtes vorzulegen, und der erste, der ihn zu Gesicht bekam, war Direktor Mao.

Herr Mao gehörte zu den feinfühligen Menschen. Ihm war sofort klar, dass der junge Mann stark in seine Ausreise investierte. Nur anhand dieses Antrags würde es kein Buchhalter wagen, Geld zu leihen, auch wenn er vom Amtsleiter unterschrieben und befürwortet worden war. Denn das Versprechen des Antragstellers, das Geld zurückzuzahlen, klang sehr vage. Mochte er auch bereit sein, im Schuldenbuch des Buchhalters zu unterschreiben, hatte man doch keine große Hoffnung, dass der Antragsteller sein Versprechen würde einhalten können. Dennoch war es Tran Linh gelungen, aus dem Antrag einen Aufschrei zu machen, der Herrn Mao das Herz zerriss!

Herr Mao sah ihn einen Moment lang an und meinte:

– Mit diesem Antrag wird es die Finanzabteilung des Amtes nicht wagen, dir Geld zu leihen. Noch dazu in der jetzigen Lage, wo Bargeld rar ist. Jedes Mal, wenn Bargeld von der Bank abgehoben werden soll für eure Gehaltsauszahlung, muss ich noch einmal bei der Bank Druck machen, um es zu beschleunigen. Also, ich werde dir helfen. Ich weiß, du brauchst gerade Geld. Du wirst auch noch Geld brauchen für die Wege, die du machen musst, um deine Angelegenheiten zu regeln. Ich werde den Antrag wie folgt mit meiner Unterschrift befürworten: „Bitte die Finanzabteilung um Gewährung eines Vorschusses von 250.000 Dong für Herrn Tran Linh. Es bürgt für die Rückzahlung: Luong Mao – Unterschrift".

Er hatte nicht damit gerechnet, dass die Umstände es so gut mit ihm

meinten. Tatsächlich bürgte Herr Mao mit seinem Namen, damit ihm ein Vorschuss gezahlt wurde. Er gab sich peinlich berührt und sagte:
– So mache ich Ihnen zu viele Umstände. Ich danke Ihnen. Onkel, nächste Woche fahre ich nach Hanoi, möchten Sie Frau Chau Lien und ihrem Mann etwas mitgeben?
Herr Mao erwiderte:
– Ach, ja? Gut! Dann nimm das Buch mit, das ich mir von ihnen geborgt hatte.
Hoch erfreut und bewegt nahm Tran Linh das Buch sowie ein paar kleine Ratschläge von Herrn Mao entgegen. Dieser riet ihm, auf seine Gesundheit zu achten. Und er könne ja bald die Früchte seiner Arbeit genießen. Er dankte ihm nochmals und beeilte sich, das Geld abzuholen und damit seine Schulden zurückzuzahlen.
Doch noch am selben Abend, als er erleichtert darüber war, mit Nguyen Gia quitt zu sein, bekam er einen Schock. Er wusste, wer ihm so übel mitspielte, aber er traute sich nicht, es auszusprechen. Mit eiskalter Miene hörte er zu, was Hoc ihm berichtete:
– Du hast aber wirklich Pech. Was ich nicht verstehe, ist: Obwohl das Gesundheitsamt dem Arbeitsministerium und der Generaldirektion für Internationale Arbeitskooperation vorgeschlagen hat, Quang An eine Dolmetscherstelle zuzuteilen, steht letztendlich in dem offiziellen Schreiben der Generaldirektion, dass Quang An diesmal eine Gruppenleiterstelle für die DDR zugebilligt werde, doch sie müsse wie immer mit einem Parteimitglied besetzt werden.
Seufzend sagte Tran Linh zu Hoc:
– Dann war alles umsonst. Ich habe dermaßen angestrengt Deutsch gelernt, dass mir fast der Kopf platzte, und jetzt soll ich noch darum kämpfen, in die Partei zu kommen, damit ich die Kriterien erfülle. Dann kann ich lange warten, bis die Mandarinen reif sind!
Hoc sagte:
– Abteilungsleiter Duc bat mich, dem Lehrer Tran Linh auszurichten, er solle die Ruhe bewahren und nicht pessimistisch sein.
Er sagte:
– Weißt du, wie es dazu gekommen ist?
Hoc schüttelte den Kopf:
– Keine Ahnung.
Er fuhr fort:
– Es gibt die folgenden zwei Hypothesen, denk mal darüber nach, ob

ich richtig geschlussfolgert habe. Die erste: Unter den vier Leuten, die auf die Gruppenleiterstelle lauern, ist jemand, der einen starken Mittelsmann in der Generaldirektion für Arbeitskooperation hat und der Einfluss auf die Planungsabteilung der Generaldirektion genommen hat, damit Quang An die Stelle des Gruppenleiters, der Parteimitglied sein muss, bekam. Die zweite: Hoang Thuc ist aufgebracht, weil er die Dolmetscherprüfung nicht bestanden hat und hat deshalb seine Schwester in der Generaldirektion für Arbeitskooperation überredet, Quang An diese Stelle zuzuschieben, um mich auszuschalten.

Hoc erwiderte:

– Ich glaube nicht, dass Hoang Thuc dahintersteckt. Das heißt, deine erste Hypothese ist richtig. Denn Hoang Thuc wurde vorgeschlagen, als Vertragsarbeiter in die DDR zu fahren. Herr Duc und Herr Huy haben versprochen, ihn Ende des Jahres fliegen zu lassen. Wer mag wohl derjenige von den vier Anwärtern sein, der einen langen Arm bis in die Generaldirektion für Arbeitskooperation hat? Da passe ich. Was für ein Schlamassel!

Er sagte:

– Was meinst du, soll ich Herrn Duc und Herrn Huy sofort aufsuchen? Wenn nicht, was soll ich dann jetzt tun?

Hoc erwiderte:

– Das ist noch nicht erforderlich. Selbst wenn du sie aufsuchst, können sie noch nichts machen. Was momentan zählt, ist, dass alle beide dich als ihren eigenen Fall betrachten. Sie werden dich da nach und nach herausholen.

Tran Linh gab sich den Anschein, als halte er Hocs Meinung für richtig. Er verabschiedete sich und setzte sich allein in eine Bar. In seinem Kopf brodelte es, und seine Gedanken überschlugen sich auf der Suche nach einer Lösung, wie er zu seinem Recht kommen konnte. Er hatte nicht an das Kriterium Parteimitgliedschaft gedacht, als er sich um seine legale Ausreise kümmerte. Er hatte sich nie zum Ziel gesetzt, um eine Parteimitgliedschaft zu kämpfen. Denn seine Arbeitsumstände gaben ihm keine Gelegenheit dazu.

Seit dem Tag, an dem er ausgesondert und nicht ins Innenministerium aufgenommen wurde, weil sein Großvater mütterlicherseits einige Monate als Gardesoldat gedient hatte, hatte er Komplexe, dass die letzten drei Generationen seiner Familie nicht sauber waren. Würde er wie andere darum kämpfen, in die Partei aufgenommen zu wer-

den, wäre es wahrscheinlich vergebliche Mühe. Im Übrigen war er der Ansicht, leben, ohne an sich feilen, sich anstrengen zu müssen, nach oben zu kommen oder ohne sich an extreme Denkweisen anpassen zu müssen, sei immer noch angenehmer und freier.
Je länger er darüber nachdachte, desto mehr hatte er das Gefühl, subjektiv gewesen zu sein und nicht genug über die Zeit, in der er lebte, nachgedacht zu haben. Unsere Partei ist eine Partei, die das Machtmonopol innehat. Warum hatte er nicht auf diesen verfassungsmäßig verankerten Satz geachtet, als er dabei war, für seine Karriere zu intrigieren? Hätte er sich mit dem Einfachen begnügt und nur darum gebeten, einmal als Kuli fahren zu dürfen, wäre er sicher nicht auf dieses bedauerliche Hindernis gestoßen, weil es nicht die Vorschrift gab, man müsse mindestens einfaches Mitglied der Kommunistischen Partei sein, um als Vertragsarbeiter ins Ausland gehen zu können. Es gab lediglich die Politik der Bevorzugung der Kinder von Kriegsversehrten, gefallenen Soldaten und von Parteikadern. Er hatte nicht erwartet, dass das Wort Parteimitglied eines Tages dermaßen auf ihm lasten würde. Er erinnerte sich an die Gesetze des Lebens, die er in der marxistisch-leninistischen Philosophie gelernt hatte. Er hatte nicht oft herausragende Noten in diesem Fach erhalten. Besonders das Fach Parteigeschichte hatte ihm zu schaffen gemacht, denn es musste vieles auswendig gelernt und gemerkt werden. Die drei grundlegenden philosophischen Gesetzmäßigkeiten jedoch hatte er noch nicht vergessen. Die erste betraf die unaufhörliche Entwicklung der Geschichte. Die zweite die Einheit der Widersprüche der Realität in ihrer konkret historischen Entwicklung. Nannte man es das Widerspruchsgesetz? Und die dritte Gesetzmäßigkeit war die des Umschlagens quantitativer Veränderungen in qualitative. Warum war er nur so dumm gewesen und hatte sich nicht bemüht, Parteimitglied zu werden? Warum nur? Es war dieselbe Bezeichnung – Parteimitglied –, aber er sah deutlich, dass zum jetzigen Zeitpunkt in die Partei aufgenommen zu werden bedeutete, Rechte zu haben, dass es Vorteile und Bevorzugung mit sich brachte. Nicht so wie in den Jahren 1930 bis 1940. Damals in die Partei einzutreten hieß, Opfer, Entbehrungen auf sich zu nehmen, ganz zu schweigen von Gefängnis und der Bedrohung durch die Waffen der Kolonialisten und Imperialisten. Wie auch in der Zeit des Widerstandskriegs gegen die Franzosen, gegen die USA – ging man in die Partei, musste man

bereit sein, in den Bergen zu leben, im Schützengraben zu schlafen. Dem Monsunregen ausgesetzt zu sein und sich mit Reisbällchen zu begnügen. Bereit sein, sich dem Kugelhagel zu stellen. Trat man jetzt in die Partei ein, hatte man später oft die Gelegenheit, ins Ausland zu gehen. Die Gelegenheit, eine Leitungsfunktion zu übernehmen. Man hatte Vorteile und wurde bevorzugt! Offenbar war bisher kein Leiter auf die Idee gekommen, ihn zu fördern, damit er Parteimitglied wurde, obwohl er doch zur jungen Generation gehörte, aber er beklagte sich nicht darüber. Denn auch er selbst verspürte bislang nicht den brennenden Wunsch dazu.

Jetzt aber glaubte er, dies sei ein Fehler gewesen. Eigentlich hätte er versuchen müssen, in die Reihen der Partei zu gelangen, um Perspektiven zu haben, Rechte und Gelegenheit, Karriere zu machen. Aber musste man denn Parteimitglied sein, um als Mensch zu gelten? In der Zeit, in der er lebte, hatte er schon unerhört schmutzige Fehler einiger Leute erlebt, die sich Parteimitglied nannten. Die Leute bezeichneten sie als degenerierte, abtrünnige Parteimitglieder. Inzwischen war die Zahl der Parteimitglieder sehr hoch. Und deren menschliche Qualitäten waren ganz andere als früher.

Dann fiel ihm auf, dass vor 1945 oder auch während des Widerstandskriegs gegen die Franzosen und die Amerikaner die Partei nicht sehr stark in der mündlich überlieferten Volksliteratur vorkam.

Plötzlich fragte er sich, wieso er kein Parteimitglied war. Angenommen, er würde darum entschlossen kämpfen, würde er es schaffen oder nicht? Dann hielt er sich selbst für lächerlich und hoffnungslos. Sein derzeitiges Problem bestand darin, ins Ausland zu kommen. Die absolute, gleichsam über Leben und Tod entscheidende Macht hatte dabei noch immer die Partei. Denn die Partei ist die einzige Partei, sie hat das Machtmonopol. Daher war es unpassend, jetzt erst darüber nachzudenken und eine Gelegenheit zu suchen, in die Partei zu kommen, damit er leichter ins Ausland kam. Trotz allem bestand die Partei ja auch aus Menschen. Mochten sie noch so gestählt sein im Umgang mit Schwierigkeiten, waren es doch Menschen. Und darum musste er einen Dreh finden, um von der Partei zu profitieren und mit ihrer Erlaubnis bzw. Zustimmung als Dolmetscher ins Ausland zu gehen. Konkret hieß das, sofort Herrn Duc aufzusuchen, er war Parteimitglied und Leiter der Abteilung für Internationale Zusammenarbeit im Amt für Arbeit, Kriegsversehrte und Soziales. Er musste mit Engelszungen reden, wollte er ihn überzeugen. Er durfte vor allem Herrn Duc nicht als Parteimitglied oder als Leiter der Organisationsabteilung betrachten. Er brauchte ihm lediglich seine Lage zu schildern, sein Herz auszuschütten, denn Herr Duc war ein Mensch aus Fleisch und Blut, mit wachen Sinnen, der die Höhen und Tiefen des Lebens kannte. Er musste an sich glauben. In diesem Moment kam es darauf an, nicht untätig zu bleiben und alle Hebel in Bewegung zu setzen. Schließlich waren die vier anderen, die auf die Stellenzuteilung warteten, allesamt in der Partei und stammten aus einflussreichen Familien. Einer war der Neffe des Vorsitzenden der Provinzparteileitung, der gleichzeitig die Propagandaabteilung leitete. Der nächste war der Neffe des Vorsitzenden der Organisationsabteilung der Provinzparteileitung. Wieder ein anderer war der Sohn des Polizeidirektors, und der letzte war der Sohn des Vorsitzenden des Amtes für Industrie. Legte er die Hände in den Schoß, konnte er nur verlieren. Er war auf sich allein gestellt, war mit niemandem verwandt, auf den er sich stützen konnte. Wie sollte er als Sohn eines Bauern einen Lebenslauf haben, der denen der anderen überlegen war? Die Frage war, unter welchem Vorwand er mit Herrn Duc reden sollte. Wie er ihn überzeugen sollte, damit er sich bereit erklärte, seinen Plan zu verwirklichen. Dazu musste er erst einmal Herrn Duc unter vier Augen sprechen. Auf keinen Fall durfte Direktor Huy schon etwas erfahren. Direktor Huy dazu zu bringen, diesen Plan abzunicken, war einzig und allein Herrn Ducs Aufgabe und nicht seine. Tran Linh musste den Grad seiner Beziehungen zum Assistenten des Ministers für Arbeit, Kriegsversehrte und Soziales abwägen, der aus derselben Region kam wie er und den er seit langem kannte. Als er erfuhr, dass sie aus derselben Gegend stammten, war dieser noch Assistent des Leiters der Generaldirektion gewesen. Nun war er der Assistent des Ministers und hatte bestimmt noch nicht die zwei Kilo Erdnüsse, das Kilo geschälter Garnelen vergessen sowie die Flasche Napoléon, die er von Tran Linh bekommen hatte. Die Zeit war reif, diese weitläufige Bekanntschaft voll auszunutzen. Er fühlte sich allein gelassen. Er schilderte Herrn Mao seine Situation. Herr Mao fühlte mit ihm, als sei dies alles seinem eigenen Sohn widerfahren.

– Was machen wir da? Angenommen, die Dolmetscherstelle wird vergeben, aber nur an ein Parteimitglied, dann bist du trotzdem aus dem Rennen. Und dich sofort in die Partei aufnehmen, das kann ich nicht.

Tran Linh spürte, er brauchte Herrn Mao nichts vorzumachen. Als dieser gehört hatte, was er jetzt im Einzelnen vorhatte, nickte er:

– Sehr geschickt! Mach das! Die nächsten Tage gebe ich dir frei und erlaube dir, dich völlig dieser Angelegenheit zu widmen.

Diesmal entschloss er sich, Herrn Duc zu Hause aufzusuchen. Er brachte eine Flasche polnischen Wodka mit sowie eine Stange Hero-Zigaretten. Beides hatte er auf Kredit gekauft.

Als Herr Duc den Lehrer Tran Linh auftauchen sah und dieser zu verstehen gab, er müsse ihn in einer wichtigen Angelegenheit nach seiner Meinung befragen, war ihm sofort klar, worum es in dieser wichtigen Angelegenheit ging. Erfreut und respektvoll unterhielt er sich mit Tran Linh, der sofort zur Sache kam:

– Werter Onkel, als Erstes möchte ich Ihnen diese Flasche schenken. Ich habe sie nicht von meinem Geld gekauft, sondern es ist das Geschenk eines Freundes, der aus Europa zurückgekommen war. Der Wodka ist hochprozentig und besser für Sie geeignet.

Herr Duc:

– Danke sehr. Wir werden gleich einmal davon kosten. Nun, was führt dich zu mir? Herr Hoc hat mit dir sicherlich schon über die neue Stelle des Ministeriums gesprochen, stimmt's? Es ist wirklich schade. Sie teilen unserer Provinz nur eine Gruppenleiterstelle zu und derjenige muss Parteimitglied sein! Ich hätte auch nicht erwartet, dass solch eine Situation eintreten könnte. Ich dachte, wenn das Ministerium in aller Eile eine Dolmetscherprüfung abhält, benötigt es Dolmetscher und Quang An würde eine Dolmetscherstelle erhalten. Und die Wahl würde auf dich fallen und keinen anderen.

Tran Linh:

– Verehrter Onkel. Herr Hoc hat mir schon Ihre Ratschläge ausgerichtet. Aber ehrlich gesagt kann ich nicht untätig bleiben. Mir ist übel mitgespielt worden. Deshalb bin ich zu Ihnen gekommen, um Sie nach Ihrer Meinung zu fragen. Meinen Sie, dass meine Lage aussichtslos ist und es keinen Ausweg mehr gibt? Wann wird man denn endlich für die Provinz Quang An eine Dolmetscherstelle für die DDR zuteilen?

Herr Duc:

– Du musst eines verstehen: Die Verteilung der Auslandsstellen an die Provinzen aus dem Kontingent der Arbeitskooperation des Arbeitsministeriums geschieht wie die Verteilung von Gütern. Wir sind auf der unteren Stufe: Was von oben auf uns herabregnet, wissen wir erst, wenn die Tropfen bei uns ankommen. In Wahrheit war mein Rat, Ruhe zu bewahren, auch nur als Ermunterung gemeint. Die Lage ist ziemlich ungünstig für dich. Denn soweit ich weiß, ist dies die letzte Stelle für Quang An in diesem Jahr. Ich hatte Herrn Hoc geraten, dir das nicht voreilig mitzuteilen, da es dich traurig gemacht hätte. Aber da du heute zu mir gekommen bist, bin ich gezwungen, dir die Wahrheit zu sagen.

Tran Linh:

– Erlauben Sie mir eine Frage. Wissen denn die anderen vier Anwärter schon davon?

Herr Duc:

– Wir haben sie noch nicht informiert, denn unter diesen vier Personen die Auswahl desjenigen zu treffen, der fahren soll, ist auch keineswegs einfach. Sie sind alle Kinder von hochrangigen Funktionären der Provinz. Wir müssen genau hinschauen. Doch sicherlich ist ihnen diese Nachricht bereits zu Ohren gekommen.

Tran Linh:

– Verehrter Onkel, die Situation ist für mich hoffnungslos. Sollte dies die letzte Stelle für Quang An sein, gibt es keinen Ausweg mehr. Sie sind auf dem Gebiet Organisation und Kader tätig und wissen, dass die vier Anwärter, die auf ihren Reisepass warten, ausnahmslos Kinder von hochgestellten Leuten sind. Selbst wenn sie noch nicht im Ausland gewesen wären, können viele von solch einem Leben nur träumen. Aber sie waren alle zum Studium in Deutschland. Und ich, schauen Sie mich doch einmal an. Ich stehe völlig allein da, bin ein Einzelkämpfer mit einem Speer und einem Pferd. Mein Vater ist ein alter Bauer aus der Gegend von Nghe An. Wenn ich diesmal nicht mitfahren kann, ist davon auszugehen, dass sich mir keine andere Gelegenheit mehr bieten wird. Es ist wirklich hoffnungslos. Aber denken Sie noch einmal darüber nach. Fällt Ihnen etwas ein, wie Sie mich da herausholen können?

Herr Duc:

– Ich passe. Das Problem liegt jetzt beim Ministerium, bei der Generaldirektion, genauer gesagt der Planungsabteilung der Generaldirektion für Internationale Arbeitskooperation. Mein Einfluss erstreckt sich nur auf dieses Amt hier. Ich habe großes Verständnis für deine Energie und deinen Willen und respektiere beides sehr, doch ich bin machtlos.

Tran Linh:

– Nein, wenn Sie ein Herz haben und wenn Sie mich, obwohl ich noch kein Parteimitglied bin, nicht für schlecht und verachtenswert halten, dann können Sie mir durchaus helfen, aus dieser ausweglosen Lage herauszukommen. Alles hängt von Ihrer Gutmütigkeit ab. Nur Sie können mich retten.

Herr Duc:

– Was sagst du da für merkwürdige Dinge? Herr Huy und ich kümmern uns sehr um dich, doch die Realität entwickelt sich entgegen unseren Absichten und übersteigt unsere Kompetenz. Wie soll ich denn das Ministerium, die Generaldirektion umstimmen? Diese Stelle beruht auf einer verbindlichen Entscheidung. Es ist nicht so, dass ich kein Herz für dich habe. Aber was kann man jetzt machen?

Tran Linh:

– Wenn Sie mit mir mitfühlen, werde ich Ihnen einen Plan darlegen, der Ihrerseits eine Überlegung wert ist. Diesen Plan kann außer Ihnen niemand in die Tat umsetzen. Und wenn er umgesetzt werden kann, dann werde ich ins Flugzeug steigen und nicht die vier anderen aus den einflussreichen Familien. Ich befürchte nur, dass Sie und deren Eltern einander verpflichtet sind. Sollte das der Fall sein, ist mein Plan schon gescheitert, bevor ich ihn richtig dargelegt habe.

Herr Duc:

– Was für ein Komplott hast du also vor? Ehrlich gesagt ist es gerade für mich sehr heikel, einen von den vieren als Gruppenleiter auszuwählen, alle sind in der Partei. Wähle ich den Sohn des einen, kränke ich den anderen. Alle sind wichtig für mich, sind meine Vorgesetzten. Lasse ich den Sohn des Ranghöchsten von ihnen fahren, halten die Leute nichts Gutes von mir. Lasse ich den Sohn desjenigen fahren, den ich von allen am meisten schätze, wird man mich für parteiisch halten. Also wie sieht dein Plan aus? Wenn es geht, werde ich ihn unterstützen. Fährst du, werden die Leute nicht von Herrn Huy und mir annehmen, wir kümmerten uns nur um die Interessen der hohen Beamten.

Tran Linh erkannte sofort die Gunst der Stunde für sich und sprach voll Begeisterung:

– Verehrter Onkel! Das ist großartig! Wenn Sie so denken, ist das wirklich hervorragend. Mein Plan ist ganz einfach. Erster Schritt: Sie setzen für mich ein dringendes offizielles Schreiben an das Arbeitsministerium auf mit der Bitte, die für Quang An vorgesehene Stelle in die eines Dolmetschers, der gleichzeitig Gruppenleiter ist, umzuwandeln. Zweiter Schritt: Ich werde Ihr Schreiben ins Arbeitsministerium bringen und dieses überzeugen, dem zuzustimmen. Dritter Schritt: Die Generaldirektion gibt dem Amt eine Stelle, wobei Quang An einen Kader auswählt, der sowohl Dolmetscher als auch Gruppenleiter ist. Natürlich werde ich auch alles daransetzen, das Ministerium dazu zu bringen, in Klammern hinzuzufügen: „Es muss kein Parteimitglied sein, doch wenn es ein Parteimitglied ist, ist es von Vorteil."

Vierter Schritt: Sie geben die Stelle offiziell als verbindliche Entscheidung bekannt und wählen jemanden aus, der für die Stelle geeignet ist. Dann wird es außer mir, der alle Kriterien erfüllt, niemanden geben, der sich beklagen kann, denn nur wer Dolmetscher ist, kann außerdem Gruppenleiter sein. Jemand, der Gruppenleiter sein will, kann nicht gleichzeitig Dolmetscher sein, denn jemand, der die Gruppenleiterprüfung bestanden hat, hat stets geringere Sprachkenntnisse als diejenigen, die die Dolmetscherprüfung bestanden haben. Also, überlegen Sie mit und helfen Sie mir wie jemandem, der sich in einer aussichtslosen Lage befindet. Wenn das klappt, kann ich die vier Gruppenleiter leicht ausschalten durch den Standpunkt des Ministeriums. Jetzt ist die Frage, wen Sie mehr mögen, den mittellosen Einzelkämpfer oder die privilegierten Kinder der hohen Beamten von hier?

Herr Duc:

– Dein Plan ist gut durchdacht. Aber zu riskant. Nicht realisierbar!

Tran Linh:

– Erklären Sie mir, was daran riskant ist. Üben Sie Kritik, damit ich noch weiter überlege.

Herr Duc:

– Angenommen, ich mache dieses offizielle Schreiben, in dem ich die Stelle des Gruppenleiters und Parteimitgliedes ablehne und das Ministerium um die Stelle eines Dolmetschers und Gruppenleiters bitte, wie dein Plan es vorsieht. Gibt das Ministerium dann seine Zustimmung nicht, heißt das, die Provinz Quang An hat auch noch die Gruppenleiterstelle verloren. Denn wenn ich eine andere Stelle beantrage, läuft es darauf hinaus, dass ich die erste Stelle ablehne. Und darauf wartet man nur, um die Stelle des Gruppenleiters für ein Parteimitglied sofort einer anderen Provinz zum Geschenk zu machen. Und dann muss ich dafür den Kopf hinhalten. Du musst wissen, es ist in der heutigen Zeit nicht leicht, an solche Stellen heranzukommen und sei es auch nur die eines Vertragsarbeiters. Wie willst du mir in dieser Situation hundertprozentig garantieren, worauf kannst du dich dabei stützen, dass das Ministerium Quang An die Stelle zuteilt, wie du es willst?

Tran Linh:

– Ihre Analyse ist sehr richtig. Dann lassen Sie mich den Plan etwas korrigieren, damit sich das Risiko verringert und sowohl die Interessen der Provinz als auch Ihr Ansehen gewahrt werden. Bereiten Sie schon mal diese offizielle Beantragung der Stelle eines Dolmetschers und Gruppenleiters vor und lassen Sie diese noch in der Schublade. Setzen Sie vorerst die Besetzung der Stelle des Gruppenleiters für ein Parteimitglied noch aus. Ich gehe das Ministerium überzeugen. In dem Augenblick, in dem das Ministerium mit diesem Plan einverstanden ist, wird es auch vom Amt einen offiziellen Antrag verlangen. Denn das Ministerium benötigt ein amtliches Antragsschreiben zur Legalisierung seines Umschwenkens. Wenn es sicher ist, dass es klappt, lancieren Sie den offiziellen Antrag nach oben weiter, damit das Ministerium ihn genehmigt zurückschickt. So kann alles laufen, ganz rechtmäßig!

Herr Duc:

– Du bist also gar nicht auf dich allein gestellt. Du hast einen Mittelsmann im Ministerium! Nun, gut! Ich bin mit der letzten Variante einverstanden. So ist es sicherer. Aber du musst Verständnis dafür haben, dass ich die Besetzung der Stelle des Gruppenleiters und Parteimitgliedes nicht länger als drei Tage aussetzen kann. Wir wissen nicht, ob die vier anderen, die sich um einen Platz im Flugzeug reißen, bereits etwas unternommen haben. Und Hoang Thuc, der Angestellte aus meiner Abteilung, ist den privilegierten Sprösslingen auch kein Unbekannter. Deshalb musst du die Sache unbedingt geheim halten und schnellstens die Leute im Ministerium gewinnen. Wenn es geht, bitte das Ministerium, mich sofort im Amt anzurufen, damit ich umgehend handeln kann und den Antrag übermittle. Du siehst, ich tue doch alles für dich!

Tran Linh:
– Ich danke Ihnen außerordentlich! Also, unser Plan besteht aus folgenden Schritten. Schritt eins: Während Sie sozusagen Gewehr bei Fuß stehen, gehe ich das Ministerium überzeugen. Schritt zwei: Das Ministerium gibt grünes Licht für die neue Stelle als Ersatz für die alte, und Sie lancieren umgehend das offizielle Schreiben an das Ministerium. Schritt drei: Die neue Stelle wird unverzüglich bekannt gegeben und besetzt. Schritt vier: Im Dezember kann ich losfliegen. Schritt fünf: Der Plan, wie ich mich dem Amt gegenüber erkenntlich zeigen werde.
Herr Duc:
– Dich schickt der Teufel! Ich werde von jetzt an stündlich auf dein Ergebnis warten. Nun, gut, geh jetzt. Trink noch einen Becher Schnaps und dann sieh zu, dass du schnellstens in die Hauptstadt kommst, und versuch dein Glück!
Als er draußen war, stieg mit einem Mal Tran Linhs Selbstvertrauen. Es zeigte sich, Herr Duc, ein Parteiveteran, war trotzdem noch ein Mensch aus Fleisch und Blut und noch nicht „aus Eisen und Kupfer". Jetzt erst wurde ihm klar, dass To Huu in seinen Gedichten oft die Kunst der Übertreibung anwandte.
Dass er Herrn Duc überzeugen konnte, am Plan zum Austausch der Stelle mitzuwirken, war ein Schritt zum Sieg. Scheiterte der Plan jetzt, lag es an ihm selbst. In dieser Nacht lag er wach und nahm sich vor, sich an den Assistenten des Ministers für Arbeit, Kriegsversehrte und Soziales zu wenden. Nichts war gewagter als das. Er war noch kein Parteimitglied. Es ging nicht anders. Er musste einen starken Druck von oben nutzen, nur so konnten die Gegenkräfte, die sich an Ort und Stelle gebildet hatten, weggedrängt werden. Durch sein Gespräch mit Herrn Duc war er beruhigt. Die Stelle des Gruppenleiters und Parteimitgliedes ging also vom Ministerium und der Generaldirektion aus und war nicht das Ergebnis irgendeiner Intrige.
Hoang Thuc hatte ihm also doch keinen so üblen Streich gespielt, wie er gedacht hatte. Aber es war klar, Thuc würde sich freuen, wenn er davon erführe, dass die Stelle mit den unerfüllbaren Bedingungen für den Französischlehrer das Aus bedeutete. Thuc war mit seinem Schicksal zufrieden und wartete darauf, als Kuli zu fahren. Gut! Doch man musste trotzdem aufpassen, dass er keinen Sand ins Getriebe streute.

17

Er war sich durchaus über das Risiko des Tricks im Klaren, die Stelle austauschen zu lassen. Dennoch stürzte er sich hinein, denn er hatte keine andere Wahl. Er ging mit größter Sorgfalt und Raffinesse vor und bot all seine Kräfte auf. Plötzlich dachte er an eine sehr gefährliche Schwachstelle, die noch bestand. Deshalb suchte er nochmals Herrn Duc auf, bevor er nach Hanoi fuhr. Er stimmte mit ihm ab, dass dieser die Stelle des Dolmetschers und Gruppenleiters nur mündlich bekannt geben solle, damit die vier Gruppenleiterkandidaten davon erst erfuhren, nachdem die Abteilung Organisation und Kader der Generaldirektion für Arbeitskooperation dem Plan zugestimmt hätte, die Papiere für einen Kader namens Tran Linh zu unterschreiben. Herr Duc musste dafür sorgen, dass Hoang Thuc absolut nichts von der Sache mit dem Stellenaustausch zu Ohren kam. Wenn Hoang Thuc davon erführe, erriete er sofort, dass diese neue Stelle für Tran Linh bestimmt war, und würde alles spielend leicht durchkreuzen. Oder zumindest die vier Gruppenleiterkandidaten dazu bringen, lauthals Beschwerde einzureichen. Tran Linh wies Herrn Duc darauf hin, dass Hoang Thuc nicht nur der Neffe des Provinzvizevorsitzenden war, sondern auch eine Schwester in der Planungsabteilung der Generaldirektion für Internationale Arbeitskooperation sitzen hatte. Sobald der Anruf käme: „Das Ministerium ist mit Ihrem Plan einverstanden“, sollte er umgehend das offizielle Schreiben und die Unterlagen weiterleiten. Tran Linhs Aufgabe war es, diesen Telefonanruf herbeizuführen. Herr Duc schien völlig mit Tran Linh übereinzustimmen und gemeinsame Sache mit ihm zu machen. Er ermahnte Tran Linh noch, es müsse außerordentlich schnell gehen und geheim bleiben. Denn Herr Huy war gerade auf einer Versammlung außerhalb des Amtes. Wäre Direktor Huy anwesend und der Plan noch nicht zu Ende geführt, könnte alles leicht schief gehen. Gesetzt den Fall, unter den vier Gruppenleiterkandidaten gäbe es einen, für den Herr Huy die Bürgschaft übernommen hatte, dann wären selbst einem Heiligen die Hände gebunden. Tran Linh sah in Herrn Duc auch einen gedankenreichen und fähigen

Berater. Sollte Herr Huy tatsächlich im Sinn haben, für einen der vier die Bürgschaft zu übernehmen, wäre für ihn alles umsonst. Also musste er den vier anderen mit seinen Mitteln den Weg abschneiden. Bei diesem Schachzug hieß es, kompromisslos vorzugehen, alles auf eine Karte zu setzen.

Das erste, was er tat, als er an der Haltestelle Nua ausstieg, war, seinen Cousin zu Hause zu besuchen und ihn geschickt über Ha Nghiem, den Assistenten des Ministers, auszufragen, denn sein Cousin hatte oft bei diesem zu tun. Tran Linh war der Ansicht, der Himmel meinte es noch immer gut mit ihm, als er Einzelheiten über die gegenwärtigen Beziehungen zwischen Ha Nghiem und Chu Hung, dem Leiter der Abteilung Organisation und Kader erfuhr.

Sein Cousin äußerte:

– Momentan schätzt Herr Chu Hung Herrn Ha Nghiem sehr, um nicht zu sagen, er fürchtet ihn. Denn wenn der Minister einen Kaderwechsel beschließt und Ha Nghiem dem zustimmt, wird dieser derjenige sein, der auf dem Stuhl von Herrn Chu Hung sitzen wird. Also sollte dir Herr Ha Nghiem behilflich sein, dann wird seine Stimme ganz gewiss großes Gewicht haben.

So brauchte er nur Ha Nghiem zu überzeugen. Danach würde Ha Nghiem den Leiter der Abteilung Organisation und Kader der Generaldirektion überzeugen. Wäre dieser einverstanden, bedeutete dies, der Minister war einverstanden. Er könnte dann durchaus einen Telefonanruf vorschlagen, in dem das Ministerium Herrn Duc seine Zustimmung mitteilte. Er überlegte fast zwei Stunden lang, wie er zu Ha Nghiem Verbindung aufnehmen sollte. Wo ihn treffen und unter welchen Umständen? Zu welcher Zeit und in welchem Ton mit ihm reden? Natürlich konnte er nicht mit leeren Händen kommen. Doch was für ein Geschenk aussuchen, das sein Herz erweichen konnte? Wie damit bei ihm das Gefühl der Verbundenheit wecken? Er grübelte und verfasste einen Einakter „Der Besucher aus dem Heimatort", in dem er die Hauptrolle spielen musste. Die Zeit wäre an einem Abend und der Ort das Haus von Ha Nghiem.

Eigentlich waren die zwei Kilo Trockentintenfisch unbedeutend im Vergleich zu den Ansprüchen des Assistenten des Ministers. Das Wichtigste war, dass dieser darin die freundschaftliche Verbundenheit des gut aussehenden Lehrers erkannte. Ha Nghiem empfing ihn sehr wohlwollend:

– Du hast wirklich Glück, wärst du morgen Abend gekommen, wäre ich nicht zu Hause gewesen!

Tran Linh bat darum, sich unter vier Augen zu unterhalten, und beschloss, mit offenen Karten zu spielen. Zuerst entschuldigte er sich dafür, ihn so selten aufgesucht zu haben. Dann richtete er ihm die Grüße seiner Eltern aus und schließlich gab er zu, hergekommen zu sein, weil er ihn um Rettung in einer Sache bitten wollte, die für seine Karriere von entscheidender Bedeutung war.

Ha Nghiem brannte vor Ungeduld:

– Was gibt es denn so Schlimmes, du redest, als ob dein Leben auf dem Spiel stünde?

Tran Linh lachte gezwungen:

– Bruder, man könnte sagen, mein Leben steht auf dem Spiel. Wenn du mich nicht rettest, bin ich für immer erledigt.

Und dann erzählte er, wie eingeengt er sich in dieser für ihn abgelegenen und, was seine Wissbegierde und sein Bildungsstreben anbelangte, perspektivlosen Gegend fühlte. Er sprach über das einsame Leben in Quang An für jemanden, der aus Nghe An stammte. Er machte Ha Nghiem deutlich, dass seine Absicht, in die DDR zu fahren, genau genommen ein Plan war, ins Ausland zu kommen, nachdem sein Traum von einer Anmeldung in Hanoi gescheitert war. Niedergeschlagen beschrieb er seine desolate Situation hinsichtlich seiner finanziellen Mittel und auch, was seinen Lebenslauf und die familiären Verhältnisse anging, verglichen mit den Prinzen aus Quang An. Und diese kuriose Gruppenleiterstelle beschrieb er als eine Granate, die in seinen ausgereiften Ausreisetraum einschlug, der doch schon so konkrete Gestalt angenommen hatte. Er ging sogar so weit, über die Komplizenschaft des Abteilungsleiters Duc zu sprechen. Er dichtete noch hinzu, sogar die gesamte Direktion des Amtes sei einverstanden, die Stelle eines Dolmetschers und Gruppenleiters zu beantragen, um seine Nominierung, in die DDR zu fahren, zu legalisieren. Seiner Argumentation und bekümmerten Darstellung zufolge wollte die gesamte Belegschaft von Quang An ihn ins Flugzeug tragen. Und zum jetzigen Zeitpunkt hinge sein ganzes Lebenslicht nur noch von dem ab, was der Assistent des Ministers sagte, von der Sympatie, die sie als Nghe Aner füreinander hatten.

Nachdem er zugehört hatte, schaute Ha Nghiem ihn lachend an und blies Rauchkringel in die Luft:

– Tja, du konntest also noch nicht in die Partei eintreten? Das heißt, du verlangst von mir, vorübergehend meine Genossen zu opfern? Oder zumindest einen Genossen vorübergehend zu deiner Rettung zu opfern? Die Stelle des Gruppenleiters und Parteimitgliedes ist jetzt also die Stelle des Dolmetschers und Gruppenleiters, in Klammern: Er muss nicht unbedingt Parteimitglied sein. Nun gut. Der Trick, die Stelle auszutauschen, ist eine geniale Idee. Du bist wirklich ein Draufgänger. Es wird ja höchste Zeit für dich, zu sehen, wie du nach Europa verschwinden kannst. Wenn jetzt sogar Parteimitglieder und Kriegsveteranen eine Hintertür finden müssen, sogar als Kuli ins Ausland gehen wollen, gilt das erst recht für mittellose Typen wie dich. Von jeher war die Kameradschaft unter Genossen etwas sehr Wertvolles und äußerst Heiliges. Aber in diesem Moment kann ich nicht anders, als dich zu retten. Dir muss klar sein, dass du eine Ausnahme bist!
Nachdenklich wandte sich Tran Linh an ihn:
– Ich bin so glücklich, als sei ich wiedergeboren. Ich habe noch einen Buddha, der mich retten kann. Und dieser Buddha bist du! Verstehst du mich? Ich habe mich abgemüht zu lernen und die Dolmetscherprüfung für die DDR zu bestehen. Deshalb bedeutet diese Planstelle das KO für mich, das mein Schicksal besiegelt. Alles liegt nun in deinen Händen. Wenn du davon sprichst, mich zu retten, bedeutet das, du musst die Kameradschaft unter Genossen außer Acht lassen.
Ha Nghiem versetzte:
– Anders geht es nicht. Wenn du gewinnst, verliert ein anderer.
Tran Linh lamentierte:
– Ich hoffe, du sagst das nur im Spaß. Mit Verlaub, ich bin der Ansicht, die Kameradschaft unter Genossen ist in den heutigen Zeiten das furchterregendste Gefühl. Was man ehren sollte und worauf man sich verlassen kann, sind Vaterliebe, Mutterliebe, Freundesbande. Doch ich finde, sobald man sich mit „Genosse" in den Versammlungen anreden muss, heißt das, man muss einander die Zähne zeigen und seine Krallen hervorholen.
Ha Nghiem schüttelte lachend den Kopf:
– Diese Gedanken herrschen also in deinem Kopf. Da aus deinem Mund derart haarsträubende, dreiste Worte kommen, ist es nur gerecht, dich nicht in die Partei zu lassen! Dich schickt der Teufel! Geh nach Hause. Komm morgen Abend vor sechs Uhr wieder, und ich teile dir das Ergebnis mit. Morgen werde ich den Leiter der Gene-

raldirektion für Internationale Arbeitskooperation sanft überreden müssen, verstehst du?
Tran Linh frohlockte innerlich, denn Ha Nghiems Redeweise wirkte nicht sehr angespannt. Die Gesprächsatmosphäre erschien sogar sehr familiär und angenehm. Bevor er sich verabschiedete, versäumte Tran Linh es nicht, Ha Nghiem eine Stange Hero-Zigaretten zu geben. Ha Nghiem blickte ihn scharf an und sagte:
– Was ist mit dir los? An Zigaretten mangelt es mir nicht gerade. Du willst mich wohl vergiften?
Er erwiderte mit leiser und warmer Stimme:
– Deine Zigaretten sind anders. Ich möchte, dass du morgen zusammen mit Herrn Chu Hung diese Zigaretten rauchst. So werde ich leichter Glück haben. Heute Abend werde ich Räucherstäbchen anzünden, um den morgigen Tag abzuwarten.
Als er aus der Dienstwohnung des Assistenten des Ministers heraustrat, zeigte seine Armbanduhr gerade mal Viertel vor Acht. Wie dem auch sei, das Fahrrad war von jemandem geborgt. Wozu denn so früh zurückkommen? Er fühlte sich beschwingt, weil er Schritt für Schritt vorangekommen war in einer scheinbar aussichtslosen Lage. Im Nu gelangte er von der Straße Dang Thai Than an den Schwertsee. Oder sollte er die Erfrischungsbar von Kim Giang suchen und sie kurz treffen? Doch falls auch ihr Mann dort anwesend sein sollte, wäre es nicht so lustig, sondern für alle drei unangenehm.
Am besten, er schlenderte dort ein wenig herum. Es genügte ihm, sie zu sehen. Dennoch gab es eine Zeit, in der sie sich um ihn gekümmert hatte, in aufrichtiger und tapferer Art und Weise.
Die Frau dort drüben schien Kim Giang zu sein. Ja, es stimmte. Ihre Erfrischungsbar war sehr ordentlich und gut gelegen, gleich neben der Eisdiele „Vier Jahreszeiten“. Er lehnte das Rad sorgfältig an die nächstgelegene Steinbank, schloss es ab und betrat den in schummrig blaues Licht getauchten Raum, in dem er das Gesicht einer verflossenen Liebe vorfinden sollte.
Aus ihr war eine junge Frau geworden, etwas fülliger als früher. Ihre Gesichtszüge waren erfahrener geworden, etwas akzentuierter. Sie trug ausgewaschene Jeans und über der kanariengelben Seidenbluse eine schwarze kurzärmlige Wolljacke mit einer schwarzen Gladiole, ebenfalls aus Wolle, auf der linken oberen Seite. In ernstem Ton sagte er wie ein fremder Gast zu ihr:

– Bringen Sie mir ein Glas Lotuskernsüßspeise.
Sie rief aus:
– Himmel! Wo bist du denn untergetaucht, dass du so spurlos verschwunden warst? Bestimmt bist du noch nicht verheiratet, oder? Setz dich dort an den Tisch, ich komme gleich zu dir!
Er sprach, als sei es die Wahrheit:
– Seitdem du mit deinem Mann dieses Geschäft eröffnet hast, verging kein Monat, ohne dass ich hier vorbeigekommen wäre. Aber ich traute mich nur, von weitem zu gucken, um meine Sehnsucht ein wenig zu lindern.
Sie entgegnete:
– Du schwindelst. Du siehst älter aus. Wann wird es dir gelingen, hierher zu ziehen?
Er darauf:
– Vielleicht werde ich weit weg gehen, und ich weiß nicht, wann ich nach Hanoi zurückkehren werde. Ich sehe älter aus als früher? Dann habe ich Glück, dass du mich noch wiedererkannt hast. Jeder Tag ist für mich so lang wie ein Jahrhundert, wie soll ich da jung bleiben?
Sie fragte:
– Ach, du fährst weit weg? In welches Land willst du denn gehen? Nach Frankreich? Emigrierst du oder hast du jemanden, der für dich bürgt?
Er antwortete:
– Ich fahre in die DDR. Als Dolmetscher, Gruppenleiter oder so.
Sie rief:
– Das ist ja toll!
Er sagte:
– Heute bin ich kurz zu Besuch vorbeigekommen. Wenn ich dich nicht noch einmal wiedersehen kann, betrachte dies als das letzte Mal, dass ich dich treffen kann, bevor ich wegfahre.
Sie entgegnete:
– Das geht nicht! Bevor du abfliegst, musst du mich zu Hause besuchen. Ich werde dich mit meinem Mann bekannt machen. Ihr werdet zusammen ein Glas trinken, und ich schaue euch dabei zu. Mein Mann ist sehr lebenserfahren.
Er sagte:
– Danke für deine Einladung. Aber ich kann dir nichts versprechen. Ich zahle.

Sie machte ein finsteres Gesicht:
– Du bist wirklich verrückt. Warum willst du zahlen?
Nachdenklich setzte er hinzu:
– Kim Giang, ich wollte mich nicht nur von dir schon im Voraus verabschieden, falls ich mich unverhofft und überstürzt auf die Reise machen muss. Ich wollte dir auch noch eine andere frohe Nachricht überbringen – mein Leben ist jetzt trotz allem besser als zu der Zeit, als du für mich Reis braten und Nudeln kochen musstest. Ich habe jetzt genug Geld zu bezahlen, und sei es auch nur ein Glas Lotussüßspeise. Lass mich heute zahlen wie ein Stammkunde!
Sie versuchte um jeden Preis, ihm das Geld in die Hosentasche zu stecken.
– Nein. Kommt gar nicht in Frage.
Er zog das Geld sachte heraus und steckte es ihr so geschickt in den Ausschnitt, dass es leicht auf ihren Busen fiel. Dann sagte er erfreut:
– Auf Wiedersehen!
Kim Giang blickte ihm gebannt hinterher. Einige junge Gäste sahen neugierig mit mitleidigem, verständnisvollem Ausdruck auf die Wirtin.
Nachdem er Kim Giangs Erfrischungsbar hinter sich gelassen hatte, fuhr er ziellos umher. Nach der Trang Thi-Straße kam er an der Ly Nam De-Straße vorbei.
Oh, Himmel, wenn Huong nicht schon verheiratet wäre, würde er heute Nacht sicherlich versuchen, sie kurz zu treffen. Sie hatte sich aus Vernunft für einen Mann entschieden, der aus einer einflussreichen Familie stammte, gerade aus der DDR vom Studium zurückgekehrt und auf der Suche nach einer Frau war. Nach diesem Ereignis war der Kontakt zwischen ihnen abgebrochen. Keine Briefe. Keine Grüße. Und keine gegenseitigen Besuche mehr. Selten hörten sie zufällig etwas voneinander, vielleicht wenn einem gemeinsamen Bekannten irgendwo ein paar Neuigkeiten entschlüpften! Er hatte noch alle ihre Briefe aufgehoben. Was noch unklüger war, er holte sie oft in traurigen, einsamen Momenten hervor und las sie immer wieder, wodurch seine Hoffnungslosigkeit noch zunahm. Für ihn waren Huongs Liebesbriefe ein unschätzbares geistiges Gut, durch das seine Seele immerhin einen kleinen Zufluchtsort hatte. Mitunter ließen diese Räucherstäbchen der Vergangenheit kurzzeitig seine Bitterkeit wieder auflodern und ihn sein Los als Nghe Aner erkennen.

Huongs Mann war aus Deutschland heimgekehrt. Und Tran Linh hatte vor, dort hinzufahren und dort einige Zeit zu leben. Er musste vom Flughafen Orly aus zurückkehren. Wenn er jetzt die kleine Hien finden könnte, wäre es toll. Aber der Himmel allein wusste, wo sie sich jetzt aufhielt. Sie war noch nicht verheiratet, und es gefiel ihr, viele Männer um sich herum schmachten zu lassen. So war es also wirklich schwer, sie ausfindig zumachen. Nie würde er ihre Gutherzigkeit vergessen, mit der sie ihr geringes Stipendium mit ihm teilte mit der Begründung, er sei weit weg von zu Hause, seine Eltern seien arm und sie habe ihre Eltern in der Sowjetunion, die für alles sorgten!

Mit einem Mal drängte es ihn, mit jemandem zusammenzusitzen oder sich zu unterhalten. Plötzlich erinnerte er sich an Chau Lien. Ach, ja! Er hatte das Buch von Direktor Mao mitgenommen, das er zurückgeben sollte, sobald er in Hanoi zu tun hatte. Also raste er mit dem Fahrrad zum Gemeinschaftswohnviertel Trung Tan.

Er beschloss, Chau Liens Wohnung nicht zu betreten, sondern sie draußen auf der Straße zu treffen. Er wollte Dr. Lang nur zu verstehen geben, dass Grüße von Direktor Mao in Hanoi eingetroffen seien. Herr Mao wusste nicht, dass für Dr. Lang gerade Tran Linh Besorgnis erregend war und nicht er. Obschon seine Gefühle etwas Altertümliches an sich hatten. Tran Linh wusste, dass Dr. Langs Frau ihn insgeheim mochte, schon von dem Tag an, als die beiden noch in Quang An waren. Da diese Zuneigung ihrem Mann nicht entgehen konnte, ging er damit sehr klug um, um Dr. Langs Besorgnis nach und nach zu zerstreuen. Es war ziemlich schwer, sie jetzt aus dem Haus zu locken. Er ging zum Wasserhahn, an dem die Bewohner dieses Wohngebietes abwechselnd Schlange standen. Seine Wahl fiel auf ein 13- oder 14-jähriges Mädchen, das als Botin dienen sollte. Er wandte sich an sie:

– Kleine, kennst du die Wohnung von Tante Chau Lien und Onkel Lang?

Die Kleine erwiderte munter:

– Beide sind Ärzte, nicht wahr? Sie arbeitet im Bach Mai-Krankenhaus. Ich wohne auf einer Etage mit ihnen!

Erfreut wechselte er sogar die Anrede:

– Schwester, geh zu Chau Liens Wohnung und sage ihr, sie hat Besuch. Sprich vor allem mit ihr allein. Ihr Mann darf nichts davon wissen. Es ist in einer wichtigen Angelegenheit, hilf mir, ja?

Das Mädchen beschwichtigte ihn lachend:
– Sei unbesorgt.
Etwa zehn Minuten später sah er Chau Lien auf den Wasserhahn zugehen. Erst als er sicher war, dass sie allein kam, trat er hinter dem Stamm eines nahe gelegenen Mahagonibaumes hervor. Sie gaben sich die Hand. Er sagte:
– Guten Tag, Madame.
Ohne seinen Gruß zu erwidern, fragte sie:
– Bist du erst seit kurzem aus Quang An hier?
Er daraufhin:
– Onkel Mao lässt dich grüßen und schickt euch das Buch von Do Tat Loi zurück!
Sie bedankte sich und lud ihn ein, mit hoch zu kommen.
Er erwiderte:
– Lass es gut sein. Es ist schon spät. Wenn nichts dazwischen kommt, fliege ich nach Deutschland. Es könnte sein, dass wir uns nicht mehr wiedersehen. Deshalb bin ich hier, um noch einiges zu regeln. Einerseits, um Herrn Mao einen Gefallen zu tun, andererseits, um mich zu verabschieden.
Sie fragte:
– Wann fährst du?
Er gab zurück:
– Der genaue Tag steht noch nicht fest!
Sie beschwor ihn:
– Linh, morgen Abend kann ich jemand anderen bitten, den Nachtdienst für mich zu übernehmen. Wollen wir zusammen ein bisschen spazieren gehen?
Er lachte:
– Herr Lang ist doch sehr eifersüchtig! Das macht mir Angst!
Sie beschwichtigte ihn:
– Wenn ich Dienst habe, muss er auf das Kind aufpassen.
Er war über ihren Eifer, sich zu verabreden, verwundert. Im fahlen Mondlicht erweckte sie in ihm plötzlich eine stille Zuneigung, so wie sie dort stand in ihrem dünnen Anzug, nur einen langärmligen Pullover übergeworfen. Ihn erfasste auf einmal eine diffuse Sehnsucht nach all den Frauenkörpern, mit denen er zusammen gewesen war.
Er fragte:
– Um wieviel Uhr können wir uns treffen?

Sie sagte:
– Um halb acht. Am Tor der Pagode B.
Er meinte:
– Es geht bei mir erst um acht Uhr.
Sie drückte seine Hand:
– OK. Derjenige, der weit weg fahren wird, hat die Wahl. Vergiss es nicht. Morgen haben wir Zeit, uns zu unterhalten. Ich gehe jetzt. Hab Verständnis. Ich bringe gerade das Kind ins Bett. Ich habe mich nicht einmal ordentlich angezogen, so sehr habe ich mich beeilt. Als mir die Kleine flüsternd das Aussehen meines Gastes beschrieb, erriet ich sofort, dass du es bist! Zum Glück ist mein Mann gerade beim Nachbarn mit Schachspielen beschäftigt.
Bevor sie seine Hand losließ, tippte sie ihm mit der anderen leicht auf die Schulter:
– Du hast einen schrecklichen Ruf. Sogar bis hierher sind Gerüchte gedrungen. Egal, es ist erfreulich, dass du von hier wegkommst. Der Franzose hat den Weg in die DDR gefunden. Glückwunsch!
Tran Linh schaute ihr nach, bis sie in der Tür des vierstöckigen Häuserblocks verschwunden war. Um Gottes Willen! Wie waghalsig diese Chau Lien war.
In dieser Nacht schlief er bei seinem Cousin und wartete besorgt auf den Augenblick, in dem er den Assistenten Ha Nghiem treffen würde. Seine Vorahnung sagte ihm unmissverständlich, der Trick mit der Stelle würde erfolgreich sein, da es die Mithilfe einer bedeutenden Persönlichkeit gab!
Und Chau Lien konnte überhaupt nicht schlafen. Als sie zu ihrem Kind zurückgekehrte, war ihr Mann noch immer nicht zurück. Er spielte also weiter Schach bei Herrn Quy. Sie verstaute das Buch „Medikamente der vietnamesischen Medizin“ von Dr. Do Tat Loi sofort in der hintersten Ecke des Bücherschrankes. Sie wollte nicht, dass ihr Mann erfuhr, wer das Buch hergebracht hatte. Und sie dachte sogar, wenn ihr Mann nichts von ihrem abendlichen Treffen mit Tran Linh mitbekam, umso besser. Sollte ihr Mann sie in ein zwei Wochen fragen: Wann hat Onkel Mao denn das Buch zurückgeschickt?, würde sie antworten: Er hatte eine Sitzung im Ministerium und ist bei mir im Krankenhaus vorbeigekommen!
So legte sie es sich in Gedanken zurecht, denn da sie nun einmal leicht für Männer schwärmte, hatte sie stets eine unbestimmte Angst vor

dem prüfenden Blick ihres Ehemannes. Ihr gefiel der junge Französischlehrer schon länger. Und vor einiger Zeit hatte sich das Ehepaar einmal recht heftig über den Französischlehrer des Amtes gestritten. Damals war Chau Lien noch im Krankenhaus der Provinzhauptstadt Hon Gai, und Dr. Lang war gerade dabei, sich auf seine Aufnahmeprüfung für die Aspirantur vorzubereiten. Ihr Mann war der Ansicht gewesen, die Liebesbeziehungen des Französischlehrers seien leichtfertig und verkommen, angestachelt durch die Liebesgeschichten im französischen Roman des 19. Jahrhunderts, jedoch viel schmutziger. Dies sei eine moralische Krankheit, mit der man kein Mitleid haben dürfe. Sie wiederum glaubte, das Bemerkenswerte an Tran Linh seien seine Fähigkeiten und seine Lebensenergie. Die Flirts und Liebeleien eines jungen alleinstehenden Mannes, der große Anziehungskraft auf Frauen ausübe und wie ein Schmetterling von einer Blüte zur anderen flattere, seien doch kein großes Verbrechen. Die Frage war doch, gäbe es bei den Frauen keine überschäumenden Gefühlsausbrüche, Frühjahrsfluten vergleichbar, wo sonst sollte der Französischlehrer dann Opfer für seine Verbrechen finden? Sie gab sogar unverhohlen zu:

– Bei mir ist es genauso. Auch ich schätze ihn, ich mag ihn. Wenn ich noch nicht verheiratet wäre, würde ich spielend leicht in seinen Armen landen.

Nach dieser Auseinandersetzung merkte sie, dass sie zu leichtsinnig mit ihrem Mundwerk war. Denn ihr Mann liebte sie schon immer sehr und war ein sehr nachdenklicher Mensch. Er beklagte sich, denn dies bedeutete ja, sie hatte ihn schon des Öfteren im Geist betrogen, hatte mit diesem Französischlehrer in Gedanken Ehebruch begangen. Sie müsse sich vor diesem Don Juan in Acht nehmen. Sie müsse an die Kinder denken und an das Familienleben. Sie konnte nicht mehr klar denken und sich nicht weiter beherrschen:

– Du bist wirklich lächerlich. Was bist du nur für ein Mann, der laufend eifersüchtig ist. Ehebruch im Geist? Dir fällt es wohl leicht, dein ganzes Leben lang außer an mich nie an eine andere Frau zu denken? Dir gefällt insgeheim also nie eine andere Frau, du verehrst nie auch nur ein bisschen eine andere? Es liegt nur daran, dass ich meinen Mund so weit aufreiße und unüberlegt daherrede. Und dieser Tran Linh ist sowieso nicht an einer Schachtel wie mir interessiert.

Dennoch mochte Chau Lien ihren Mann sehr. Sie wusste, er lieb-

te sie schrecklich. Die Ironie des Schicksals besteht darin, dass sich zwei Menschen oft auf schreckliche Art und Weise liebten. Mit ihrem Eheleben war Chau Lien zufrieden. In der Abteilung Chirurgie war sie eine gewandte, flinke und fähige Frau. Neben ihrem Gehalt hatte sie von Zeit zu Zeit ein paar Nebeneinnahmen in Form von kleinen Aufmerksamkeiten für besonders schwierige Operationen. Und sie war auch eine Frau, die haushalten konnte. Hinzu kam die mustergültige Sparsamkeit des Ehemannes, sodass ihrer Familie ein geregeltes, ruhiges, beinah ideales Leben vergönnt war.
Seitdem sie eine Anmeldung in Hanoi hatte, im Bach Mai-Krankenhaus arbeitete und ihr Mann zum Studium nach Hanoi delegiert worden war, schien ihr Familienleben sowohl in materieller als auch geistiger Hinsicht stabil. Doch in dieser Nacht war sie merkwürdig schlaflos. Es war paradox, das Bild des Französischlehrers ließ sie nicht los. Sie verstand auf einmal nicht mehr, warum sie sich die Verabredung für den kommenden Abend ausgedacht hatte. Sie wusste nicht, ob sie jemanden finden würde, der für sie den Nachtdienst übernähme. Sie wollte mit Tran Linh nur einen Abend lang spazieren gehen. Danach würden sie sich nicht wiedersehen. Wahrscheinlich würde sie alt und schwach sein, wenn er zurückkehrte. So ein Typ wie er blieb leicht für immer dort. Mochte die Heimat für manche eine Traube süßer Sternfrüchte sein, für ihn waren diese Sternfrüchte äußerst bitter, das wusste sie. Als ihr Mann ins Bett schlüpfte, tat Chau Lien so, als schliefe sie fest. Sie bemerkte, dass ihr Mann sich auszog und noch lange rauchend dasaß, bevor er sich hinlegte. Als er sie wecken wollte, gab sich Chau Lien verschlafen:

– Was war denn das für ein Schachspiel, dass mein General erst jetzt nach Hause kommt? Und solch einen Lärm macht! Lass mich bloß schlafen!

Ihr Mann daraufhin:

– Vorhin haben wir Schach mit Holzfiguren gespielt und jetzt sind die menschlichen Figuren dran. Wo ist denn meine Frau? Die Frau nimmt weiß, der Mann nimmt schwarz. Na, los!

Sie brach in Lachen aus:

– Was für ein Spaß!

Und so ließ sie, wie es so etwa zehn Mal im Monat üblich war, ihren Mann das menschliche Schachspiel spielen getreu dem Zeitplan, den sie miteinander ausgemacht hatten.

In dieser Nacht umarmte sie ihren Mann plötzlich fester, leidenschaftlicher. Dennoch ging ihr das Bild des Lehrers Tran Linh nicht aus dem Sinn. Unvermutet spürte sie, wie sich etwas Niederträchtiges in ihrem Innern brandartig ausbreitete, denn gleich nachdem ihr Mann eingeschlafen war, erschöpft und befriedigt vom ehelichen Vergnügen, hoffte sie hingegen auf den morgigen Abend. Und wenn sie Tran Linh am nächsten Abend wieder nicht berühren konnte? Die ganze Nacht über schlief sie unruhig. Würde sie bald eine Mauer durchbrechen? Eine verbotene Grenze überschreiten? Eine Grenze ohne Wächter? Sie drehte sich sachte um und umarmte ihren Mann. Da fiel ihr der peinliche Witz eines mit Dr. Lang befreundeten Journalisten ein:

– Lang, du bist wirklich ein Glückspilz. Du bist wie der Hahn, der für die industrielle Mast ausgewählt wurde – gutes Futter, schöner Stall, Müßiggang.

Dieser Journalistenkerl war dafür bekannt, oft über das Leben anderer dermaßen geschmacklos zu lästern. In jenem Moment hatte ihr Mann sofort gekontert:

– Hör mal zu, mein Kleiner! Ich gehöre durchaus nicht zu denen, deren Intellekt eingeschlafen ist. In den heutigen Zeiten gibt es doch viele, die Intellekt haben, diesen jedoch nicht wecken können, da sie unterernährt sind. Dann gibt es wieder welche, die wach sind, die aber mit ihrem Intellekt nichts zustande bringen, weil diese Organisationsstruktur oder jener Arbeiter- und Bauernverband dem Intellekt alle Türen verschlossen haben. Ich wette, du wagst es nicht, einen Artikel zu schreiben mit der Überschrift: Warum züchten heutzutage die Hanoier Intellektuellen so gern Hühner? Du gehörst wohl auch zu den Schwächlingen. Du denkst, ich schlafe? Ich bin ein schlafender Wolf, mein Lieber!

Oftmals war auch ihr Mann vulgär, warf anderen derart plumpe Dinge ins Gesicht. Manchmal ging es eben nicht anders. Sollte man denn stillhalten, wenn man als Masthahn tituliert wird?

18

Am darauffolgenden Tag deutete Tran Linh mittags an, er würde das Fahrrad seines Cousins für einen weiteren Abend ausleihen. Da das Ehepaar von seinem Treffen mit dem Assistenten des Ministers wusste, brachte der Mann seine Frau mit dem Fahrrad zur Arbeit, und sie überließen ihm das schöne Rad. Tran Linhs Programm sah vor, sich nach der Zusammenkunft mit Ha Nghiem mit Chau Lien zu treffen. Und am nächsten Morgen würde er zeitig auf schnellstem Wege nach Quang An zurückfahren.

Als er Ha Nghiem ansah, wusste er, er hatte gewonnen. Die beiden waren allein und saßen sich an einem kleinen, braun lackierten Teetischchen gegenüber. Ha Nghiem begann:

– Ich habe dich also retten können. Herr Chu Hung, Leiter der Organisationsabteilung der Generaldirektion für Internationale Arbeitskooperation, war mit dem Plan der Organisationsabteilung des Arbeitsamtes von Quang An einverstanden. Sie werden dort in Hanoi also die Formalitäten nur für denjenigen erledigen, der Tran Linh heißt und der vom Quang Aner Arbeitsamt gemeldet wurde. Du musst jetzt sofort nach Quang An zurückfahren und die Herren vom dortigen Amt bitten, schnellstens die Stelle eines Dolmetschers und gleichzeitig eines Gruppenleiters namentlich für den Kader Tran Linh offiziell zu beantragen. Dieser Antrag wird uns lediglich als Sicherheit dienen, falls es zu einer Beschwerde kommt. Denn die Generaldirektion muss auch rechtliche Gründe bereithalten, um gegebenenfalls der öffentlichen Meinung ihre Reaktionen zu erklären. All das ist streng geheim. Heute Mittag habe ich bereits Direktor Huy angerufen, ihn aber nicht erreicht, da er auf einer Versammlung war. Herrn Duc konnte ich auch nicht erreichen. Kurzum, du hast sozusagen ganz allein die vier Gruppenleiter und Parteimitglieder aus Quang An vom Flughafen Noi Bai hinweggefegt. Solch eine immense Schlagkraft hast du!

Tran Linh lachte:

– Es war wohl eher deine Amtskraft! Ich bin es, der gerettet wurde. Ich bin dir und der Partei wirklich mein ganzes Leben lang dafür dankbar.

Ha Nghiem sagte:
– Du bist schon ein sonderbarer Kauz! Du erwähnst die Partei ja ziemlich oft! Ich habe dir von einem menschlichen Standpunkt aus geholfen, aus Freundschaft, weil wir aus derselben Gegend stammen. Betrachtet man die Sache prinzipiell, dann habe ich mit Chu Hung die für die Stellenvergabe allgemein gültigen Regeln überschritten. Ist dir das klar?
Tran Linh sagte:
– Das ist mir durchaus klar. Ich wollte dir noch sagen, dass es mein großer Fehler war, mich nicht um die Mitgliedschaft in der Partei bemüht zu haben und dich jetzt belästigen zu müssen. Diesen Fehler kann ich nicht von heute auf morgen beheben. Zum Glück gibt es in der Partei noch Leute, die die Arbeit flexibel und wohlwollend erledigen wie du, und das ist mein großes Glück. Ich komme aus einer einfachen Familie und das war schon unangenehm genug. Dann bin ich noch nicht einmal Parteimitglied. Ich schwamm also sozusagen neben dem Strom. Wenn es mir trotzdem ausnahmsweise ermöglicht wird, ins Ausland zu kommen, denke ich, ist es richtig, der Partei dafür zu danken!
Ha Nghiem erwiderte:
– Das hieße ja, unsere Partei gleiche einem feudalen System. Dankst du der Partei oder machst du dich schmeichelnd über sie lustig? Hier unter uns kannst du es ruhig sagen. Als Mandarin herrscht man nur eine gewisse Zeit, aber als einfacher Bürger lebt man ewig. Ich kann es überhören. Aber sprich auf keinen Fall so offen vor allen Leuten. Die Wände haben überall Ohren. Genug davon! Du kannst schon mal die Abschiedsfeier für deine Geliebten vorbereiten! Ich will dir noch das Eine sagen. Schon lange werden die einzelnen Parteimitglieder und die Partei allgemein glorifiziert. Oder die Partei macht sich weiter etwas vor und spricht sich selbst in absurder Art und Weise heilig. Die Partei besteht aus Menschen, die auch aus Fleisch und Blut sind und an den vier Freuden des Lebens teilhaben wollen – sie können weder aufs Essen verzichten noch auf Schlaf, ganz zu schweigen vom Beischlaf, und sie müssen wie jedermann aufs K… gehen. Als Mensch ist man eben mal klug und mal dumm. Mal gut und mal böse. Mal achtsam und mal unbedacht usw. Deshalb solltest du dir bewusstseinsmäßig die Partei nicht ständig als irgendeine über dir stehende oder zu dir in scharfem Widerspruch stehende Macht betrachten.

Tran Linh meinte leise:
– Bisher vertraten noch nicht viele solch einen Standpunkt wie du. Ich habe verstanden, was du sagen wolltest. Kurz gesagt, alles hat seine Zeit und ist vielschichtig. Das Problem besteht darin, das Leben als Ganzes zu betrachten, gestützt auf die genaue Beobachtung der dialektischen Beziehungen in der Praxis.
Zum Glück bekam der Assistent des Ministers in dem Moment Besuch, sodass Tran Linhs philosophischer Redefluss unverzüglich unterbrochen wurde. Er ergriff die Gelegenheit, um sich bei seinem Wohltäter zu verabschieden, mit der feierlichen Miene eines Botschaftsattachés, der erstmalig der Übergabe des Beglaubigungsschreibens in einem fremden Königreich beiwohnt. Zuvorkommend begleitete Ha Nghiem ihn noch ein paar Schritte hinaus und ermahnte ihn, sich zu sputen. Sich äußerst zu sputen!
Er saß auf dem Sattel des sowjetischen Rennrades wie im Flugzeug. Hanoi war schon armselig und doch außerordentlich elegant. Mit einem Mal fühlte er sich wie ein Heerführer, der soeben seine Truppen angeführt hatte, um überraschend eine Umzingelung mittels einer List zu durchbrechen. „Wenn die Sterne Co und Luong auf dich leuchten, bist du ein gerissener und perfider Mensch; mit den Sternen Xuong und Khuc bist du noch talentierter und fleißiger", erinnerte er sich haargenau an die Voraussage des Dichters Truong Huyen zu seinem Horoskop. Ihn als Abgesandten des Teufels oder als arglistig zu bezeichnen war gar nicht falsch. Die anderen hatten geglaubt, er sei völlig am Boden. Doch letztendlich war er auferstanden.
Nun, gut, am Abend wollte er ein wenig mit Chau Lien spazieren gehen. Zum ersten Mal und gleichzeitig zum letzten Mal. Man konnte es als eine kleine Feier betrachten, nur für sie beide, um voneinander Abschied zu nehmen. Er kannte die Frauen, er wusste also genau, was sie von ihm wollte. Er wusste es nicht erst jetzt, sondern schon seit langem. Er hatte es sich selbst versagt, denn eigentlich hatte er schon damals in Quang An verstanden, dass er sie haben könnte, wenn er wollte. Zu diesem Zeitpunkt wusste er noch nicht, dass Herr Mao sie sehr liebte. Im Nachhinein wurde ihm klar, auch Direktor Mao hatte sich selbst Grenzen gesetzt und ließ seine Leidenschaft nur in Gedanken in Erfüllung gehen. Und Tran Linh genoss Chau Liens besondere Sympathie, mochte sie diese auch sehr versteckt äußern, in der Art, wie Kinder einmal an der Persimone

schnuppern. Sein Herz gestand sich ein, er durfte die Angelegenheit nicht auf die leichte Schulter nehmen, damit ihr Ehemann keinen Verdacht schöpfte und nicht eifersüchtig wurde. Im Übrigen hallten in seinen Ohren die „Liebesgeschichten wie Salven eines Maschinengewehrs“ mit Linh Van, Tam Thanh, Thuy Nga…, fraglich war doch, ob er überhaupt noch die Kraft hätte, Chau Lien seelenruhig zu vernaschen.

Nicht selten hatte er sich in seinen Affären wirklich wie ein anmaßender, ausschweifender Gockel aufgeführt. Sogar Frau Hoa, deren Mann als Major oder Oberstleutnant an der Grenze diente, war einmal ängstlich außer Fassung geraten, hatte dann aber doch gerührt Verständnis für ihn gezeigt, gleich auf dem verlassenen Einzelbett. Danach besuchte Frau Hoa ihn nie wieder allein in seinem Zimmer, sondern brachte stets ihre neunjährige Tochter mit. Sie fürchtete ihn, schätzte ihn, und es gefiel ihr, noch immer von einem mehrere Jahre jüngeren Mann begehrt zu werden. Noch nie hatte jemand sie so animalisch und zugleich zart und heftig geliebt, dass es beängstigend war. Eines wusste sie nicht: Manchmal handelte er so, weil er nicht wusste, wohin mit seiner Bitterkeit, seinem unklaren, geheimen Hass, weil er sich im Leben unterlegen fühlte. In jenem Moment war er einsam gewesen, und sie war eine Frau mit einem Kind – sozusagen in der Blüte des Lebens.

Was Chau Lien anging, Himmel und Erde hatten ihm noch nie eine so süße Gelegenheit gegeben wie die Verabredung für diesen Abend. Kannte eigentlich die ganze Stadt sie beide? Wenn sie ihrem Mann die Augen verschließen konnte, hieß das doch, sie war bereit, ihm vor seiner Abreise unvergessliche Erinnerungen zu bescheren. An diesem Ort, zu dieser Stunde konnte er die Grenze überschreiten, mit der er sich selbst so lange schon erstickte. Und sie, die von sich aus die Verabredung angeregt hatte, hatte sich somit von den familiären Fesseln befreit. Wenn er sie nicht gebührend empfing, war das wirklich dumm von ihm. Er musste jedoch aufpassen. Was hatte der Dichter Truong Huyen noch einmal über ihn auf dem Gebiet der Liebe gesagt? Ach, ja. Er würde auf seinem abenteuerlichen Lebensweg in sehr viele Liebesaffären geraten, die ihm Unheil brächten. Mit größter Umsicht fuhr er rechtzeitig zum vereinbarten Ort. Dort angekommen, blieb er nicht offen vor aller Augen stehen, sondern suchte sich einen verborgeneren Standort. Von dort aus konnte er sie trotzdem beobachten, sobald sie auf ihrem Fahrrad auftauchte. Er gab ein wenig Parfüm auf ein Taschentuch, schnürte seine Adidas-Turnschuhe und wartete ungeduldig!

Chau Lien kam überaus pünktlich. Genau um 19 Uhr 57 erschien sie am Tor der Pagode B auf ihrem türkisfarbenen Mifa-Rad. Von seinem Versteck aus suchte er genau die Straßen hinter ihr ab. Erst als er niemanden erblickte, der ihr auf den Fersen folgte oder sie zu beobachten schien, trat er hervor. Als sie zusammentrafen, war es genau 20 Uhr 05. Sie fuhren nebeneinander her, nachdem sie sich geeinigt hatten, zum Park am Thuyen Quang-See zu fahren. Sie duftete nach einem ausländischen Parfüm. Sie hatte sich fein gemacht wie eine junge Frau, die sich lange nichts aus irdischen Festen gemacht hatte und nun plötzlich auf der Hochzeit eines alten Bekannten erscheinen sollte. Samthose, so schwarz wie eingelegte getrocknete chinesische Äpfel, seidene Tunika im Bordeauxrot reifer Pflaumen. Darüber eine schwarze Lederjacke, einen dünnen Seidenschal, der wie Wölkchen ihre Schultern umtanzte. Offensichtlich waren ihr Äußeres und ihre Aufregung, mit der sie zu ihrer Verabredung gekommen war, ganz und gar nicht alltäglich. An einem breiten und menschenleeren Platz forderte sie ihn auf:

– Steig für einen Moment ab!

Er hörte sofort auf sie, und beide lehnten ihre Fahrräder aneinander.

– Heute sind wir aber wirklich spät zusammen unterwegs, sagte sie.

Er meinte:

– Mir macht es nichts aus, ich befürchte nur, es passt dir nicht.

Sie lachte:

– Es ist heute so, als hätten wir die ganze Nacht über Dienst!

Er erwiderte:

– Aber ich glaube, es ist trotzdem besser, vorsichtig zu sein.

Sie fuhr fort:

– Diese Nacht ist einzigartig. Bis jetzt hast du bestimmt nichts von meinen Emotionen verstanden. Zweimal hast du in Quang An mein Geschenk nicht angenommen. Jetzt musst du es nehmen. Bei deinem Abflug kann ich sicherlich nicht zum Flugplatz rausfahren, um dich zu verabschieden. Sogar zu deiner Abschiedsfeier kann ich nicht kommen. Deshalb habe ich ein kleines Geschenk für dich, um deine Freude zu teilen. Und damit du dich daran erinnerst, dass es eine Frau gibt, die oft an dich denkt, wenn sie einen Pullover strickt.

Bei diesen Worten gab sie ihm ein kleines Päckchen. Er öffnete es und war maßlos erstaunt, denn es war Geld: 40.000 Dong sowie ein sorgfältig zusammengefaltetes weißes Blatt Papier. Sofort nahm er das Geld und steckte es in die Tasche ihrer Lederjacke:

– Ich nehme das Geld nicht, danke, Chau Lien. Ich nehme nur das Blatt Papier. Oftmals kommen im Leben sehr merkwürdige Dinge vor. Es gibt Dinge, die wir verstandesmäßig völlig begreifen, aber nicht aussprechen. Oder wir sagen das Gegenteil der Wahrheit, wenn diese Wahrheit einen kleinen ideellen Wert für uns darstellt, aber für unser reales Leben eine schrecklich zerstörerische Kraft hat. So erst kommt es zu stummen Lieben, Lieben, die nicht erhört werden. Ich danke dir, Chau Lien.

Er dankte ihr, krampfhaft bestrebt, stark genug zu sein, sich vor dieser jungen Frau taubstumm zu stellen. Sie steckte ihm das Geld wieder zu und sagte:

– Linh, lehnst du es ab, weil ich arm bin? Ist es auch wenig, nimm es trotzdem. Bis zu deiner Abreise brauchst du doch noch Geld. Ich schenke es dir!

Er gab es wieder zurück mit den Worten:

– Diesen Brief brauche ich mehr. Lass mich ihn in Ruhe lesen!

Das Licht war gerade hell genug, damit er die Zeilen auf dem halben A 4 Blatt entzifferte:

„Ich habe diese Gedichtstrophen für dich abgeschrieben, lies sie ab und zu in der Ferne, und vielleicht wirst du dich an eine Frau erinnern, die du gekannt hast. Lache nicht!

Verschwiegen der Mund – das Herz jedoch in Aufruhr
Wer sieht schon den Sturm im Ozean der Seele?
Ein bebendes Herz heißt noch keine Liebe
Eine Pfirsichblüte macht noch keinen blühenden Frühling.
Doch Tag folgt auf Tag, Nacht auf Nacht
Sacht wie ein Traum entschwindet die Zeit
Noch enger geknüpft die seidenen Bande, fester gebunden
Unauflöslich – wer sollte mich jemals von ihr trennen?
Hier der Dichter, dort die Leidenschaft
Zwei Herzen fest verriegelt, doch wehrlos
Beide euphorisch, schmachtend sogar
Zwei Seelen verschlossen, doch verwaist.
Nah beieinander wird kokettiert

Die Sinne berauscht – das Herz doch belogen
Noch die Herbstnacht getäuscht, der helle Mond betrogen
Welch Liebender bleibt ohne Schwur?
Abschiedsschmerz gemeinsam unterdrückt
Gleichmütig wie schon beim ersten Mal
Wie oft erstarb ein Schluchzer auf den Lippen
Welch Liebender gibt kein Versprechen?
Trifft man einander, kaum flüchtig gelacht, kehrt jeder um
Freud und Leid unermesslich scheinen wir teilnahmslos…
Wie oft erstarrte eine Träne auf der Wimper
Welch Liebender wartet nicht?
Neigt mittags die Sonne sich, ist noch lange nicht Abend?
Blätter fallen, doch es ward noch nicht Herbst?
Worauf warten – auf bleichen Himmel, auf Nebelschwaden?
Im Zwiespalt des Herzens einander verfallen – noch immer nicht Liebe?
Heimliche Gunst, still einander zugetan
Nicht wissend, seit wann es Liebe ist
Unschlüssig – Ufer der Wirklichkeit oder Quelle zum Traum?
Ist nicht gerade die Sehnsucht Liebe?
Lieben ist Zweifeln am Gefühl des Geliebten
Nicht einmal glauben, selbst schon zu lieben
Oh, wie zart ist der Duft der Liebe…
(Auszug aus „Lieben ohne es zu wissen“ von Vu Hoang Chuong)
Er fühlte sich, als würde er versinken, ertrinken im Mond, im Nebel, in der dunklen Erde ringsumher. Sie hatte diese Gedichtzeilen von Vu Hoang Chuong überaus wirkungsvoll genutzt, um zu offenbaren, was sie für ihn empfand. Wie sollte er da taubstumm bleiben? Direktor Mao schwärmte auch für sie. Ihr Mann liebte sie schrecklich. Er wusste, er gefiel ihr seit langem, doch er hatte nicht geahnt, wie weit ihre Zuneigung für ihn ging. Ehrfurchtsvoll faltete er das wertvolle Gedichtblatt wieder zusammen und steckte es in die Brusttasche.
Die Frauen waren wirklich maßlos. Ein Dr. Lang reichte nicht aus, sie für ihr ganzes Leben zu einer Prinzessin zu machen? Sie wollte noch ihn in ihr Königreich hineinziehen, in einem unwiederbringlichen Augenblick? Diesmal ging sie zu weit, nicht er. Doch nur, weil er aufgetaucht war. Weil er sie an diesem Wasserhahn getroffen hatte. Ansonsten hätte es keinen Ort und keine Zeit für dieses Drehbuch gegeben. Er sagte:

– Ein schönes Gedicht! Aber diejenige, die diese Gedichtzeilen ausgesucht hat, ist noch schöner als das Gedicht!

Lachend sagte sie:

– Unterschätze mich nicht. Lass uns jetzt zum Park am Thuyen Quang-See fahren. Dort ist man vor Blicken geschützt und es wird sogar Musik gespielt.

Er stieg auf sein Rad und folgte ihr, als könnte nichts ihn aufhalten. Er holte sie ein; ihre Räder fuhren nebeneinander. Jetzt lag ihre Hand auf der seinen. Ihre rechte Hand wärmte seinen linken Handrücken. Der Mond schien. Unruhig strich der Wind unablässig durch die dunklen Baumkronen. Sie trat in die Pedale und rezitierte dabei Gedichte. Wie kam es, dass sie so jung wirkte? Wie kam es, dass er sich so von ihr angezogen fühlte. Sie deklamierte:

Neigt mittags die Sonne sich, ist noch lange nicht Abend?
Blätter fallen, doch es ward noch nicht Herbst?
Worauf warten – auf bleichen Himmel, auf Nebelschwaden?
Im Zwiespalt des Herzens einander verfallen – noch immer Liebe nicht?

Er dachte insgeheim: *Unschlüssig – Ufer der Wirklichkeit oder Quelle zum Traum?* Nun gut, vielleicht wollte es der Himmel so. Keine Nacht wird jemals so schön für uns beide sein wie diese! Poetisch sagte er:

Bist du zu einem Fest erschienen, dann feiere
Fürchte nicht das Lachen, den Spott der anderen
Sei ausgelassen bis das Fest aus ist und geh heim
Wirst du gescholten, achte nicht darauf, wirst du verspottet, belass es dabei.

Er war nicht darauf gefasst, auch von ihr eine poetische Antwort zu erhalten:

Mein Herz erweist dir große Liebe
Welche Gegenliebe es erwartet, ist deinem Herzen überlassen.

Im Nu waren sie im Park am Thuyen Quang-See angelangt. Sie stellten die Räder aneinander und schlossen sie ab. Danach nahmen sie sich beide an die Hand und gingen durch das niedrige Tor des Parks hindurch, das ursprünglich das Eingangstor zu einem uralten Tempel gewesen war.

Wer sie sah, hielt sie für ein langjähriges Liebespaar. Sie zog ihn plötzlich an der Hand, damit er stehen blieb. Sie schaute ihn an. Er schaute sie an. Dann dachte er plötzlich, er hätte sie eigentlich schon

längst küssen müssen. Sie küssten sich sacht, ganz langsam. Die Küsse waren noch nicht erkaltet, als eine gellende Stimme Tran Linh aufschrecken ließ:
– Elender Kerl!
Er drehte sich reflexartig in die Richtung, aus der die Stimme kam. Da traf ihn ein Schlag mitten ins Gesicht. Ihm wurde schwarz vor Augen, und er sah tausend vielfarbige Sterne!
Bestürzt schrie Chau Lien auf:
– Lang! Dazu hast du kein Recht!
Er fuhr sie an:
– Halt die Klappe, du Nutte!
Als er alles soweit mitgehört hatte, schrie Tran Linh innerlich auf: Es ist alles aus!
Er taumelte und fiel ganz langsam ins Gras. Mit beiden Händen hielt er seine Augen bedeckt. Ein heftiger stechender Schmerz, stockfinster! Noch dazu feucht und das Fleisch zerfetzt. Es blutete. Er würde erblinden, das war sicher! So fluchte er innerlich und sagte:
– Lang! Du hast mich blind geschlagen! Warte, ich werde mit dir abrechnen! Du wagst es, mich so brutal zu schlagen?
Wieder war Langs wütende, bebende Stimme zu hören:
– Du bist ein Schurke! Du hast mein Glück zerstört, ist dir das klar?
Chau Lien jammerte:
– Wie kannst du nur so grob und so brutal sein?
Dabei tupfte sie Tran Linh das Blut mit ihrem Taschentuch ab. Weiter kamen die drei nicht in ihrem Streit, denn zwei Polizisten, die das Ganze schon eine Weile beobachtet hatten, tauchten plötzlich auf.
Der eine Polizist ließ sich vernehmen:
– Das ist wohl eine Prügelei aus Eifersucht?
Dr. Lang erwiderte:
– Richtig! Ich musste ihn schlagen, denn er hat eine Affäre mit meiner Frau.
Der andere Polizist fragte:
– Und warum haben Sie es so weit kommen lassen? Und Sie? Hören Sie auf zu weinen! Schieben Sie das Fahrrad und folgen Sie uns auf das Polizeirevier.
Tran Linh sagte:
– Lang. Du irrst dich. Aber ich habe trotzdem einen Fehler gemacht. Das ist der Preis, den ich für meine Dummheit zahlen muss. Wenn

ich nicht blind bin, können wir uns ruhig unterhalten. Und sollte ich völlig erblinden, wird es dir genauso ergehen! Hast du verstanden?
Chau Lien bekam es mit der Angst. Lang sagte herablassend zu ihr:
– Du weinst? Du dachtest, du könntest mich hinters Licht führen? Ach, ja, Dienst im Krankenhaus! Du gewissenloses Frauenzimmer!
Der Polizeisergeant aufbrausend:
– Sie sind ein Gewalttäter. Er ist ja blutüberströmt! Lassen Sie Ihre Frau in Ruhe!
Alle fünf fuhren auf den Fahrrädern zum Polizeirevier. Nachdem sie Namen, Alter, Beruf, Wohnort angegeben hatten, sagte der Polizeisergeant:
– Es ist sehr bedauerlich, dass Sie alle Intellektuelle sind, noch dazu Hochschulabsolventen. Sich sogar kannten und befreundet waren. Eigentlich müssten wir ein Protokoll aufnehmen und Sie zu dieser Schlägerei vernehmen. Aber all das werden wir später tun. Jetzt muss Herr Tran Linh schnellstens in die Notaufnahme ins Krankenhaus gebracht werden. Ein Auge hat es schwer erwischt. Frau Chau Lien soll nach Hause gehen zu ihren Kindern. Und Herr Lang bringt mit uns den Betroffenen ins Krankenhaus. Am besten, wir bringen ihn ins Krankenhaus in der Ba Trieu-Straße.
Obwohl Tran Linh noch immer die Augen geschlossen hielt und mit der rechten Hand sein rechtes Auge verschließen musste, beruhigte er sich wieder:
– Danke für Ihre humane Lösung. Es ist wirklich bedauerlich, dass wir nicht fairer miteinander umgegangen sind.
Dr. Lang schluchzte:
– Du hast ein Unglück heraufbeschworen. Weißt du nicht, dass mich deine Wunde noch hundertmal, tausendmal mehr schmerzt als dich?
Chau Lien wollte nicht nach Hause gehen. Sie sagte nichts. Sie widersprach ihrem Mann nicht. Sie weinte bloß, lautlos, bitterlich, ihre Brust bebte vor Schluchzen. In ihrem Kopf hallte das Echo ihrer eigenen Stimme wieder: „Meinetwegen! Alles meinetwegen, Linh! So habe ich dich umgebracht!"
Das Merkwürdige war, dass sie überhaupt nicht auf die Vorwürfe und die Erregtheit ihres Mannes achtete. Sie fürchtete auch nicht, von ihm geschlagen zu werden. Sie schmerzten nur die Tropfen Blut, die Tran Linh soeben vergossen hatte. In einer äußerst kuriosen Si-

tuation. Als sie sah, wie ihr Mann anfing zu weinen, empfand sie Enttäuschung und Mitleid. Als sie Tran Linhs blutiges Gesicht erblickte, fühlte sie sich schuldig, und sie fand ihren Mann grausam und niederträchtig.

Nachdem sie Tran Linh in der Notaufnahme der Augenklinik abgeliefert hatten, sagten die beiden Polizisten:

– Bringen Sie Herrn Tran Linhs Fahrrad zur Aufbewahrung in unsere Polizeistation. Morgen kommen Sie bitte zu uns, damit wir das Protokoll aufnehmen. Herr Lang, Sie sind verpflichtet, sich von jetzt an ständig nach Tran Linh zu erkundigen, bis er aus der Klinik entlassen wird. Die Wiedergutmachung des Schadens, den sie ihm zugefügt haben, werden wir später berechnen. Wegen seines körperlichen Zustandes müssen wir jemanden zu ihm schicken, um seine Aussage zu diesem Vorgang aufzunehmen. Sicher haben Ihre Frau und Herr Linh noch nichts Ernstes miteinander gehabt. Obwohl wir Sie drei auf Schritt und Tritt beobachtet haben. Zunächst sahen wir ein Pärchen auftauchen. Danach sahen wir einen weiteren dunklen Schatten, der den beiden auf den Fersen folgte. Wir vermuteten, es könnte zu einem Raub kommen, als das Pärchen Arm in Arm tiefer in den Park hineinging. Deshalb beobachteten wir alle drei Personen. Wer hätte gedacht, dass es in dem Moment, als sich das Pärchen gesittet und zärtlich küsste, zu diesem blutigen Zwischenfall kommen konnte. Wir waren recht enttäuscht, weil wir vorhatten, bei einem Raub überraschend zuzuschlagen, und nun Zeuge sein mussten, wie ein Arzt aus Eifersucht zuschlägt. Gut, gehen Sie jetzt nach Hause! Sie sollten nicht so engstirnig sein. Wem passiert es nicht, mal ein bisschen fremdzugehen? Ist die Ehefrau unglücklicherweise romantisch veranlagt und begeht einen Fehltritt, sollte man die genauen Ursachen herausfinden. Kann man sie nicht überzeugen und lässt sie sich keine Ratschläge geben, sollte man sich trennen und vor Gericht gehen. Ich habe mich sehr gewundert, denn Sie sind beide Ärzte. Und Ihr Freund gehört auch zu den Intellektuellen. Wieso mussten Sie auf solch einen blutrünstigen Plan zurückgreifen? Sehen Sie mal, wenn Sie mit dieser Eisenstange jemandem ins Gesicht schlagen, was bleibt dann noch vom Menschen übrig? Selbst wenn Sie die beiden in flagranti im Bett erwischt hätten, dürften Sie nicht in der Weise handeln, noch dazu, wo sie nur zusammen spazieren gingen.

Dr. Lang gehässig:

– Danke für die Belehrung. Trotzdem ist das hier eine persönliche menschliche Angelegenheit. Weil ich ein Mensch bin, kann ich nicht ruhig zuschauen, wie mein Freund mit meiner Frau vor meinen Augen geschmacklose Handlungen vollzieht. Ja, mein Freund, Herr Linh. Er kennt meine Frau und mich. Er ist Französischlehrer eines Gesundheitsamtes. In Wirklichkeit ist er ein Rowdy, der sich als Intellektueller ausgibt.

Lachend sagte der Polizeisergeant:

– Belassen wir es dabei, Sie sind noch total erhitzt! Wir werden uns später unterhalten. Momentan wissen wir nur, dass vor dem Gesetz Herr Dr. La Ngoc Lang, beschäftigt in der Hochschule…, wohnhaft in… sich einer 40 cm langen Eisenstange von 2 cm Durchmesser bediente und damit Herrn Tran Linh schwer verletzte, als dieser mit Frau Chau Lien, Ärztin, gegenwärtig beschäftigt im Krankenhaus…, spazieren ging. Dr. Lang äußerte: „Weil Herr Tran Linh ein Verhältnis mit meiner Frau hatte." Frau Chau Lien gab an: „Weil er in Kürze dienstlich verreisen wird, wollten wir zusammen spazieren gehen, uns unterhalten, bevor er seine Mission antritt." Herr Tran Linh bestätigte: „Chau Lien und ich hatten bisher keine illegitime Beziehung, außer dass wir uns kannten und in einem bestimmten Maße Zuneigung füreinander empfanden." Also gesetzlich gesehen, müssen Ihre Beziehungen noch weiter untersucht werden. Die Verantwortung liegt einzig und allein bei Ihnen, dafür, dass Sie den Mann geschlagen haben. Heute will ich nur dies Ihnen gegenüber bekräftigen. Nicht wahr, Herr Dr. Lang?

Dr. Lang bekam Ohrensausen wegen der klar formulierten Worte des Polizisten. Chau Lien stand immer noch daneben und weinte bitterlich. Empört beschimpfte Dr. Lang seine Frau:

– Halt sofort den Mund! Du bereust es wohl noch, dass du diesen Schuft heute Nacht nicht heiß umarmen konntest? Hätte ich noch ungefähr zehn Minuten länger ruhig die Zähne zusammengebissen, hättet ihr euch doch die Kleider vom Leibe gerissen, da gehe ich jede Wette ein.

Chau Lien brachte kein Wort über die Lippen. Sie stellte sich taub. Sie schob flink ihr Fahrrad bis zu den beiden Polizisten und sagte:

– Ich danke Ihnen. Ich hoffe, Sie kümmern sich um Herrn Linh, in Hanoi hat er überhaupt keine Verwandten. Mein Mann hat heute völlig den Verstand verloren, ich hoffe, Sie haben Verständnis dafür!

Nach diesen Worten stieg sie aufs Rad und fuhr geradewegs nach Hause. Dr. Lang stieß hervor:

– Elendes Gesindel! Die haben noch Mitleid miteinander! Haben Sie gesehen?

19

Nachdem der Anfall stechender Schmerzen vorbei war, konnte Tran Linh flüchtig etwas aus dem kurzen Gespräch zwischen dem Chirurgen und der Oberschwester mitbekommen. Er hatte das Gefühl, in einem tiefen Abgrund zu liegen. Einem Abgrund der Schande und der Bitterkeit. Das rechte Jochbein war gebrochen. Würde er auf diesem Auge oder sogar völlig erblinden oder nicht? Mehrmals hatte er dem behandelnden Arzt oder der Oberschwester mit schwacher Stimme diese Frage gestellt, doch immer nur zur Antwort bekommen:

– Das kann man erst wissen, wenn der Verband entfernt wird. Eins steht fest, das Auge wird nicht mehr so schön aussehen wie früher.

Das war sein Untergang. Der Plan gute Passbilder machen zu lassen gescheitert. Sein Gesicht entstellt. Wie dumm. Warum hatte er das Ehepaar Chau Lien kennengelernt, wozu nur? Zum Glück war er nicht auf der Stelle tot. Wenn diese Eisenstange die Mitte seines Kopfes getroffen hätte, wäre er sicherlich tot gewesen. Dann gäbe es eine ergreifende Trauerfeier für ihn. Welche der Frauen würde rechtzeitig kommen, um ihn bis zu seiner letzten Ruhestätte zu begleiten? Wie würden sein Vater und seine Mutter um ihn weinen! Bitter erinnerte er sich, wie er einige Male mit leeren Taschen und erschöpfter Miene nach Hause gekommen war. Seine Mutter hatte ihm ganz offen gesagt:

– Wenn ich dich nach Hause kommen sehe, stehen mir immer die Haare zu Berge.

Sie hatte es allzu oft ertragen und auf sich genommen, in der Nachbarschaft Geld zu leihen oder ein Huhn, eine Ente zu verkaufen, damit er das Geld für die Rückfahrt nach Hanoi hatte, sodass sein Auftauchen für sie seit langem zu einem Alptraum geworden war.

Einmal hatte er ihr gesagt:

– Mutter, am besten wäre es, du hieltest mich für ein verlorenes Kind, tätest, als ob ich längst tot wäre.

Er empfand nicht das gleiche Glück wie andere, weil er selten starke Sehnsucht nach seiner Mutter verspürte. Es gab kaum zärtliche oder fürsorgliche Gesten seiner Mutter, die ihn ihre Liebe oder ihr Mitleid fühlen ließen. Warum hatte er sogar den Eindruck, seine Mutter sei eine launische Frau, die sich ständig nur um Kleinigkeiten kümmerte? Offensichtlich wurde ihr ganzes Leben von diesen Bedeutungslosigkeiten überschattet.

Wäre er jetzt blind oder sein Gesicht entstellt, käme dies einer äußerst großen Schande für ihn gleich. Er erinnerte sich an den Tag kurz vor dem Abschluss seines Studiums; er hätte 60 Dong als Beitrag zur Exmatrikulationsfeier benötigt, aber seine Taschen waren leer. Er konnte sich nicht ewig in Geldfragen auf seine Freundinnen Hien oder Huong verlassen, daher entschloss er sich, seinen Eltern ein Telegramm mit der Bitte um 60 Dong zu schicken. Das Telegramm musste längst angekommen sein, aber von dem Geld war nichts zu sehen. Er war in einer Sackgasse und fühlte sich nicht anders als eine Prostituierte. Der Unterschied war nur, dass er das Geld von einem Mädchen aus seiner Fakultät nahm. Er wusste nicht, seit wann dieses Mädchen ihn mochte. Gerade in dem Moment, als ihm die 60 Dong fehlten, bat sie ihn aufdringlich, sie in ihrem Zimmer zu besuchen. Er kam zu ihr nur aus Spaß, zum Trost und nicht, weil er die Zeit totschlagen wollte. Außerdem war es noch akzeptabel, mit ihr im Zimmer zu sitzen. Es wäre nicht angenehm gewesen, mit ihr draußen spazieren zu gehen, denn sie galt allgemein als unansehnlich. Er wusste nicht, warum er so ehrlich zu ihr war und ihr seine Nöte spontan verriet:

– Ich habe nicht das Geld für den Beitrag zur Abschlussfeier meiner Klasse. Ich habe nach Hause telegrafiert, aber meine Eltern haben mir noch nichts geschickt. Ich bin wirklich in Verlegenheit.

Als sie dies hörte, unterbrach sie ihn sofort:

– Du brauchst dir deswegen keine Sorgen zu machen. Du und ich, wir sind sowieso beide aus Thanh Chuong. Ich habe Geld. Ich borge es dir und du wirst es mir zurückgeben, wann du kannst. Jetzt gehen wir aus. Ich wollte zu meinem Onkel, aber allein habe ich keine Lust.

Notgedrungen stimmte er zu. Und jedes Mal, als sie an Plätzen vorbeikamen, an denen viele seiner Bekannten waren, bat er das Mädchen scheinheilig:

– Geh du schon vor, ich schaue bei meinem Freund vorbei, richte ihm kurz etwas aus und komme gleich nach.

Und als er sie an der verabredeten Stelle stehen sah, schlenderte er gemächlich zu ihr hin, immer dort entlang, wo es nicht sehr hell war und wo er nicht so leicht Bekannte traf. Die Strecke zu ihrem Onkel war wirklich sehr abgelegen, vorbei an vielen verwilderten Wiesen, über die der Wind hinwegblies, trotzdem war ihm sehr unbehaglich zumute. Kurz vor dem Haus ihres Onkels änderte sie plötzlich ihre Meinung:

– Ach! Ich möchte gar nicht mehr hineingehen, lass uns ein bisschen umherschlendern und dann nach Hause zurückkehren.

Auf dem Rückweg hätte er sich ihr gegenüber eigentlich als Verführer zeigen müssen, der einen muskulösen Körper hatte. Er konnte es aber nicht tun, obwohl er wusste, was sie von ihm wollte. Sie wollte ihn nur durch ihre unendlich einfachen Gefühle an sich binden und daher ließ sie die Gelegenheit nicht verstreichen, ihn als „Gefangenen" zu nehmen. Als sie ihm 120 Dong gab, um ihn festzunageln, munterte sie ihn auf:

– Du brauchst eigentlich nur 60 Dong, aber nimm das ganze Geld. Es spielt keine Rolle, wann du es mir zurückgibst. Ich habe noch mehr. Mein Vater ist nach Frankreich gegangen und hat mir sein Gehalt dagelassen, du brauchst dir keine Sorgen zu machen. Aber wann kannst du mich wieder besuchen kommen?

Tran Linh hatte zwar gezögert, doch kühn einen konkreten Termin für sein Rendezvous genannt. Später wagte er es aber niemals, zu diesem Mädchen, dessen Vater in Frankreich war, zurückzukehren, da er das Geld nicht hatte. Er ließ sich nicht mehr blicken und war noch einmal mit dem Schrecken davongekommen. Später bereute er es und beschimpfte sich selbst, obwohl er den Beitrag für die Abschlussfeier abgeben konnte. Als er wieder nach Hause in sein Heimatdorf gekommen war, fragte er seine Eltern verärgert:

– Habt ihr mein Telegramm mit der Bitte um 60 Dong für die Abschlussfeier bekommen?

Sein Vater antwortete:

– Ja! Das Telegramm ist angekommen, aber deine Mutter konnte das Geld nicht besorgen.

Seine Mutter meinte:

– Als das Telegramm kam, hatten wir überhaupt kein Geld im Haus. Wo sollten wir es hernehmen? Sollte ich etwa meine Zähne verkaufen?

Die Kälte und die Gleichgültigkeit seiner Mutter fand er niederschmetternd. Nach einiger Zeit traf er das Mädchen mit dem Vater in Frankreich wieder. Er entschuldigte sich bei ihr, weil er nicht zur Verabredung gekommen war, und bat sie um Verständnis. Er würde ihr die volle Summe zurückzugeben, wenn er das Geld beisammen hätte. Mochte sie auch nicht sonderlich gut aussehen, war das Mädchen doch erfahren genug, um zu begreifen, dass er nicht gekommen war, weil er ihr das Geld noch nicht zurückgeben konnte, sondern weil er sie als Frau nicht mochte. Lachend gab sie ihm zu verstehen:
– Das Geld ist für mich nicht so wichtig. Es wäre auch nicht schlimm, wenn du es mir nicht zurückzahlen würdest. Es ist nur schade, dass du vieles verloren hast, was du eigentlich besitzen könntest. Sehr schade!
Wenn er sich an diesen Satz und an die 120 Dong des hässlichen Mädchens erinnerte, tat ihm alles weh. Jetzt lag er hier, wann könnte er diesem Mädchen denn seine Dankbarkeit erweisen? Was wäre, wenn er erblindete? Für ihn gäbe es nur einen Weg, und zwar den Selbstmord. Aber bevor er Selbstmord begehen würde, sollte die ganze Familie von Dr. Lang büßen. Dr. Lang sollte eine Granate abbekommen, und dann würde er sich selbst eine geben. Dann wären sie beide durch ein gerechtes und blutiges Ende quitt. Chau Lien sollte am Leben bleiben, um das Kind von Dr. Lang großzuziehen, das war alles. Seine Mutter würde sicherlich auch weinen und schreien, wie auf allen Beerdigungen auf dieser Welt üblicherweise geweint und geschrien wird. Wahrhaftig, für sie war er ein Nichtsnutz. Sein Vater würde tränenlos weinen. Er war sein ältester Sohn. Sein einziger Sohn. Sein Vater setzte zu viele Hoffnungen in ihn. Es würde seinen Vater schmerzen, denn seine Sippe würde mit Tran Linhs Tod keinen Stammhalter mehr haben. Auf einmal hasste er Dr. Lang wie verrückt, obwohl er kurz zuvor Mitleid mit ihm empfunden hatte. Er konnte nicht glauben, dass diese Grausamkeit von der Hand eines Arztes stammte. An Dr. Langs Stelle hätte er es nie getan. Oh Gott! Wenn er diesen rachsüchtigen Schlag von Linh Vans oder von Thuy Ngas Ehemann oder vom Ehemann der „großen Schwester" Hoa bekommen hätte, hätte er es verdient. Aber er war nicht der Rivale von Dr. Lang. Was war jetzt zu tun? Er musste zunächst gewandt mit seinem Mundwerk sein, damit die Ärzte und die Krankenschwestern ihn sorgfältig pflegten und es ihnen nicht um die seltenen Medikamente für ihn leid tat. Seine Rache würde er später

planen und den Rest seines Lebens festlegen, nachdem der Verband entfernt war und das Ergebnis vorlag. Er musste sofort Herrn Mao im Gesundheitsamt und Herrn Duc im Arbeitsamt ein Telegramm mit der folgenden Mitteilung schicken: Tran Linh wird auf Grund eines Motorradunfalls stationär behandelt. Die Information, dass Quang An eine Planstelle für einen Dolmetscher und Gruppenleiter dank der stillschweigenden Übereinkunft zwischen dem Amt für internationale Arbeitskooperation und dem Ministerium für Arbeit, Kriegsversehrte und Soziales erhalten hat, muss erst einmal zurückgehalten werden. Tran Linh befand sich jetzt im Abseits; wenn dieser Trumpf ausgespielt werden würde, könnte sich keiner darum kümmern, weil derjenige, der für diese Stelle namentlich benannt wurde, abwesend war. Wer weiß, ob sie nicht einem anderen zugeschoben würde, dann wäre seine ganze Mühe umsonst gewesen. Der Storch würde den Fisch fressen, den der Kormoran gefangen hat. Käme diese Intrige ans Tageslicht, könnte Ha Nghiem leicht Zielscheibe der Gerüchte und sogar angeklagt werden. Das Beste wäre, sich ruhig zu verhalten und abzuwarten, bis sich herausstellte, ob er erblinden würde. Völlig blind zu sein wäre wie ein Filmriss. Wonach dann noch streben?

Nachdem Tran Linh die Oberschwester darum gebeten hatte, zwei Telegramme nach Quang An zu schicken, war ihm, als hätte er verzweifelte Schreie ins Nichts gerufen. Alle würden es so sehen, dass dieses Missgeschick nur aus seinen Affären mit Ehefrauen von anderen resultierte. Manche würden dem Ehemann vorwerfen, aus Eifersucht zu hart zugeschlagen zu haben. Andere würden die Sache jedoch gleichgültig abtun:

– Bei Räude muss man kratzen und bei Eifersucht muss man schlagen.

Tran Linh lag da mit dem Gesicht zur Wand, einsam mit seiner Bitterkeit, mit seinem Selbstvorwurf und seinem Hass auf das Leben. Auf einmal wurde Chau Lien für ihn fremd und langweilig. Ohne es zu merken, zerknitterte er das Blatt, auf dem sie das Gedicht niedergeschrieben hatte. Nur weil es sie auf dieser Welt gab, sollte er erblinden? Warum kam es in seinem Leben zu solch einem grausamen und schrecklichen Moment? Würde sein Traum von Orly dadurch scheitern? Warum war sein Dasein auf dieser Welt nur so erbärmlich? War er ein Kind, das nichts taugte? Aber bevor seine Großmutter die Augen zugemacht hatte, hatte sie nur seinen Namen genannt.

Damals konnte er nicht rechtzeitig zurückkommen, um die Augen seiner Großmutter zu schließen. Die anderen erzählten: „Großmutter hat sich an niemanden erinnert und nach keinem anderen gefragt; sie erinnerte sich nur an ihr Enkelkind Linh und sagte, sie würde auf ihn warten, erst dann könnte sie gehen!“ Er wusste, warum seine Großmutter sich an ihn erinnerte. Erstens, weil sie Mitleid mit dem armen Enkel hatte. Er studierte in der Hauptstadt, war aber stets in Geldnot. Zweitens, weil sie ihn großzügig fand. Einmal hatte er die Leiterin eines Kaufhauses in der Provinzhauptstadt Hon Gai nach einer Ware gefragt. Er erhielt zur Antwort:

– Mein Neffe, diese Ware gibt es nicht im freien Verkauf, sondern nur auf Zuteilung. Aber ich habe es lange nicht mehr erlebt, dass ein junger Mann nach zwei Stück Seidenstoff fragt, um Hosen für seine Großmutter und seine Mutter nähen zu lassen. Aus diesem Grunde werde ich eine Ausnahme machen, damit du die zwei Stück Stoff für deine Großmutter und deine Mutter bekommst.

Hoch erfreut musste er trotzdem zugeben:

– Aber jetzt habe ich noch nicht genug Geld. Legen Sie mir bitte den Stoff bis morgen zurück. Ich werde von meinen Freunden Geld borgen und komme morgen wieder.

So kam seine Mutter zu einer neuen Hose, und seine Großmutter auch. Jedes Mal, wenn er nach Hause zurückkehrte, verspürte seine Mutter Angst; und jedes Mal, wenn er das Haus verließ, um nach Hanoi zurückzukehren, weinte seine Großmutter im Stillen. Warum wurde er in dieser abgelegenen Dorfgegend geboren und wuchs dort auf? Als er seinen Eltern davon erzählt hatte, dass er Huong liebte und sie ihn auch und dass sie heiraten würden, wenn seine Anmeldung in Hanoi gelingen würde, hatten seine Eltern nichts dazu gesagt. Seine Mutter seufzte nur, und sein Vater zog geräuschvoll an seiner Wasserpfeife.

Als er gezwungen war, mit seinen Eltern über das Verhalten und die Denkweise von Huongs Vater zu sprechen, um ihnen den Bruch zwischen ihm und Huong zu erläutern, weinte seine Mutter, und sein Vater sagte lediglich:

– Das Schicksal wollte, dass ihr euch begegnet; will es nicht, dass ihr heiratet, was soll man da machen?

Seine Mutter vergoss selten solche Tränen. Er wusste, dass sie wenigstens Mitleid mit ihm hatte, weil sie ihn nicht in der Stadt zur

Welt gebracht hatte, sondern in dieser kargen Gegend, die unter zu vielen Natur- und Kriegskatastrophen gelitten hatte. Er entschloss sich, Rache für sein Schicksal zu nehmen, indem er seinen Ausreiseplan um jeden Preis in die Tat umsetzte. Gelänge ihm dies, wäre es von großer Bedeutung, um den Stolz seiner Eltern auf ihren einzigen Sohn wieder zu erwecken. Aber jetzt lag er hier, zusammengekrümmt. Eine Augenhöhle war vielleicht nur noch Knochensplitter und zerfetztes Fleisch. Schmerz, brennender Schmerz. Welch ein Dilemma, welche Qual! All seine Pläne und Anstrengungen, alle Erduldungen und Wagnisse, die seinem Schicksal bis jetzt eine vielsprechende Hoffnung gegeben hatten, waren nun umsonst und über ihm zusammengestürzt. Die Voraussage des Dichters Truong Huyen schien sich erfüllt zu haben. Eine Affäre hatte ihm Unheil gebracht. Auch wenn er die passive Rolle gespielt hatte, wenn er der Verführung nur nicht widerstehen konnte, blieb es ein Unheil, hervorgerufen durch eine Affäre. Stechender Schmerz. Seine Tränen machten den körperlichen Schmerz nur noch schlimmer.

Einige Tage später kam Dr. Lang ihn besuchen. Er setzte sich neben ihn und sprach sehr viel. Tran Linh dagegen sprach nur, wenn er Lust dazu verspürte, ansonsten lag er schweigend da. Hätte eine Oberschwester oder eine Pflegerin ihre Unterhaltung mitgehört, hätte sie höchst erstaunt mit beiden Mitleid gehabt.

Dr. Lang sagte:

– Tran Linh! Weißt du, dass mein Schmerz hundertmal größer ist als dein körperlicher Schmerz? Du hast gewusst, wie sehr ich meine Frau liebte und ihr vertraute. Ich konnte es nicht aushalten, als ich euch beide dicht nebeneinander in der Dunkelheit durch den Park fahren sah. Gleich in der ersten Nacht, als du aufgetaucht warst, habe ich es gewusst. An dem Tag war meine Frau circa 20 Minuten von Zuhause weg. Sie war noch nie um diese Zeit und so unordentlich aus dem Haus gegangen. Auch wenn meine Frau nichts davon erzählt hatte, wusste ich, dass ein Gast von weither gekommen war. Ich habe mich nicht getäuscht. Aber ich hätte nicht geglaubt, dass meine Frau mir gegenüber so undankbar sein könnte. Weißt du, meine Frau hatte mir beim Abendessen, bevor sie zum Bereitschaftsdienst fuhr, jede Schüssel Reis und jeden Löffel Suppe gereicht. Sie war sehr lieb zu unserem Kind. All das hatte meinen Verdacht zerstreut, denn schon am Vorabend hatte ich so eine Vorahnung, dass etwas Unge-

wöhnliches mit ihr passiert sei. Dann machte sie sich zurecht und bereitete ihre Kleidung für den Bereitschaftsdienst vor, was mir wiederum keine Ruhe ließ. Sie kümmerte sich mehr um ihr Aussehen und schminkte sich wesentlich gründlicher als sonst. Ich ließ dann unser Kind bei der Nachbarin und wollte ihr nachspionieren. Meine Frau, die ich sehr liebe und der ich vertraue, war sehr unachtsam, weil sie wusste, dass ich sie grenzenlos liebe. Sie wusste nicht, dass sie stets in meinem Blickfeld war. Ich sah sie ins Krankenhaus gehen. Ich habe mich gefreut und mich selbst gescholten, ihr grundlos misstraut zu haben. Aber kurz danach kam sie wieder heraus und ich fing an zu zittern. Von diesem Zeitpunkt an wusste ich, dass sie mich betrügt. Du bist wirklich ein alter Fuchs in Liebesaffären. Aber ich habe mich gründlich darauf vorbereitet, um die Wahrheit herauszufinden. Du glaubtest, niemand verfolge dich. Du hast dir deinen Standort sehr geschickt ausgesucht und bist am Treffpunkt auch mit größter Vorsicht erschienen. Wer etwas Legales tut, braucht sich nicht wie ein Spion zu verhalten. Als ihr beide nebeneinander auf der Straße fuhrt und als ich dich genau erkannt hatte, fand ich keine Ruhe mehr. Mein Herz drohte zu zerspringen. Plötzlich verabscheute ich mein Weib ungemein. Es hat mich gewundert, weil du ein Herumtreiber bist. Man kann sagen ein Frauenheld. Du gehst aber selten mit hässlichen Frauenzimmern aus. Und meine Frau ist überhaupt nicht hübsch, nur ihre mollige Figur ersetzt ihre Schönheit. Welch ein Jammer für mich. Eine Bombe schien in meiner Brust explodiert zu sein, als ich sah, wie ihr beide euch ganz sacht geküsst habt. Das allein reichte mir aus, plötzlich wie ein Tier auf dich loszuspringen.
Tran Linh unterbrach diese Erläuterung mit einem kurzen Satz:
– Die größte Dummheit meines Lebens war, euch kennen zu lernen. Das war alles. Warte nur ab. Wenn ich blind werde, kannst du auch nicht in Ruhe mit deiner Frau und deinem Kind leben.
Dr. Lang stöhnte:
– Du musst verstehen, ich konnte mich nicht beruhigen. Ich gehöre nicht zu dem Männertyp, dem es gleichgültig wäre, wenn er andere Männer mit seiner Ehefrau schlafen sieht.
Tran Linh lag ruhig auf dem Krankenbett:
– Wer hat behauptet, dass ich mit deiner Frau geschlafen habe? Wer?
Dr. Lang regte sich auf:
– Du hast sicherlich mit meiner Frau geschlafen. Meine Frau hat al-

les unverhohlen gesagt. Sie empfand seit langem Zuneigung zu dir. Sie hat auch offen erzählt, dass sie dir einmal in Quang An ein Stück schönen Hemdenstoff schenken wollte, den du allerdings nicht angenommen hast. Sie wollte dir sogar Geld geben, weil sie wusste, dass du sowohl knapp bei Kasse als auch einsam warst, aber du hast es abgelehnt. Sie hat mir auch gesagt, es mag sein, dass bestimmte Leute Tran Linh nicht mögen, aber bei ihr sei es das Gegenteil. Für sie warst du eine Seltenheit, weil du ihren guten Willen nicht anerkannt und ihre Geschenke abgelehnt hast. Außerdem war hier sicherlich auch sexuelle Neugier im Spiel. Ich frage dich ehrlich: Wie oft hast du mit meiner Frau geschlafen?

Tran Linh war ärgerlich:

– Hol deine Frau hierher!

Dr. Lang wunderte sich:

– Wozu denn? Es reicht, wenn wir beide uns unterhalten.

Tran Linh sagte:

– Nein! Wenn deine Frau dir erzählt hat, dass ich mit ihr geschlafen habe, dann werde ich sie vor deinen Augen totschlagen. Ich werde das Urteil hinnehmen, aber du wirst deine Frau verlieren.

Dr. Lang fragte:

– Dann hast du noch nie mit meiner Frau geschlafen?

Tran Linh wurde wütend und aggressiv. Wenn Chau Lien da stünde und das behaupten würde, was noch nicht zur Wahrheit wurde, würde er den Mut haben, ihr eine Ohrfeige zu geben? Er war in der Sackgasse. Er sagte:

– Ich will nur eins. Wenn deine Frau behauptet hat, mit mir geschlafen zu haben, sollte es zu einer Gegenüberstellung kommen. Andererseits, wenn es nicht wahr ist, dann lass mich in Ruhe. Wenn ich erblinde, wirst du in deinem Leben nie Ruhe finden.

Dr. Lang hörte immer noch nicht auf, sein Unglück zu beklagen:

– Du hast meine Familie zerstört, verstehst du? Wenn du nicht auf dieser Welt wärst, wären wir sicherlich ein glückliches Ehepaar.

Tran Linh schmunzelte:

– Am besten, du gehst nach Hause und sprichst mit deiner Frau. In Wirklichkeit sind wir Männer oftmals verdammte Taugenichtse. Welchen Mann sie glücklich macht, entscheidet meist die Frau. Schluss, aus!

20

Drei Tage vergingen ohne Tran Linhs Rückmeldung aus Hanoi. Herr Duc hatte langsam den Eindruck, dass ihre gemeinsame Sache nun auf ein Hindernis gestoßen sei. Sein Gefühl, wie ein Wohltäter gehandelt zu haben, löste sich allmählich auf. Er glaubte vielmehr, zu subjektiv und etwas abenteuerlich gewesen zu sein. Am fünften Tag, nachdem Tran Linh nach Hanoi gefahren war, um die Stelle austauschen zu lassen, bekam Herr Duc das Telegramm, dessen Inhalt ein Dilemma war: Tran Linh wird auf Grund eines Motorradunfalls stationär behandelt.

War die Sache gescheitert? Welch ein Jammer. Herr Duc war trotzdem besorgt, auch wenn er Tran Linh noch nicht persönlich getroffen hatte, um sich über die Einzelheiten zu informieren. Er machte sich Sorgen sowohl um das geistige als auch das gesundheitliche Wohlbefinden des „Landsmannes aus Nghe An". Wie war es zu dem Unfall gekommen? Gerade dann im Krankenhaus zu liegen, wenn er eigentlich seinem Schicksal gemäß wie ein Pferd hin und her springen müsste, war sicherlich schmerzvoll. Ein Unglück kommt selten allein. Warum kam kein Anruf vom Ministerium? Sein Mitarbeiter Hoang Thuc hatte ihn gerade daran erinnert, die Stelle des Gruppenleiters, welche das Ministerium Quang An zur Verfügung gestellt hatte, unbedingt mit einem Parteimitglied zu besetzen. Herr Duc musste Zeit gewinnen:

– Die Angelegenheit sollte genau geprüft werden, weil gegenwärtig vier als Gruppenleiter in Frage kommen und alle vier Parteimitglieder sind. Man sollte sehr vorsichtig handeln, um Neid und Beschwerden zu vermeiden. Außerdem sind alle vier Verwandte von einflussreichen Funktionären in der Provinz, daher muss man noch weiter überlegen.

Zwei Tage später erinnerte Hoang Thuc Herrn Duc noch einmal:

– Diesmal kann man die Besetzung dieser Stelle für einen Gruppenleiter und Parteimitglied nicht mehr hinauszögern, weil die Gefahr besteht, das Ministerium storniert sie, und das wäre ein Nachteil für unsere Provinz.

Dann bekam Herr Duc einen Anruf von Herrn Nguyen, dem Sekretär der Provinzparteileitung:

– Geben Sie sich bitte Mühe zu arrangieren, dass diesmal der Neffe meiner Frau als Gruppenleiter nach Deutschland mitfährt.

Er wusste nicht, warum der Parteisekretär so frühzeitig über diese Stelle informiert war. Das bedeutete, für Tran Linh gab es keine Hoffnung mehr. Der Provinzparteisekretär war laut geworden. Dieser stand wiederum in sehr engen Beziehungen zu Direktor Huy. Und der Neffe seiner Frau erfüllte alle Bedingungen. Der Parteisekretär wandte sich zwar mit einer Bitte telefonisch an Herrn Duc, aber in Wirklichkeit war es ein Befehl. Herr Duc konnte die Sache nicht weiter in die Länge ziehen. Nachdem er Hoang Thuc den Auftrag gegeben hatte, die Formalitäten für Doan Long, den Neffen der Frau des Parteisekretärs Nguyen zu erledigen, beschlich ihn das Gefühl, gegenüber Tran Linh etwas Unrechtes getan zu haben. Er hoffte, Tran Linh würde später begreifen, dass die Situation und die Vernunft ihm nicht erlaubt hatten, anders zu handeln. Er wünschte doch von Herzen, dass Tran Linh ausreisen konnte. Wenn dies nicht gelang, lag es an objektiven Gründen. Er konnte sich dem Willen des Parteisekretärs nicht widersetzen oder die Stellenbesetzung hinauszögern. Noch dazu, wo sein Mitarbeiter mit dem Neffen der Frau des Parteisekretärs befreundet war.

In Eile bereitete Hoang Thuc für seinen Freund die Papiere des Amtes vor, um diese beim Ministerium und der Generaldirektion für Internationale Arbeitskooperation einzureichen. Er kam jedoch nicht weiter, weil für den Neffen der Frau des Provinzparteisekretärs von Quang An keine Bestätigung vorlag, weder im Ministerium noch in der Organisationsabteilung der Generaldirektion. Hoang Thuc rief Herrn Duc an und fuhr ihn in schroffem Ton an:

– Nur weil Sie die Sache hinausgezögert haben, wurde unserer Provinz die Stelle des Gruppenleiters von der Generaldirektion für Internationale Arbeitskooperation gestrichen. Sie könnten dadurch Unannehmlichkeiten bekommen.

Herr Duc ärgerte sich über den Ton seines aufsässigen Mitarbeiters, aber er machte sich auch Sorgen. Falls die Ausreise des Neffen des Parteisekretärs scheiterte, bedeutete dies eine Gefahr für ihn. Er beauftragte Hoang Thuc:

– Du musst diese Angelegenheit klären, koste es, was es wolle. Erst

dann kannst du zurückkommen. Ich werde mit der Generaldirektion und deren Organisationsabteilung direkt sprechen.
Weder Herr Duc noch Hoang Thuc wussten, dass es sich um Tran Linhs sehr gründlich vorbereiteten Plan handelte. Die Organisationsabteilung der Generaldirektion für Internationale Arbeitskooperation würde die Formalitäten für einen Gruppenleiter und zugleich Dolmetscher für die Provinz Quang An nur erledigen, wenn der Kandidat den Namen Tran Linh trüge. Tran Linh hatte Herrn Duc aber noch nicht über diese heimliche Abmachung informiert, weil er noch befürchtete zu erblinden. Diese Abmachung wurde selbstverständlich von Ha Nghiem, dem Assistenten des Ministers, eingehalten, denn nach dem Anruf von Herrn Duc wusste er, dass Tran Linh im Krankenhaus lag. Ihm waren jetzt die Hände gebunden bei seinem nächsten Schachzug im Plan, Tran Linh einen Gefallen zu erweisen.
So stürzte sich Hoang Thuc in die letzten Formalitäten für den Neffen der Frau des Provinzparteisekretärs von Quang An. Herr Duc fühlte sich einerseits erleichtert, hatte aber anderseits Gewissensbisse. Er wusste nicht, wieso er glaubte, nichts Nennenswertes zustande gebracht zu haben. Er rief Herrn Mao an und beklagte sich:
– Wenn der Lehrer Tran Linh vom Gesundheitsamt keinen plötzlichen Motorradunfall gehabt hätte, hätte ich Ihnen eine fröhliche Nachricht überbringen können.
Direktor Mao antwortete:
– Was soll man da machen? Man kann seinem Schicksal nicht entrinnen. Ich danke Ihnen.

21

Erst nachdem der Verband gewechselt war, wusste Tran Linh, dass er nicht erblindet war. Das Arztehepaar Lang war auch erfreut. Jeder freute sich auf seine Weise. Dr. Lang fürchtete keine Rache mehr. Linh Vans stummer Schmerz wurde gelindert. Tran Linh betrachtete sein Gesicht gründlich im Spiegel und stellte fest, dass nichts auf eine Deformierung hindeutete, wenn man ihn von weitem und flüchtig ansah. Die Platzwunde unter dem rechten Auge war geheilt, die Narbe war nur zu sehen, wenn man sie aus der Nähe anschaute. Allerdings empfand er einen diffusen Schmerz, der ihn taumeln ließ wie einen Angetrunkenen. Er strich immer wieder über die Wunde, er rieb sie in der Hoffnung, sie würde undeutlicher werden und schließlich ganz verschwinden. Zwecklos. Aus der Wunde am Auge würde eine Narbe werden. Und die Wunde in seiner Seele existierte immer noch, voll Tränen und rotem Blut.

Während seines Aufenthaltes im Krankenhaus schrieb Tran Linh einen Brief an Huong, denn er verspürte auf einmal das Bedürfnis, sie zu sehen, obwohl er wusste, dass sie Mann und Kind hatte und mit ihrem Schicksal zufrieden war. Sie kam ihn besuchen, nahm neben ihm Platz und schälte ihm eine Apfelsine. Sie war mehr oder minder sanft zu ihm und schüttelte den Kopf:

– Ich glaube nicht daran, dass du einen Motorradunfall hattest. Sicherlich war es wieder ein gefährliches Spiel, das du getrieben hast.

Er meinte:

– Es ist gleich, was du denkst. Ich brauche nur jemanden, der mich besucht und für einen Moment neben mir sitzt, und dieser jemand solltest du sein, nichts weiter. Danke.

Danach verabschiedeten sie sich. Huong hatte ihn besucht, wie ein Gewerkschaftsfunktionär ein Gewerkschaftsmitglied nach einem Unfall besuchte.

Tran Linh bedankte sich bei seiner Entlassung bei den Ärzten in der Augenklinik, danach vergaß er nicht, im Polizeirevier vorbeizukommen, um den beiden Polizisten zu danken und sich von ihnen zu verabschieden. Die beiden sagten scherzhaft:

– Es ist gut so. Sie haben eine kleine Narbe, aber immerhin sind Ihnen die beiden Lichtquellen in Ihrem Leben geblieben. Es ist schon merkwürdig, dass wir Sie mögen. Vielleicht, weil Sie sich ruhig und zivilisiert verhielten, selbst in dem Moment, als Sie blutüberströmt waren. Na, dann alles Gute für Sie. Halten Sie sich am besten fern von verheirateten Frauen, lieber Freund.
Wortlos lachte Tran Linh – ein schwer zu beschreibendes Lachen. Er fuhr dann nicht direkt nach Quang An. Er wollte Thuy Nga sehen und nahm daher den Zug nach Hai An …
Er nahm wieder Platz in der Garküche neben ihrem Haus. Er gab der Kleinen in diesem Lokal ein paar Hundert Dong mit der Bitte, die Treppe hochzusteigen und ihr auszurichten:
– Tante Nga, Sie haben Besuch!
Nach einem kurzen Augenblick umschlang ihn wieder der starke Duft des weiblichen Körpers aus Thuy Ngas dünnem Hausanzug. Doch dieser Duft weckte in ihm keineswegs sexuelle Begierden. In einem Augenblick, in dem niemand sie beobachtete, gab er ihr einen kurzen und eiligen Kuss. Sie flüsterte:
– Zu riskant!
Er sagte:
– Ich hatte einen Unfall. Verpasste einen wichtigen Flug. Jetzt muss ich einen anderen Weg finden.
Sie fragte:
– Sicherlich kein Verkehrsunfall, stimmt's? Eine Frauengeschichte, nicht wahr?
Er antwortete:
– Richtig! Ein Unfall wegen einer Frau. Zum Glück bin ich nicht erblindet. Jetzt brauche ich Geld. Kannst du mir ein paar Zehntausender borgen? Ich brauche Geld, um an meiner Dienststelle Weiteres zu arrangieren.
Als sie seine traurige Stimme hörte und die frische Narbe sah, hatte Thuy Nga Mitleid mit ihm und zugleich war sie verärgert. Ihr Mitleid mit ihm war für ihren Alltag kaum von Bedeutung, trotzdem gab sie ihm ohne Zögern die gesamte Summe von 300.000 Dong. Es war der Erlös aus dem Verkauf der Eintrittskarten ihres Ensembles, den sie provisorisch bei sich aufbewahrte. Sie würde das Geld später von ihrem Sparbuch abheben und dem Ensemble zurückerstatten. Sie dachte auch nicht darüber nach, wann er ihr das Geld zurückgeben

könnte. Sie wusste nur, dass es sie innerlich etwas erleichtern würde, das Geld zu geben. Und er konnte nicht glauben, dass er ein solches Glück hatte. Er wollte zunächst nur ein Drittel der Summe annehmen, weil er befürchtete, es nicht zurückgeben zu können. Aber letzten Endes nahm er das ganze Geld, weil er ahnte, er bräuchte es für die entscheidenden Schachzüge. Er dachte auch nicht an ein kurzes Rendezvous mit ihr. Sie deutete an, dass sie am Abend zwei Stunden frei bekäme und sich mit ihm in der Dunkelheit des Parkes treffen könnte. Gezwungenermaßen musste er ablehnen:

– Jetzt, wo ich habe das Geld habe, muss ich gleich nach Quang An zurück. Wenn ich jetzt gierig nach ein bisschen Liebe wäre, könnte die große Sache scheitern.

Schmollend fragte sie:

– Und wann können wir uns wiedersehen?

Er legte seine Hand auf ihre Schulter und antwortete:

– Schon sehr bald!

Sie sahen sich an, als ob ihre Augen sich gegenseitig küssen wollten. Thuy Nga konnte sich nicht mehr zurückhalten, ihre Lippen berührten flüchtig die seinen.

Tran Linh war nicht erblindet und auch nicht verkrüppelt. Er war noch ganz und gar fähig, seinen Traum von Orly zu erfüllen. Nach dem Wiedersehen mit Herrn Duc wusste er, dass Hoang Thuc die Formalitäten für Doan Long, den Neffen der Frau des Provinzparteisekretärs, erledigt hatte, damit dieser als Gruppenleiter in die DDR fahren konnte. Tran Linhs Intrige, die Stelle auszutauschen, war völlig gescheitert. In nur neun Tagen würde Doan Long zusammen mit Hoang Thuc nach Deutschland fliegen. Leise unterhielt sich Tran Linh mit Herrn Duc und klang deprimiert wie ein Verlierer.

Zufällig traf er Hoang Thuc in einer Trinkstube. Dieser lachte und sagte ihm:

– Linh, glaubst du denn, ich weiß nicht, was du willst?

Vorsichtig fragte Tran Linh zurück:

– Was meinst du?

Hoang Thuc erwiderte:

– Jetzt bist du für immer erledigt. Am 19. Dezember 1989 ist schon der letzte Flug in die DDR.

Tran Linh sagte ruhig und bescheiden:

– Ja, ich weiß, dass ich für immer erledigt bin.

Aber zwei Stunden später kehrte Tran Linh zu Herrn Duc zurück, um sein neues Komplott vorzuschlagen. Herrn Duc verschlug es vor Schreck eine Minute lang die Sprache, als er die Einzelheiten erfuhr. Er fragte Tran Linh zurück:

- Glaubst du immer noch, den Assistenten des Ministers überzeugen und seine Zustimmung einholen zu können?

Tran Linhs Miene blieb völlig unbeweglich:

- Ja! Natürlich. Sie müssen Hoang Thuc zu verstehen geben, dass die Provinz Quang An eine zusätzliche Dolmetscher- und Gruppenleiterstelle für einen der vier restlichen Bewerber benötigt, und ihm dementsprechend den Auftrag erteilen. Wissen Sie, Hoang Thucs Schwester würde alles in Bewegung setzen und beim Ministerium sowie der Generaldirektion eine zusätzliche Gruppenleiterstelle für Quang An beantragen, wenn sie wüsste, ihr Bruder könnte sonst am 19. nicht fliegen. Die schnelle Zustimmung der Generaldirektion und des Ministeriums einzuholen ist meine Sache. Es kommt nur darauf an, dass Sie gegenüber Hoang Thuc honigsüß Ihr Vertrauen in dessen Fähigkeiten zum Ausdruck bringen und ihn dadurch an seine letzte Aufgabe festnageln. Ich bin davon überzeugt, dass Hoang Thuc eine zusätzliche Stelle beschaffen kann, weil seine Schwester Leiterin der Planungsabteilung der Generaldirektion für Arbeitskooperation ist. Das Entscheidende ist nur, dass Sie in Ihrer Eigenschaft als Leiter der Organisationsabteilung des Amtes Hoang Thuc zu verstehen geben, er könnte am 19. Dezember 1989 nur fliegen, wenn er seinen letzten Auftrag für unsere Provinz erfüllt.

Herr Duc schüttelte den Kopf und lächelte zustimmend:

- Dieser Schlag, den du dir ausgedacht hast, wird mich in einen Bösewicht verwandeln.

Tran Linh erwiderte unverzüglich:

- Offiziell gesehen ist es völlig legal und gerechtfertigt. Sie sind mein Wohltäter. Und letzten Endes wird Hoang Thuc auch ins Flugzeug steigen.

Herr Duc nickte lachend:

- Okay!

Tran Linh wartete untätig das Ergebnis seines „gefährlichen Schlages" ab und spürte dabei umso mehr die Gefahr, in dieser Gegend zurückbleiben zu müssen. Er würde „für immer erledigt" sein, weil früher oder später sein „Motorradunfall" ans Tageslicht käme. Er glaubte, dass nach 1989 keine Maschine mehr in die DDR fliegen würde, die Gruppenleiter, Dolmetscher und Vertragsarbeiter beförderte. Die politische und gesellschaftliche Lage in Ostdeutschland war von Ereignissen geprägt, die eine schwerwiegende Krise des Sozialismus in dem Land vorausahnen ließen, das von Vietnamesen immer noch als Paradies gepriesen wurde. Er glaubte an die inoffiziellen Nachrichten, die aus Hanoi ausgestreut wurden, zum Beispiel: Am 18. Oktober 1989 musste der Generalsekretär der SED (der kommunistischen Partei) und Vorsitzender des Staatsrates der DDR, Erich Honecker, sein Amt aus Gesundheitsgründen niederlegen; oder: Egon Krenz, der Nachfolger von Erich Honecker, hat als Vertreter der SED die Massaker an den Studenten in Peking unterstützt (Juni 1989); oder Nachrichten darüber, dass eine Reihe von Ministern und Mitgliedern des Politbüros der Partei in der DDR ihrer Ämter enthoben wurden. Das bedeutete, dass gegenwärtig große Unruhe in dem Land herrschte, in welches er sich mit größten Bemühungen hineinstürzen wollte. Irgendjemand hatte sogar die Nachricht verbreitet, dass gemäß den speziellen Nachrichtenblättern (für hochrangige Kader ab Experte Stufe 5) die Regierung der DDR am 9. November 1989 die Entscheidung getroffen hatte, die Grenze zwischen Ost- und Westberlin zu öffnen, nachdem das gesamte Politbüro der SED am 8. November 1989 zurückgetreten war. Es hieß auch, dass es in Deutschland Demonstrationen gegeben hätte mit dem Slogan: „Wiedervereinigung Deutschlands – Wir sind das Volk." Der westdeutsche Bundeskanzler Helmut Kohl hatte ein Zehnpunkteprogramm zur Beseitigung der Teilung Deutschlands und Europas veröffentlicht. Die Beseitigung der Teilung Deutschlands bedeutete gegenwärtig die Beseitigung des kommunistischen Regimes in Ostdeutschland. Geschähe dies, bedeutete es, dass keine Chance mehr für Vietnamesen bestünde, auf Grundlage der Verträge der internationalen Arbeitskooperation nach Ostdeutschland zu kommen. Deshalb musste Tran Linh Herrn Duc sein ziemlich abgefeimtes Komplott offenbaren und diesen um Unterstützung bitten. Es blieb ihm nichts anderes übrig. Er hatte sich auch nicht gescheut, Ha Nghiem seine letzte Möglichkeit für einen Flug Ende Dezember des Jahres zu offenbaren. Er schickte ein Eiltelegramm nach Hause und bat seine Eltern darum, um jeden Preis 500.000 Dong für ihn auszuleihen; sein Schwager sollte ihm dieses Geld unverzüglich bringen. Er schickte seinen Eltern sogar einen optimistischen Brief, in dem er ihnen mitteilte, wenn er zum Tet-Fest nicht nach Hause käme, bedeutet dies, er wäre bereits in der DDR. Für ihn war es klar, wenn er in diesem Jahr nicht als Gruppenleiter und Dolmetscher nach Deutschland kommen könnte, würde er im Jahr 1990 dazu keine Gelegenheit mehr haben. In diesem Fall wären seine ganzen Intrigen und Anstrengungen, seine Kenntnisse und Wagnisse umsonst gewesen. Dann wäre die Gegend Quang An für ihn nicht nur ein Hemmschuh. Er wäre entmutigt, würde sich aufgeben und müsste eine sehr enge Grenze für sein Leben akzeptieren. Sein Traum wäre geplatzt und Quang An der Ort, an dem er zugrunde ging und seinen Traum von Orly für immer und ewig begraben musste.

22

Herr Duc erteilte Hoang Thuc keinen direkten Auftrag und stellte ihm auch keine Bedingungen. Er ging in der Weise vor: „Ein weicher Bambusbast bindet allmählich fest." Er verstand, dass Tran Linh alles auf eine Karte gesetzt hatte, und fand es interessant, welch abenteuerliche und waghalsige Gedanken in dessen Kopf herumschwirrten.

Zunächst lud er Hoang Thuc zu sich. Er erklärte, dass jetzt keiner außer Hoang Thuc ihm persönlich und dem Amt aus der Klemme helfen könnte. Er tat so, als ob er ihm allein ein Geheimnis verriete, demzufolge einer der drei einflussreichen Funktionäre der Provinz sein Amt unter Druck setzte, eine zusätzliche Stelle des Gruppenleiters zu besorgen, damit sein Sohn nach Europa mitfahren könne. Seiner Meinung nach könnte es für ihn sehr viele Unannehmlichkeiten geben, wenn diese Forderung nicht erfüllt würde, und er glaube, Hoang Thuc könne ihm dabei helfen, zumal seine Schwester doch die Leiterin der Planungsabteilung sei.

Hoang Thuc war noch wie berauscht, weil er von Doan Long zwei Kleinunzen Gold einkassieren konnte und weil er kurz vor seinem Abflug stand; er wollte seinem Vorgesetzten Duc einen letzten Gefallen tun. Daher stimmte er eifrig zu:

– Lassen Sie es mich versuchen!

Endlich kam der Anruf von Hoang Thuc aus Hanoi:

– Es ist sehr schwierig, meiner Schwester ist noch nichts eingefallen, wie sie von einer anderen Provinz eine zusätzliche Stelle für Quang An abzweigen kann.

Darauf sagte Herr Duc sanft:

– Bis zu deinem Abflug sind es noch sechs Tage. Wenn du diesen Auftrag nicht erfüllen kannst, wird dies zu einer Verzögerung deines Abfluges führen. Sag deiner Schwester ganz offen, wenn sie keine Stelle für Quang An besorgen kann, heißt das, dass sie dich sozusagen umbringen würde.

Hoang Thuc hörte das scheinbar scherzhafte Lachen des Abteilungsleiters Duc am Telefon und wurde sich plötzlich seiner schweren

Last bewusst. Offensichtlich hatte der Leiter der Organisationsabteilung es nicht im Spaß gesagt, sondern meinte es ernst. Er wusste von vielen seiner dunklen Geschäfte und hatte dabei beide Augen zugedrückt. Er hatte ihn sogar gewarnt, er solle nicht habgierig sein und in unsicheren Fällen kein hohes Bestechungsgeld annehmen. Möglicherweise wollte Herr Duc ihn für einen letzten Deal im Jahr der Schlange ausnutzen. Dann fügte Herr Duc noch hinzu:

– Du musst um jeden Preis für unsere Provinz eine Stelle des Gruppenleiters oder des Gruppenleiters und Dolmetschers beschaffen. Ansonsten hast du deinen Auftrag nicht erfüllt und dein Abflug wird auf Grund von Beschwerden storniert.

Notgedrungen musste Hoang Thuc seiner Schwester diese unangenehme Lage erläutern, die er aus Leichtsinn und Impulsivität auf sich gezogen hatte. Letzten Endes gelang es ihr, von einer anderen Provinz eine Stelle für Gruppenleiter und Dolmetscher abzuzweigen. Die Sorge der Leiterin der Planungsabteilung, ihre Vorgesetzten könnten ihren Vorschlag nicht akzeptieren, war überflüssig. Ihre Vorgesetzten warteten ja bereits darauf, dass sie eine außerplanmäßige Stelle beantragte, damit sie zustimmen konnten. Tran Linhs Intrige, der Druck durch Herrn Duc sowie die auf sanfte Weise erzwungenen Bemühungen von Hoang Thuc brachten letztendlich der Provinz Quang An eine fröhliche Nachricht: Quang An durfte die Entsendung eines Gruppenleiters und Dolmetschers vorbereiten, der eine Gruppe von Vertragsarbeitern am 22.12.1989 in die DDR begleiten sollte.

Hoang Thuc hatte den von Herrn Duc übertragenen Auftrag am 16. 12. 1989 erfüllt. Aber Thuc war sehr ärgerlich und aufgebracht, als er erst am 18. Dezember 1989 erfuhr, dass die Stelle, die er mit Ach und Krach für das Amt zusätzlich beantragt hatte, für den Französischlehrer Tran Linh bestimmt war. Er musste am 19. Dezember fliegen. Wohl oder übel schluckte er jeglichen Gedanken daran, Sand ins Getriebe zu streuen, hinunter. Es stellte sich heraus, dass dieser Nghe Aner zusammen mit Herrn Duc seine Verbindungen ausgenutzt hatte. Sicherlich war Herr Duc von dem Französischlehrer bestochen worden. Hoang Thuc war außer sich. Wenn eine andere Person die mühsam abgerungene Stelle bekäme, wäre es kein Problem. Er dachte sich eine letzte Gemeinheit aus. Erst dann erschien er am 19. 12. 1989 beruhigt auf dem Flughafen Noi Bai.

Ebenfalls am 19.12.1989 hatte Tran Linh sich um alle notwendigen Papiere seitens der Generaldirektion für Arbeitskooperation und des Arbeitsministeriums gekümmert. Er wartete nur noch auf den Beschluss des Volkskomitees der Provinz Quang An. Er konnte es kaum fassen, dass er es geschafft hatte, und zitterte vor Aufregung, denn in nur 72 Stunden würde er auf dem Flughafen Noi Bai sein. Da ereignete sich ein verhängnisvoller Vorfall.

Am selben Vormittag, als Herr Duc und Herr Huy zusammen im Zimmer des Direktors saßen, bekamen sie Besuch. Es waren unangemeldete Gäste. Sie bestanden darauf, Direktor Huy und Abteilungsleiter Duc unbedingt zu sprechen. Es war das Ehepaar Mach, er war ein Kriegversehrter und arbeitete nun als Bote im Amt, seine Frau war Krankenschwester. Herr Mach forderte hartnäckig von den Vorgesetzten, dass sie diesmal seine Ehefrau als Vertragsarbeiterin nach Deutschland fahren ließen. Nachdem Herr Duc erklärt hatte, sie müsse auf die nächste Maschine warten, beschwerte sich Frau Mach bei Herrn Huy:

– Mein Mann und ich, wir beide sind nur kleine Leute und haben nichts zu sagen, deshalb sollen wir immer wieder warten.

Herr Mach wurde laut:

– Ich bitte die Vorgesetzten um Verständnis, ich bin Kriegsversehrter und mit unserem geringen Einkommen sind wir nicht in der Lage, Sie hier und da mit einer Kleinunze Gold zu bestechen wie der Französischlehrer.

Herr Huy riss die Augen auf:

– Wer hat behauptet, dass der Lehrer Tran Linh uns hier und da mit einer Kleinunze Gold bestochen hätte?

Herr Mach sagte unüberlegt, um seine Wut loszuwerden:

– Die Leute haben dieses Gerücht lautstark verbreitet, und so habe ich es erfahren.

Herr Huy sagte:

– Gehen Sie nach Hause. Ihre Frau wird definitiv mit der nächsten Maschine fliegen. Die Personalorganisation verläuft nach Plan. Da kann man keine Forderungen stellen, als ob man Schulden eintreibt. Und der Lehrer Tran Linh wird die Verantwortung für dieses Gerücht tragen müssen. Hmm! Herr Duc! Ich bitte Sie um sofortige Einstellung der Formalitäten für den Französischlehrer. Die Sache mit der Bestechung muss geklärt werden.

Herr und Frau Mach gingen hinaus, als sie Herrn Huy und Herrn Duc, deren Mienen sich verfinstert hatten, nichts mehr zu sagen hatten. Herr Mach fand, seine unbedachten Worte hätten wie Ohrfeigen in die Gesichter der beiden Vorgesetzten gewirkt, und er hatte nicht erwartet, dass der Französischlehrer der Leidtragende wäre. Er bereute es aber nicht, denn er war der Ansicht, das Leben meine es überhaupt nicht gut mit ihm und seiner Ehefrau.

Am Abend gab Herr Duc Tran Linh den Wortwechsel zwischen dem Ehepaar Mach und Herrn Huy wieder sowie Herrn Huys Entscheidung. Er klang betrübt und erweckte den Eindruck, machtlos zu sein und diese Entscheidung befolgen zu müssen. Er betonte:

– Der Direktor fühlte sich unheimlich in seiner Ehre verletzt. Wie man die Sache bereinigen kann, hängt völlig von dir ab. Es ist wirklich schade. Ich habe meine ganzen Kräfte für dich eingesetzt und viel riskiert. Aber jetzt hat Direktor Huy den Schlüssel für dieses Schloss in seinen Händen.

Niedergeschmettert meinte Tran Linh:

– Der Mach hat nur Unsinn erzählt. So hat er mich erledigt.

Herr Duc sagte:

– Es gibt nur noch eine Lösung. Der Zornausbruch des Direktors aus verletztem Ehrgefühl muss durch Mach selbst zerstreut werden. Meiner Meinung nach solltest du den Mach gleich treffen und ihn überzeugen, seine falsche Verdächtigung bei Direktor Huy persönlich zu dementieren. Ansonsten kann ich dich überhaupt nicht mehr retten.

Tran Linh fühlte, dass er einen Ausweg gefunden hatte. Ruhig sagte er zu Herrn Duc:

– So, wenn Sie schon Mitleid mit mir haben, dann helfen Sie mir bitte bis zum Schluss. Morgen um 9.00 möchte ich Sie und Herrn Huy im Büro des Direktors sprechen. Ich werde dafür sorgen, dass Herr Mach erscheinen wird. Ich danke Ihnen für Ihren klugen und rechtzeitigen Einfall.

Herr Duc sagte:

– Gut! Ich werde Herrn Huy diesen Termin mitteilen. Du solltest versuchen, mit dem Mach umgehend zusammenzukommen.

Tran Linh ging direkt in das Haus der Familie Mach. Nach einer höflichen Begrüßung bat er die beiden um ein Gespräch in einer persönlichen Angelegenheit, bei der er ihre Hilfe benötige. Herr Mach und er saßen sich beim Tee im Gästezimmer gegenüber. Tran Linh gab ihm leise zu verstehen:

– Ich bin genauestens informiert über Ihre Auseinandersetzung mit Herrn Duc und Herrn Huy. Gescheitert! So ist alles gescheitert! Nicht nur ich bin erledigt, sondern Ihre Angelegenheit wird auch scheitern.

Herr Mach fragte:

– Wieso?

Tran Linh sagte:

– Mit Ihren Worten haben Sie den Chefs regelrecht Mist ins Gesicht geworfen. Haben Sie nicht daran gedacht, dass gerade Ihr Zornausbruch einen schnellen und reibungslosen Abflug Ihrer Frau verhindern wird?

Herr Mach sagte:

– Ich bin jähzornig geworden, weil ich es nicht ertragen konnte. Ich bitte Sie um Entschuldigung, da ich auch Sie erwähnt habe und es Ihnen auch Ärger bringt, nicht wahr?

Tran Linh fragte:

– Wie kamen Sie dazu, so etwas Unüberlegtes zu sagen?

Herr Mach sagte:

– Heutzutage kommt so etwas doch häufig vor. Es ging mir durch den Kopf, und ich habe es so dahergesagt.

Tran Linh drang weiter in ihn:

– Nein! Sicherlich hat jemand Sie angestiftet, überredet oder es Ihnen in den Mund gelegt, damit Sie mich so ohne Schwert und Speer „zur Strecke bringen".

Herr Mach sagte:

– Da Sie das schon geahnt haben, möchte ich Ihnen auch nichts mehr verheimlichen. Vor seinem Abflug stichelte dieser Hoang Thuc und meinte, dass meine Frau schneller abfliegen könnte, wenn wir die Chefs mit einer oder zwei Kleinunzen Gold bestechen würden. Er sagte auch: Nehmen Sie sich ein Beispiel an dem Französischlehrer vom Gesundheitsamt. Der Preis, den dieser für seinen Abflug am 22. zahlen musste, waren nicht nur leere Worte wie bei Ihnen.

Tran Linh grinste:

– Dann sollten Sie mir jetzt helfen, und gleichzeitig werden Sie Ihre Beziehungen zu den Chefs verbessern. So schlagen Sie zwei Fliegen mit einer Klappe.

Herr Mach fragte:
– Wie kann ich Ihnen jetzt helfen?
Tran Linh lächelte:
– Morgen Punkt 9 Uhr werden wir zum Büro des Direktors gehen. Ich werde als Erster hineingehen. Wenn ich Sie darum bitte, treten Sie ein und helfen mir. Es ist ganz einfach, mit einem Wort haben Sie mich erledigt und auch ein Wort von Ihnen genügt, um mich zu retten. Sie werden sich bei Direktor Huy und Abteilungsleiter Duc dafür entschuldigen, dass Sie jähzornig waren und unüberlegt gesprochen und dadurch das Ansehen der Leiter sowie die Ehre von Tran Linh verletzt haben. Wie Sie es formulieren, ist Ihre Sache. Letztendlich kommt es darauf an, dass Sie Ihre Reue zeigen. Nur so können Sie mir diesmal helfen. Nur wegen Ihrer Worte hat man die Erledigung der Formalitäten für mich eingestellt. Und nur dadurch können Sie hoffen, dass der bevorstehende Abflug Ihrer Frau reibungslos verlaufen wird.
Seine Stimme klang zwar sanft und inständig bittend, aber sie war sehr klar und machtvoll. Herr Mach stimmte zu und sein Gefühl sagte ihm, dass er auf Tran Linhs Vorschlag eingehen sollte. Er war sich über Hoang Thucs Hintergedanken nicht im Klaren gewesen, und er hasste Tran Linh auch nicht; er hatte den Vorwurf nur ausgestoßen, weil er in dem Moment aufbrausend war und sich abreagieren wollte. Tran Linh versprach ihm außerdem, sich ihm gegenüber dankbar zu erweisen, wenn er den Zorn des Direktors Huy und des Abteilungsleiters Duc zerstreuen könnte. Denn die beiden Herren hätten wahrhaftig keine einzige Kleinunze Gold von Tran Linh bekommen.
Punkt 9 Uhr am 20.12.1989 betrat Tran Linh das Zimmer des Direktors. Er war beruhigt, als er den Abteilungsleiter Duc am Nebentisch sah, und grüßte selbstsicher:
– Guten Tag, Onkel! Zum Glück ist Onkel Duc auch hier. Gestatten Sie mir bitte, Sie in einer Angelegenheit anzusprechen, die Ihnen beiden Unannehmlichkeiten gebracht hat.
Herr Huy sagte:
– Hmm! Wie mir zu Ohren gekommen ist, musste der Herr Lehrer Tran Linh der Amtsleitung mehrere Kleinunzen Gold für seine jetzige Ausreise geben. Wie denkst du darüber?
Tran Linh erwiderte:

– Verehrter Onkel, ich habe gestern von Herrn Duc gehört, was vorgefallen ist. Es betrübt mich sehr, dass mein Dilemma Ihnen zu viele Unannehmlichkeiten gebracht hat. Aber ich habe meinen Mut zusammengenommen, heute hierher zu kommen und Ihnen eins zu sagen: Wenn ich derjenige gewesen wäre, der diese erfundene Geschichte verbreitet hätte, um mich ins rechte Licht zu rücken, würde ich es nicht wagen, Ihnen jemals wieder gerade in die Augen zu blicken. Es ist Ihr gutes Recht, die Erledigung der Formalitäten einzustellen. Ich bin heute lediglich gekommen, um Ihnen beiden für Ihre Aufmerksamkeit und Ihre Hilfe zu danken, die Sie mir seit langem erwiesen haben. Außerdem wollte ich mich bei Ihnen entschuldigen, denn immerhin empörte Sie dieses merkwürdige Gerücht und führte bedauerlicherweise zu einem falschen Bild über meine Persönlichkeit. Ich hoffe, Sie werden die Sache aus einem anderen Blickwinkel betrachten und dadurch Ihre innere Ruhe wieder finden. Ich habe heute Herrn Mach hierher gebeten, damit in Anwesenheit aller Beteiligten sein unüberlegtes Gerede richtiggestellt wird.
Herr Huy und Herr Duc konnten nicht einmal darauf reagieren, als sich Tran Linh schon zur Tür gewandt hatte. Unmittelbar danach trat Herr Mach ins Zimmer, höflich, aber etwas verkrampft. Tran Linh führte weiter die Regie in der Szene seiner Unschuldsbeteuerung:
– Herr Mach, jetzt sind alle vier Beteiligten beisammen. Ich glaube, Sie sollten sich wenigstens kurz dazu äußern, damit Onkel Huy und Onkel Duc Sie und mich in einem anderen Licht sehen.
Herr Mach hob zurückhaltend an:
– Verehrte Vorgesetzte, ich habe einen großen Fehler begangen, indem ich unüberlegt Dinge geäußert habe, die völlig aus der Luft gegriffen waren. Ich war zu ungeduldig wegen der Ausreise meiner Frau als Vertragsarbeiterin. Ich habe dieses Gerede nur von Hoang Thuc gehört, so wie man das Zischen des Wasserdampfes im Dampfkochtopf hört und eben glaubt, die Wassertemperatur darin zu kennen. Und ich habe es gestern einfach so weitererzählt. Damit habe ich dem Ansehen der Leitung geschadet und Herr Linh ist ebenfalls in Mitleidenschaft gezogen worden. Ich sehe meinen Fehler ein. Ich hoffe, Sie ändern Ihre Entscheidung, damit Herrn Linhs Angelegenheit günstig für ihn ausgeht. Er ist auf den Baum geklettert und die Früchte sind schon in greifbarer Nähe. Schenken Sie einem so ungehobelten Klotz wie mir keine Beachtung und helfen Sie meiner Frau,

damit sie so schnell wie möglich ausreisen kann. Sehen Sie, alle Leute besitzen bereits Mifa-Fahrräder oder Mokicks der Marke Simson oder Cub, und wir fahren immer noch das uralte Fahrrad.

Als der Name Hoang Thuc fiel, schauten sich Herr Huy und Herr Duc kurz an. Herr Duc begriff sofort, dass Tran Linh hinterrücks einen Schlag von Hoang Thuc bekommen hatte. Herr Huy fühlte sich sehr erleichtert und hatte auf einmal Mitleid mit Tran Linh. Das hieß, Tran Linh war Opfer der weit verbreiteten Missgunst. Herr Huy nickte mit dem Kopf:

– Herr Mach, Sie haben uns damit einen großen Dienst erwiesen. Wir müssen nun diese Verleumdung nicht mehr untersuchen. Ihre Worte haben uns dazu gebracht, Sie und Herrn Tran Linh unparteiischer und klarer zu sehen. Ich danke Ihnen. Was Ihre Frau anbelangt, so bitte ich Sie um etwas Geduld. Nach unserer Information gibt es Ende des Monats noch eine allerletzte Maschine.

Im Stillen hocherfreut verabschiedete sich Herr Mach hastig mit bescheidenen und höflichen Worten. Gelassen fügte Tran Linh hinzu:

– Nun gut! Ich habe Ihnen damit ziemlich viel Zeit geraubt. Jetzt können Sie beide völlig beruhigt sein und mir erlauben, Sie aufrichtig anzuschauen und mich zu verabschieden.

Ohne eine Reaktion der beiden Vorgesetzten abzuwarten drehte er sich um und schickte sich an, aus dem Zimmer zu gehen. Herr Huy rief leise:

– Moment mal!

Tran Linh tat so, als sei er überrascht, obwohl er diesen Ruf erahnt hatte:

– Wollten Sie etwas sagen, Onkel?

Zu Herrn Duc gewandt sagte Herr Huy:

– Ich bitte Sie darum, die Formalitäten weiter zu erledigen, damit er am 22. abfliegen kann.

Herr Duc antwortete:

– Ja, es fehlt nur noch der Beschluss des Volkskomitees der Provinz, dann kann er direkt zur Generaldirektion gehen und dort den Reisepass in Empfang nehmen.

Herr Huy wandte sich an Tran Linh:

– Es sind nur noch 48 Stunden, dann musst du auf dem Flughafen Noi Bai sein. Ich wünsche dir alles Gute. Setze deine Jugend und deine Kraft für nützliche Dinge ein.

Gerührt bedankte sich Tran Linh bei den beiden Vorgesetzten und verabschiedete sich mit festem Händedruck:

– Ich danke Ihnen beiden vielmals. Alle weiteren Worte sind jetzt überflüssig. Auf jeden Fall wird diese Ausreise eine besondere Wende in meinem Leben sein.

23

Vor dem Abflug saß Tran Linh in der Erfrischungsbar gegenüber dem Eingang zum Empfangsbereich für die Ausreisenden der Generaldirektion für Internationale Arbeitskooperation, nachdem er sämtliche Formalitäten für die Ausreise erledigt hatte. Von nun an war er offiziell Gruppenleiter und zugleich Dolmetscher einer Gruppe von Vertragsarbeitern für die DDR. Seine Gruppe bestand aus 42 Personen; die meisten von ihnen waren Kinder und Geschwister von Kadern und Parteimitgliedern auf Kreis- bzw. Provinzebene in Quang An. Tran Linh hatte sich die Zeit genommen, die Kurzbiographien der Mitglieder seiner Gruppe sowie die Funktionen ihrer Eltern durchzusehen. Er teilte sie in vier Brigaden ein, legte die Brigadeleiter fest und wies diese an, die letzten finanziellen Beiträge einzusammeln. Es waren Ausgaben für Verpflegung, für Wörterbücher Deutsch-Vietnamesisch, Deutsch-Lehrbücher für die Vertragsarbeiter sowie Geschenke, die nach der Ankunft der Gruppe in der DDR verteilt werden sollten. Alle waren ihren finanziellen Verpflichtungen schnellstens nachgekommen, denn sie wünschten einen reibungslosen Abflug. Hinsichtlich seines Aussehens sowie seines Auftretens waren seine Gruppenmitglieder beruhigt, da viele von ihnen dachten, Tran Linh wäre mehrmals in Europa gewesen.
Er gönnte sich einige Minuten der Entspannung in der Ecke der Bar. Er war bewegt, als er die Verabschiedung seiner Gruppenmitglieder von ihren Verwandten und Freunden miterlebte. Von einigen waren beide Elternteile da; von einigen anderen Ehefrauen und Geschwister. Manche hatten Freundinnen oder Freunde zum Abschied dabei. Er war der einzige, der vor der Ausreise niemanden zur Verabschiedung hatte.
Die Mitglieder seiner Gruppe, sogar die armen, hatten sich durch die Unterstützung ihrer Familien oder durch Borgen völlig neu eingekleidet. Sie hatten Jeanshosen und -jacken und dazu noch verschiedene Waren dabei, die eventuell nach der Ankunft in Deutschland mit Gewinn weiterverkauft werden konnten. Sie waren alle warm und elegant angezogen. Und er hatte zunächst nur Jeans, ein pflau-

menrotes kariertes Hemd und einen dünnen Pullover darüber getragen. Seine Schuhe waren schon allzu abgewetzt gewesen. Er konnte doch nicht in solch liederlichen Sachen in Berlin ankommen.
Tran Linh hatte zuvor aufmerksam die Akte eines Mitglieds seiner Gruppe gelesen, dessen Vater in der Bank der Provinz arbeitete, und eine passende Gelegenheit abgewartet, um diesen persönlich anzusprechen und sich mit ihm zu unterhalten. Daraufhin hatte er sich entschlossen, diesen Mann zu bitten, ihm zwei Kleinunzen Gold zu leihen, damit er sich warme Sachen kaufen konnte. Tran Linh hatte ohne Umschweife sein Problem angesprochen:
– Verehrter Onkel! Cuong wird wenigstens fünf Jahre bei mir in der DDR bleiben. Daher können Sie mir Ihr volles Vertrauen schenken. Meine Lage ist wirklich einmalig. Die Erledigung der Papiere und Formalitäten dauerte bei mir bis zur letzten Minute. Meine Eltern sind arm und wohnen weit weg von hier in Nghe Tinh. Die Hilfe und Unterstützung meiner Freunde wäre wie ein Tropfen auf den heißen Stein. Deshalb habe ich kein Geld, um das Notwendigste zu kaufen, und es sind nur noch 30 Stunden bis zum Abflug. Ich glaube, wir werden dort schon in ein, zwei Monaten Geld haben. Ich bitte Sie deshalb, mir die zwei Kleinunzen Gold auszuleihen, die sie da an ihrem Finger tragen. Ich werde sie Ihnen zurückgeben, entweder über Cuong oder ich schicke sie Ihnen direkt zu. Eigentlich ist es mir sehr peinlich, zu diesem Zeitpunkt über dieses Thema sprechen zu müssen. Aber ich denke, Sie werden mich verstehen, wenn Sie wissen, dass ich Französischlehrer bin und kein LKW-Kraftfahrer für die Transitstrecken.
Der Bankangestellte und reiche Vater war sehr bestürzt über die Lage des „Vorgesetzten“ seines Sohnes gewesen. Bewegt sagte er:
– Welch ein Jammer, wenn Sie es nicht gesagt hätten, wäre ich ein sündhafter Mensch geworden. Sie werden an der Spitze dieser Gruppe in das befreundete Land reisen und sollen warm und schick angezogen sein. Setzen Sie sich mit mir auf das Motorrad, ich werde Sie nach Hanoi fahren. Dort werde ich gleich diesen Ring von zwei Kleinunzen Gold verkaufen und mit Ihnen gemeinsam anständige Kleidung besorgen!
Tran Linh hatte dem großzügigen und gutmütigen Mann zustimmt. Er verstand sehr wohl, dass dieser nichts zu verlieren hatte, wenn er ihm eine Wohltat erwiese. An seiner Stelle hätte Tran Linh es auch so-

fort getan. So kam es, dass Tran Linh, als er in der Bar saß, elegant wie ein reicher Mann gekleidet war. Er schien zum Vergnügen ins Ausland zu reisen und nicht weil er gezwungen war, sein Brot zu verdienen. Als alle erforderlichen Angelegenheiten, um die er sich in seiner Eigenschaft als Gruppenleiter kümmern musste, erledigt waren, fing er an, etwas nervös und traurig zu werden. Er würde in ein fremdes Land kommen, um dort eine Arbeit zu tun, die für ihn auch fremd wäre, und dabei benutzte er eine fremde Sprache. Ob er es schaffte? Er war nicht mehr Französischlehrer, sondern Gruppenleiter und Dolmetscher einer Gruppe von Vertragsarbeitern. War das vergleichbar mit einem Brigadier, einem Meister? Auf einmal klang für ihn Khanh Lys Stimme aus dem Kassettenrekorder der Marke SHARP 939 des Barbesitzers sehr schwermütig. Er sang leise mit:

Morgen gehst du fort,
Sehnsüchtig ruft das Meer deinen Namen
Es ruft die Seele der Trauerweide
Es ruft die weißsandige Küste tief in der Nacht
Morgen gehst du fort,
Berge und Hügel warten vornüber geneigt
Kieselsteine haben Sehnsucht nach dir, Stunde um Stunde
Lauschen dem traurigen Hall deiner einsamen Schritte
Morgen gehst du fort,
Das Meer sehnt sich nach deiner Rückkehr
Es ruft die weite See, der Wind schlägt in die Seele
Erhoben die Hände der Regenwand zu trotzen
Morgen gehst du fort,
Gelbe Lichter der Stadt leuchtend wie Augen der Nacht
Der Schatten des Frühlings huschte halb vorüber
Mit dem Rauschen des Windes kommt die Wehmut!

War der Widerhall der Stimme von Khanh Ly das Einzige, was Tran Linh bei seiner Abreise begleitete? Das kommende Tet-Fest würde er fern der Heimat erleben. Sein Leben würde sich verändern. In den vergangenen Tagen hatten sich die Ereignisse nahezu überschlagen. Es schien, als werde er von magischen Kräften herumgewirbelt und geschubst. Er musste seine ganze Kraft zusammennehmen, um standhaft zu bleiben und noch den letzten Schritt zu tun. Er war fix und fertig, nachdem er seinen Reisepass endlich fest in den Händen hielt und seine Mannschaft eingeteilt war.

Eben noch voller Enthusiasmus, empfand er mit einem Mal nur noch Müdigkeit und Gleichgültigkeit, als ihm seine Anstrengungen wieder in den Sinn kamen, seine Täuschungsmanöver und stummen Erduldungen. Gleichgültigkeit gegenüber seinem Erfolg, denn er hatte dafür einen zu bitteren Preis zahlen müssen. Der Preis, den er für diesen Flug zahlen musste, war einfach zu hoch. Er war bei den Arbeitsstellen von Tam Thanh und Linh Van vorbeigefahren und wollte ihnen die Grüße aus seinen letzten zersplitterten Tagen persönlich übermitteln, doch er konnte keine von beiden antreffen. Er hatte es lediglich geschafft, Thuy Nga ein Telegramm zu schicken. Die Regelung der finanziellen Angelegenheiten mit ihr hatte er beiseite gelassen. Seine Schulden für die füheren zügellosen Tage würde er später restlos begleichen.

Giap würde sich sehr über die Nachricht freuen, dass Tran Linh in der DDR sei. Giap hatte es schwer gehabt. Nach seinem sechsjährigen Studium in Russland hatte er in Hanoi in einem 15 m^2-Zimmer mit einem Dach aus ölbeschichtetem Papier Fuß fassen können, um Hanoier zu werden. Jetzt musste er den Kühlschrank als sein letztes Hab und Gut verkaufen, um zu Geld für den Vorbereitungskurs zur Aspiranturprüfung fürs Ausland zu kommen. In jener Nacht, als Giap mit seinem Fahrrad weggefahren war, um Tran Linh sein Zimmer als Liebesnest zu überlassen, hatte Tran Linh erst entdeckt, wie zerrissen dessen Moskitonetz war. Als beide schon entkleidet waren, kamen die Mücken durch die zahlreichen Löcher. Das Mädchen musste die Nähdose suchen. Splitternackt hatten die beiden das Moskitonetz unter dem gelblichen Lampenlicht zusammengeflickt. Die Löcher waren zwar einigermaßen gestopft, doch das ganze Netz deformiert. Noch heute klang ihm das ununterbrochene Surren der hungrigen Mücken in jener Liebesnacht mit dem leidenschaftlichen Mädchen in den Ohren, wenn er sich an sein Hauptstadtleben erinnerte.

Seitdem Tran Linh zum ersten Mal in Hanoi gewesen war und den Film „Das Mädchen und der Chauffeur" hatte sehen können, waren über 15 Jahre vergangen. Er wollte ursprünglich eine Anmeldung in Hanoi bekommen, Hanoier werden und dort seine Karriere aufbauen. Doch Hanoi hatte ihn nicht akzeptiert, obwohl er kein Krüppel war, weder körperlich noch seelisch. War er nicht selbst ein Emigrant in seinem eigenen Land? Sicherlich würde dies nicht sein letztes

Glas sein, das er auf vietnamesischem Boden trank, denn er würde wegfahren, um später zurückzukehren. Er wollte gut situiert zurückkommen, reich und elegant. Diese Gesellschaft konnte ihm keinen Glanz geben, obwohl er selbst erkannt hatte, dass viel in ihm steckte. Khanh Lys Gesang löschte sehr schnell seine verschwommenen Bilder der Zukunft, von denen er träumte.

Eines Nachts führen meine Schritte mich in die kleine Mansarde
Die Heckenrose taucht auf einmal in der Erinnerung auf
Meine Hände pflückten die Blume
Jetzt ist jener Garten in Vergessenheit geraten
Eines Tages führen meine Schritte mich in eine fremde Stadt
Ist die Stadt im Schlaf versunken?
Mein Leben ist manchmal wie ein Grashalm
Fühle mich unsagbar frei, ein Lied auf den Lippen
Oft bin ich wie ein Kind mit Heimweh…
Kehre heim von den mitternächtlichen Straßen
Leichtfüßig an einem Frühlingsmorgen
Seit wann ist der Frühling vorüber?
Viele Nächte fühle ich mich wie ein Wasserfall
Aufgewacht hör' ich noch das Rauschen…

Tran Linh schien wie ein Schlafwandler, versunken in Trinh Cong Sons Melodie und Text. Diese Klänge, diese Bitterkeit. Die traurige Einsamkeit, die aus seinem tiefsten Herzen hervortrat, harmonisierte mit der aufrichtigen und herzlichen Stimme Khanh Lys und bildete in Tran Linh einen sanften Strom aufsteigender gefasster Ergriffenheit.

Würde dieser Flug ihm ein besseres und wohlhabenderes Leben bescheren? Gäbe es von dieser Minute an bis zum Abflug noch irgendwelche Ereignisse, die sein Schicksal beeinträchtigten? Käme noch irgendeine Beschwerde wie ein Steckbrief gegen sein Glück? War es schon ein vollständiger Sieg für ihn? Sein Traum erschien recht anmaßend im Vergleich zu den bescheidenen Wünschen vieler Menschen nach Essen und Kleidung.

Er wurde auf ein Mädchen aufmerksam, das beim Wirt Zigaretten der Marke 555 gekauft hatte, aber danach nicht gleich aufstand und ging. Mit einem Mal war auch ihr Interesse geweckt. Der Kerl war ein Passagier, der sich auf seinen Flug vorbereitete, aber er ähnelte keinem anderen. Fast alle Menschen, die Flugticket und Reisepass in

den Händen hielten, zeigten eine ungetrübte und fröhliche Miene. Kaum jemand schien nachdenklich und unbeteiligt wie er. Sie fragte ihn, als ob sie ihn schon länger kennen würde:
– Fliegst du auch mit der Maschine nach Berlin?
Er erwiderte:
– Ja!
Lachend sagte das Mädchen:
– Du fliegst nach Europa, aber du machst ein trauriges Gesicht wie einer, der in die Verbannung gehen muss.
Matt fügte er hinzu:
– Ich bin nicht traurig. Ich sitze hier, um von mir selbst Abschied zu nehmen.
Das Mädchen lachte:
– Bist du traurig, weil niemand zu deiner Verabschiedung gekommen ist? Sicherlich hast du sie im Stich gelassen. Willst du, dass ich dich bis zur Gangway begleite?
Er sagte:
– Es ist für mich schon ein Glück, dass du in diesem Moment hier sitzt und dich mit mir, mit der Stimme von Khanh Ly im Hintergrund, unterhältst. Schau mal, alle aus meiner Truppe sitzen im Kreis ihrer Verwandten, Freunde, Ehepartner. Nur ich bin allein mit diesem Becher bitterem Schnaps. Kannst du irgendetwas mit mir zusammen trinken? Ich lade dich ein!
Als der Wirt dies hörte, stachelte er Tran Linh als Kavalier an:
– Mit ihr kannst du alles über die Zollgrenze bringen. Sie ist eine VIP.
Tran Linh erwiderte:
– Ich mag nur schöne Frauen.
Das Mädchen sagte:
– Bestell für mich einen Klebreisschnaps mit Eis!
– Okay! Er bat den Wirt um ein Glas Klebreisschnaps mit Eis und dachte insgeheim: „Sei unbesorgt. Auch wenn ich momentan so viel Schulden habe wie Chua Chom, kann ich all deine Wünsche erfüllen, weil ich Geld in der Tasche habe, geborgt und aus der Gemeinschaftskasse der Gruppe. Ich kann so viel ausgeben, wie ich will."
Dann unterhielten sich die beiden so lange, bis sie einiges voneinander wussten. Doch das gegenseitige Anschauen schien wichtiger zu sein als das gegenseitige Kennenlernen. Er erfuhr, dass sie Thanh hieß, weder Mann noch Kind hatte und als Angestellte in diesem

Center arbeitete. Sie erfuhr, wie er hieß, woher er kam und dass er als Gruppenleiter und zugleich Dolmetscher eine Gruppe begleitete. Er war allein, einsam und hatte niemanden zur Verabschiedung dabei. Er hatte keine verbotenen Waren oder Schmuggelwaren bei sich, die er mit ihrer Hilfe durch den Zoll bringen müsste, außer einem Abschnitt seines wegen zu vieler Missgeschicke zerrissenen und unvernünftigen Lebens. Er hatte sie dazu gebracht, ihn zu mögen und zu bewundern. Das Gefährliche dabei war, dass sie noch dazu Mitleid mit ihm hatte. Ihr weiblicher Instinkt gab ihr schnell zu verstehen, dass er sie mochte, wie ein Mann eine Frau eben mochte. Dieses erotisch gefärbte Interesse reichte aus, ihre verborgene weibliche Einsamkeit zu lindern. Wenn sie ein kurzes und zufälliges Glück für ihn bedeutete, damit er sich in der Ferne irgendwann an sie erinnerte, dann wäre das, was sie vorübergehend für ihn empfand, auch nicht umsonst. Je länger sie nebeneinander saßen, desto mehr verstand er, dass diese Bar für ihr wortloses Verlangen zu eng war. Zwei einsame Menschen trafen sich in ihrem Leben. Kaum hatte die erotische Anziehung sie dazu gebracht, sich zu mögen, war schon der Duft des Abschieds zu spüren. Mit einem Mal kam Thanh der Gedanke, dass es zu schade war, wenn die zufällige Bekanntschaft zwischen ihr und ihm wie ein leeres Zimmer in einer Pension blieb. Warum sollte es nicht ein bisschen Erinnerung an Liebe wie ein paar Möbelstücke als Dekoration darin geben? Mochten sie mit der Zeit auch füreinander Vergangenheit sein, war dies wirklich so bedauernswert?

Auch wenn man in alle vier Himmelsrichtungen geht,
Denkt man im tiefsten Innern immer noch an Hanoi.
Mein Hanoi! Geliebte Hauptstadt ...
Einst fielen hier Bomben... Jetzt herrscht hier Frieden!

Jener Gesang, jener Zeitpunkt und Raum um sie herum, der voller Menschen und doch sehr verlassen war, gaben ihnen beiden das Gefühl, ihre Körper bewegten sich aufeinander zu und wollten sich vereinen, sich besitzen und gegenseitig spüren, um die Erinnerung aneinander für immer in sich zu tragen. Kurz darauf liebten sie sich überstürzt und leidenschaftlich gleich in der dunklen Ecke eines Warteraumes. Alles schien sehr spontan zu sein, unbeherrscht, eher wild als romantisch. Für einen Augenblick waren nicht nur ihre sexuellen Phantasien erfüllt, sondern ihre einsamen und herrenlosen Herzen getröstet. Oder wenigstens hatten sie diese Illusion.

Thanh erzählte Tran Linh, dass sie einen Cousin hatte, der im September 1989 nach Berlin gegangen war. Sein Onkel, ein Wahrsager, hatte ihm geraten: „Diesmal kommst du in die DDR, und du musst besonders auf dich aufpassen. In diesem Land wird es Aufruhr geben. Wenn es zu keinem Staatsstreich oder Umsturz kommt, wird es auf jeden Fall Meinungsverschiedenheiten geben. Sieh zu, dass du jede Mark festhältst, die du zusammenkratzen oder verdienen kannst, und such den Heimweg. Sei vorsichtig, dass du nicht in Mitleidenschaft gezogen wirst!"

Aus dem letzten Brief dieses Cousins nach Hause ging hervor, dass alles in Deutschland so geschehen war, wie der Wahrsager es vorausgesagt hatte.

Tran Linh lachte ein wenig:

– Ich danke dir dafür, dass du dir Sorgen um mich machst und mir die Prognose über das Land gibst, in das ich bald kommen werde. Aber für mich sind die DDR und ihre Mark nicht das Endziel meines Abenteuers.

Immer wieder bat Thanh ihn darum, ihr einige Zeilen zu schreiben, sobald er eine feste Adresse hätte. So wüsste sie, er sei gut angekommen und führe ein geregeltes Leben. Sie wäre beruhigt und könnte ihre Sehnsucht nach ihm lindern. Sie tat es, obwohl sie gar nicht wagte, daran zu denken, er gehöre ihr oder sie sei etwas Wichtiges in seinem Leben. Tran Linh gewann einmal mehr den Eindruck, dass sein Schuldenberg größer wurde, nachdem er Thanhs aufrichtiges und großmütiges Herz erkannt hatte. Er dachte weder an die Vergangenheit, noch an die Zukunft. Er setzte alles daran, damit sein Glücksgefühl die Dunkelheit überwand und über alle Unebenheiten und Wirrnisse der Realität hinwegflog. Es war schon sonderbar, mit wem schliefen jetzt die Frauen, die einst mit ihm das irdische Vergnügen geteilt hatten? War es wahr, dass das Glück in seinem Leben stets und ständig wie ein zufällig auftauchender Fremder kam?

Thanh fragte ihn überaus zutraulich:

– Ist es nicht lächerlich? Wie konnte es so weit kommen? Verachtest du mich? Wir kennen uns kaum und tun schon so etwas. Verachte mich bitte nicht. Ich weiß nicht, warum in diesem Augenblick all meine Versuche, mich zurückzuhalten und alle Befürchtungen, mir nur wie ein Selbstbetrug und zwecklos vorkamen.

Tran Linh sagte:

– Ich dachte, ich müsste in dieser kalten Winternacht an diesem Ort das letzte Glas zum Abschied von der Heimat allein leeren. Ich hätte nicht geglaubt, dass wir beide uns so schnell ins Herz schließen würden. Meine Lebensschuld ist größer geworden. Mein Herz hat nun eine Adresse mehr, an die es sich sehnsuchtsvoll erinnern wird. Ich wollte nicht, dass mein Leben nutzlos vorbeisaust, daher habe ich mit allen Mitteln versucht, diese Gegend zu verlassen. Ich kann dir nichts versprechen. Ich fürchte, alle Versprechungen dieser Art werden leicht zu Lügen und sind nutzlos für dein Leben. Alles, was mich erwartet, nachdem ich dich und dieses Land verlassen habe, ist bis zu diesem Moment nichts anderes als ein unklares Bild von der Zukunft. Jetzt sollten wir in unserem Leben sinnvoll füreinander da sein und dies als reales Glück betrachten. Das reicht doch, nicht wahr?

Schluchzend sagte Thanh:

– Ich bin dir zu spät begegnet und bekam dich in einem zu harten Moment.

Er drückte fest ihre Schultern und sagte:

– Ich muss mich selbst damit trösten, dass etwas Unvollendetes mitunter auch grausam schön ist.

Bereits in derselben Nacht ging unter den Mitgliedern seiner Gruppe das Gerücht:

– Welch ein Talent! Im Handumdrehen hat sich Herr Linh ein entlaufenes niedliches Fohlen geschnappt!

Tran Linh fühlte sich sehr wohl, nachdem Thanh ihm versprochen hatte, ihn auch morgen bis zur Gangway zu begleiten. Als er sich von ihr verabschiedet hatte, kam er in die Bar zurück, bestellte sich ein Glas Milch mit Ei und bat den Wirt, die Kassette von Khanh Ly noch einmal zu spielen.

Sein ganzes Gepäck hatte er in einer Lederreisetasche verstaut, auf die ein Brigadeleiter für ihn aufpasste. In seiner Truppe hatte fast jeder viele Taschen und Säcke, aber ihre Köpfe waren leicht. Sie waren nicht von Sorgen und Komplotten der Vergangenheit belastet wie er. In dieser Nacht schlief er nicht ein. Er erinnerte sich an die Nächte, in denen er in dem Lokal von Hung Den an der Nua-Bushaltestelle Schnaps auf Kredit getrunken hatte. An die schrecklichen Mahlzeiten in Quang An, die er sich anschreiben ließ. Diese Nacht war es ihm vergönnt, nach Belieben zu essen und zu trinken und danach korrekt und großzügig mit dem Wirt sofort abzurechnen.

Seitdem er Lehrer geworden war, hatte er selten Gelegenheit gehabt, sich in edlen Restaurants so wohl zu fühlen. Von nun an war er ein anderer. In dieser Nacht musste er trinken und Khanh Ly hören, bis der Morgen anbrach…
Oft war ich wie ein Kind mit Heimweh…
Kehrte heim von den mitternächtlichen Straßen
Leichtfüßig an einem Frühlingsmorgen
Seit wann ist der Frühling vorüber?
Viele Nächte fühle ich mich wie ein Wasserfall
Aufgewacht hör' ich noch das Rauschen…
Khanh Lys Stimme zog ihn zurück in die Erinnerungen an seine Kindheit und Schulzeit. Erinnerungen an unreife und unvollendete Liebesgeschichten. Der Geruch von Thanhs Körper haftete noch an seiner Brust, seinen Haaren und seiner Jacke. Letztendlich schien es das Leben doch noch gut mit ihm zu meinen. Fast so, als ob ihm bei seinen abenteuerlichen Sprüngen eine unsichtbare Hand des Schöpfers Halt gab. Er kam sich wie ein Feigling vor, der stets selbst die Leiden seines Schicksals verschlimmerte. Er war auch ganz schön gemein, betrügerisch und auf den eigenen Vorteil bedacht. Aber wie viele Menschen waren trotzdem nicht umhin gekommen, seine Gutmütigkeit, seine Korrektheit und seinen Großmut zu bewundern? Auf jeden Fall hatte er den ersten Schritt seines Traumes von Orly noch nicht vollendet. Für diese Ausreise hatte er einen zu hohen Preis zahlen müssen – bei seinen Fähigkeiten und seinem Willen. Dieser Preis war aber noch äußerst angenehm im Vergleich zu dem für diejenigen, die als Boat-People auswandern mussten. Er musste keine fünf oder sieben Unzen Gold zahlen. Er musste auch nicht über Meere voller Piraten schwimmen. Dieser Vergleich und seine Vorstellung von der Lage der illegalen Auswanderer beruhigten ihn, dass er derjenige war, der in diesem Leben voller Missgeschick dennoch Glück hatte.
Er griff noch einmal nach dem Reisepass und dem Flugticket in seiner Brusttasche, bevor er sich erlaubte, für einen Moment sitzend einzunicken.
In seinem Halbschlaf tauchten Gesichter von Frauen und Männern auf. Auch die von nackten Frauen und Männern, die anmutig in hellem und vielfarbigem Licht zusammen schwammen. Dann sah er sogar den riesigen, wunderbaren Eiffelturm im Nebel. Aber sein

Schlaf im Sitzen konnte nicht lange dauern wegen des Lärms und seiner Verantwortung als Leiter, die ab und zu in ihm aufflackerte. Er war sehr clever gewesen, als er einen ehemaligen Mitarbeiter der Provinzanwaltschaft, ein Parteimitglied, ausgesucht und ihn darum gebeten hatte, die Rolle des stellvertretenden Gruppenleiters zu übernehmen. Mit ihm hatte er einen Gehilfen. Gleichzeitig erklärte er, dieser solle vorläufig als Leiter der Parteizelle fungieren und sei zuständig für die Parteiarbeit. Er sagte offen:

– Auf Grund des besonderen Charakters unserer Arbeit bin ich beauftragt, die Rolle des Gruppenleiters und zugleich Dolmetschers zu übernehmen. Du bist Parteimitglied, älter und erfahrener, daher kümmere du dich um die Frage der Ideologie und der Disziplin unserer Gruppe.

Dieser Mann, der seinen Talar abgelegt hatte, um Kuli zu werden, war sich über seine Rolle als einfaches Gruppenmitglied im Klaren, obwohl er in der Partei war. Deshalb hatte er bescheiden und erfreut Tran Linhs Aufgabenzuweisung angenommen. Tran Linh verstand, dass augenblicklich das wesentliche und einzige Ziel der mehr als vierzig Personen unter seiner Leitung darin bestand, die Mark zu verdienen. Sie alle waren Anfänger bezüglich ihrer Deutschkenntnisse, daher war es bedeutungslos, ob man ein Parteimitgliedsbuch hatte oder nicht, ob man Mitglied des Kommunistischen Jugendverbandes war oder nicht. Alle waren bereit, sich freiwillig den Vorschlägen und Meinungen des Gruppenleiters zu fügen. Als Dolmetscher wurde er noch mehr geachtet, denn er war aller Ohr, Augen und Mund, wenn sie in das fremde Land kamen.

Dank der Eilfertigkeit des stellvertretenden Gruppenleiters und der vier Brigadeleiter war Tran Linh bisher nicht allzu sehr in Anspruch genommen, seit er die Gruppe übernommen hatte. Er erteilte Anweisungen, Ratschläge und Empfehlungen. Manchmal belehrte er sie auch in ernstem, mürrischem Ton. Da er Organisationstalent besaß, konnte er viel Zeit in der Bar verbringen. Am Morgen ging er langsam zum Schlafplatz der Gruppe, um sie alle zu wecken, damit sie den Flug nicht verpassten.

24

Punkt 8.00 Uhr am 22.12.1989 hatte Tran Linhs ganze Gruppe die Ausreiseformalitäten erledigt und den Grenzübergang passiert, alle saßen im Transitraum des Flughafens Noi Bai und warteten auf den Zubringerbus. Tran Linh bat den stellvertretenden Gruppenleiter, aus der Gemeinschaftskasse zwei Lackbilder und zwei Duftholzfiguren „Tänzerin" als Geschenke für die Leitung des Partnerbetriebes zu kaufen. Der Rest der Dongs wurde für Flaschenbier und Limonade ausgegeben, die an alle verteilt wurden. Er bat sie, die Flaschen zu erheben und auf den Abschied von der Heimat zu trinken. Diejenigen, die zur Verabschiedung gekommen waren, regte er an, auf den Aussichtsturm zu steigen und von da aus die Maschine beim Start zu beobachten.

Tran Linh wollte nicht länger in die vor Glück erschöpften Gesichter der anderen schauen, die dennoch den Tränen nah waren. In die tiefen und dunklen Augenhöhlen der übermüdeten und oft ausgemergelten Begleitpersonen, die einen glühenden Funken nicht verbergen konnten. Mit einem Mal stellte er sich die Gesichter seiner Eltern vor, braun gebrannt von der Sonne, gealtert durch den ständigen Mangel, die nicht abreißenden Sorgen. Er bemühte sich, eine Träne der Rührung zu unterdrücken.

Auf dem Aussichtsturm wirkten diejenigen, die zurückblieben und bei der Verabschiedung winkten, wie die begeisterten Zuschauer auf der Ehrentribüne bei einem internationalen Fußballspiel. Und die Truppe derjenigen, die als Kuli ausreisen durften, schien wie eine Fußballmannschaft, die vor dem Spiel Aufstellung genommen hatte. Hintereinander betraten sie die Gangway. Tran Linhs Gruppe war fast vollzählig mit Jeans bekleidet. Es wirkte wie eine Uniform, die sich nur in ihrer Farbe, ihrer Helligkeit und ihrem Schnitt unterschied.

Thanh wartete vor der Gangway auf ihn. Sie gab ihm ein kleines Päckchen mit den Worten:

– Das ist für dich.

Sie drückten sich fest die Hand. Er sagte:

– Letztlich gibt es doch eine Frau, die mich zu meinem Abflug begleitet! Ich danke dir!
Sie küssten sich. Der Kuss war genauso berauschend und eilig wie das Leben um sie herum. Das Flugzeug begann zu vibrieren.
Er war fast der Letzte, der Platz nahm. Ein Gruppenmitglied stand sofort auf und überließ ihm seinen Fensterplatz. Tran Linh wollte sein Heimatland, die Stadt Hanoi vom Fenster des Flugzeuges aus betrachten. Um ihn herum waren manche fröhlich und zufrieden. Manche verwirrt und aufgeregt, manche schweigsam und nachdenklich. Einige heulten schniefend, ja schluchzend. Andere schauten aus dem Fenster und jubelten, weil sie zum ersten Mal die Flugzeugpropeller nur wenige Meter vor ihren Augen sich drehen sahen. Er war ruhig, als ob nichts wäre, als ob etwas Selbstverständliches geschah. Er fühlte sich sogar ein wenig verbittert. Eigentlich hätte er schon vor Monaten auf diesem Fensterplatz sitzen sollen. Das Flugzeug hob in Noi Bai genau eine Minute vor 9.00 Uhr vom Boden ab. Er begann, darüber nachzudenken, wovor er sich in seinem neuen Arbeitsumfeld hüten musste. Er präzisierte für sich nochmals die Dinge, auf die er sich in den nächsten fünf Jahren als Gruppenleiter und Dolmetscher in der DDR konzentrieren wollte. Seine Funktion ausnutzen, um Geld zu scheffeln. Gleichzeitig sein Deutsch und Englisch vertiefen und seine Französischkenntnisse auffrischen. Während seines Arbeitsaufenthaltes in der DDR Verbindung zu seinem alten Bekannten aufnehmen, der jetzt Französisch in Paris studierte. Nach den ersten zwei Jahren in Deutschland musste er versuchen, als Tourist nach Orly zu fliegen, um sich nach den Bedingungen und Formalitäten zu erkundigen, wie er an ein Stipendium für die französische Sprache an der Sorbonne herankäme. Nach Ablauf des Arbeitsvertrages mit der DDR in fünf Jahren würde er nach Mitteln und Wegen suchen, nach Frankreich zu gelangen.
Kurz gesagt, die fünf Jahre in Deutschland würden fünf Jahre des Geldverdienens und der Aneignung von Kenntnissen sein. 1994 bis 2000 sollte dann die Zeit sein, in der er beruflich erfolgreich sein musste. Ihm war klar, dass er keine Berge versetzen konnte, aber die Stelle eines Assistenten in einer Firma oder einem Reisebüro in Vietnam oder im Ausland zu übernehmen, dazu wäre er durchaus fähig. Und so würde aus ihm ein wohlhabender Mann.
Könnte er nicht sogar nach solch einem Parcours eine Wohnung

mit allem Komfort mitten in der Hauptstadt Thang Long kaufen und eine nette, gutaussehende Frau heiraten? Er sah auf die Karte und wusste, sie überflogen den Luftraum von Indien. Dort war das Meer. Himmel und Erde! Die Natur ist so gewaltig. Sein Traum von Orly war immer noch ein lang ersehnter Wunsch. Den ersten wichtigen Schritt hatte er mit dem Überschreiten der Landesgrenze getan. Er sah jedoch eine andere riesige Grenze auf sich zukommen. Den Zwängen in Quang An war er entkommen. Der absurden und chaotischen Enge der Gesellschaft in Hanoi. Aber andere Zwänge würden ihn umzingeln. Eine andere Enge würde ihn beherrschen. Wie konnte der Mensch als verblendete Schachfigur den bestehenden Institutionen entkommen? Doch vorläufig war er mit sich zufrieden. Er war aktiv und bemühte sich um die Verwirklichung seines Lebensziels. Er musste ständig Grenzen überschreiten, absurde Hindernisse, um aus all seinen geistigen Fähigkeiten lebendige Realität mit optimalem Nutzen werden zu lassen.

In seinem Land gab es gegenwärtig sicherlich keine Demokratie. Am Fenster des Flugzeuges lächelte er sarkastisch vor sich hin, weil er selbstzufrieden zu der Meinung gelangt war: Der Mensch muss zunächst Herr seiner Seele und seines Geistes sein; dann kann er natürlich und allmählich seine Position als souveräner Herrscher über alle Lebenslagen erobern.

Und erst, wenn es sehr viele solche Individuen gibt, besteht die Hoffnung, der Gemeinschaft eine demokratische Atmosphäre einzuhauchen, um danach ein Leben auf demokratischer Grundlage anzustreben.

So wie seine jetzige Bestimmung eben darin bestand, zuerst nach Deutschland zu gehen, um seinen Traum von Orly erfüllen zu können.

Dann musste er mit allen Mitteln so viel Geld wie möglich verdienen. Er brauchte sich keine Gedanken darüber zu machen, ob er in ein kommunistisches oder nichtkommunistisches Land käme, um viel Geld zu verdienen. Er würde sich sogar noch mehr freuen, wenn sein Schicksal ihn so früh wie möglich in die kapitalistischen Länder triebe. Er flehte den Himmel an, er möge von nun an ein besseres Leben führen. Er müsste sich nicht mehr kleine und niederträchtige Tricks ausdenken, um für sein tägliches Essen und Kleidung zu sorgen. Er öffnete Thanhs Päckchen: In einem tschechischen Taschen-

tuch waren zwei Packungen Zigaretten der Marke Hero eingewickelt. Er wollte zur Entspannung eine Zigarette anzünden, sah aber das Zeichen „Rauchen verboten". Er unterdrückte sein Verlangen zu rauchen, indem er nach einer Stewardess mit einer tollen Figur Ausschau hielt.
Er bedankte sich höflich bei der blonden Stewardess, als diese ihm ein Glas Bier brachte, zusammen mit dem intensiv weiblichen Duft nach einem starken Parfum. Er nahm einen kleinen Schluck Bier, öffnete vorsichtig seinen Pass, wie einen Schatz, den er ständig bei sich trug, und versank in dessen Anblick.
Er sah die durch Chau Lien verursachte Narbe auf dem traurigen Gesicht, die Mundwinkel zu einem frivolen Lachen verzogen, und triumphierte. Von nun an verabschiedete er sich von seiner erbärmlichen Anmeldung in Quang An, wie die Kaulquappe sich von ihrem Schwanz trennt. Die Anmeldung in Hanoi hatte er nicht ergattern können, dafür aber die in Deutschland. Unversehens glich Tran Linhs Gesicht dem eines lachenden und zugleich weinenden Kindes, das zu Unrecht eine Tracht Prügel bekommen hatte und gleich darauf von einer anderen Person im Schutz genommen wurde. Die erbärmliche Anmeldung hatte sich wie eine Kaulquappe gewälzt und in einen Dienstpass verwandelt.
Das Gesicht des traurigen Reisepasses spottet der Grenzen. So murmelte er wohl vor sich hin. Er glaubte, dies war der Anfangsvers für ein wichtiges Gedicht seines Lebens, obwohl er noch nie Lyriker gewesen war.

Berlin 1990 – 1991
Überarbeitet 2001

NACHWORT

The Dung stammt aus Tuyen Quang in Vietnam und studierte an der Pädagogischen Hochschule von Ha Noi. 1971 bis 1976 war er Soldat und aus dieser schwierigen Zeit datieren seine ersten Veröffentlichungen. Nach dem Krieg setzte er bis 1980 sein Studium fort, um anschließend Lehrer an einer Oberschule zu werden. Seit dieser Zeit schrieb The Dung kritische Essays unter dem Pseudonym Dung Van. Ab 1984 arbeitete The Dung als Redakteur bei der Zeitschrift „Literatur und Kunst".
Im April 1989 erfolgte die Übersiedlung nach Deutschland. The Dung war zunächst als Vertragsarbeiter in Berlin tätig. Seit 1993 ist er Mitglied der „Neuen Gesellschaft für Literatur", aber erst 1994 fand er bei „Kultur ist Plural e.V." in Berlin eine Anstellung, die ihm Freiräume schuf für eine erneute Intensivierung seines literarischen Schaffens. Seither machte er unter anderem durch die Organisation von zahlreichen vietnamesischen Kulturabenden und Dichterlesungen auf sich aufmerksam. 1995 trat The Dung dem Internationalen P.E.N.-Club bei, 1996 bis 1998 war er Vorsitzender der Osteuropa-Sektion des Vietnamesischen P.E.N.-Zentrums im Ausland und seit 2001 gehört er dem P.E.N.-Zentrum Deutschland an. Der „Trilce-Gesellschaft Berlin e.V.", die in Berlin lebende Schriftsteller aus drei Kontinenten vereint, gehört er seit Anfang 1997 an.

Zu The Dungs wichtigsten Veröffentlichungen in Vietnam gehören die Gedichtbände „Die Rosen kommen später" (1990) und „Der Wanderer" (1992). Dazu kommen Kurzgeschichten, eine Erzählung („Sucht – eine Todesanzeige", Ha Noi 1990) und ein Roman („Der Klang des Menschen in Giapsons Steinen", Ha Noi 1993). Seit 1996 publizierte The Dung seine Lyrik in Deutschland in mehreren Gedichtanthologien in den Editionen Trilce („Melopoefant", „Sismo Poetico Resistente"), im Oberbaum-Verlag („Im Zwiespalt") und bei Laeser-Edition („Jedesmal wie ein Geschenk…"). Und mit dem Band „Tu Tam – Von Herzen" (Trilce 1997) stellte The Dung eine Auswahl von Gedichten in vietnamesischer Sprache vor – eine der ganz wenigen vietnamesischsprachigen Veröffentlichungen, die auf dem deutschen Buchmarkt zu finden sind. Es folgten der Theaterroman „Unvollendete Liebesgeschichte" im Jahr 2000 (Trilce) und der Gedichtband „Unvollendeter Frühling" im Jahr 2003 (Horlemann).

The Dungs neues Werk bietet tiefe Einblicke in die Machtstrukturen, die Befindlichkeiten und die emotionalen Beziehungsgeflechte im Vietnam der späten 1980er Jahre, aber es erschöpft sich keineswegs darin. Die fesselndsten Passagen sind die, in denen der Autor seinen Protagonisten, einen jungen Intellektuellen, seine Leidenschaften und Emotionen ausleben lässt. Mit großer Prägnanz, Intensität und Gefühlsstärke zeigt The Dung die Wechselwirkungen zwischen den Gefühlen seines Hauptdarstellers und denen seiner zahlreichen Partnerinnen und Liebschaften, die keineswegs nur Randerscheinungen der Geschichte sind. Sie begleiten den Protagonisten und sind phasenweise so intensiv und detailliert dargestellt, dass der Leser sich mit ihnen ebenso identifiziert wie mit der Hauptfigur.
The Dungs bilderreiche Sprache ist dank der einfühlsamen Übersetzung auch in der deutschen Fassung nachempfindbar.

„Der traurige Reisepass" ist eben nicht der deutsche oder amerikanische Reisepass, der das Weltbürgertum leicht erlebbar werden lässt. Sondern er zeugt von einer schwierigen Lebenssituation, und von der Hoffnung auf Veränderung, von einem tief in der Seele verwurzelten Optimismus. Aber der individuelle Erfolg muss erkämpft werden, wobei nicht nur die eigene Leistung zählt, sondern auch das diplomatische geschickte Taktieren. Gleichermaßen zeugt das Werk von der Furcht vor den Begleiterscheinungen von Veränderung. Doch trotz aller Bedenken bleibt der Protagonist zielstrebig auf seinem Weg, und am Ende erreicht er sein Ziel… oder doch nicht?

Berlin, im Juni 2009

Peter Knost

ANMERKUNGEN

Van-Schnaps: Der selbst gebrannte Reisschnaps aus dem Dorf Van in der Umgebung von Hanoi ist für seine Qualität bekannt

Thanh Chuong: Eine Gemeinde in der Provinz Nghe An in Zentralvietnam

Thang Long: Alter Name für Hanoi

Goldunze: die vietnamesische Goldunze beträgt 37,5 g

Tay Tien: Name eines 1947 gegründeten Regiments der vietnamesischen Volksarmee im Kampf gegen die französische Kolonialarmee; die prekären hygienischen Bedingungen zwangen die Soldaten, sich den Kopf zu rasieren; 2007 wurde eine Straße in Hoa Binh nach diesem Regiment benannt

Quang Dung: vietnamesischer Dichter (1921–1988) hatte selbst im Tay Tien- Regiment gekämpft, Autor des gleichnamigen Gedichts, das noch heute in den Schulen gelehrt wird

Chinh Huu: vietnamesischer Dichter (*1928)

Phu Xuan, Dong Nai: Orte in Vietnam – übertragener Sinn: viel gewandert, viel gereist

UAZ: russischer Geländefahrzeugtyp

Gardesoldat: gemeint ist ein einheimischer Gardesoldat oder Schütze in der französischen Kolonialarmee

„Jenseits der Illusionen“: Roman der vietnamesischen Gegenwartsschriftstellerin Duong Thu Huong

Xu: Vietnamesische Währungseinheit, 1 Dong entspricht 100 Xu

Tam: Figur aus dem vietnamesischen Märchen „Tam Cam“

„Traube süßer Sternfrüchte“: eine Strophe aus einem vietnamesischen Lied: „Die Heimat ist eine Traube süßer Sternfrüchte“, gemeint ist im Kontext: zweite Heimat

„Lang lua, lang hoa“: eines der schönsten Lieder über Hanoi, geschrieben von Ngoc Khue, einem bekannten vietnamesischen Komponisten

So Khanh: Figur eines Frauenbetrügers aus dem Epos „Das Mädchen Kieu“ von Nguyen Du (1765–1820)

Cai Luong: aus dem Süden Vietnams stammendes traditionelles Musiktheater

Cheo: volkstümliches Gesangstheater im Norden Vietnams

Truc Bach: vietnamesische Biersorte

Lieu Trai chi di: eines der bekanntesten Werke der chinesischen Literatur aus der Ching-Dynastie. Der Autor war Bo Tung Linh. Es handelt sich hierbei um einen Zyklus von 10 Büchern mit 431 Liebesgeschichten, meist über die Liebe zwischen Menschen und Gespenstern

Zwischenname: vietnamesische Namen bestehen in der Regel aus Familiennamen, Zwischennamen und Vornamen

Thuy Nga – Thu Nga: Wortspiel, Thuy bedeutet Eisvogel und Thu bedeutet Herbst

Lua Moi: bekannter vietnamesischer Reisschnaps

Zhongji, Shanzhong – Punkte der chinesischen Akupunktur bzw. Akupressur

„großer Bruder“ – „kleine Schwester“: vertraute Anrede z.B. zwischen Liebenden, Eheleuten

Thai Nguyen: bekanntes Teeanbaugebiet im Norden Vietnams

Intelligenz nicht wach, sondern schläft: Wortspiel mit den Bestandteilen des Begriffs „tri thuc“ (Intellektueller), tri: Intellekt, thuc: wach sein

Stunde des Schweins: von 20.00 bis 22.00 Uhr

Horoskopblatt: nach der östlichen Astrologie besteht es aus zwölf Häusern, die die zwölf wichtigen Bereiche eines Menschen voraussagen: Persönlichkeit, Eltern, Glück/Langlebigkeit, Immobilien, Umfeld (Freunde, Kollegen), Arbeit (Beruf und soziale Stellung), soziales Leben (Reisen), Gesundheit, Finanzen, Kinder, Liebe und Geschwister. Diese zwölf Häuser werden bei einzelnen Menschen wiederum in unterschiedlicher Weise den zwölf Feldern zugeordnet: Ratte, Büffel, Tiger, Katze, Drache, Schlange, Pferd, Ziege, Affe, Hahn, Hund und Schwein. Aus dem Horoskopblatt kann man herauslesen, welche Sterne auf welchen Bereich leuchten und welche Bedeutung sie haben.

Tuan und Triet: (Feuer und Gold) zwei wichtige Sterne im Sternkomplex Tu Khong, die eine hemmende Rolle spielen

Kinh duong, Da la, Luc si und Ky: Nebensterne in der Sternkette Bac Si (positiver Einfluss)

Thien tuong: einer der 14 Hauptsterne in der Sternkette Thien Phu (positiver Einfluss)

Tham lang: einer der 14 Hauptsterne in der Sternkette Thien Phu (positiver Einfluss)

Cu mon: einer der 14 Hauptsterne in der Sternkette Thien Phu (positiver Einfluss)

Thien duc, Phuc duc, Thai: drei gute Nebensterne

Qua tu: ein schlechter Stern im Sternpaar Co than und Qua tu

Quan phu: der fünfte Nebenstern in der Sternkette Thai Tue, der eine verhindernde Rolle spielt

Co - Luong: ein gutes Sternpaar Co Nguyet - Dong Luong in der Hauptkette der Sterne

Thien dong: einer der 14 Hauptsterne in der Sternkette Tu Vi

Thien luong: einer der 14 Hauptsterne in der Sternkette Thien Phu (positiver Einfluss)

Hao: vergleichbar Groschen; entspricht 10 Xu

To Huu: bekannter vietnamesischer Dichter (1920–2002)

Trinh Cong Son (1939–2001): einer der bekanntesten Komponisten und Liedermacher Vietnams

Chua Chom: eine vietnamesische Märchenfigur; der bekannte Schuldner wurde später Fürst

DER AUTOR

The Dung stammt aus Tuyen Quang in Vietnam. Studium der Pädagogik in Hanoi. Von 1971 bis 1976 Soldat. In dieser Zeit erste literarische Veröffentlichungen. Nach dem Krieg Fortsetzung des Studiums und Arbeit als Lehrer. 1989 Übersiedlung nach Deutschland. Mitglied des P.E.N.

Außerdem von The Dung im Horlemann Verlag

Unvollendeter Frühling

Gedichte, 72 Seiten, Broschur
ISBN 978-3-89502-165-7

Der Sturm der vergangenen Nacht wird nicht der letzte sein

Gedichte, 96 Seiten, Broschur
ISBN 978-3-89502-290-6

In The Dungs Werk vermengen sich die Trauer über den Verlust geliebter Menschen, die Gefühle der Fremdheit und Einsamkeit in der Emigration mit einem tief in der Seele verwurzelten Optimismus, mit immer neuen Hoffnungen. Die Liebe und die Sehnsucht nach Leidenschaft spielen dabei ebenso eine Rolle wie die Liebe zum Heimatland.

Literatur aus und über Vietnam im Horlemann Verlag

Duong Thu Huong

Liebesgeschichte, vor der Morgendämmerung erzählt

Roman, 158 Seiten, gebunden, ISBN 978-3-927905-54-2

In dieser Liebesgeschichte führt das Wechselspiel zwischen Machtanspruch der Partei und der Schwäche des einzelnen, der sich der Partei unterordnet, mit dramatischer Konsequenz in die menschliche Katastrophe.

Duong Thu Huong

Roman ohne Titel

Roman, 304 Seiten, gebunden, ISBN 978-3-89502-018-6

Der Krieg in Vietnam tobt in seiner Endphase. Der junge Kommandant Quan und seine Kompanie gehen durch ein Tal von Blut und Tränen. In dem täglichen Massaker vollzieht sich ein allmählicher Wandel in Quans Einstellung. Am Ende, in der Stunde des Triumphes, sind seine Träume und Ideale zerstört. Was bleibt ist die Frage: Hat sich der Einsatz gelohnt? Für welche neuen Herren haben so viele ihre Leben gelassen?

Rüdiger Siebert / Heinz Kotte

Vietnam hautnah – Ein Land im Umbruch

208 Seiten, Broschur, Illustrationen und Karte, ISBN 978-3-89502-214-2

Vietnam ist ein Land voller Widersprüche. Noch wehen die roten Fahnen mit Hammer und Sichel. Doch der Wandel von Marx zu Money ist in vollem Gange. „Rüdiger Siebert und Heinz Kotte haben Vietnam auf diese Weise erfahren und erlebt, und hierbei ist ein Reportageband herausgekommen, der sich den üblichen Klischees entzieht und der einfühlsam und ohne eurozentristische Attitüde versucht, uns das moderne Vietnam in all seinen Widersprüchen nahe zu bringen.“ Redaktion Alltag und Geschichte

Fordern Sie unser aktuelles Gesamtverzeichnis an!

Horlemann Verlag
Postfach 1307, 53583 Bad Honnef
Fax 0 22 24 / 54 29, E-Mail: info@horlemann-verlag.de
www.horlemann.info